Cautivada por ti

AF276363

Sylvia Day
Cautivada por ti
Serie Crossfire, 4

Traducción de María Jesús Asensio Tudela
y Jesús de la Torre Olid

ESPASA

PEFC Certificado

Este libro procede de
bosques gestionados
de forma sostenible

PEFC/14-38-00305   www.pefc.es

Título original: *Captivated by you*

© Sylvia Day, 2014
   THE BERKLEY PUBLISHING GROUP
   Published by the Penguin Group
   Penguin Group (USA) Inc.
   375 Hudson Street, New York, New York 10014, USA
© de la traducción, María Jesús Asensio Tudela, 2014
© de la traducción, Jesús de la Torre Olid, 2014
© Editorial Planeta, S. A., 2014
   Espasa, un sello editorial de Editorial Planeta, S. A.
   Avda. Diagonal, 662-664, 08034 Barcelona (España)
   www.espasa.com
   www.planetadelibros.com

Adaptación de la cubierta: Booket / Área Editorial Grupo Planeta a partir
   de la idea original de Penguin Random House, UK
Imagen de la cubierta: Shutterstock
Primera edición en Colección Booket: noviembre de 2014
Primera edición en esta presentación: septiembre de 2024

Depósito legal: B. 13.439-2024
ISBN: 978-84-670-7056-9
Impresión y encuadernación: Liberdúplex, S. L.
Printed in Spain - Impreso en España

Biografía

Sylvia Day es una aclamada escritora de novela romántica que ha encabezado el primer puesto en la lista de más vendidos de *The New York Times*. Autora de más de una veintena de novelas traducidas a más de cuarenta idiomas, firma la exitosa serie Crossfire, que incluye los títulos *No te escondo nada*, *Reflejada en ti*, *Atada a ti*, *Cautivada por ti* y *Somos uno*. Ha sido número uno en veintiocho países, con más de veinte millones de ejemplares vendidos en todo el mundo, y ha recibido numerosos galardones, entre los que destaca el National Readers' Choice Award, de Estados Unidos, que ha ganado en dos ocasiones.

Visita a la autora en www.sylviaday.com

*Este libro está dedicado a todos los lectores
que han aguardado pacientemente este nuevo capítulo
de la vida de Gideon y Eva.
¡Espero que os guste tanto como a mí!*

1

Miles de agujas de agua helada aguijoneaban mi piel caliente, los pinchazos ahuyentaban las sombras que aún persistían de una pesadilla que no podía recordar del todo.

Cerré los ojos y me sumergí bajo el chorro de la ducha, deseando que el temor y las náuseas que aún sentía desaparecieran por el desagüe que tenía a los pies. Noté un escalofrío y mis pensamientos viajaron hacia mi esposa. Mi ángel, que dormía tranquilamente en el apartamento de al lado. La deseé con desesperación, quería perderme dentro de ella y odié no poder hacerlo. No podía tenerla cerca. No podía arrastrar su exuberante cuerpo debajo del mío y sumergirme en él dejando que sus caricias espantaran mis recuerdos.

—Joder.

Apoyé las manos sobre los fríos azulejos y absorbí la baja temperatura de aquel castigo en forma de diluvio hasta que penetró en mis huesos. Era un gilipollas y un egoísta.

Si hubiese sido mejor hombre, me habría alejado de Eva Cross nada más verla.

Pero, en vez de ello, la convertí en mi esposa. Y habría querido que la noticia de nuestro matrimonio fuera divulgada en todos los medios conocidos por el hombre, en lugar de mantenerlo como un secreto entre unas cuantas personas. Y, lo que es peor, como no tenía intención de dejarla escapar, debería buscar el modo de compensar el hecho de que yo estaba tan jodido que ni siquiera podíamos dormir juntos en la misma habitación.

Me enjaboné, limpiándome rápidamente el sudor pegajoso con el que me había despertado. Pocos minutos después, salía del dormitorio, donde me había puesto unos pantalones de chándal antes de dirigirme a mi despacho de casa. No eran más que las siete de la mañana.

Había salido del apartamento que Eva compartía con su mejor amigo, Cary Taylor, apenas un par de horas antes para dejar que durmiera un poco antes de que tuviera que ir a trabajar. Habíamos pasado la noche juntos, ambos necesitados y hambrientos el uno del otro. Pero había habido también algo más, un deseo por parte de Eva que me carcomía y me inquietaba.

Algo preocupaba a mi esposa.

Dirigí la mirada hacia la ventana, hacia la vista de Manhattan al otro lado y, después, la posé sobre la pared donde colgaban fotografías de ella y de nosotros dos en el despacho de mi ático de la Quinta Avenida. Me imaginé el collage con claridad, pues en los últimos meses había pasado innumerables horas estudiándolo. Mirar la ciudad había sido antes el modo en que me encerraba en mi mundo. Ahora, lo conseguía mirando a Eva.

Me senté tras mi mesa, encendí el ordenador moviendo el ratón y respiré honda y lentamente cuando el rostro de mi mujer invadió la pantalla. No llevaba maquillaje en aquella fotografía del fondo de escritorio, y unas cuantas pecas claras sobre su nariz la hacían parecer más joven que sus veinticuatro años. Mis ojos se deslizaron por sus facciones: la curva de sus cejas, la claridad de sus ojos grises, sus labios carnosos. Durante los momentos que me permití pensar en ello, casi pude sentir aquellos labios sobre mi piel. Sus besos eran como una bendición, promesas de mi ángel que hacían que mi vida mereciera la pena.

Exhalé con determinación, levanté el teléfono y pulsé el

número de marcación rápida de Raúl Huerta. A pesar de ser tan temprano, respondió rápidamente.

—La señora Cross y Cary Taylor van hoy a San Diego —dije apretando la mano en un puño al pensarlo. No tenía que decir nada más.

—Entendido.

—Quiero una fotografía reciente de Anne Lucas y un informe detallado de dónde estuvo anoche sobre mi mesa a mediodía.

—Como muy tarde.

Colgué y me quedé mirando el cautivador y bello rostro de Eva. La había sorprendido en un momento en el que estaba contenta y desprevenida, un estado en el que yo quería que estuviera el resto de su vida. Pero la noche anterior ella se sentía angustiada por el posible encuentro con una mujer a la que yo había utilizado en el pasado. Hacía mucho tiempo que no veía a Anne, pero si ella era la responsable de algún agravio a mi mujer, volvería a verme. Y pronto.

Abrí mi bandeja de entrada y empecé a examinar mis *e-mails* y a redactar rápidas respuestas cuando era necesario mientras me iba acercando al asunto que había llamado mi atención en el momento en que abrí el correo.

Sentí a Eva antes de verla.

Levanté la cabeza y las pulsaciones sobre el teclado se volvieron más lentas. Una repentina oleada de deseo aplacó la agitación que sentía cuando no estaba con ella.

Me recosté sobre el respaldo de mi sillón para apreciar mejor las vistas.

—Te has levantado temprano, cielo.

Eva estaba en la puerta con las llaves en la mano, su pelo rubio sensualmente revuelto alrededor de los hombros, las mejillas y los labios hinchados por el sueño y las curvas de su cuerpo cubiertas por una camiseta y unos pantalones cortos. No llevaba sujetador, y sus tetas exuberantes se levantaban suavemente bajo el algodón acanalado. Menuda y hecha para que cualquier hombre cayera de rodillas ante ella, hacía a menudo referencia a lo distinta que era de las mujeres con las que me habían fotografiado anteriormente.

—Te he echado de menos al despertarme —contestó con una voz ronca que siempre conseguía ponérmela dura—. ¿Cuánto tiempo llevas levantado?

—No mucho.

Empujé hacia adentro la bandeja del teclado para dejar espacio para ella sobre mi mesa.

Se acercó descalza seduciéndome sin ningún esfuerzo. Desde el primer momento que la vi supe que me haría pedazos. Aquella promesa estaba allí, en sus ojos y en su forma de moverse. A dondequiera que fuera, los hombres se quedaban mirándola. La deseaban. Igual que yo.

La agarré por la cintura cuando estuvo lo suficientemente cerca y la puse sobre mi regazo. Agaché la cabeza y le atrapé el pezón con la boca, tirando de él con chupadas largas y profundas. Oí cómo ahogaba un grito, noté que su cuerpo se sacudía por la sensación y sonreí para mis adentros. Podía hacer con ella lo que quisiera. Me había concedido ese derecho. Era el mayor regalo que me habían hecho jamás.

—Gideon. —Llevó las manos a mi pelo y lo revolvió.

Yo ya me sentía infinitamente mejor.

Levanté la cabeza, la besé y saboreé la canela de su pasta de dientes y el subyacente sabor que era sólo suyo.

—¿Sí?

Me acarició la cara y me miró con ojos inquisitivos.

—¿Has tenido otra pesadilla?

Dejé escapar una exhalación. Eva siempre me leía el pensamiento. No estaba seguro de poder acostumbrarme nunca a aquello.

Pasé la yema de mi dedo pulgar sobre el algodón húmedo de su pezón.

—Preferiría hablar de los sueños eróticos que me estás inspirando ahora mismo.

—¿Sobre qué ha sido?

Apreté los labios ante su insistencia.

—No lo recuerdo.

—Gideon...

—Déjalo, cielo.

Se puso en tensión.

—Sólo quiero ayudarte.

—Ya sabes cómo hacerlo.

—Obseso sexual —dijo con un resoplido.

La apreté contra mí. No podía encontrar las palabras para expresarle lo que sentía al tenerla en mis brazos, así que le acaricié el cuello con la nariz y respiré el adorado olor de su piel.

—Campeón...

Había algo en el tono de su voz que me inquietó. Me eché hacia atrás despacio mientras mis ojos recorrían su rostro.

—Dime.

—En cuanto a lo de San Diego... —Dejó caer los ojos y se mordió el labio inferior.

Yo me quedé inmóvil, esperando a ver adónde llevaba esa conversación.

—Los Six-Ninths van a estar allí —dijo por fin.

No había tratado de ocultarme lo que yo ya sabía, lo cual era un alivio, pero me invadió una tensión distinta.

—¿Me estás diciendo que eso supone un problema? —repuse tratando de mantener un tono de voz tranquilo, aunque sentía de todo menos calma.

—No, no es ningún problema —contestó ella con suavidad. Pero sus dedos se enredaban impacientes en mi pelo.

—No me mientas.

—No lo hago. —Respiró hondo y, a continuación, me miró a los ojos—. Hay algo que no va bien. Estoy confundida.

—¿Con qué, exactamente?

—No te pongas así —dijo en voz baja—. No te pongas frío ni me rechaces.

—Vas a tener que perdonarme. Oír que mi mujer me dice que está confundida con respecto a otro hombre no me pone de muy buen humor.

Eva se levantó de mi regazo y yo la solté para poder mirarla, calibrarla, con cierta distancia entre los dos.

—No sé cómo explicarlo.

Ignoré deliberadamente el nudo que sentía en el estómago.

—Inténtalo —dije.

—Es sólo que... —Bajó la mirada y se mordió el labio inferior—. Hay algo... que no ha terminado.

Noté cómo mi pecho se endurecía y se calentaba.

—¿Te pone cachonda, Eva?

Ella irguió la espalda.

—No es eso.

—¿Es su voz? ¿Sus tatuajes? ¿Su polla mágica?

—Para. No resulta fácil hablar de esto. No lo hagas más difícil.

—Para mí también es muy difícil, joder —espeté mientras me ponía de pie.

La examiné de la cabeza a los pies, deseando follármela y castigarla al mismo tiempo. Quería atarla, encerrarla, ponerla a salvo de cualquiera que pudiera alejarla de mí.

—Te trató como a una mierda, Eva. ¿Lo has olvidado cuando has visto el videoclip de *Rubia*? ¿Hay algo que necesites que yo no te esté dando?

—No seas estúpido —replicó cruzando los brazos con una pose defensiva que me enfureció todavía más.

La necesitaba abierta y sumisa. La necesitaba por completo. Y había veces en las que me enfadaba ver lo mucho que ella significaba para mí. Era la única cosa que no podía imaginarme perder. Y me estaba diciendo la única cosa que no podía soportar oír.

—Por favor, no te enfades por esto —susurró.

—Estoy siendo de lo más civilizado, teniendo en cuenta lo violento que me siento en este momento.

—Gideon... —La culpa oscurecía sus ojos grises y las lágrimas brillaban.

Miré hacia otro lado.

—¡No!

Pero Eva vio mi interior como siempre hacía.

—No pretendía hacerte daño. —El diamante de su dedo anular, la muestra de que era mía, reflejó la luz y lanzó chispas multicolores sobre la pared—. No me gusta que te molestes y te enfades conmigo. A mí también me duele, Gideon. No lo quiero a él. Te lo juro.

Desesperado, me acerqué a la ventana, tratando de buscar la calma que necesitaba para enfrentarme al peligro que representaba Brett Kline. Había hecho todo lo que había podido. Había pronunciado mis votos, le había puesto aquel anillo en el dedo. La había amarrado a mí de todos los modos posibles. Pero no era suficiente.

La ciudad se extendía ante mí, aunque la vista quedaba bloqueada por edificios más altos. Desde el ático de la Quinta Avenida, podía ver hasta varios kilómetros. Pero desde ese apartamento del Upper West Side que había ocupado al lado del de Eva, la vista quedaba limitada. No podía ver las infinitas franjas de calles invadidas por taxis amarillos ni la luz del sol que centelleaba desde las numerosas ventanas de los rascacielos.

Podría regalarle Nueva York a Eva. Podría regalarle el mundo. No podía amarla más de lo que ya lo hacía. Me obsesionaba. Y, sin embargo, un gilipollas de su pasado iba acercándose para echarme a un lado.

La recordé en brazos de Kline, besándolo con una desesperación que solamente debería sentir por mí. La posibilidad de que aún lo deseara hizo que me entraran ganas de romper algo.

Mis nudillos sobresalieron cuando apreté las manos en un puño.

—¿Necesitamos ya un descanso? ¿Tomarnos un tiempo para que Kline pueda aclarar tu confusión? Quizá yo debería hacer lo mismo y ayudar a Corinne a aclararse también.

Al oír el nombre de mi antigua prometida, Eva cogió aire de forma temblorosa.

—¿Estás hablando en serio? —repuso. Dejó pasar un horrible momento de silencio y al cabo añadió—: Felicidades, imbécil. Acabas de hacerme más daño del que nunca me has hecho.

Me volví a tiempo de ver cómo salía airadamente de la habitación, con la espalda rígida y en tensión. Las llaves que había utilizado para entrar estaban sobre mi mesa, y verlas allí hizo que se desencadenara mi desesperación.

—Espera.

La agarré, pero ella trató de zafarse. Esa dinámica entre ambos ya me resultaba muy familiar: Eva echando a correr y yo saliendo en su busca.

—¡Suéltame!

Cerré los ojos y apreté la cara contra la suya.

—No voy a permitir que él te tenga.

—Estoy tan enfadada contigo ahora mismo que podría darte un puñetazo.

Deseé que lo hiciera. Deseaba sentir dolor.

—Hazlo.

Agarró con fuerza mis brazos.

—Suéltame, Gideon —espetó.

Le di la vuelta y la acorralé contra la pared del pasillo.

—¿Qué se supone que tengo que hacer cuando me dices que te sientes confundida con respecto a Brett Kline? Es como si estuviera colgando del borde de un precipicio y los dedos me estuvieran resbalando.

—Y ¿vas a tirar de mí para poder sujetarte? ¿Por qué no entiendes que no voy a marcharme a ningún sitio?

Me quedé mirándola mientras trataba de pensar en algo que decir que lo solucionara todo entre los dos. Su labio inferior empezó a temblar y yo... me deshice.

—Dime cómo manejar esto —le pedí con voz ronca mientras rodeaba sus puños con las manos haciendo una suave presión—. Dime qué hacer.

—¿Quieres decir cómo manejarme a mí? —Echó los hombros hacia atrás—. Porque soy yo la que no está bien. Conocí a Brett en una época de mi vida en la que me odiaba a mí misma pero quería que los demás me quisieran. Ahora él está actuando del modo que yo quería que lo hiciera en aquel entonces y eso me está volviendo loca.

—Dios mío, Eva. —La apreté con más fuerza y eché el cuerpo sobre el de ella—. Y ¿se supone que no debo sentirme amenazado por eso?

—Se supone que debes confiar en mí. Te lo he contado porque no quería que hubiera malas vibraciones ni conclusiones erróneas. Quería ser sincera al respecto para que no te sintieras amenazado. Sé que hay cosas en mi cabeza que tengo que solucionar. Voy a ir a ver al doctor Travis este fin de semana para...

—¡Los psiquiatras no son la solución a todos los problemas!

—No me grites.

Contuve el deseo de golpear con el puño el yeso que había detrás de ella. La fe ciega de mi esposa en las propiedades curativas de la terapia me frustraban más que ninguna otra cosa.

—No vamos a ir corriendo a un maldito médico cada vez que tengamos un problema. Este matrimonio lo componemos tú y yo. ¡No la maldita comunidad psiquiátrica!

Eva levantó el mentón y su mandíbula adoptó la inclinación decidida que tan loco me volvía. Nunca me daba nada a menos que mi polla estuviera dentro de ella. Después, me lo daba todo.

—Puede que creas que tú no necesitas ayuda, campeón, pero sé que yo sí.

—Lo que yo necesito es a ti. —Cogí su cabeza entre mis manos—. Necesito a mi mujer. ¡Y necesito que ella piense en mí y en ningún otro tío!

—Estás haciendo que desee no haberte contado nada.

Mis labios se curvaron en un gesto de desprecio.

—Sabía lo que sentías —repuse—. Lo había visto.

—Dios... Eres un loco celoso... —gimió en voz baja—. ¿Por qué no entiendes lo mucho que te quiero? Brett no es nada comparado contigo. Nada. Pero la verdad es que no quiero estar contigo ahora mismo.

Noté su resistencia, cómo trataba de apartarse de mí. Me aferré a ella como a un salvavidas.

—¿No ves lo que me estás haciendo? —dije.

Ella se ablandó de pronto entre mis brazos.

—No te entiendo, Gideon. ¿Cómo puedes pulsar un interruptor y esconder tus sentimientos? Sabes lo que pienso de Corinne. ¿Cómo has podido restregármela por las narices de esa forma?

—Tú eres la razón por la que respiro. No puedo evitarlo. —Deslicé la boca por su mejilla—. No pienso en otra cosa más que en ti. Todo el día. Cada día. Todo lo que hago lo hago pensando en ti. No hay espacio para nadie más. Y me destroza ver que tú sí tienes espacio para él.

—No me estás escuchando.

—Simplemente, mantente alejada de él.

—Eso es evitar el problema, no solucionarlo. —Sus dedos se clavaron en mi cintura—. Estoy hecha pedazos, Gideon, lo sabes. Y estoy volviendo a juntar todas mis piezas.

Yo la quería tal y como era. ¿Por qué no bastaba eso?

—Gracias a ti soy más fuerte de lo que nunca he sido —continuó—. Pero aún sigue habiendo grietas. Y, cuando las encuentre, voy a tener que descubrir qué fue lo que las causó y cómo volver a sellarlas. Para siempre.

—¿Qué coño significa eso? —Metí las manos por debajo de su camiseta buscando su piel desnuda.

Ella se puso rígida y me empujó para apartarme.

—No, Gideon.

Apreté la boca contra la suya. La levanté en el aire y la tumbé en el suelo. Ella se revolvía.

—No luches contra mí —dije con un gruñido.

—No puedes hacer desaparecer nuestros problemas con un polvo.

—Sólo quiero follarte —repuse.

Enganché los pulgares en la cintura de sus pantalones cortos y se los bajé. Estaba deseando estar dentro de ella, poseerla, sentir que se rendía. Cualquier cosa con tal de ahogar la voz de mi cabeza que me decía que estaba jodido. Una vez más. Y, esta vez, no iba a perdonarme.

—Suéltame —me exigió encogiéndose sobre su vientre.

Mis brazos envolvieron sus caderas cuando trató de escabullirse. Podía hacer que me apartara como había aprendido a hacer. Podía hacer que parara con una palabra. La palabra de seguridad...

—Crossfire.

Se quedó inmóvil al oír mi voz, y esa única palabra expresó el desorden de emociones con los que Eva me había destrozado.

Fue en ese ojo del huracán cuando algo se rompió. Una calma feroz y conocida explotó en mi interior dejando en silencio el pánico que hacía que mi seguridad se tambaleara. Permanecí quieto mientras asimilaba la repentina ausencia de agitación. Había pasado mucho tiempo desde la última vez que había sentido el vertiginoso cambio entre el caos y el control. Sólo Eva podía sacudirme con tanta fuerza, devolviéndome estrepitosamente a una época en la que yo había estado a merced de todo y de todos.

—Vas a dejar de luchar contra mí —le dije con voz serena—. Y yo voy a pedirte disculpas.

Se quedó relajada entre mis brazos. Su sumisión fue total y rápida. Yo volvía a tener el control.

Tiré de ella hacia arriba y hacia atrás de modo que quedó sentada sobre mis piernas. Ella necesitaba que yo tuviera el control. Cuando yo vacilaba, ella se despistaba, y eso no hacía sino estremecerme más aún. Era un círculo vicioso y yo tenía que controlarlo con más fuerza.

—Lo siento —dije. Sentía haberle hecho daño. Sentía haber perdido el control de la situación.

Estaba inquieto después de la pesadilla, algo que ella había intuido, y como me había soltado lo de Kline justo después no había tenido tiempo de volver a recomponerme.

Me encargaría de él. Ataría en corto a Eva. Punto. No había otra solución.

—Necesito tu apoyo, Gideon.

—Y yo necesito decirle que estás casada.

Eva apoyó la sien en mi mejilla.

—Yo lo haré.

La moví para que se sentara sobre mi regazo y me recosté contra la pared, meciéndola sobre mi cuerpo. Sus brazos rodearon mi cuello y mi mundo volvió a estar en orden.

Ella deslizó entonces la mano por mi pecho.

—Campeón...

El tono de persuasión que había en su voz ya lo conocía bien. Se me puso dura al instante y empezó a hervirme la sangre. Someterse a mí excitaba a Eva, y esa reacción suya me encendió como ninguna otra cosa.

Metí la mano entre su pelo y agarré sus suaves mechones dorados mientras veía cómo sus ojos se entornaban al notar el suave tirón de mi mano. Estaba a mi merced, y eso le encantaba. Lo necesitaba tanto como yo.

Tomé su boca.

Después, la tomé a ella.

Mientras Angus nos llevaba a Eva y a mí al trabajo, revisé mi agenda de citas y pensé en el vuelo de mi mujer de las ocho y media.

La miré.

—Vas a ir a California en uno de nuestros aviones.

Ella iba mirando por la ventanilla del Bentley, observando la ciudad con su habitual interés entusiasta. Se volvió hacia mí.

Yo había nacido en Nueva York. Había crecido allí y en sus alrededores y, al final, había empezado a hacerla mía. Y, en algún momento también, había dejado de verla. No obstante, la fascinación y el deleite que Eva demostraba para con mi ciudad había hecho que yo volviera a mirarla. No observaba Nueva York con la misma intensidad que ella pero, aun así, la veía con nuevos ojos.

—¿Sí? —me desafió, y su mirada mostró que sentía la misma atracción por mí.

Aquella mirada que parecía decir «Fóllame» me ponía siempre al límite.

—Sí. —Cerré la funda de mi tableta—. Es más rápido, más cómodo y más seguro.

Sus labios se curvaron hacia arriba.

—De acuerdo.

Aquel atisbo de risa provocadora hizo que deseara hacerle todo tipo de cosas malvadas y salvajes hasta dejarla completamente rendida.

—Díselo a Cary —continuó mientras cruzaba las piernas y dejaba ver el borde de encaje de sus medias y un poco de la liga.

Llevaba una blusa roja sin mangas y una falda blanca con unos tacones de tiras. Un atuendo de lo más adecuado para ir a trabajar que hacía resaltar su cuerpo con una discreta sensualidad. Entre nosotros se levantaba un arco de electricidad, el reconocimiento instintivo de que estábamos hechos para encajar el uno en el otro a la perfección.

—Pídeme que vaya contigo —dije. Odiaba pensar que estaría lejos de mí durante todo un fin de semana.

Su sonrisa desapareció de pronto.

—No puedo. Si debo decirle a la gente que nos hemos casado, tengo que empezar por Cary. Y no podré hacerlo si tú estás presente. No quiero que sienta que lo he dejado fuera de la vida que estoy comenzando contigo.

—Yo tampoco quiero quedarme fuera.

Eva entrelazó los dedos con los míos.

—Pasar un tiempo a solas con los amigos no hace que seamos menos pareja.

—Yo prefiero pasar el tiempo contigo —repuse—. Eres la persona más interesante que conozco.

Abrió unos ojos como platos y se me quedó mirando. Después, empezó a moverse, levantándose la falda y montando a horcajadas sobre mí antes de que pudiera darme cuenta de lo que hacía. Cogió mi cara entre las manos y apretó sus labios cubiertos de brillo contra los míos para besarme hasta dejarme sin sentido.

—Ah... —gemí cuando se apartó jadeante. Mis dedos se flexionaron sobre la generosa curva de su precioso culo—. Hazlo otra vez.

—Ahora mismo me tienes muy cachonda —susurró limpiándome los labios con el dedo pulgar.

—Eso me gusta.

Su fuerte risa me sacudió por dentro.

—Ahora mismo me siento estupendamente.

—¿Mejor que en el pasillo? —pregunté.

Su alegría era contagiosa. Si pudiera detener el tiempo, lo habría hecho en ese momento.

—Ésa es una forma distinta de estar estupendamente. —Sus dedos golpetearon mis hombros. Se la veía radiante cuando estaba contenta. Y su deleite lo iluminaba todo a su alrededor. Incluso a mí—. Ése ha sido un gran cumplido, campeón. Sobre todo, viniendo nada menos que de Gideon Cross. Conoces a personas fascinantes todos los días.

—Y ojalá desaparecieran para poder volver contigo.

Sus ojos resplandecieron.

—Dios, te quiero tanto que me duele.

Las manos me temblaban y las hundí en la parte posterior de sus muslos para que no las viera. Mis ojos se movían de un lado a otro, tratando de aferrarse a algo que me sujetara.

Ojalá ella pudiera saber lo que provocaba en mí al pronunciar esas dos palabras.

Me abrazó.

—Quiero que hagas algo por mí —murmuró.

—Lo que sea. Todo.

—Vamos a celebrar una fiesta.

—Genial. —Aproveché la oportunidad de poder cambiar de tema de conversación—. Yo pondré el columpio.

Eva se echó hacia atrás y me dio un golpe en el hombro.

—Ese tipo de fiesta no, obseso sexual.

—Vaya rollo —dije con un suspiro.

Me miró con una sonrisa maliciosa.

—¿Y si te prometo lo del columpio a cambio de la fiesta?

—Negociemos. —Me eché hacia atrás a mi vez mientras disfrutaba observándola—. Dime qué has pensado.

—Copas y amigos. Tuyos y míos.

—De acuerdo —asentí, y a continuación consideré las distintas posibilidades—. Veo tus copas y tus amigos y subo a un polvo rápido en algún rincón oscuro mientras tanto.

Su garganta se movió al tragar rápidamente y yo sonreí. Conocía muy bien a mi chica. Satisfacer su secreto exhibicionismo suponía para mí todo un giro de ciento ochenta grados y, aunque seguía sorprendiéndome cada vez que lo pensaba, no me importaba lo más mínimo. No había nada que yo no pudiera hacer por esos momentos en los que lo único que a ella le importaba era que mi polla la llenara por dentro.

—Sí que sabes regatear —dijo.

—Ésa es mi intención.

—Vale. —Se pasó la lengua por los labios—. Veo tu polvete y subo a una paja por debajo de la mesa.

La miré sorprendido.

—Vestido —contraataqué.

El aire que había entre nosotros se llenó con algo parecido a un ronroneo.

—Creo que necesitará considerarlo usted, señor Cross.

—Pues yo creo que va a tener que esforzarse usted más para convencerme, señora Cross.

Como siempre, Eva fue la negociación más estimulante del día.

Nos separamos en la planta veinte, donde bajó del ascensor para acceder al vestíbulo de Waters Field & Leaman. Yo estaba decidido a que Eva entrara en mi equipo y trabajara para mí. Era un objetivo para el que cada día diseñaba una estrategia.

Cuando llegué a mi despacho, mi ayudante ya estaba en su mesa.

—Buenos días —me saludó Scott poniéndose de pie mientras yo me acercaba—. Han llamado hace unos minutos del Departamento de Relaciones Públicas. Al parecer, han recibido una inusual cantidad de consultas sobre el rumor de un compromiso entre usted y la señorita Tramell. Quieren saber qué deben responder.

—Deberían confirmarlo —contesté. Pasé por su lado y me dirigí al perchero que estaba en el rincón detrás de mi mesa.

—Enhorabuena —dijo él siguiéndome.

—Gracias.

Me quité la chaqueta con un movimiento de hombros y la colgué. Cuando volví a mirarlo, estaba sonriendo.

Scott Reid se ocupaba de una gran cantidad de tareas con sumo sigilo, lo cual hacía que a menudo los demás lo subestimaran y pasara desapercibido. Más de una vez, su detallada observación de las personas había resultado ser extremadamente perspicaz, por lo que le pagaba más de lo que merecía su puesto para evitar que se marchara a otro lado.

—La señorita Tramell y yo nos casaremos antes de que termine el año —le expliqué—. Cualquier entrevista o fotografía que pidan de cualquiera de nosotros deberá ser solicitada a través de Cross Industries. Y diles lo mismo a los de seguridad de abajo. Nadie puede ponerse en contacto con ella sin pasar antes por mí.

—Se lo diré. Por otro lado, el señor Madani quería que lo avisara cuando llegara. Quiere hablar unos minutos con usted antes de la reunión de esta mañana.

—Muy bien, estoy listo para cuando quiera.

—Genial —dijo Arash Madani entrando en el despacho—. Tiempo atrás, había días en los que estabas aquí antes de las siete. Te estás adormilando, Cross.

Lancé al abogado una mirada de advertencia, aunque sin el menor rastro de animosidad. Arash vivía para trabajar y era muy bueno en lo que hacía. Fue por eso por lo que se lo arrebaté a su anterior jefe. Era el abogado más duro que había visto y, durante todos esos años, no había cambiado lo más mínimo.

Hice una seña indicando las dos sillas que había delante de mi mesa y yo me senté en mi sillón mientras observaba cómo él hacía lo mismo. Su traje azul oscuro era sencillo pero estaba confeccionado a medida, y su ondulado cabello oscuro llevaba un corte preciso. En sus ojos castaños se veían su perspicacia y su inteligencia, y éstas se extendían a una sonrisa que expresaba más advertencia que saludo. Era un amigo además de un empleado, y yo valoraba su franqueza.

—Hemos recibido una oferta respetable por el hotel de la calle Treinta y seis —dijo.

—¿Sí? —Una maraña de emociones hicieron que tardara un momento en contestar. El hotel que Eva tanto odiaba seguiría siendo un problema mientras yo lo tuviera en propiedad—. Eso es bueno.

—Es curioso —respondió él de inmediato mientras apoyaba un tobillo sobre la rodilla contraria—, teniendo en cuenta lo lenta que es la recuperación del mercado. He tenido que excavar varias capas para saberlo. El postor es una empresa subsidiaria de LanCorp.

—Interesante.

—Arrogante, más bien. Landon sabe que la oferta siguiente está muy por debajo, unos diez millones. Mi recomendación es que saquemos esa propiedad del mercado y volvamos a reconsiderarlo dentro de uno o dos años.

—No. —Apoyé la espalda en mi sillón y rechacé la sugerencia con un movimiento de la mano—. Que se lo quede.

Arash parpadeó.

—¿Me tomas el pelo? ¿Por qué tienes tanta prisa por deshacerte de ese hotel?

«Porque no puedo seguir teniéndolo entre mis empresas sin hacerle daño a mi esposa».

—Tengo mis razones —repuse.

—Eso es lo que dijiste cuando te aconsejé que lo vendieras hace unos años y, en lugar de ello, decidiste gastar varios millones en su remodelación. Un gasto que por fin acabas de amortizar. ¿Y ahora quieres librarte de él en una época en la que los mercados siguen estando inestables para vendérselo a un tío que quiere tu cabeza?

—Nunca es mal momento para vender inmuebles en Manhattan.

Y, desde luego, nunca es mal momento para deshacerse de un lugar al que Eva se refería como mi *picadero*.

—Ha habido tiempos mejores, como bien sabes. Landon lo sabe. Si se lo vendes a él, sólo estarás animándolo.

—Bueno. Quizá así se ponga las pilas.

Ryan Landon tenía un interés personal. Yo no se lo echaba en cara. Mi padre había diezmado la fortuna de los Landon y Ryan quería que algún Cross pagara por ello. No se trataba del primer empresario ni del último que iba detrás de mí por culpa de mi padre, pero éste era el más tenaz. Y era lo suficientemente joven como para dedicarle mucho tiempo a dicha tarea.

Miré la fotografía de Eva que había sobre mi mesa. Todas las demás consideraciones ocupaban un segundo lugar.

—Oye, se trata de tu negocio —dijo Arash levantando las manos con fingida rendición—. Yo sólo necesito saber si las reglas del juego han cambiado.

—Nada ha cambiado —aseguré.

—Si crees eso, Cross, es que estás más apartado del juego de lo que pensaba. Mientras Landon conspira para buscarte la ruina, tú estás descansando en la playa.

—Deja de patearme el culo por haberme tomado un fin de semana libre, Arash.

Lo haría otra vez en ese mismo momento. Los días que había pasado con Eva en los Outer Banks habían sido un puto sueño que jamás me había permitido tener.

Me puse de pie y me acerqué a la ventana. Las oficinas de LanCorp estaban en un rascacielos que había dos manzanas más arriba, y el despacho de Ryan Landon tenía unas vistas excelentes del edificio Crossfire. Imaginaba que pasaba más de un momento al día mirando mi despacho y planeando su siguiente movimiento. De vez en cuando, yo le devolvía la mirada y lo desafiaba para que se esforzara más.

Mi padre era un delincuente que había acabado con montones de vidas. Era también el hombre que me había enseñado a montar en bici y a pronunciar mi nombre con orgullo. Yo no podía salvar la reputación de Geoffrey Cross pero, desde luego, sí podía proteger lo que yo había construido de sus cenizas.

Arash se reunió conmigo junto a la ventana.

—No voy a decir que no me escondería con una chica como Eva Tramell si pudiera, pero sí que tendría siempre a mano mi teléfono móvil. Sobre todo, en medio de negociaciones de alto riesgo.

Mientras recordaba el sabor del chocolate derretido sobre la piel de Eva, pensé que si un huracán hubiera empezado a arrancar el tejado no le habría prestado mayor atención.

—Estás haciendo que empiece a sentir lástima por ti —repliqué.

—La adquisición de aquel software por parte de Lan-Corp te dejó varios años de retraso en investigación y desarrollo. Y eso ha hecho que ese tipo se vuelva arrogante.

Eso era lo que hacía que le hirviera la sangre a Arash, que Landon se deleitara con su propio éxito.

—Ese software no vale casi nada sin el hardware de PosIT —repuse.

Me miró.

—¿Y?

—Mira el punto tres de la agenda.

Se puso delante de mí.

—En mi copia dice «Asunto por determinar».

—Pues en la mía dice «PosIT». ¿Te parece una presa lo bastante buena?

—Joder.

En ese instante sonó el teléfono de mi escritorio, seguido de la voz de Scott que salía del altavoz.

—Un par de cosas, señor Cross. La señorita Tramell está en la línea uno.

—Gracias, Scott. —Me dirigí al auricular con la emoción de la caza aún recorriendo mis venas. Si comprábamos PosIT, Landon volvería a la casilla de salida—. Cuando esté libre, necesito que me pongas con Victor Reyes.

—De acuerdo. Además, la señora Vidal está en la recepción —continuó, lo que me obligó a detenerme—. ¿Quiere que posponga la reunión de la mañana?

Miré a través de la pared de cristal que separaba mi despacho del resto de la planta, aunque no podía ver a mi madre desde esa distancia. Apreté las manos. Según el reloj de mi teléfono, tenía diez minutos libres y mi mujer estaba aguardando al teléfono. Sentí el deseo de que mi madre tuviera que esperar a que pudiera incluirla en mi agenda, no al revés. Pero lo deseché.

—Dame veinte minutos —le dije—. Me ocuparé de las llamadas de la señorita Tramell y de Reyes y, después, puedes decirle a la señora Vidal que entre.

—Entendido.

Esperé a que sonara una vez. A continuación, cogí el teléfono y, rápidamente, pulsé el botón que parpadeaba.

2

—Cielo.

El impacto de la voz de Gideon en mis sentidos fue tan contundente como lo había sido la primera vez que la oí. Refinada pero ronca y llena de sensualidad, me dejaba pasmada tanto en la oscuridad de mi dormitorio como por teléfono, cuando su rostro incomparablemente hermoso no podía distraerme.

—Hola —dije acercando un poco más a la mesa mi sillón giratorio—. ¿Te pillo en mal momento?

—Siempre que me necesites, estaré aquí.

Había algo en su voz que no estaba bien.

—Puedo llamarte luego.

—Eva. —Su tono autoritario al pronunciar mi nombre hizo que se me encogieran los dedos de los pies dentro de mis Louboutin de tiras—. Dime qué necesitas.

«A ti», estuve a punto de responder, lo cual era casi una locura teniendo en cuenta que acababa de follarme hasta dejarme sin sentido tan sólo un par de horas antes..., después de haber estado haciéndolo durante casi toda la noche.

—Necesito un favor —dije en vez de eso.

—Me encantará cuando tengas que devolvérmelo.

Mis hombros se liberaron de parte de la tensión acumulada. Me había herido al mencionar el nombre de Corinne del modo en que lo había hecho, y la discusión que había venido después seguía presente en mi cabeza. Sin embargo, tenía que dejarla a un lado, olvidarla.

—¿Los de seguridad tienen la dirección postal de todos los empleados de Crossfire? —pregunté.

—Tienen copias de sus documentos de identidad. ¿Por qué?

—La recepcionista de aquí es amiga mía y lleva toda la semana de baja por enfermedad. Estoy preocupada por ella.

—Si lo que quieres es ir a su casa para ver cómo está, deberías pedirle su dirección.

—Lo haría si me devolviera las llamadas. —Pasé la punta del dedo por el borde de mi taza de café y me quedé mirando el conjunto de fotografías de Gideon que decoraban mi escritorio.

—¿Es que no os habláis?

—No, no nos hemos peleado ni nada de eso. No es propio de ella que no se ponga en contacto conmigo, sobre todo cuando está llamando todos los días al trabajo para decir que está enferma. Es una chica muy cariñosa..., ¿sabes de quién te hablo?

—No —contestó él con voz cansina—. No tengo ni idea.

Si hubiese sido otro hombre el que había dicho eso, habría pensado que estaba siendo sarcástico. Pero no Gideon. No creo que hablara en realidad con las mujeres de un modo muy elocuente. Muchas veces se mostraba despistado cuando hablaba conmigo, como si el aprendizaje de sus dotes sociales no estuviera completo en lo que se refiere a tratar con el sexo opuesto.

—Entonces, vas a tener que creer mis palabras, campeón. Sólo... quiero asegurarme de que está bien.

—Mi abogado está aquí mismo, pero no tengo por qué preguntarle si es legal que te dé la información que me pides para el fin que has dicho. Llama a Raúl. Él la encontrará.

—¿De verdad? —Una imagen de un experto en seguridad de pelo y ojos oscuros cruzó mi mente—. ¿Le parecerá bien?

—Cielo, se le paga para que le parezca bien todo.

—Ah —repuse jugueteando con mi bolígrafo.

Sabía que no debía incomodarme utilizar los recursos de Gideon, pero me hacía sentir como si en nuestra relación la balanza se inclinara más hacia su lado. Aunque no creía que fuera a echármelo nunca en cara, tampoco creía que me viera como a una igual, y eso era muy importante para mí.

Se había ocupado él solo de asuntos de los que debería haberme ocupado yo, como el horrible vídeo de Sam Yimara en el que salíamos Brett y yo. Y de Nathan.

—¿Cómo me pongo en contacto con él? —pregunté a pesar de ello.

—Te envío su número en un mensaje de texto.

—Vale. Gracias.

—Quiero que Angus, Raúl o yo mismo estemos contigo cuando vayas a verla.

—Eso resultaría un poco raro, ¿no crees?

Miré hacia el despacho de Mark para asegurarme de que mi jefe no me necesitaba para nada. Intentaba no hacer llamadas personales desde el trabajo, pero Megumi llevaba sin venir cuatro días seguidos y no me había devuelto ni una sola de mis llamadas ni de mis mensajes en todo ese tiempo.

—No me vengas con eso de que «es una cosa de chicas», Eva. En esto tienes que darme algo a cambio.

Entendí a qué se refería. Estaba preocupado por mi viaje a San Diego y estaba dejándolo pasar. A cambio, yo tendría que ceder un poco en lo demás.

—Vale, vale. Si no está de vuelta en la oficina el lunes, ya veremos lo que hacemos.

—Bien. ¿Algo más?

—No. Eso es todo. —Mis ojos volvieron a una foto de él y sentí una punzada de dolor en el corazón, como siempre que lo miraba—. Gracias. Espero que pases un día estupendo. Te quiero con locura, ¿sabes? Y no, no espero que tú vayas a decirme lo mismo si tu abogado está ahí contigo.

—Eva. —Había un tono de dolor en su voz que me emocionó más de lo que las palabras podrían haberlo hecho—. Ven a verme cuando salgas del trabajo.

—Claro. No olvides llamar a Cary para lo de tu avión.

—Eso está hecho.

Colgué y apoyé la espalda en la silla.

—Buenos días, Eva.

Me volví y vi a Christine Field, la presidenta ejecutiva.

—Buenos días.

—Quería felicitarte de nuevo por tu compromiso. —Sus ojos pasaron por encima de mi hombro en dirección a las fotografías enmarcadas que tenía detrás de mí—. Lo siento, no sabía que Gideon Cross y tú estabais saliendo.

—No pasa nada. Trato de no hablar de mi vida privada en el trabajo.

Aunque lo había dicho en un tono despreocupado, pues no quería contrariar a una de las socias de la empresa, esperaba que Christine pillara la indirecta. Gideon era el centro de mi vida, pero necesitaba que algunas partes de ella me pertenecieran sólo a mí.

Se rio.

—Eso está muy bien. Pero demuestra que no estoy muy atenta a lo que pasa por aquí.

—Dudo que se esté perdiendo nada importante.

—¿Eres tú el motivo por el que Cross ha acudido a nosotros para la campaña de Vodka Kingsman?

Hice una mueca de dolor para mis adentros. Por supuesto, debía de pensar que yo le había recomendado mi jefe a mi novio, pues debía de suponer que Gideon y yo llevábamos saliendo el tiempo suficiente como para que la noticia del compromiso tuviera lógica. Decirle que yo llevaba trabajando en Waters Field & Leaman más tiempo del que llevaba con Gideon, cuando me habían contratado apenas dos meses antes, daría pie a especulaciones que no quería que circularan.

Y, lo que es peor, estaba bastante segura de que Gideon sí había utilizado la campaña del vodka como excusa para atraerme a su mundo tal y como él quería. Eso no significaba que Mark no hubiera hecho un trabajo fenomenal en la licitación. Yo no quería que mi relación con Gideon restara importancia a mi jefe y a sus logros.

—El señor Cross acudió a la agencia por su cuenta —contesté ciñéndome a la verdad—. Y fue una muy buena decisión. Mark estuvo genial en la presentación.

Christine asintió.

—Así fue. Bueno, te dejo para que sigas trabajando. Por cierto, Mark también ha estado elogiando tus virtudes. Nos alegra tenerte en nuestro equipo.

Conseguí responder con una sonrisa, aunque mi día había tenido un comienzo difícil. Primero, Gideon me había hecho tambalear con su mierda sobre Corinne. Después, había visto que Megumi seguía de baja. Y ahora descubría que me trataban de un modo diferente en el trabajo porque mi nombre estaba unido al de Gideon de una forma muy significativa.

Abrí mi bandeja de entrada y empecé a revisar el correo electrónico. Sabía que Gideon quería que yo sintiera lo mismo que él estaba sintiendo, así que había utilizado a Corinne en mi contra. Yo era consciente de que hablar de Brett iba a suponer un problema y por ese motivo lo había ido aplazando, pero no albergaba segundas intenciones cuando había hablado de él ni cuando lo había besado. Le había hecho daño a Gideon, sí, pero podía decir con toda sinceridad que no lo había hecho de forma consciente.

Por otra parte, él sí había tenido intención de hacerme daño. Yo no me había dado cuenta de que era capaz de hacerlo ni de desear hacerlo. Algo importante había cambiado entre nosotros esa mañana. Y sentí como si un pilar de nuestra confianza estuviera tambaleándose.

¿Era él consciente de ello? ¿Entendía lo importante que era ese problema?

El teléfono de mi mesa sonó y respondí con mi saludo habitual.

—¿Cuánto tiempo ibas a esperar hasta contarme lo de tu compromiso?

Un suspiro escapó de mis labios antes de que pudiera controlarlo. Estaba claro que mi viernes se estaba poniendo cada vez más difícil.

—Hola, mamá. Iba a llamarte durante el almuerzo.

—¡Anoche lo sabías! —me acusó—. ¿Te lo pidió de camino a la cena? Porque no dijiste nada de ningún compromiso cuando hablamos de que él fuera a pedirle permiso a tu padre o a Richard. Vi el anillo en el restaurante Cirpiani's y estuve segura, pero como no dijiste nada, no insistí, ya que últimamente has estado muy susceptible. Y...

—Y últimamente tú has estado infringiendo la ley —respondí.

—... Gideon también llevaba anillo, así que se me ocurrió que quizá se trataba de una especie de promesa o algo parecido...

—Lo es.

—... ¡Y luego leo lo de tu compromiso en internet! De verdad, Eva. ¡Ninguna madre debería descubrir por internet que su hija se va a casar!

Me quedé mirando la pantalla sin expresión alguna.

—¿Qué? ¿En internet?... ¿Dónde?

—¡Elige! *Page Six*, *Huffington Post*... Y deja que te diga de nuevo que es imposible preparar una boda en condiciones antes de final de año.

Mi alerta diaria de Google no había llegado aún a mi bandeja de entrada, así que hice una búsqueda rápida, tecleando a tanta velocidad que incluso escribí mal mi nombre. No importó.

La conocida Eva Tramell ha conseguido el premio gordo, aunque no literalmente hablando, claro está. El empresario multimillonario Gideon Cross, cuyo nombre es sinónimo de exceso y lujos, no elegiría otra cosa que no fuese platino para introducirlo en el dedo de la mujer que llevará su apellido (véase fotografía izquierda). Una fuente de Cross Industries ha confirmado el valor del enorme pedrusco que Tramell luce en la mano izquierda. No ha habido declaraciones en cuanto al anillo que se le ha visto llevar a Cross (foto derecha). Está previsto que la boda se celebre antes de final de año. Tenemos que preguntarnos a qué vienen tantas prisas. Acaba de dar comienzo la operación Vigilancia del Embarazo de Gideva.

—¡Dios mío! —susurré horrorizada—. Tengo que dejarte. Debo llamar a papá.

—¡Eva! Tienes que venir aquí después del trabajo. Tenemos que hablar de la boda.

Por suerte, mi padre estaba en la costa Oeste, lo cual me daba al menos tres horas, dependiendo de su horario de trabajo.

—No puedo. Me voy a San Diego este fin de semana con Cary —repuse.

—Creo que vas a tener que aplazar todos tus viajes durante una temporada. Tienes que...

—Empieza sin mí, mamá —contesté desesperada mientras miraba el reloj—. No tengo pensado nada en especial.

—No puedes estar hablando en seri...

—Te dejo. Tengo que trabajar.

Colgué y, a continuación, abrí el cajón de la mesa donde guardaba mi móvil.

—Hola. —Mark Garrity se apoyó sobre el borde de mi cubículo y me ofreció una de sus encantadoras sonrisas ladeadas—. ¿Lista para la acción?

—Eh...

Mi dedo se detuvo sobre el botón de casa de mi teléfono. Me debatía entre hacer aquello por lo que me pagaban, trabajar, y asegurarme de que mi padre se enteraba de la noticia de mi compromiso por mí. Normalmente, la elección no habría supuesto ningún dilema. Me gustaba demasiado mi trabajo como para ponerlo en peligro holgazaneando. Pero mi padre había estado muy bajo de ánimos desde que se había liado con mi madre y estaba preocupada por él. No era del tipo de hombres que se tomaran a la ligera el hecho de acostarse con una mujer casada, aunque estuviera enamorado de ella.

Volví a dejar el teléfono en el cajón.

—Por supuesto —respondí apartándome de la mesa y cogiendo mi tableta.

Cuando me acomodé en mi asiento de siempre delante de la mesa de Mark, le envié a mi padre un mensaje desde la tableta en el que le decía que tenía que contarle algo importante y que lo llamaría a mediodía.

Aquello era lo mejor que podía hacer. Esperaba que fuera suficiente.

3

—Sí que eres lento.

Levanté la vista en dirección a Arash después de dejar el auricular en su sitio.

—¿Aún sigues aquí? —repuse.

Se rio y volvió a tomar asiento en el sofá de mi despacho. Aquella vista no era tan agradable como la que mi mujer me había brindado no hacía mucho.

—Charlando con el suegro —dijo—. Estoy impresionado. Espero que Eva también lo esté. Apuesto a que cuentas con ello cuando llegue el fin de semana.

Tenía razón. Iba a necesitar ganar todos los puntos posibles cuando me reuniera con ella en San Diego.

—Está a punto de salir de la ciudad —repliqué—. Y tú tienes que entrar en la sala de reuniones antes de que se pongan demasiado nerviosos. Yo iré en cuanto pueda.

El abogado se puso de pie.

—Sí, eso me han dicho. Tu madre ha venido. Que empiece la locura de la boda. Como vas a estar libre este fin de semana, ¿qué te parece si nos juntamos los de siempre en mi casa esta noche? Ha pasado mucho tiempo y tus días de soltero están contados. Bueno, técnicamente ya han acabado, pero eso nadie lo sabe.

Y él estaba obligado a guardar silencio en virtud del secreto profesional.

Tardé unos segundos en responder.

—De acuerdo. ¿A qué hora?

—Sobre las ocho.

Asentí y, a continuación, miré en dirección a Scott. Él captó el mensaje y rodeó su mesa para dirigirse a la recepción.

—Estupendo —dijo Arash con una sonrisa—. Te veo en la reunión.

Durante los dos minutos que estuve solo le envié un mensaje a Angus para decirle lo de California. Aún tenía asuntos de trabajo pendientes allí, y ocuparme de ellos mientras Eva visitaba a su padre me daba la excusa perfecta para estar con ella. Aunque no es que necesitase de ninguna.

—Gideon.

Cuando mi madre entró, los dedos de las manos se me encogieron.

Scott entró detrás.

—¿Seguro que no desea que le traiga nada, señora Vidal? ¿Un café quizá? ¿Agua?

Negó con la cabeza.

—No, gracias. Estoy bien.

—De acuerdo. —Scott sonrió y salió cerrando la puerta tras de sí.

Me apresuré a pulsar el botón de mi mesa que controlaba la opacidad de la pared de cristal, obstaculizando así la vista de todo aquel que estuviera en la planta principal. Mi madre se acercó. Tenía un aspecto esbelto y elegante con sus pantalones de vestir azul marino y su blusa blanca. Se había echado el pelo hacia atrás con un elegante moño de ébano, mostrando el rostro perfecto que mi padre tanto había adorado. Antes yo también lo había adorado. Ahora, en cambio, me costaba mirarla.

Y, como éramos tan parecidos, a veces también me costaba mirarme a mí mismo.

—¿Por qué lleva Eva mi anillo? —inquirió dejando el bolso en el borde de mi mesa.

El pequeño placer que había sentido al verla desapareció al instante.

—Es mi anillo. Y la respuesta a tu pregunta está clara: lo lleva porque yo se lo he regalado cuando le he propuesto matrimonio.

—Gideon. —Echó los hombros hacia atrás—. No sabes en lo que te estás metiendo con ella.

Me obligué a seguir mirándola. Odiaba que me observara con ojos dolidos. Unos ojos azules que eran tan parecidos a los míos.

—No tengo tiempo para esto. Estoy haciendo esperar una reunión importante para poder verte.

—¡No habría tenido que venir a tu despacho si hubieses respondido a mis llamadas o si vinieras a casa de vez en cuando! —Apretó su bonita boca rosada con un gesto de desaprobación.

—Ésa no es mi casa.

—Te está utilizando, Gideon.

Cogí mi chaqueta.

—Ya hemos tenido antes esta conversación.

Cruzó los brazos sobre el pecho a modo de escudo. Conocía a mi madre y sabía que no había hecho más que empezar.

—Está con ese cantante, Brett Kline. ¿Lo sabías? Y tiene un lado oscuro que desconoces. Anoche se portó conmigo de un modo absolutamente cruel.

—Hablaré con ella. —Me coloqué bien la chaqueta tirando con fuerza de las solapas y me dirigí hacia la puerta—. Eva no debería perder el tiempo contigo.

Mi madre contuvo la respiración.

—Estoy tratando de ayudarte.

—Es demasiado tarde para eso, ¿no crees?

A continuación dio un tambaleante paso hacia atrás al ver mi mirada.

—Sé que la muerte de Geoffrey supuso un duro golpe

para ti. Fue una época difícil para todos nosotros. Yo traté de darte...

—¡No voy a hablar de esto aquí! —espeté, furioso porque estuviera sacando a colación en mi lugar de trabajo el suicidio de mi padre, porque lo mencionara siquiera—. Ya me has hecho perder la mañana y me has cabreado. Permíteme que te lo deje claro: nunca conseguirás enfrentarte a Eva y salir ganando.

—¡No me estás escuchando!

—Nada de lo que digas podría afectarme. Si lo que quisiera es mi dinero, le daría cada centavo. Si quisiera a otro hombre, yo haría que se olvidara de él.

Mi madre levantó una mano temblorosa hacia su pelo y lo alisó pese a que ni uno solo de sus lustrosos mechones se había salido del sitio.

—Yo sólo quiero lo mejor para ti y ella está removiendo basura que llevaba mucho tiempo olvidada. Ésta no puede ser una relación sana para ti. Está provocando una ruptura con tu familia que...

—Nosotros ya estábamos alejados, madre. Eva no tiene nada que ver en ello.

—¡Yo no quiero que sea así! —Se acercó y extendió la mano. Una sarta de perlas negras asomaron entre las solapas de su blusa, mientras que un reloj Patek Philippe con un borde de zafiros adornaba su muñeca. No es que hubiera rehecho su vida desde la muerte de mi padre, sino que había hecho borrón y cuenta nueva sin mirar atrás en ningún momento—. Te echo de menos. Te quiero.

—No lo suficiente —repuse.

—Eso no es justo, Gideon. No quieres darme una oportunidad.

—Si quieres que te lleven, Angus está a tu servicio. —Puse la mano sobre el pomo de la puerta, pero me detuve—. No vuelvas aquí, madre. No me gusta discutir contigo. Sería mejor para los dos que te mantuvieras alejada.

Dejé la puerta abierta al salir y me dirigí a la sala de reuniones.

—¿Esta fotografía la has hecho hoy?

Levanté los ojos hacia Raúl, que estaba de pie delante de mi mesa. Vestido con un traje negro liso, tenía la mirada inmutable y alerta de un hombre que se ganaba la vida viéndolo y escuchándolo todo.

—Sí —respondió—. No hace más de una hora.

Volví a centrar la atención en la imagen que tenía delante. Me resultaba difícil mirar a Anne Lucas. Ver su rostro taimado, con su mentón puntiagudo y sus ojos aún más afilados, me traía recuerdos que deseaba poder borrar de mi mente. No sólo de ella, sino también de su hermano, que había sido tan parecido en algunas cosas que me daba asco.

—Eva dijo que la mujer tenía el pelo largo —murmuré al ver que Anne todavía llevaba el pelo corto.

Recordé la sensación de plástico al tocarlo, las puntas engominadas que me arañaban los muslos mientras ella se metía mi polla hasta lo más profundo de su garganta, esforzándose desesperadamente por ponérmela lo bastante dura como para que me la follara.

Le devolví la tableta a Raúl.

—Descubre quién fue.

—Lo haré.

—¿Te ha llamado Eva?

Frunció el ceño.

—No. —Pero sacó su móvil y lo comprobó—. No —repitió.

—Quizá espere hasta que vaya a San Diego. Quiere que busques a una amiga suya.

—Ningún problema. Me ocuparé de ello.

—Ocúpate de Eva —dije mirándolo fijamente.

—Eso no hace falta decirlo.

—Lo sé. Gracias.

Mientras Raúl salía de mi despacho, apoyé la espalda en el sillón. Había varias mujeres de mi pasado que podrían causarnos problemas a mi esposa y a mí. Las mujeres con las que me había acostado eran de carácter agresivo, lo cual hacía que necesitara coger la sartén por el mango. Eva era la única mujer que había llegado a controlarme haciéndome desear más aún.

Pero eso me hacía más difícil dejar que se alejara de mí, no más fácil.

—Ha llegado el equipo de Envoy —anunció Scott por el altavoz.

—Que entren.

Pasé el día finiquitando los asuntos de la semana y preparando los que vendrían después. Tenía que quitarme de en medio muchas cosas antes de poder tomarme algún tiempo para disfrutarlo con Eva. Nuestra luna de miel de un día había sido perfecta, pero demasiado corta. Quería pasar al menos dos semanas fuera con ella, a ser posible un mes. En algún lugar alejado del trabajo y de demás compromisos, donde pudiera tenerla para mí solo sin ninguna interrupción.

El móvil vibró sobre mi mesa y lo miré, sorprendido al ver la cara de mi hermana en la pantalla. Yo le había mandado un mensaje antes para contarle lo del compromiso. Su respuesta había sido corta y sencilla: «¡Bien! Emocionada. ¡Felicidades, hermanito!».

Apenas había respondido a la llamada con un rápido saludo cuando Ireland me interrumpió.

—¡Joder, qué contenta estoy! —gritó, lo que me obligó a apartarme el teléfono de la oreja.

—No digas palabrotas.

—¿Estás de broma? Tengo diecisiete años, no siete. Esto es genial. Siempre he querido tener una hermana, pero me había imaginado que me convertiría en una vieja con canas antes de que tú y Christopher dejarais de dar tumbos y sentarais la cabeza.

Me recosté en el respaldo.

—Estoy para servirla a usted.

—¡Ja! Sí, vale. Has hecho muy bien, ¿sabes? Eva es una joya.

—Sí, lo sé.

—Gracias a ella, ahora puedo acosarte. Para mí es siempre uno de los puntos álgidos del día.

Sentí una presión en el pecho que me obligó a esperar unos segundos antes de poder responder con un tono de voz despreocupado.

—Aunque parezca mentira, para mí también es uno de los momentos álgidos.

—Pues sí. Debería serlo. —Bajó la voz—. Me he enterado de que a mamá antes le ha dado un ataque de locura. Le ha contado a papá que ha ido a tu despacho y que os habéis peleado o algo así. Creo que está algo celosa. Lo superará.

—No te preocupes. Todo va bien.

—Lo sé. Pero me fastidia que no haya sido capaz de mantener la calma precisamente hoy. De todos modos, yo estoy encantada y quería que lo supieras.

—Gracias.

—Pero no voy a llevar las arras. Soy demasiado mayor para eso. Aunque sí puedo ser una dama de honor. Incluso la madrina. Sólo lo dejo caer...

—De acuerdo. —Sonreí—. Se lo diré a Eva.

Acababa de colgar cuando Scott me llamó.

—Ha venido la señorita Tramell —anunció, lo que me hizo caer en la cuenta de lo tarde que era—. Y le recuerdo que su videoconferencia con el equipo de California es dentro de cinco minutos.

Me aparté de la mesa y vi a Eva rodear la esquina y entrar en mi campo de visión. Podría pasar horas viéndola caminar. Tenía un movimiento de cadera que hacía que deseara follármela, y la decidida inclinación de su mentón desafiaba cualquier instinto dominador que hubiera en mí.

Quería agarrar su pelo, tomar su boca y sonreír sobre ella. Tal y como había deseado la primera vez que la vi. Y cada vez que la había visto desde entonces.

—Envíale la propuesta al equipo —le dije a Scott—. Diles que lo miren y que iré enseguida.

—Sí, señor.

Ella entró por la puerta.

—Eva. —Me puse de pie—. ¿Qué tal ha ido el día?

Rodeó la mesa y me agarró por la corbata.

Se me puso dura al instante y concentré toda la atención en ella.

—Joder, cómo te quiero —dijo antes de tirar de mi boca hacia abajo para unirla a la suya.

Le pasé un brazo alrededor de la cintura y pulsé a tientas con la otra mano los botones para cubrir las paredes de cristal mientras dejaba que me besara como si fuera suyo. Cosa que era verdad. Absolutamente verdad.

La sensación de sus labios sobre los míos y el inconfundible tono de posesión que había en su actos eran exactamente lo que necesitaba tras el día que había tenido. La apreté contra mí, me volví y me apoyé en el borde de la mesa, atrayéndola hacia mi entrepierna. Habría dicho que ésa era una forma segura de agarrarla, pero, sinceramente, las rodillas me temblaban.

Sus besos tenían ese efecto en mí. Hacían lo que no conseguían tres horas con mi entrenador personal.

Inhalé el deseo cada vez mayor y respiré su aliento, permitiendo que la delicada fragancia de su perfume y su provocador aroma me extasiaran. Notaba sus labios suaves y húmedos sobre los míos, saboreándome, excitándome sin esfuerzo alguno.

Eva me besaba como si yo fuera lo más delicioso que había probado nunca, un sabor que ella ansiaba y al que no podía evitar ser adicta. La sensación era embriagadora y se había vuelto necesaria. Vivía por sus besos.

Cuando me besaba, yo sabía que mi lugar estaba justamente allí.

Inclinó la cabeza y gimió dentro de mi boca, un suave sonido de placer y entrega. Tenía los dedos en mi pelo y los deslizaba tirando de él. La sensación de estar atrapado, dominado, me provocaba hasta lo más hondo. La atraje con más fuerza hasta que la dureza de su vientre se apretó contra la de mi erección.

La polla me palpitaba, me dolía.

—Vas a hacer que me corra —murmuré.

Todo el esfuerzo que antes tenía que hacer para excitarme lo suficiente como para llegar al orgasmo era innecesario con ella. El simple hecho de su existencia ya me removía la sangre. La fuerza de su deseo era suficiente para provocarme.

Eva se echó ligeramente hacia atrás, jadeando igual que yo.

—No me importa —dijo.

—A mí tampoco me importaría si no me estuvieran esperando en una reunión.

—No quiero entretenerte. Sólo quería darte las gracias por lo que le has dicho a mi padre.

Sonreí y le apreté el culo con las dos manos.

—Mi abogado me ha dicho que, gracias a eso, he ganado más puntos.

—He estado muy ocupada en el trabajo y no he tenido oportunidad de llamarlo hasta la hora del almuerzo. Me preocupaba que se enterara de nuestro compromiso antes de que yo pudiera decírselo. —Me dio un golpe en el hombro—. ¡Podrías haberme avisado de que ibas a anunciárselo a todo el mundo!

Me encogí de hombros.

—No estaba planeado, pero no iba a negarlo si me preguntaban.

Ella torció los labios con gesto irónico.

—Claro que no. ¿Has visto esa ridícula publicación sobre el embarazo?

—Una idea aterradora en este momento —dije tratando de mantener un tono alegre a pesar de la repentina alarma que me invadió—. Tengo pensado guardarte toda para mí durante un tiempo.

—Ya lo sé. —Negó con la cabeza—. Me asustaba que mi padre pudiera pensar que estaba comprometida y embarazada y que no me hubiera molestado siquiera en contárselo. Ha sido un alivio llamarlo y saber que tú ya se lo habías explicado todo y que habías allanado el camino.

—Ha sido un placer. —Prendería fuego a todo el mundo con tal de abrirle un camino si fuera necesario.

Sus manos empezaron a desabotonarme el chaleco. Enarqué las cejas con una interrogación silenciosa, pero no pensaba detenerla.

—Ni siquiera me he ido todavía y ya te estoy echando de menos —dijo en voz baja mientras me enderezaba la corbata.

—No te vayas.

—Si simplemente fuera para estar con Cary, lo haría aquí, en casa, y no en San Diego. —Levantó los ojos hacia los míos—. Pero se está volviendo loco con lo del embarazo de Tatiana. Además, necesito pasar un tiempo con mi padre. Sobre todo ahora.

—¿Hay algo que debas contarme?

—No. Parecía estar bien cuando hemos hablado, pero creo que esperaba que pasáramos más tiempo juntos antes

de casarme. Para él es como si tú y yo acabáramos de conocernos.

Sabía que debía mantener la boca cerrada, pero no
pude.

—Y no podemos olvidarnos de Kline.

Eva apretó la mandíbula y volvió a concentrar la atención en sus dedos mientras me abrochaba de nuevo el chaleco.

—Mejor me voy. No quiero volver a discutir.

Le agarré las manos.

—Eva, mírame.

Observé sus ojos tormentosos y sentí un tirón en el pecho, una sacudida que podría ponerme del revés. Continuaba enfadada conmigo y yo no lo soportaba.

—Sigues sin saber lo que provocas en mí. Lo loco que
me vuelves.

—No me vengas con ésas. No deberías haber mencionado a Corinne del modo en que lo has hecho.

—Quizá no. Pero sé sincera: tú has hablado de Kline
esta mañana porque te preocupa verlo.

—¡No me preocupa!

—Cielo. —La miré con ojos pacientes—. Sí estás preocupada. No creo que vayas a acostarte con él, pero sí creo
que te preocupa cruzar una línea que no deberías traspa-
sar. Necesitabas una reacción fuerte por mi parte, así que
fuiste franca y la conseguiste. Necesitabas ver lo que eso
provocaría en mí, que la simple idea de imaginarte con él
me vuelve loco.

—Gideon. —Me agarró por los bíceps—. No va a pasar
nada.

—No estoy poniendo ninguna excusa. —Le acaricié las
mejillas con las yemas de los dedos—. Te he hecho daño y
lo siento.

—Yo también lo siento. Quería evitar que hubiera problemas y los ha habido de todos modos.

Sabía que lamentaba nuestra discusión. Lo veía en sus ojos.

—Estamos aprendiendo sobre la marcha. Meteremos la pata de vez en cuando. Simplemente tienes que confiar en mí, cielo.

—Y lo hago, Gideon. Por eso hemos llegado tan lejos. Pero el hecho de que me hayas hecho daño... a propósito... —Negó con la cabeza y vi cómo mis palabras la estaban consumiendo—. Se suponía que siempre podría contar con que no me harías daño de forma deliberada.

Oír que Eva dudaba de su confianza en mí fue un duro golpe. Acepté la bofetada y, a continuación, me expliqué del único modo que podía hacerlo con ella. Se lo contaría todo, hablaríamos durante horas, escribiría mi juramento con sangre... si es que era necesario para hacer que creyera en mí.

—Hay una diferencia entre una acción deliberada y otra malintencionada, ¿no crees? —Cogí su cara entre las manos—. Te prometo que nunca te causaré dolor sólo por hacerte daño. ¿No te das cuenta de que yo soy igual de vulnerable? Tú tienes el mismo poder de hacerme daño.

Su rostro se ablandó y se volvió más deslumbrante.

—Yo no lo haría.

—Pero yo sí lo he hecho. Vas a tener que perdonarme.

Dio un paso atrás.

—Odio que uses ese tono de voz.

Por puro instinto de supervivencia, no me permití mostrar la sonrisa que sentía en mi interior.

—Pero te pone húmeda.

Me miró con despecho por encima del hombro, se acercó a la ventana y se colocó en el mismo lugar donde yo había estado esa mañana. La coleta de su pelo resaltaba su belleza y no le dejaba opción para ocultar sus emociones. El color le invadió las mejillas.

¿Era consciente de las muchas veces en que pensaba en

atarla cuando se exasperaba de esa forma? No para enjaularla ni para amordazarla, sino para contener esa vibrante energía que poseía, ese deseo de vida que yo nunca había conseguido tener. Ella me daba eso, me lo entregaba por completo.

—No intentes controlarme con el sexo, Gideon —dijo dándome la espalda.

—No pretendo controlarte de ningún modo.

—Me manipulas. Haces cosas..., dices cosas... sólo para conseguir una reacción específica por mi parte.

Crucé los brazos sobre el pecho al recordarla besando a Kline.

—Al igual que tú. Algo de lo que acabamos de hablar.

Me miró.

—Yo tengo derecho a ello. Soy una mujer.

—Ah. —Sonreí—. Eso ya lo sabía.

—Eres un enigma para mí. —Soltó un suspiro y vi cómo dejaba que su resentimiento desapareciera—. Pero me tienes calada. Conoces mis resortes y cómo hacerlos saltar.

—Si crees que no paso buena parte del día tratando de entenderte es que no me estás prestando atención —repuse—. Piensa en ello mientras yo tengo esta reunión y, después, nos despediremos como es debido.

Eva me siguió con los ojos mientras yo volvía a sentarme en mi sillón. Me puse los auriculares y me quedé quieto al darme cuenta de que me estaba mirando. Le gustaba hacerlo. Y el de ella era el único deseo ávido que conseguía que me sintiera bien conmigo mismo. Nunca me había puesto a la defensiva ante el interés sexual que otros le provocaban. Me hacía sentir amado y deseado de un modo que no era en absoluto intimidatorio.

—Ver cómo adoptas tu actitud profesional me pone cachonda —dijo con una voz lo suficientemente ronca para evitar que pudiera concentrarme del todo en el trabajo—. Es de lo más sensual.

Torcí los labios en una mueca de ironía.

—Cielo, compórtate durante quince minutos —le pedí.

—¿Qué tiene eso de divertido? Además, a ti te gusta que me porte mal.

Había dado en el clavo.

—Quince minutos —repetí. Teniendo en cuenta que había pensado dedicarle a esa reunión casi una hora, eso era una concesión importante.

—Haz lo que tengas que hacer. —Eva se colocó junto a mi sillón y se inclinó como una chica de calendario para susurrarme al oído—: Buscaré algo con lo que entretenerme mientras tú estás al teléfono jugando con tus millones.

La polla se me puso repentina y dolorosamente dura. Me había dicho algo parecido la primera vez que empezamos a salir, y había soñado con ello durante las semanas que habían pasado desde entonces.

Le hubiera dicho que esperara, pero sabía que no lo habría hecho. Había una mirada decidida en sus ojos y un provocador contoneo en sus caderas mientras rodeaba mi mesa. Yo la había fastidiado y ella quería un poco de venganza. Algunas parejas se castigaban el uno al otro con dolor y aislamiento. Eva y yo nos castigábamos con el placer.

En el momento en que desapareció de mi vista, entré en la reunión sin activar mi cámara y silencié el micrófono. Media docena de participantes discutían animadamente sobre el material que Scott les había enviado. Les concedí un momento para que se dieran cuenta de que yo estaba conectado...

...y utilicé ese tiempo para levantarme y bajarme la cremallera.

Eva se quitó los tacones.

—Bien —dijo—. Te será más fácil si colaboras.

—No creerás que tener tu boca sobre mi polla mientras estoy en una videoconferencia puede ser algo fácil, ¿no? —Incluso entonces, el equipo de California empezaba a dirigirme sus saludos a través de los auriculares. Por el momento, no les hice caso, pensando solamente en lo que iba a ocurrir allí mismo, en mi despacho.

Tan sólo unas semanas antes, la posibilidad de que yo pudiera estar jugando mientras trabajaba me habría parecido imposible. Si Eva no hubiera estado tan ansiosa, la habría obligado a esperar hasta que pudiera dedicarle por completo mi tiempo y mi atención.

Pero mi ángel era una amante peligrosa a la que le encantaba la emoción de estar a punto de que nos descubrieran. Yo nunca habría sabido lo mucho que me gustaba esa sensación de no ser por ella. Había veces en las que quería follármela y que todo el mundo lo viera para que tuvieran claro cuánto la poseía.

Su sonrisa era pura malicia.

—Si te gustaran las cosas fáciles, no te habrías casado conmigo.

Y me iba a casar otra vez con ella, cuanto antes. No sería la última vez. Renovaríamos nuestros votos a menudo, recordándonos el uno al otro que habíamos hecho la promesa de estar juntos para siempre, sin importar lo que la vida pudiera depararnos.

Poniéndose elegantemente de rodillas al otro lado de mi mesa, Eva colocó las manos sobre el suelo y gateó hacia mí como una leona en busca de su presa. A través de la superficie de cristal ahumado de la mesa, vi cómo ocupaba su lugar y sacaba la lengua para humedecerse los labios.

La expectación me invadió mezclada con otra sensación de desafío y erotismo. Todo en mi mujer me proporcionaba placer, pero su boca era un caso aparte. Me lamió como si estuviera hambrienta de mi semen, como si estuviera enganchada a su sabor. Eva me la chupaba porque le encantaba. Ver cómo me derretía mientras me lo hacía era su recompensa.

Me desabroché del todo la braqueta y me bajé la cinturilla del bóxer mientras observaba la cara de ella al mismo tiempo que yo le mostraba lo que ella provocaba en mí. Sus labios se separaron y la respiración se le aceleró, echando hacia atrás su cuerpo hasta que se sentó sobre los talones como una suplicante.

Me acomodé en mi sillón y asimilé la inhabitual sensación de inmovilidad alrededor de mis muslos y el tirón de la goma por debajo de mis pelotas. Mi reacción fue repentina y desagradable, la sensación de estar a punto de sacar a la luz recuerdos que mantenía completamente enterrados.

Recapacité y comencé a echarme hacia atrás a medida que mi ritmo cardíaco aumentaba...

Eva me tragó.

—Joder —dije entre dientes clavando los dedos en los brazos del sillón a la vez que ella clavaba los suyos en mi cadera.

La oleada de calor húmedo sobre el capullo sensible de mi polla fue asombrosamente intensa. Una fuerte succión se apretaba alrededor de mi miembro y una lengua suave como el satén me masajeaba en el punto preciso. A través de los fuertes latidos de mi corazón oí cómo el equipo preguntaba si mi cámara y mis auriculares funcionaban bien...

Me enderecé, me incliné hacia adelante e inicié la conexión.

—Perdonad el retraso —dije con brusquedad mientras ella seguía lamiéndome—. Ahora que habéis tenido oportunidad de revisar la propuesta, hablemos de los pasos que vais a dar para efectuar los ajustes que se recomiendan.

Eva dio su aprobación con un murmullo y la vibración reverberó por todo mi cuerpo. La tenía tan dura como para clavar un clavo, y sus finos dedos me provocaban, acariciándola con la presión suficiente como para que deseara más.

Tim Henderson, el jefe del proyecto y del equipo, fue el primero en hablar. Yo apenas podía concentrarme, y lo veía más por mi propio recuerdo que por la pantalla que tenía delante de mí. Era un hombre alto y extremadamente delgado de piel pálida y una melena de rizos oscuros al que le gustaba hablar, lo cual fue una bendición teniendo en cuenta lo seca que se me había quedado la boca.

—Me gustaría tener más tiempo para revisar esto —empezó a decir—. Pero en principio, creo que se trata de un calendario bastante acelerado. Hay partes de este proyecto que son estupendas y me emociona ver lo que vamos a poder conseguir, pero para la introducción en las pruebas de la versión beta se tardará un año como poco, no seis meses.

—Eso es lo que me dijiste hace seis meses —le recordé apretando los puños mientras Eva se llevaba mi polla hasta el fondo de la garganta. El sudor hizo acto de presencia en mi nuca cuando ella tiró con una excitante y suave succión.

—Perdimos a nuestro mejor diseñador cuando se lo llevó LanCorp...

—Y yo os ofrecí un sustituto que rechazasteis.

Henderson apretó la mandíbula. Era un genio de la programación con una brillante mente creativa, pero no era bueno trabajando con otras personas y se mostraba reticente a la intervención externa. Ésa habría sido su prerrogativa..., de no tratarse de mi tiempo y de mi dinero.

—Un equipo creativo exige un equilibrio delicado —argumentó—. No se puede introducir sin más a una persona cualquiera en el hueco que ha quedado libre. Ahora contamos con el hombre idóneo para este trabajo...

—Gracias —intervino Jeff Simmons mientras su rostro angular adoptaba una sonrisa ante el elogio.

—... y estamos avanzando —continuó Tim—. Nosotros...

—... no dejáis de incumplir los plazos que vosotros mismos os impusisteis —repuse en un tono más brusco de lo que había pretendido debido a la ágil y maliciosa lengua de mi esposa.

Sus suaves y provocadores lametones desde la base hasta la punta me estaban haciendo perder la cabeza. Los muslos me dolían de la presión, y los músculos se endurecieron por la fuerza que necesitaba para mantenerme quieto en la silla. Eva seguía la línea de cada vena sensible, acariciando la palpitante rugosidad con la lengua.

—Mientras creamos una experiencia excepcional e innovadora para el usuario —contestó Tim—. Estamos haciendo el trabajo y lo estamos haciendo bien.

Yo quería poner a Eva sobre la mesa y follármela. Con fuerza.

Y, para hacerlo, debía terminar con aquella maldita reunión.

—Muy bien. Ahora, lo único que necesitáis es hacerlo más rápido. Voy a enviaros un equipo que os ayude a alcanzar los objetivos a tiempo. Irán...

—Espere un momento, Cross —espetó Henderson acercándose a la cámara—. ¡Nos va a enviar aquí a unos burócratas para que nos vigilen a sol y a sombra y con eso sólo va a conseguir que vayamos más lentos! Tiene que dejarnos a nosotros el desarrollo del proyecto. Si necesitamos su ayuda, se la pediremos.

—Si creíais que os iba a dar mi dinero y actuar como un simple socio capitalista es que no habéis hecho vuestros deberes.

—Uy, uy... —murmuró Eva con ojos risueños por debajo del cristal.

Metí la mano bajo la mesa, le agarré la nuca y apreté.

—El mundo de las aplicaciones es extremadamente competitivo. Es por eso por lo que acudisteis a mí. Me presentasteis un concepto de juego único e interesante y un plazo de un año para su puesta en marcha, plazo que mi equipo consideró razonable y posible de conseguir.

Contuve la respiración, atormentado por la sensación de los labios calientes que subían y bajaban por mi polla embravecida. Eva se estaba esmerando ahora, excitándome con fuertes movimientos de su puño. Se habían acabado los preámbulos y las provocaciones. Quería que me corriera. Ya.

—Está viendo esto desde una perspectiva errónea, señor Cross —dijo Ken Harada pasándose la mano por su perilla azul—. Los plazos técnicos no dan margen para procesos creativos consistentes. No comprende que...

—Yo no soy el malo aquí. —El deseo de embestirla, de follarla, era desgarrador. La agresividad iba creciendo dentro de mí como un maremoto, obligándome a tratar de disimular para parecer civilizado—. Me garantizasteis la entrega a tiempo de todos los elementos según unos plazos que vosotros diseñasteis y no los estáis cumpliendo. Ahora me veo obligado a ayudaros a cumplir las promesas que vosotros hicisteis.

El artista se dejó caer en su asiento mientras murmuraba algo.

Apreté la mano sobre la nuca de Eva y traté de hacer que fuera más lenta. Después, me rendí y empecé a moverla, instándola bruscamente a que chupara más rápido. Con más fuerza. A que me vaciara.

—Así es como van a ser las cosas. Vais a trabajar con el equipo que os voy a enviar. Si incumplís otro plazo, quitaré a Tim de la supervisión.

—¡Una mierda! —gritó—. ¡Joder, ésta es mi aplicación! No puede quitármela.

Debía actuar con delicadeza, pero no podía. Tenía la mente nublada por la necesidad de copular.

—Deberías haber leído el contrato con más atención. Hazlo esta noche y volveremos a hablar mañana después de que llegue el equipo.

«Después de que me haya corrido...».

Sentía un hormigueo en la espalda. Las pelotas se me encogieron. Estaba a punto y Eva lo sabía. Las mejillas se le hundieron con la fuerza de la succión mientras su lengua se movía sobre la parte inferior y más sensible de mi capullo. El corazón me palpitaba y las manos se me humedecieron con el sudor.

Con la mirada fija en media docena de rostros furiosos con una revuelta de protestas que explotaban en mis auriculares, sentí que el orgasmo me golpeaba como si fuera un tren de carga. Busqué a tientas el botón para apagar mi micrófono y dejé que un gruñido saliera por mi garganta mientras me vaciaba con fuertes chorros dentro de la golosa boca de Eva. Ella gimió y me agarró la polla con las dos manos, tirando y apretándola a la vez que yo me corría con un torrente que no podía contener.

Sentí cómo el calor me invadía la cara. Miré impasible la pantalla conteniendo el deseo de cerrar los ojos y echar la cabeza hacia atrás para permitir que mi cuerpo absorbiera el singular placer de correrme con mi esposa. De correrme por ella.

A medida que la presión desaparecía, le solté el pelo y le toqué la mejilla con la punta de los dedos.

Volví a conectar el micrófono.

—Mi secretario os llamará dentro de unos minutos para concertar la reunión de mañana —los interrumpí con voz ronca—. Espero que podamos llegar a un acuerdo amigable. Hasta entonces.

Cerré el navegador y me quité los auriculares.

—Ven aquí, cielo.

Eché mi sillón hacia atrás y tiré de ella antes de que saliera por sí misma.

—¡Eres una máquina! —exclamó jadeante, con la voz tan ronca como la mía y los labios rojos e hinchados—. ¡No puedo creer que ni siquiera te hayas movido! ¿Cómo puedes...? ¡Ah!

El diminuto encaje que llevaba por ropa interior cayó al suelo hecho pedazos.

—Me gustaban esas bragas —dijo con la voz entrecortada.

La levanté del suelo y puse su culo desnudo sobre el frío cristal, colocándola perfectamente para que recibiera mi polla.

—Esto te va a gustar más.

—Cielo...

Eva me miró parpadeando, como un cachorro dormido, mientras yo salía del baño de mi despacho.

—¿Sí?

Sonreí al ver que seguía desplomada sobre mi sillón.

—Supongo que estás bien.

—Nunca he estado mejor. —Levantó un brazo y se pasó la mano por el pelo—. Aparte de haber perdido la cabeza por el polvo que me has echado, por lo demás me encuentro de maravilla, muchas gracias.

—De nada. —Me acerqué a ella con una manopla mojada con agua caliente.

—¿Intentas establecer un nuevo récord de número de orgasmos en un solo día?

—Una propuesta interesante. Estoy deseando probarla.

Extendió una mano como si quisiera apartarme.

—Ya basta, maníaco. Si vuelves a follarme, me convertiré en una tonta babosa y balbuceante.

—Si cambias de idea, dímelo.

Me arrodillé delante de ella y la insté a que abriera las piernas. Depilado y rosado, su coño era precioso. Perfecto.

Ella me miraba mientras yo la limpiaba y extendió los dedos para peinarme el cabello.

—No trabajes mucho este fin de semana, ¿vale? —dijo.

—Como si hubiera otra cosa que mereciera la pena hacer si no estás tú —murmuré.

—Duerme. Lee algún libro. Prepara una fiesta.

Sonreí.

—No lo he olvidado. Les preguntaré esta noche a los chicos.

—¿Cómo? —La pereza desapareció de pronto de sus ojos. Me eché hacia atrás antes de que sus piernas se cerraran—. ¿Qué chicos?

—Los chicos a los que quieres conocer.

—¿Los vas a llamar?

Me puse de pie.

—Nos vamos a ver.

—¿Para hacer qué?

—Beber. Salir.

Volví al baño, arrojé la manopla al cesto de la colada y me lavé las manos.

Eva vino detrás.

—¿A una discoteca?

—Quizá. Probablemente no.

Se apoyó en el marco de la puerta y se cruzó de brazos.

—¿Alguno de ellos está casado?

—Sí —asentí mientras colgaba la toalla de manos en su sitio—. Yo.

—¿Sólo? ¿Arnoldo estará también?

—Puede. Es probable.

—¿A qué viene tanta respuesta corta?

—¿A qué viene este interrogatorio? —pregunté, aunque ya sabía la contestación.

Mi mujer estaba celosa, era una mujer posesiva. Y, por suerte para los dos, eso me gustaba. Mucho.

Se encogió de hombros, aunque hizo un gesto a la defensiva.

—Sólo quiero saber qué vas a hacer. Eso es todo.

—Me quedaré en casa, si quieres.

—No te estoy pidiendo que hagas eso.

Tenía una mancha oscura de maquillaje debajo de los

ojos. Me encantaba desarreglarla y provocarle ese aspecto de recién follada. A ninguna mujer le sentaba mejor.

—Entonces, ve al grano.

Chasqueó la lengua con frustración.

—¿Por qué no me cuentas lo que habéis planeado?

—No lo sé, Eva. Normalmente, nos juntamos en casa de alguno de nosotros y tomamos unas copas. Jugamos a las cartas. A veces, salimos.

—De caza. Un grupo de tíos buenos que salen a pasárselo bien.

—No es ningún delito. Y ¿quién te ha dicho que son atractivos?

Me fulminó con la mirada.

—Salen a ligar contigo. Eso significa que o bien están lo suficientemente buenos como para no ser del todo invisibles a tu lado o que se sienten muy seguros de sí mismos como para preocuparse por ello.

Levanté la mano izquierda. Los rubíes rojos de mi anillo de bodas reflejaron la luz. Nunca me quitaba el anillo y nunca lo haría.

—¿Te acuerdas de esto?

—No me preocupas tú —murmuró ella dejando caer los brazos—. Si no follo contigo lo suficiente, necesitas ayuda.

—... dijo la esposa que no puede esperar quince minutos.

Me sacó la lengua.

—Eso es lo que ha hecho que te folle ahí mismo.

—Arnoldo no se fía de mí, Gideon. La verdad es que no quiere que estés conmigo.

—No es él quien debe tomar esa decisión. Seguro que yo tampoco le gustaré a alguno de tus amigos. Soy consciente de que Cary no sabe qué pensar.

—¿Y si Arnoldo les cuenta a los demás lo que piensa de mí?

—Cielo. —Me acerqué a ella y la agarré de la cintura—. Hablar de sentimientos es básicamente cosa de mujeres.

—No seas sexista.

—Sabes que tengo razón. Además, Arnoldo sabe lo que hay. Ha estado enamorado.

Levantó la mirada hacia mí con aquellos ojos tan únicos y hermosos.

—¿Está usted enamorado, señor Cross?

—Sin lugar a dudas.

Manuel Alcoa me dio una palmada en la espalda tras pasar la mano por encima de mi hombro.

—Me acabas de costar mil dólares, Cross.

Me apoyé contra la isleta de la cocina y me metí una mano en el bolsillo de los vaqueros envolviendo con ella mi teléfono móvil. Eva se encontraba en pleno vuelo y yo estaba pendiente de alguna noticia de ella o de Raúl. Nunca antes me había dado miedo volar ni me había preocupado la seguridad de nadie al viajar. Hasta ahora.

—¿Y eso? —pregunté antes de darle un sorbo a mi cerveza.

—Eras el último tío que me habría imaginado que daría el sí y al final has resultado ser el primero. —Manuel negó con la cabeza—. Me has dejado con la boca abierta.

Bajé la botella.

—¿Apostaste en mi contra?

—Sí. Aunque sospecho que alguien tenía información privilegiada.

El gerente de cartera entornó los ojos y miró al otro lado de la isleta en dirección a Arnoldo, quien se encogió de hombros.

—Si te sirve de consuelo, yo también habría apostado en mi contra —dije.

Manuel sonrió.

—Las latinas son las mejores, amigo. Sensuales, con curvas... Muy traviesas en la cama y fuera de ella. Temperamentales. Apasionadas. Buena elección.

—¡Manuel! —gritó Arash desde la sala de estar—. Trae esas limas.

Vi a Manuel salir de la cocina con el cuenco de las limas troceadas. El piso de Arash era moderno y espacioso y tenía una vista panorámica del río East. En él había una notable ausencia de paredes, a excepción de las que ocultaban los baños.

Rodeé la isla con la encimera de granito y me acerqué a Arnoldo.

—¿Cómo estás?

—Bien —dijo él bajando la mirada hacia el líquido ámbar al que daba vueltas en un vaso—. Te haría la misma pregunta, pero ya veo que tienes buen aspecto. Me alegro.

No me apetecía perder el tiempo hablando de tonterías.

—A Eva le preocupa que puedas tener algún problema con ella —le solté.

Me miró.

—Nunca le he faltado al respeto a tu chica.

—Nunca me ha dicho que lo hayas hecho.

Arnoldo bebió y dedicó un momento a saborear el excelente licor antes de tragarlo.

—Veo que estás..., ¿cómo se dice?..., *cautivo* por esta chica.

—Cautivado —dije mientras me preguntaba por qué no me hablaba en italiano.

—Ah, sí. —Me miró con una leve sonrisa—. Como bien sabes, yo he estado en tu lugar, amigo. No te juzgo.

Sabía que Arnoldo lo comprendía. Lo había conocido en Florencia, mientras se recuperaba de la pérdida de una mujer ahogándose en alcohol y cocinando como un loco, creando tanta comida de cinco estrellas que incluso la regalaba. Yo me había quedado fascinado por su enorme desesperación y era incapaz de comprenderlo.

Estaba seguro de que a mí nunca me sucedería eso. Como la opacidad y la calidad a prueba de ruidos de la pared de cristal de mi despacho, mi visión de la vida estaba nublada. Sabía que nunca podría explicarle a Eva cómo había aparecido ante mí la primera vez que la vi, tan enérgica y cálida. Una explosión de color en medio de un paisaje en blanco y negro.

—*Voglio che sia felice* —repuse. Era una frase sencilla, pero directa al grano. «Quiero que sea feliz».

—Si su felicidad depende de lo que yo crea, estás pidiendo demasiado —respondió él también en italiano—. Yo nunca diré nada en su contra. Siempre la trataré con el respeto que siento por ti mientras estéis juntos. Pero lo que yo creo es cosa mía y tengo derecho a creerlo, Gideon.

Miré en dirección a Arash, que estaba colocando vasos de chupito sobre la barra de la sala de estar. Como mi abogado principal, sabía tanto lo de mi matrimonio como lo del vídeo sexual de Eva y no tenía ningún problema con ninguna de las dos cosas.

—Nuestra relación es... compleja —expliqué en voz baja—. Yo le he hecho a ella tanto daño como ella a mí. Probablemente más.

—No me sorprende oír eso, pero lo lamento. —Arnoldo me miró fijamente—. ¿No podrías haber elegido a alguna de las demás mujeres que te han querido y que no te habrían causado ningún problema? Un cómodo adorno que pudieras meter en tu vida sin provocar una reacción en cadena...

—Como dice Eva, ¿qué tendría eso de divertido? —Mi sonrisa desapareció—. Ella es un desafío para mí, Arnoldo. Me hace ver cosas..., pensar en cosas como nunca antes lo había hecho. Y me quiere. No como las otras. —Volví a agarrar mi móvil.

—A las otras no les has permitido quererte.

—No podía. La estaba esperando a ella. —Una expresión pensativa cruzó por su rostro y continué—: No me creo que tu Bianca no te diera problemas.

Se rio.

—No. Pero mi vida es sencilla. Puedo hacer uso de las complicaciones.

—Mi vida era ordenada. Ahora es una aventura.

Arnoldo se serenó y sus ojos oscuros me miraron serios.

—Esa cualidad salvaje de ella que tanto te gusta es lo que más me preocupa.

—Deja de preocuparte.

—Voy a decirte esto solamente una vez. Nunca más. Puede que te enfades conmigo por ello, pero comprende que mi corazón está donde tiene que estar.

Apreté la mandíbula.

—Escúpelo.

—Estuve cenando con Eva y Brett Kline. Los vi juntos. Había química entre ellos. No era diferente de la que vi entre Bianca y el hombre por el que me dejó. Ojalá pudiera creer que Eva lo ignoraría, pero ha demostrado que no puede.

—Tenía sus motivos —repliqué mientras le sostenía la mirada—. Motivos que yo mismo le había dado.

Arnoldo dio otro sorbo.

—Entonces, rezaré porque no le des más motivos.

—¡Oye! —gritó Arash—. ¡Dejad ya de hablar en italiano y arrastrad vuestros culos hasta aquí!

Arnoldo hizo chocar su vaso con mi botella antes de dejarme.

Yo me terminé la cerveza a solas mientras me tomaba un momento para pensar en lo que me había dicho.

Después, me uní a la fiesta.

4

—¿**P**or qué frunces el ceño, pequeña? —preguntó Cary con voz adormilada y baja por la pastilla que se había tomado antes de despegar.

Mientras miraba las opciones del menú desplegable por el que movía el cursor, me debatía sobre qué respuesta escoger. ¿«Prometida» o «Es complicado»? Como también cabía la opción de «Casada», pensé que la mejor elección habría sido «Todas las anteriores».

¿No sería divertido de explicar?

Miré a través de la lujosa cabina del avión privado de Gideon y vi a mi mejor amigo desparramado sobre el sofá de cuero blanco con las manos escondidas detrás de la cabeza. Largo y esbelto, componía una bonita imagen con su camisa levantada y sus pantalones cargo, dejando ver sus impresionantes abdominales que estaban ayudando a Grey Isles a vender vaqueros, ropa interior y demás prendas de hombre.

Para Cary no suponía ningún problema acostumbrarse a las comodidades y al lujo de la inmensa fortuna de Gideon. Se había acomodado de inmediato en el mobiliario de aquella cabina ultramoderna. Y, en cierta manera, incluso vestido con ropa informal, se lo veía en su salsa en medio del metal pulido y del roble gris.

—Estoy tratando de abrir unas cuentas en redes sociales —respondí.

—Vaya. —Se apresuró a incorporarse en su asiento sin

esfuerzo y su gesto se tornó sorprendente e instantáneamente alerta—. Un gran paso.

—Sí. —Nathan había hecho que me mantuviera oculta por temor a exponerme y a que eso hiciera que le resultara más fácil encontrarme—. Pero ya va siendo hora. Creo que... No importa. Ya va siendo hora.

—Muy bien. —Cary apoyó los codos sobre las rodillas y juntó las puntas de los dedos—. Entonces ¿por qué tienes el ceño fruncido?

—Pues porque hay que tener en cuenta muchas cosas. Es decir, ¿cuánto voy a poder contar ahí? Ya no debo preocuparme por Nathan, pero Gideon está sometido a un escrutinio constante.

Con Gideon en mente, hice una búsqueda de su perfil. Apareció con la pequeña marca azul que verificaba que era suyo. Al ver su imagen, una foto de él con un traje negro de tres piezas y la corbata azul que tanto me gustaba, sentí una oleada de deseo por todo el cuerpo. Lo habían fotografiado en una azotea con el horizonte de Manhattan desenfocado detrás de él mientras su imagen había sido captada por la cámara de un modo nítido y vívido.

Era aún más nítido y vibrante en la realidad. Me quedé mirando los ojos de Gideon y me perdí en aquel azul imposible. Su pelo negro enmarcaba aquel rostro perfecto de ángel con sus mechones oscuros y brillantes.

¿Poético? Sí. Pero es que su mirada podía inspirar sonetos. Por no hablar de un matrimonio improvisado.

¿Cuándo le habían hecho aquella fotografía? ¿Antes de conocernos? Tenía esa mirada lejana e implacable que lo hacía parecer un sueño imposible.

—Me he casado —solté mientras apartaba la mirada del hombre más hermoso que había visto nunca—. Con Gideon, claro. ¿Con quién, si no, iba a casarme?

Cary estaba patidifuso.

—¿Qué?

Froté las palmas de las manos en mis pantalones de yoga. Estaba eludiendo mi responsabilidad al contarle la noticia mientras las pastillas para el mareo le nublaban el cerebro, pero quería aprovecharme de cualquier ventaja que tuviera a mano.

—Cuando nos fuimos el fin de semana pasado. Nos casamos a escondidas.

Se quedó callado durante un largo minuto. Después, de pronto, se puso en pie.

—¿Te estás quedando conmigo?

La cabeza de Raúl se volvió hacia nosotros. El movimiento fue despreocupado y lento, pero su mirada era atenta. Estaba sentado en el otro extremo, mostrándose sorprendentemente discreto para tratarse de un hombre tan fácil de localizar.

—¿A qué vienen esas malditas prisas? —espetó Cary.

—Simplemente... pasó.

No sabía explicarlo. Había pensado que era demasiado pronto; de hecho, aún lo pensaba. Pero Gideon era el único hombre al que iba a amar de una forma tan completa. Si reflexionaba, sabía que él tenía razón. Sólo estábamos posponiendo lo inevitable. Y Gideon necesitaba mi promesa de que yo sería suya para siempre. Mi increíble marido al que tanto le costaba creer que podía ser amado.

—No me arrepiento —añadí.

—Todavía no. —Cary se pasó las dos manos por el pelo—. Dios mío, Eva. Uno no va y se casa con el primer hombre con el que mantiene una relación seria.

—No es eso —protesté, evitando incómodamente mirar a Raúl—. Ya sabes lo que sentimos el uno por el otro.

—Claro. Los dos estáis tarados por separado. Y juntos sois una maldita casa de locos.

Le hice una peineta.

—Lo solucionaremos. Que llevemos un anillo no significa que hayamos dejado de intentarlo.

Se dejó caer en un sillón enfrente de mí.

—¿Qué estímulo va a tener para solucionar nada? Ya ha conseguido su premio. Te ha encasquetado sus sueños psicóticos y sus terribles cambios de humor.

—Espera un momento —dije con firmeza sintiendo el escozor de la verdad que había en sus palabras—. No te enfadaste cuando te dije que nos habíamos prometido.

—Porque supuse que haría falta un año, como poco, para que Monica preparara la boda. Quizá un año y medio. Al menos, algo de tiempo para que probarais a vivir juntos.

Dejé que despotricara. Mejor que lo hiciera a nueve mil metros de altitud que en algún lugar público en el que todo el mundo pudiera oírnos.

Se inclinó hacia adelante con sus ojos verdes llenos de furia.

—Yo voy a tener un bebé y no me voy a casar. ¿Sabes por qué? Porque estoy demasiado jodido y lo sé. No soy quién para subir a un pasajero en este viaje salvaje. Si él te quisiera, pensaría en ti y en lo que es mejor para ti.

—Me pone muy contenta ver cómo te alegras por mí, Cary. Significa mucho, de verdad.

Mis palabras estaban teñidas por el sarcasmo, pero eran sinceras. Tenía amigas a las que podría llamar y que me dirían lo increíblemente afortunada que era. Cary era mi mejor amigo porque siempre me hablaba sin ambages, incluso cuando estaba desesperada por quitarle hierro al asunto.

Pero él sólo pensaba en el aspecto negativo. No era consciente de la luz que Gideon había traído a mi vida. La aceptación y el amor. La seguridad. Me había devuelto la libertad, una vida sin terror. Regalarle a cambio mis votos era un pago demasiado pequeño por todo eso.

Volví a dirigir la atención al perfil de Gideon y recorrí la pantalla para ver que la entrada más reciente era un enlace a un artículo sobre nuestro compromiso. Dudaba que lo hubiese puesto él mismo —estaba demasiado ocupado como para molestarse en algo así—, pero imaginé que sí lo habría aprobado. Ya había dejado claro en cierto modo que yo era lo suficientemente importante como para que me convirtiera en la única información personal que le parecía bien compartir en un perfil que, en todo lo demás, era profesional.

Gideon estaba orgulloso de mí. Orgulloso de casarse conmigo, una mujer caótica con un pasado lleno de malas decisiones. A pesar de lo que pensaran los demás, sabía que era yo la que se había llevado el premio.

—Joder. —Cary se repantigó en su asiento—. Esto me hace sentir como un gilipollas.

—Quien se pica... —murmuré mientras hacía clic en el enlace para ver otras fotografías de Gideon.

Fue un error.

Todas las imágenes que había publicado el administrador de sus redes sociales eran profesionales, pero las no oficiales en las que lo habían etiquetado no lo eran. Allí, a todo color, había fotografías de él con mujeres guapas. Y me sentaron como una patada. Los celos se aferraron a mi estómago y comenzaron a retorcerlo.

Dios, estaba increíble con su frac. Oscuro y peligroso. Su rostro salvajemente hermoso, sus mejillas y su boca cincelados a la perfección, su gesto seguro y un poco arrogante. Un macho alfa de primera división.

Yo sabía que aquellas fotografías no eran recientes. Sabía que las mujeres que aparecían en ellas no conocían de primera mano su increíble destreza en la cama. Él tenía una norma al respecto. Pero eso no evitaba que aquellas imágenes me pusieran nerviosa.

—¿He sido el último en enterarme? —preguntó Cary.

—Eres el único. —Miré a Raúl—. Al menos, por mi parte. Gideon quiere decírselo a todo el mundo, pero lo mantendremos en secreto.

Mi amigo me miró fijamente.

—¿Durante cuánto tiempo?

—Para siempre. La siguiente boda que celebremos será la primera en lo que a los demás respecta.

—¿Te lo estás replanteando?

Me fastidiaba que a Cary no le importara que tuviéramos público. Yo era plenamente consciente de que cada movimiento que hacía, cada palabra que decía era presenciada por otras personas.

No obstante, el hecho de saber que Raúl estaba allí no influyó en mi respuesta.

—No —aseguré—. Estoy contenta de que nos hayamos casado. Lo quiero, Cary.

—Sé que es así —contestó él con un suspiro.

Incapaz de contenerme, abrí la aplicación de mensajes de mi portátil y le envié un mensaje a Gideon:

Te echo de menos.

Él me respondió casi al instante:

Dale la vuelta al avión.

Eso me hizo sonreír. Era muy propio de él. Y nada propio de mí. Hacer perder el tiempo a los pilotos, el desperdicio de combustible... me parecía una frivolidad. Pero, más que eso, sería la prueba de lo mucho que había llegado a depender de Gideon. Aquello sería la sentencia de muerte de nuestra relación. Él podía tenerlo todo, a cualquier mujer, cuando quisiera. Si yo le ponía las cosas demasiado fáciles, los dos perderíamos el respeto por mí. De ahí a perder su amor no había mucho trecho.

Volví a mi perfil nuevo y cargué una foto que yo misma nos había hecho a Gideon y a mí y que saqué de mi móvil. La convertí en la imagen principal. Después, la etiqueté y añadí una descripción: «El amor de mi vida».

Al fin y al cabo, si en sus fotos iba a aparecer con otras mujeres, yo quería que al menos tuviera una conmigo. Y la que había elegido era indiscutiblemente íntima. Estábamos tumbados boca arriba, con las sienes tocándose, mi cara sin maquillar y la suya relajada y con una sonrisa en los ojos. Aposté que, si cualquiera que la viera no comprendía que tenía un vínculo íntimo con él, nunca nadie lo sabría.

De repente deseé llamarlo. Tanto que casi pude oír su voz increíblemente sensual, tan embriagadora como el más fuerte de los licores, suave pero con un atisbo de dentellada. Quería estar con él, con mi mano agarrada a la suya, mis labios sobre su cuello, donde el olor de su piel despertaba en mí un instinto devorador y primitivo.

A veces me asustaba lo mucho que lo necesitaba. Excluyendo todo lo demás. No había nadie con quien deseara más estar, ni siquiera mi mejor amigo, que en ese momento me necesitaba casi con la misma fuerza.

—No pasa nada, Cary —lo tranquilicé—. No te preocupes.

—Me preocuparía más si pensara que de verdad lo crees así. —Se apartó el flequillo de la frente con una mano impaciente—. Es demasiado pronto, Eva.

Asentí.

—Pero va a salir bien.

Tenía que salir bien. No podía imaginar mi vida sin Gideon en ella.

Cary echó la cabeza hacia atrás y cerró los ojos. Habría creído que había sucumbido a las pastillas contra el mareo de no ser porque tenía los nudillos blancos de agarrarse con mucha fuerza a los brazos del sillón. Le estaba costando asimilar la noticia, y yo no sabía qué decir para tranquilizarlo. Gideon me escribió:

Sigues yendo en la dirección equivocada.

Estuve a punto de preguntarle cómo lo sabía, pero me contuve.

¿Lo estás pasando bien con los chicos?

Lo pasaría mejor contigo.

Sonreí.

73

Eso espero. —Mis dedos se detuvieron—. **Se lo he contado a Cary.**

Su respuesta no fue instantánea.

¿Seguís siendo amigos?

Aún no me ha repudiado.

Gideon no contestó, pero me dije que no debía tratar de interpretar su silencio. Había salido con sus amigos. Ya había sido mucho pedir tener noticias suyas.

Aun así, me sentí muy feliz al recibir un mensaje suyo diez minutos después.

No dejes de echarme de menos.

Miré a Cary y vi que me estaba observando. ¿Se estaría enfrentando Gideon a un rechazo parecido por parte de sus amigos? Le contesté:

No dejes de quererme.

Su respuesta fue sencilla y muy propia de él:

Trato hecho.

—Mi querida California, cómo te he echado de menos. —Cary bajaba los escalones del avión en dirección al asfalto con la cabeza echada hacia atrás para admirar el cielo nocturno—. Dios, qué bien sienta dejar atrás la humedad de la costa Este.

Yo bajé detrás de él, deseosa de llegar hasta la figura alta y oscura que esperaba junto a una camioneta negra brillante. Victor Reyes formaba parte del tipo de hombres que llamaban la atención. En parte era debido a que se trataba de un policía; el resto era debido a él mismo.

—¡Papá!

Corrí a toda velocidad hacia él y se apartó del todoterreno en el que estaba apoyado para abrir los brazos hacia mí. Al recibir el golpe de mi cuerpo contra el suyo, me levantó del suelo apretándome con tanta fuerza que me cortó la respiración.

—Cómo me alegra verte, pequeña —dijo con su voz ronca.

Cary se acercó a nosotros. Mi padre me dejó en el suelo.

—Cary. —Estrechó la mano de mi amigo y tiró de él para darle un rápido abrazo y una palmada en la espalda—. Tienes buen aspecto, chico.

—Lo intento.

—¿Lo tenéis todo? —preguntó entonces mi padre. Miró a Raúl, que había bajado el primero del avión y ahora estaba en silencio junto a un Mercedes negro que había aparcado cerca.

Gideon me había dicho que me olvidara de que Raúl estaba allí, pero para mí no era fácil.

—Sí —respondió Cary al tiempo que se acomodaba la correa de su bolsa de viaje sobre el hombro.

En la mano llevaba mi bolsa, que era mucho menos pesada que la suya. Incluso con todo mi maquillaje y mis tres pares de zapatos, Cary había metido más cosas en su maleta que yo.

Eso me encantaba de él.

—¿Tenéis hambre? —Mi padre abrió la puerta del acompañante para que yo entrara.

Eran solamente las nueve en California, pero pasaba de medianoche en Nueva York. Demasiado tarde para comer, aunque no habíamos cenado nada.

Cary respondió antes de subir al asiento de atrás.

—Nos morimos de hambre.

Me reí.

—Tú siempre tienes hambre.

—Y tú, mofletones —espetó desplazándose hacia el centro del asiento para poder echarse hacia adelante y colocarse en medio—. Pero yo no me siento culpable por ello.

Nos alejamos del avión y vi cómo se iba haciendo más pequeño a medida que avanzábamos por el asfalto en dirección a la salida. Miré el perfil de mi padre buscando algún atisbo de lo que pensara sobre el estilo de vida que yo iba a llevar como esposa de Gideon. Los aviones privados. Los guardaespaldas a todas horas. Sabía lo que pensaba sobre la fortuna de Stanton, pero ése era mi padrastro. Esperaba que fuera más tolerante con un marido.

Aun así, supe que el cambio de rutina era evidente. Antes habríamos volado hasta el puerto de San Diego, nos habríamos dirigido al distrito de Gaslamp, habríamos ocupado una mesa en Dick's Last Resort y habríamos pasado una hora o más riéndonos de tonterías mientras disfrutábamos de una cerveza con la cena.

Ahora, en cambio, había una tensión que antes no existía. Nathan. Gideon. Mi madre. Todo aquello flotaba entre nosotros.

Me fastidiaba. Y mucho.

—¿Y si vamos a ese sitio de Oceanside con la cerveza helada y las cáscaras de cacahuetes en el suelo? —sugirió Cary.

—Sí. —Me volví en mi asiento para dedicarle una sonrisa de agradecimiento—. Puede ser divertido.

Relajado y familiar. Perfecto.

Dejamos atrás el aeropuerto. Saqué mi móvil y lo encendí con la intención de conectarlo al equipo de música del todoterreno para que pudiéramos escuchar música y transportarnos a épocas menos complicadas.

Rápidamente aparecieron varios mensajes que llenaron la pantalla y que se fueron desplazando.

El más reciente era de Brett:

Llámame cuando llegues a la ciudad.

Y, justo después, empezó a sonar *Rubia* en la radio.

Al día siguiente, estaba subiendo los escalones del diminuto porche de mi padre cuando mi teléfono comenzó a vibrar. Lo saqué del bolsillo de mis pantalones cortos y sentí un cosquilleo de felicidad al ver la imagen de Gideon en la pantalla.

—Buenos días —respondí acomodándome en una de las sillas de forja con cojín que había junto a la puerta de la casa—. ¿Has dormido bien?

—Bastante bien. —El suave carraspeo de su voz que tanto me gustaba penetró en mi cuerpo—. Raúl dice que el café de Victor despertaría incluso a un oso que estuviera hibernando.

Miré hacia el Mercedes que estaba aparcado al otro lado de la estrecha calle. Los cristales tintados de las ventanillas eran tan oscuros que no podía ver al hombre que estaba en su interior. Resultaba un poco raro que Raúl hubiese podido hablar con Gideon del café que yo acababa de llevarle antes incluso de que me diera tiempo de volver a la casa.

—¿Tratas de intimidarme haciéndome saber lo vigilada que me tienes? —inquirí.

—Si la intimidación fuese mi objetivo, no sería nada sutil.

Cogí la taza que había dejado sobre la mesilla antes de ir a llevarle el café a Raúl.

—Sabes que ese tono de voz hace que yo también quiera irritarte, ¿verdad?

—Porque te gusta ver cómo reacciono ante un desafío —contestó con un ronroneo que hizo que se me pusiera la carne de gallina a pesar del calor que hacía.

Sonreí.

—Y ¿qué terminasteis haciendo exactamente anoche?

—Lo de siempre: beber y echarnos la bronca unos a otros.

—¿Salisteis?

—Un par de horas.

Apreté el móvil con más fuerza mientras me imaginaba a un grupo de hombres atractivos saliendo de caza.

—Espero que lo pasaras bien.

—No estuvo mal. Cuéntame tus planes para hoy.

Noté en su voz el mismo tono de tensión que yo había empleado. Por desgracia, el matrimonio no era la cura para los celos.

—Cuando Cary se despierte y levante su culo del sofá, comeremos algo rápido con mi padre. Después, vamos a ir a San Diego a ver al doctor Travis.

—¿Y esta noche?

Di un sorbo a mi café, preparándome para una discusión. Sabía que Gideon estaba pensando en Brett.

—El agente del grupo me ha enviado un correo para decirme dónde recoger los pases vip, pero he decidido no ir al concierto. Supongo que Cary podrá llevar a algún amigo, si quiere. Lo que yo tengo que decir no va a requerir mucho tiempo, así que o bien veo a Brett mañana antes de irme o lo hablamos por teléfono.

Gideon dejó escapar un suave suspiro.

—Espero que tengas una idea de lo que vas a decirle.

—No voy a complicarme. Después de lo de *Rubia* y de mi compromiso, no creo que sea apropiado que nos veamos en público. Espero que seamos amigos y sigamos en contacto, aunque los correos electrónicos y los mensajes serán mejor, excepto cuando estés conmigo.

Permaneció en silencio tanto tiempo que llegué a pensar que se había cortado la llamada.

—¿Gideon?

—Necesito saber si tienes miedo de verlo.

Inquieta, di otro sorbo. El café se había enfriado, pero, de todos modos, apenas si lo saboreaba.

—No quiero que discutamos por Brett.

—Así que tu solución es evitarlo.

—Tú y yo ya tenemos mierda suficiente por la que discutir sin tener que meterlo a él en medio. No merece la pena.

Gideon volvió a quedarse en silencio. Esta vez, esperé.

Cuando volví a oír su voz, era segura y decidida.

—Puedo vivir con ello, Eva.

Mis hombros se relajaron y algo en mi interior se calmó. Y a continuación, paradójicamente, sentí una presión en el pecho. Recordé lo que me había dicho una vez, que podría soportar que amara a otro siempre y cuando fuera suya.

Me quería mucho más de lo que se quería a sí mismo. Me partía el corazón que se vendiera tan barato, y me resultó imposible contenerme.

—Lo eres todo para mí —susurré—. Pienso en ti a todas horas.

—En mi caso no es diferente.

—¿En serio? —Bajé la voz aún más—. Porque estoy colada por ti. Me pongo... cachonda. Me abruma esta desesperada necesidad de tocarte. La mente se me dispersa y tengo que dedicar un minuto a sobreponerme, pero es difícil. Muchas veces dejo lo que sea que esté haciendo para ponerme en contacto contigo.

—Eva...

—Fantaseo con interrumpir una de tus reuniones y lanzarme hacia ti corriendo. ¿Te lo he dicho alguna vez? Cuando el deseo es tan grande, casi puedo sentir cómo tiras de mí. —Me apresuré a continuar cuando oí que gemía suavemente—: Se me corta la respiración cada vez que te veo. Si cierro los ojos puedo oír tu voz. Esta mañana me he despertado y he sentido pánico porque estabas muy lejos. Habría dado lo que fuera por poder estar contigo. He querido llorar porque no podía hacerlo.

—Dios mío, Eva. Por favor...

—Si vas a preocuparte por algo, Gideon, que sea por mí. Porque no pienso con lógica en lo que a ti se refiere. Estoy loca por ti. Literalmente. No puedo pensar en un futuro sin ti. Me asusta.

—Maldita sea. Nunca estarás sin mí. Envejeceremos juntos. Moriremos juntos. No voy a vivir un solo día sin ti.

Una lágrima me asomó por el rabillo del ojo. La limpié.

—Necesito que sepas que no tienes por qué conformarte con una parte de mí —proseguí—. No deberías conformarte con nada. Mereces mucho más. Podrías tener a quien sea...

—¡Ya basta!

Di un respingo ante el azote de su voz.

—Jamás vuelvas a decirme algo así —espetó—. O juro por Dios que te castigaré, cielo.

Un silencio de estupefacción invadió el espacio que había entre ambos. Las palabras que yo había pronunciado daban vueltas en mi mente sin cesar, mofándose de mí por lo patética que podía llegar a ser. Yo nunca había querido estar supeditada a él, pero ahora lo estaba.

—Tengo que irme —dije con voz ronca.

—No cuelgues. Por el amor de Dios, Eva, estamos casados. Estamos enamorados. No hay nada de lo que tengamos que avergonzarnos. ¿Y qué si es una locura? Somos nosotros. Es lo que somos. Tienes que aceptarlo.

La puerta mosquitera chirrió cuando mi padre salió al porche.

—Está aquí mi padre, Gideon. Tendremos que hablar después —dije mirándolo.

—Tú me haces feliz —contestó con el tono seguro y profundo que utilizaba cuando tomaba una decisión en firme—. Había olvidado lo que se siente. No subestimes lo que significas para mí.

«Dios».

—Yo también te quiero.

Puse fin a la llamada y dejé el teléfono en la mesa con mano temblorosa.

Mi padre se sentó en la otra silla con su café. Llevaba unas bermudas y una camiseta de color verde oliva, pero iba descalzo. Se había afeitado y tenía el pelo aún húmedo, con las puntas ligeramente rizadas a medida que se iban secando.

Era mi padre, pero eso no me impedía apreciar el hecho de que era ridículamente atractivo. Se mantenía en muy buena forma y tenía un porte seguro. Podía ver por qué mi madre no había podido resistirse a él cuando se conocieron. Y, al parecer, seguía sin poder hacerlo.

—Te he oído hablar —dijo sin mirarme.

—Ah. —Sentí que el estómago se me cerraba.

Ya era suficientemente malo abrirme en canal ante Gideon. Saber que mi padre me había oído no hacía más que empeorar las cosas.

—Iba a preguntarte si sabías lo que estás haciendo al comprometerte tan pronto y siendo tan joven —añadió.

Levanté las piernas y las crucé debajo de mí.

—Imaginaba que lo harías.

—Pero ahora creo que comprendo lo que sientes. —Me miró con sus suaves ojos grises e inquisitivos—. Lo has expresado mucho mejor de lo que yo podría haberlo hecho nunca en aquel entonces. Lo más que podía decir era «Te quiero», y eso no es suficiente.

Comprendí que estaba pensando en mi madre. Supe que debía de ser difícil no hacerlo cuando yo me parecía tanto a ella.

—Gideon tampoco cree que esas palabras sean suficientes.

Bajé la mirada hacia mis anillos, el que Gideon me había regalado para expresar su necesidad de aferrarse a mí, y el otro, que era tanto un símbolo de su compromiso como un homenaje a una época de su pasado en la que se había sentido amado por última vez.

—Pero me lo demuestra. En todo momento.

—Ya he hablado con él varias veces. —Mi padre hizo una pausa—. Tengo que recordarme a mí mismo que tiene veintitantos años.

Aquello me hizo sonreír.

—Es un hombre muy sereno.

—También es muy difícil saber lo que piensa.

Mi sonrisa se intensificó.

—Es jugador de póquer. Pero lo que dice lo dice de verdad.

Yo creía en Gideon sin reservas. Siempre me decía la verdad. El problema era que había muchas cosas que no me decía.

—Y quiere casarse con mi hija —repuso mi padre.

Lo miré fijamente.

—Le has dado tu bendición.

—Me dijo que siempre cuidaría de ti. Me prometió que te mantendría a salvo y que te haría feliz. —Miró en dirección al coche que estaba aparcado al otro lado de la calle—. Aún no sé por qué lo he creído, pese a que esté vigilando mi casa por ti. No me ayuda el hecho de que mintiera cuando dijo que esperaría para pedírtelo.

—No podía esperar, papá. No se lo eches en cara. Me quiere demasiado.

Me volvió a mirar.

—No parecías muy feliz cuando estabas hablando con él.

—No. Parecía desesperada e insegura. —Suspiré—. Lo quiero con locura, pero no me gusta necesitarlo tanto. Deberíamos buscar un equilibrio en nuestra relación. Igualarla.

—Ése es un buen objetivo. No lo pierdas de vista. ¿Él también quiere lo mismo?

—Quiere que estemos juntos. En todo. Pero tiene una reputación y un imperio y yo quiero construir los míos. No necesariamente el imperio, pero, desde luego, sí la reputación.

—¿Has hablado de esto con él?

—Sí. —Sonreí—. Pero él cree que la señora Cross debería jugar con el equipo Cross. Y lo comprendo.

—Me alegra saber que ya has pensado en eso.

Me di cuenta de la pausa que hacía.

—¿Pero?

—Pero ése puede ser un problema grave, ¿no?

Me encantaba el modo en que mi padre me instaba a explorar mi interior sin tratar de persuadirme ni juzgarme. Siempre había sido así.

—Sí —dije—. No creo que se convierta en una cuestión determinante, pero sí puede causarnos problemas. No está acostumbrado a no conseguir lo que quiere.

—Entonces, tú le vienes bien.

—Eso piensa él. —Me encogí de hombros—. Gideon no es el problema. Soy yo. Ha sufrido mucho en la vida y ha tenido que hacer frente a ello él solo. No quiero que crea que tiene que seguir ocupándose de todo. Quiero que sienta que somos uno y que estoy aquí para apoyarlo. Es un mensaje difícil de expresar cuando también deseo mi propia independencia.

—Te pareces mucho a mí —dijo con una sonrisa tierna, tan guapo que mi corazón se llenó de orgullo.

—Sé que te vas a llevar bien con él. Es un buen hombre con un buen corazón. Haría lo que fuera por mí, papá.

«Incluso matar por mí».

Ese pensamiento me revolvió el estómago. La posibilidad de que Gideon tuviera que responder por la muerte de Nathan era demasiado real. Y yo no podía permitir que le ocurriera nada.

—¿Me va a dejar pagar la boda? —Mi padre resopló con una carcajada—. Supongo que debería preguntar cuántas ganas tiene tu madre de discutir conmigo.

—Papá...

Volví a sentir una presión en el pecho. Después de las discusiones que habíamos tenido sobre el pago de mi carrera universitaria, sabía que era mejor no decir que no tenía que estirar su dinero hasta el límite por mí. Se trataba de una cuestión de orgullo, y mi padre era un hombre muy orgulloso.

—No sé qué decir aparte de «gracias» —añadí.

Me miró con una sonrisa de alivio y me di cuenta de que había esperado a que yo también me mostrara reticente.

—Tengo cincuenta mil. Sé que no es mucho...

Extendí la mano en busca de la suya.

—Es perfecto.

Podía oír ya a mi madre en mi cabeza volviéndose loca. Me encargaría de ello cuando llegara el momento.

Merecería la pena sólo por la mirada de mi padre en ese instante.

—No ha cambiado. —Cary se detuvo en la acera en la puerta del antiguo centro deportivo y se apartó las gafas de sol de la cara. Sus ojos se posaron en la entrada del gimnasio—. He echado de menos este lugar.

Le cogí la mano y entrelacé los dedos con los suyos.

—Yo también.

Avanzamos por el camino de entrada y saludamos con la cabeza a la pareja que estaba fumando en la puerta. A continuación, entramos y nos recibió la visión y el sonido de un partido de baloncesto. Dos equipos de tres personas jugaban en una mitad de la cancha, bromeando unos con otros y riéndose. Yo sabía por experiencia que, a veces, los poco habituales despachos del doctor Travis eran el único lugar en el que uno se sentía lo suficientemente libre y a salvo como para poder reírse.

Saludamos con la mano a los jugadores, que se detuvieron el tiempo suficiente como para mirarnos y, a continuación, fuimos directos a la puerta que aún tenía el letrero de «ENTRENADOR» en el cristal. Estaba abierta de par en par y vimos una persona apoltronada en una vieja silla con los pies apoyados en la mesa. Lanzaba una pelota de tenis contra la pared y la recogía con destreza, una y otra vez, mientras Kyle, una paciente a la que conocía de antes, vapeaba su cigarrillo electrónico mientras hablaba.

—¡Dios mío! —La chica se puso rápidamente en pie, abriendo su bonita boca roja y dejando escapar una nube de humo—. ¡No sabía que habíais vuelto!

Se lanzó sobre Cary, sin apenas darme tiempo a que le soltara la mano.

El doctor Travis dobló las piernas y se levantó, dibujando en su amable cara una sonrisa de bienvenida. Su atuendo era poco convencional. Llevaba sus habituales pantalones caquis, una camisa de vestir con sandalias de piel y las orejas llenas de pendientes. Tenía el pelo castaño claro largo y revuelto, y sus gafas de montura metálica estaban algo torcidas sobre el puente de la nariz.

—No os esperaba hasta después de las tres —dijo.

—Ya son más de las tres en Nueva York —contestó Cary soltándose de Kyle.

Yo tenía mis sospechas de que Cary se había acostado con aquella rubia guapa en algún momento, y suponía que ella no se había olvidado de él con la misma facilidad que mi amigo.

El doctor Travis me dio un rápido abrazo y, a continuación, hizo lo mismo con Cary. Vi cómo los ojos de mi mejor amigo se cerraban y su mejilla se apoyaba un momento en el hombro del médico. Sentí un escozor en los ojos como siempre me sucedía cuando veía feliz a Cary. El doctor Travis era lo más parecido a un padre que él había tenido, y sabía lo mucho que lo quería.

—¿Seguís cuidándoos el uno al otro en la Gran Manzana?

—Por supuesto —respondí.

Mi amigo me señaló con un dedo.

—Ella se va a casar y yo voy a tener un hijo.

Kyle ahogó un grito.

Le propiné un codazo a Cary en las costillas.

—Ay —se quejó mientras se frotaba el costado.

El doctor Travis parpadeó.

—Enhorabuena. Sí que habéis sido rápidos.

—Ya te digo —murmuró Kyle—. ¿Cuánto ha pasado? ¿Un mes?

—Kyle... —El doctor Travis acercó su silla a la mesa—. ¿Nos concedes un minuto?

Ella resopló y se dirigió a la puerta.

—Es usted bueno, doctor, pero creo que va a necesitar más tiempo.

—Prometida, ¿eh? —Kyle dio otra calada a su cigarrillo electrónico con los ojos puestos en Cary mientras él saltaba por encima de la cabeza del doctor Travis y machacaba la canasta.

Estábamos sentadas en las viejas gradas unas tres filas por debajo de la más alta, a la suficiente distancia como para que no pudiéramos oír la sesión de terapia que tenía lugar en la cancha.

Cary se ponía inquieto cuando se abría. El doctor Travis había aprendido rápidamente que debía mantener a Cary físicamente activo si quería que siguiera hablando.

Kyle me miró.

—Siempre había imaginado que Cary y tú terminaríais juntos.

Me reí y negué con la cabeza.

—Nuestra relación no es de ésas. Nunca lo ha sido.

Ella se encogió de hombros. Tenía los ojos del color del cielo de San Diego, rodeados por un llamativo delineador azul eléctrico.

—¿Conoces desde hace mucho al tipo con el que te casas?

—El suficiente.

El doctor Travis clavó un tiro de banda y, a continuación, revolvió el pelo de Cary de forma cariñosa. Vi que me miraba y supe que había llegado mi turno.

Me puse de pie y me estiré.

—Nos vemos luego —le dije a Kyle.

—Buena suerte.

Torcí la boca con un gesto irónico y bajé la escalera hasta llegar al doctor Travis.

Era más o menos de la altura de Gideon, así que me detuve antes de llegar al último escalón para que nuestros ojos estuviesen al mismo nivel.

—¿Ha pensado alguna vez en mudarse a Nueva York, doctor?

Me miró con su sonrisa torcida.

—Como si los impuestos de California no fuesen ya suficientemente altos —repuso.

Lancé un suspiro exagerado.

—Tenía que intentarlo.

Pasó el brazo por encima de mis hombros y fui con él hacia un lado de la pista.

—También lo ha probado Cary. Me siento halagado.

Fuimos a su despacho. Cerré la puerta mientras él cogía una silla abollada de metal y le daba la vuelta para sentarse con la cara hacia el respaldo y los brazos apoyados en él. Era una de sus rarezas. Se sentaba en la silla del escritorio cuando sólo iba a pasar el rato y a horcajadas en aquella reliquia cuando iba a entrar en materia.

—Háblame de tu prometido —dijo cuando yo me acomodé en el rincón habitual sobre el sofá de vinilo verde que estaba pegado con cinta adhesiva y adornado con firmas de pacientes antiguos y actuales.

—Vamos —lo reprendí—. Ambos sabemos que Cary ya lo ha informado.

Mi amigo siempre empezaba sus sesiones hablando de mi vida y de mí. Y, al final, lo enlazaba hablando de él.

—Y sé quién es Gideon Cross. —El doctor Travis golpeteaba con los pies de un modo que, en cierta forma, nunca parecía impaciente ni inquieto—. Pero quiero que me hables del hombre con el que vas a casarte.

Me quedé pensando un momento y él permaneció en silencio mientras tanto. No esperando, sino sólo observando.

—Gideon es... Dios mío, es muchas cosas. Es complicado. Tenemos que solucionar algunos problemas, pero lo conseguiremos. Mi problema más acuciante es lo que estoy sintiendo por un cantante con el que antes... salía.

—¿Brett Kline?

—¿Recuerda su nombre?

—Cary me lo ha recordado, pero me acuerdo de que hablamos de él.

—Sí, bueno. —Miré mi increíble anillo de bodas y le di vueltas alrededor del dedo—. Estoy muy enamorada de Gideon. Me ha cambiado la vida en muchos aspectos. Me hace sentir guapa y valiosa. Sé que parece muy rápido, pero él es mi hombre.

El doctor Travis sonrió.

—Mi esposa y yo nos enamoramos a primera vista. Estábamos en el instituto cuando nos conocimos pero supe que era la chica con la que iba a casarme.

Mi mirada viajó hacia las fotografías de su mujer que había sobre la mesa. Había una de cuando era más joven y otra más reciente. Aquel despacho era un lío de papeles, equipación deportiva y viejos pósteres de antiguas personalidades del deporte, pero los marcos y el cristal que protegían aquellas fotografías estaban inmaculados.

—No entiendo por qué Brett tiene efecto alguno sobre mí. No es que lo desee. No me imagino estando con nadie que no sea Gideon. Ni sexualmente ni en los demás aspectos. Pero no soy indiferente ante Brett.

—¿Por qué ibas a serlo? —preguntó sin más—. Fue parte de tu vida en un momento crucial y el final de vuestra relación provocó en ti una especie de epifanía.

—Mi interés —no era ésa la palabra exacta— no tiene que ver con la nostalgia.

—Estoy seguro de que no. Supongo que sientes ciertos remordimientos. Que piensas en diferentes posibilidades. Para ti fue una relación muy sexual, así que puede que siga existiendo cierta atracción, aunque sepas que no vas a volver a pasar por ahí.

Estaba casi segura de que tenía razón en eso.

Sus dedos golpeteaban el respaldo de la silla.

—Has dicho que tu prometido es un hombre complicado y que estáis solucionando algunos problemas. Brett era muy fácil. Sabías lo que podías conseguir de él. En los últimos meses has dado grandes pasos, te has acercado a tu madre y te has comprometido. Es probable que, a veces, desees que las cosas fueran más sencillas.

Me quedé mirándolo mientras asimilaba aquello.

—¿Cómo consigue encontrar la lógica con tanta facilidad? —pregunté.

—Práctica.

—No quiero echarlo todo a perder con Gideon —dije asustada.

—¿Estás yendo a hablar con alguien en Nueva York?

—Vamos a terapia de pareja.

Asintió.

—Muy práctico. Eso es bueno. Él también quiere que funcione. ¿Lo sabe?

«¿Lo de Nathan?».

—Sí.

—Estoy orgulloso de ti, chica.

—Trataré de evitar a Brett, pero me pregunto si eso significa que no quiero enfrentarme a la raíz del problema. Como un alcohólico que no bebe pero que sigue siendo alcohólico. El problema continúa estando ahí, simplemente se mantiene alejado de él.

—Eso no es del todo así. Pero es interesante que hayas utilizado una analogía sobre la adicción. Tú tiendes a un comportamiento autodestructivo con los hombres. Muchas personas con tu pasado tienen el mismo problema, así que no es de extrañar, y ya lo hemos hablado antes.

—Lo sé. —Era por eso por lo que tenía tanto miedo de perderme en Gideon.

—Hay que tener en cuenta algunas cosas —continuó—. Estás comprometida con un hombre que, en la superficie, se parece mucho al tipo de hombre que tu madre querría para ti. Teniendo en cuenta lo que tú opinas sobre la dependencia que tu madre tiene de los hombres, puede que estés sintiendo cierta resistencia.

Arrugué la nariz.

El doctor Travis sacudió un dedo hacia mí.

—Bueno, es una posibilidad. La otra es que quizá no sientas que mereces lo que has encontrado con él.

Sentí cómo una piedra se aposentaba en mi estómago.

—¿Y si me merezco a Brett?

—Eva... —Me miró con una cálida sonrisa—. El simple hecho de que hagas esa pregunta..., ahí está tu problema.

5

—Ni siquiera lo había reconocido sin el traje y la corbata —dijo Sam Yimara mientras yo ocupaba el asiento que había frente a él.

Era un hombre compacto, de casi metro ochenta de alto y musculado. Tenía la cabeza afeitada y tatuada y los lóbulos de las orejas dilatados de modo que podías ver a través de ellos.

El bar de Pete, el 69th Street, no estaba situado en la calle Sesenta y nueve, así que no tenía ni idea de dónde le venía el nombre. Sí sabía que los Six-Ninths habían sacado su nombre de ahí, después de tocar en su escenario durante varios años. También sabía que Brett Kline se había follado a mi mujer en los servicios del fondo.

Quería darle una paliza por ello. Eva se merecía palacios e islas privadas, no sórdidos lavabos de bar.

El bar de Pete no era un antro, pero tampoco tenía clase. Un chiringuito, que tenía mejor aspecto en la oscuridad y que era conocido sobre todo por estudiantes de la Universidad Estatal de San Diego, donde enrollarse y beber hasta que no pudieran recordar lo que habían hecho ni con quién habían follado.

Después de que yo acabara con ese lugar, tampoco recordarían el bar.

La elección del sitio había sido deliberada y bastante inteligente por parte de Yimara. Me había puesto nervioso y tomé conciencia de lo que había en juego. Si mi decisión de aparecer solo y vestido con vaqueros y camiseta lo descolocaba, consideraría que había estado a la altura del desafío.

Apoyé la espalda en mi asiento y lo miré con atención. En el bar había unos cuantos habituales, la mayoría de ellos sentados en la terraza. Sólo algunos ocupábamos el interior decorado con motivos playeros.

—¿Ha decidido aceptar mi oferta?

—La he considerado. —Yimara cruzó las piernas y se puso de lado de modo que pudiera colocar el brazo sobre el respaldo de su asiento. Arrogante y no lo suficientemente inteligente como para mostrar cautela—. Pero oiga, teniendo en cuenta lo que usted vale, me sorprende que no valore la privacidad de Eva en más de un millón de dólares.

Sonreí para mis adentros.

—Para mí, la tranquilidad de Eva no tiene precio —repuse—. Pero si cree que voy a elevar mi oferta es que no está bien de la cabeza. El requerimiento judicial contra usted va a seguir adelante. Y, luego, está el molesto y pequeño detalle sobre la legalidad de haber grabado a Eva sin su beneplácito, cosa muy distinta de un vídeo que se haga público con el consentimiento mutuo.

Apretó la mandíbula.

—Pensaba que querría mantener esto en secreto y que no saliera a la luz. Eva estaría sola ante cualquier juicio, ya lo sabe. Ya he hablado con Brett y lo hemos solucionado todo.

Sentí una tensión en los hombros.

—¿Ha visto él la grabación?

—La tiene él. —Se metió la mano en el bolsillo y sacó una memoria USB—. Aquí hay una copia para Eva. He pensado que debería usted ver qué es lo que está pagando.

La idea de que Kline viera imágenes sexuales de Eva hizo que me invadiera una oleada de rabia. Sus recuerdos ya eran suficiente mal. Una grabación era algo inaceptable.

Apreté la mano alrededor del dispositivo.

—Saldrá a la luz que existe la grabación —repuse—. Eso no puedo evitarlo. Usted se ha puesto en contacto con demasiados periodistas ofreciéndoles su venta. Lo que sí puedo hacer es destruirlo a usted. Personalmente, ésa sería mi preferencia. Quiero ver cómo echa a arder, pedazo de mierda.

Yimara se revolvió en su asiento.

Yo me incliné hacia adelante.

—Ha grabado usted a más personas aparte de a Eva y a Kline con sus cámaras. Hay docenas de víctimas que no han firmado una autorización. Yo soy el dueño de este bar. Joder, soy el dueño del grupo de música. No me ha costado mucho esfuerzo encontrar a los clientes y a los seguidores de Six-Ninths que estaban aquí cuando usted los estaba grabando de manera ilegal.

El último rastro de avaricia que había en sus ojos se atenuó para, a continuación, desaparecer del todo.

—Si fuera más inteligente, se habría aprovechado de las ganancias a largo plazo en vez de haber buscado un pago inmediato —continué—. En lugar de ello, va a firmar el contrato que voy a colocar delante de usted y va a marcharse con un cheque de un cuarto de millón de dólares.

Se retrepó en su asiento.

—¡Y una mierda! Me dijo un millón. Ése era el trato.

—Y usted no lo aceptó —repliqué poniéndome de pie—. Ya no está sobre la mesa. Y, si tarda más en decidirse, la nueva oferta tampoco lo estará. Acabaré con usted y lo meteré directo en la cárcel. Es suficiente poder decirle a Eva que lo he intentado.

Mientras me marchaba, acaricié la memoria USB en mi bolsillo, donde al instante hizo un agujero que no podría ignorar. Intercambié una mirada con Arash al pasar por su lado en la barra; estaba sentado esperando a que llegara su turno para intervenir.

Se levantó de un salto de su taburete.

—Siempre es un placer ver cómo asustas a la gente —dijo antes de dirigirse hacia el asiento que yo acababa de dejar libre con el contrato y el cheque en la mano.

Salí de aquel bar sombrío al brillante sol de San Diego. Eva no quería que yo viera la grabación. Me había hecho prometer que no lo haría.

Pero sentía algo por Kline. Él seguía siendo una amenaza demasiado real. Verlos juntos, en una actitud íntima, podría ofrecerme la información que necesitaba para enfrentarme a él.

¿Se había mostrado ella tan explícitamente sexual con él como lo era conmigo? ¿Había estado tan desesperada y deseosa de él? ¿Podía Kline hacer que se corriera como yo lo hacía?

Cerré los ojos con fuerza al ver aquellas imágenes en mi mente, pero no desaparecieron.

Mientras recordaba mi promesa, crucé el aparcamiento en dirección a mi coche alquilado.

¿Es una estupidez que me emocione tanto el hecho de ser tu *amiga* como el de ser tu esposa?

Me reí para mis adentros mientras leía el mensaje de Eva y le contestaba:

A mí me excita tanto ser tu amante como ser tu marido.

Qué malo eres.

Eso hizo que me riera en voz alta.

—¿Qué ha sido ese ruido? —Arash me miraba por encima del borde de su tableta acomodado en el sofá de mi suite del hotel—. ¿Era eso una carcajada, Cross? ¿De verdad acabas de reírte, o es que has tenido un derrame cerebral?

Le hice una peineta.

—¿De verdad? —contestó—. ¿Me levantas el dedo?

—Eva dice que es un clásico.

—Eva está lo bastante buena como para que le quede bien. Tú, no.

Abrí la nueva ventana de mi portátil y entré en mi perfil de la red social para enlazarlo con el de Eva con el estado de situación sentimental de «Prometido» ahora que éramos «amigos». Mientras esperaba que ella aceptara el enlace de la relación, entré en su perfil y volví a sonreír al ver la foto de portada que había elegido. Se estaba mostrando al mundo por primera vez, y lo hacía como la mujer que era mía.

Le mandé un mensaje cuando aceptó el estatus que nos unía:

Ahora eres las dos cosas.

☺ Estoy cumpliendo mi parte del trato.

Mis ojos pasaron de la ventana de mensajes a la foto de nosotros dos de su perfil. Acaricié su cara con los dedos mientras controlaba el deseo de ir a donde ella estaba. Era demasiado pronto. Eva necesitaba el espacio que yo pudiera ser capaz de darle.

Yo también, cielo.

El teatro del casino no era muy grande, pero tampoco pequeño y era más fácil de llenar. A los Six-Ninths les iba mejor alardear de que no quedaban entradas para sus conciertos que arriesgarse a la vergüenza de que hubiera asientos vacíos, incluso en su propia ciudad. Christopher lo habría tenido en cuenta.

A mi hermano se le daba bien su trabajo, aunque yo había aprendido a no hacérselo notar. Con eso no conseguiría más que hacer que se volviera más gilipollas.

A medida que se iban vaciando lentamente las filas de asientos, me dirigí a la parte de atrás del escenario. No era mi territorio, a pesar del pase de acceso ilimitado que llevaba como principal accionista de Vidal Records. Estaba claro que Kline me llevaba ventaja.

Pero yo no había sido capaz de esperar hasta el día siguiente, aunque sabía que habría sido lo más inteligente. Para entonces, él estaría agotado, posiblemente resacoso, y en ese momento yo tendría la sartén por el mango.

Sin embargo, no podía esperar tanto tiempo. Kline tenía el vídeo. Lo habría visto al menos una vez. Puede que más. Y no soportaba la idea de que volviera a hacerlo. Librarme de él era lo más importante que había en mi agenda.

Y quería que supiera que yo estaba cerca antes de que se viera con Eva. Estaba marcando mi territorio, por así decirlo, y decidí hacerlo con los vaqueros y la camiseta que llevaba puestos cuando me reuní con Yimara. Todo lo que tuviera que ver con Eva era un asunto personal, no de negocios, y quería que eso quedara claro en el momento en que Kline me viera.

Entré por la parte izquierda del escenario y me adentré directamente en el caos. Mujeres ligeras de ropa piradas por la droga o el alcohol que hubiesen tomado hacían cola en el estrecho y ajado pasillo. Docenas de hombres con tatuajes y *piercings* desmontaban y empaquetaban los equipos con eficiente destreza y rapidez. Una música atronadora salía de unos altavoces ocultos mezclándose con la que salía de cada habitación. Serpenteé a través de aquel jaleo en busca de una cabeza con el pelo de punta.

Una rubia tristemente conocida salió contoneándose por una puerta a varios metros de distancia con el pelo cayéndole por los hombros y atrayendo la atención sobre las exuberantes curvas de un enorme culo.

Aminoré el paso y el corazón empezó a latirme con más fuerza. Kline salió entonces detrás de la rubia con una cerveza en una mano y la otra dirigida a ella. La chica la agarró y tiró de él en dirección a los bastidores.

Yo sabía cómo era el tacto de aquella mano delicada, lo suave que era su piel. Lo fuerte que agarraba. Sabía lo que se sentía cuando esas uñas se clavaban en mi espalda. Cómo esos dedos tiraban de mi pelo mientras ella se corría sobre mi boca. El chisporroteo eléctrico de su tacto. Aquella conciencia primitiva.

Me quedé inmóvil, con un nudo en el estómago. Ella estaba cerca, muy cerca, de Kline. Con el hombro apoyado en la pared, la cadera inclinada de forma provocativa y sus dedos manoseando insinuantes el vientre de él. Kline la miró con una sonrisa engreída y sugerente, acariciando con su mano la parte superior del brazo de ella de una forma demasiado íntima.

Nadie que los viera juntos podría pensar que no eran amantes.

La rabia hizo que me hirviera la sangre. De mi cuerpo irradiaba una oscuridad nauseabunda.

Dolor. Abrasador y profundo. Me hizo contener la respiración y mantener cualquier pizca de control.

Un brazo de mujer pasó por encima de mi hombro. Su mano se metió por debajo del cuello de mi camiseta para tocarme el pecho mientras que la otra rodeaba mi cintura para acariciarme la polla. Un perfume empalagoso asaltó mi olfato haciendo que me la quitara de encima con fuerza mientras una morena tan delgada como una modelo y con unos ojos muy maquillados trataba de acorralarme por delante.

—¡Apartad! —exclamé con un gruñido al tiempo que les lanzaba a las dos una mirada de furia que las hizo tambalearse hacia atrás y llamarme gilipollas.

En otra época me las habría follado a ambas, convirtiendo la sensación de ser cazado en otra de absoluto control.

Había aprendido a manejar a las depredadoras sexuales después de Hugh. A ponerlas en su sitio.

Avancé abriéndome camino entre la gente y recordando la sensación de la mandíbula de Kline en mi puño. La implacable dureza de su torso. El bufido que salió de su cuerpo cuando lo golpeé con todas mis fuerzas.

Quería lanzarlo contra el suelo. Ensangrentado. Destrozado.

Kline se inclinó sobre ella para hablarle al oído. Apreté los puños. Ella echó la cabeza hacia atrás y se rio y yo me detuve. Pasmado y confundido. A pesar de todo el ruido, aquel sonido me hizo ver que estaba equivocado.

No era la risa de Eva.

Ésa era demasiado fuerte. La risa de mi mujer era más baja y gutural. Sensual. Tan única como la mujer a la que pertenecía.

La rubia volvió entonces la cabeza y pude ver su perfil. No era Eva. El cuerpo y el pelo se parecían. No su rostro.

«¿Qué coño ha pasado?».

Mi mente regresó a la realidad. La chica era la que salía en el videoclip de *Rubia*. La que interpretaba el papel de Eva.

Los encargados del montaje y las grupis pasaban por mi lado, pero yo me quedé inmóvil mientras Kline acariciaba y seducía a la mala imitación de mi incomparable esposa.

Mi teléfono vibró entonces en el bolsillo y me asustó. Lo saqué maldiciendo y leí el mensaje de Raúl:

Acaba de llegar al casino.

Así que había cambiado de opinión con respecto a lo de ver a Kline. Sacando partido de la situación, respondí:

Tráela ahora a los bastidores de la parte izquierda.

De acuerdo.

Me apoyé en la pared escondiéndome en un hueco medio oculto por cajas de acero con los equipos que estaban apiladas sobre unos carritos. Los minutos pasaban despacio.

Sentí su presencia antes de verla. Giré la cabeza y la vi con facilidad. Al contrario que su imitadora, que iba vestida con un vestidito ajustado, Eva llevaba unos vaqueros que se ceñían a cada una de sus curvas y una camiseta lisa de color gris. Llevaba sandalias de tacón y pendientes de aro, y tenía un aspecto informal y relajado.

El deseo me sacudió con una fuerza brutal. Era la mujer más hermosa que había visto nunca y fácilmente la más atractiva del mundo. Otras mujeres giraron la cabeza para observarla al pasar, envidiando su belleza y su sensualidad natural. Los hombres la miraban con un encendido interés, pero ella no parecía notarlo, puesto que tenía la atención fija en Kline.

Entornó los ojos al ver la escena que yo había presenciado momentos antes. Vi cómo evaluaba la situación y supe cuándo había llegado a la misma conclusión que yo. Una mezcla de emociones pasó por su rostro. Debía de resultarle extraño ver a un antiguo amante tan desesperado por volver a recuperar lo que había tenido en el pasado con ella.

A mí me parecía algo inconcebible. Si no podía tener a Eva, no tendría a nadie.

Echó los hombros hacia atrás y levantó el mentón. Después apareció una sonrisa en su boca. Pude ver cómo la invadía una sensación de aceptación, una nueva clase de paz. Fuera lo que fuese lo que necesitara, lo había encontrado.

Eva pasó sin verme, pero Raúl vino junto a mí.

—Qué raro —dijo con la atención puesta en Kline mientras el cantante levantaba la mirada y cuando veía a mi esposa, enderezaba visiblemente el cuerpo.

—Perfecto —respondí mientras mi mujer saludaba a Kline extendiendo hacia él la mano izquierda. Mi anillo en su dedo brilló con fuerza, lo que hizo que fuera imposible no verlo—. Mantenme informado.

Y me fui.

Los músculos me dolían tras ochenta flexiones, y mis ojos permanecían fijos en la memoria USB que había delante de mí sobre la alfombra. La manera en que me había ocupado de Yimara y de Kline había sido eficaz pero insatisfactoria. Seguía tenso y exasperado, con ganas de pelea.

Los ojos me escocían y unas gotas de sudor me caían por la frente. El pecho se me movía por el esfuerzo. Ser consciente de que Eva había salido a bailar con Cary y algunos de sus amigos del sur de California no hacía más que afilar el borde sobre el que me cernía. Sabía cómo se ponía siempre que salía a beber y a bailar. Me encantaba follármela cuando su cuerpo estaba húmedo y sudoroso y su coño resbaladizo y hambriento.

«Dios santo». La polla me palpitaba y se me puso aún más dura. Los brazos me temblaban mientras me acercaba al punto de fatiga muscular. Las venas se me marcaban con fuerza en los brazos y en las manos. Necesitaba una ducha fría, pero no iba a masturbarme. Siempre lo guardaba para Eva. Cada gota densa y cremosa.

La aplicación de mensajería de mi portátil sonó y aminoré el ritmo hasta llegar al número cien antes de ponerme de pie. Cogí el dispositivo de memoria y lo dejé caer sobre la mesa. Después agarré la toalla que había dejado colgada del respaldo de la silla. Me limpié la cara antes de abrir la ventana de mi portátil con las esperanza de leer la última actualización sobre la noche de Eva. Lo que vi fue un mensaje suyo.

¿En qué habitación estás?

Me quedé mirando un momento la pantalla mientras asimilaba la pregunta. Otro sonido anunció un mensaje de Raúl:

Se dirige al hotel donde está usted.

La expectativa hizo que mi atención pasara del ejercicio a mi inteligente y deliciosa esposa. Le escribí una respuesta:

4269.

Cogí el teléfono de la mesa y llamé al servicio de habitaciones:

—Una botella de Cristal —pedí—. Dos copas, fresas y nata montada. Súbanlo dentro de diez minutos. Gracias.

Dejé el auricular en su base y me colgué la toalla en el cuello. Con una rápida mirada al reloj vi que eran las dos y media de la mañana.

Cuando sonó el timbre de la puerta, yo había encendido todas las luces tanto de la sala de estar como del dormitorio y había abierto las cortinas que habían tapado las vistas del océano iluminado por la luz de la luna.

Fui a la puerta, la abrí y vi a Eva y al muchacho del servicio de habitaciones esperando. Vestida igual que la había visto antes, tenía aspecto de chica mala, lo cual hizo que volviera a empalmarme al instante. Tenía el pelo revuelto y la cara le brillaba con el rímel un poco corrido. Olía a sudor y a alcohol.

Si el camarero no hubiera estado detrás de ella, la habría puesto boca abajo sobre el suelo del vestíbulo antes de que se hubiese dado cuenta.

—Joder —susurró mirándome de la cabeza a los pies.

Yo bajé los ojos. Seguía acalorado, con la piel brillante por sudor. La cintura de mis pantalones de chándal estaba mojada y llamaba la atención sobre la erección que ni siquiera me molesté en esconder.

—Lo siento, me has pillado haciendo ejercicio.

—¿Qué haces en San Diego? —preguntó desde el pasillo.

Di un paso atrás e hice un gesto para que entrara.

Ella no se movió.

—No voy a entrar en tu torbellino de dios del sexo hasta que me respondas.

—He venido por trabajo.

—Y una mierda. —Se cruzó de brazos.

Extendí los míos, la agarré del codo y tiré de ella hacia adentro.

—Puedo demostrarlo.

El camarero empujó el carro detrás de ella.

Le devolví la factura y el bolígrafo y esperé a que se marchara. Después, me acerqué al teléfono que había junto al sofá y marqué el número de la habitación de Arash.

—¿En serio? —respondió él con voz adormilada—. Algunos solemos dormir, Cross.

—Mi mujer quiere hablar contigo.

—¿Qué? —Se oyó un ruido de sábanas—. ¿Dónde estáis?

—En mi habitación. —Le pasé el auricular a Eva—. Mi abogado.

—¿Estás loco? —preguntó ella—. ¡Son las cinco de la mañana en Nueva York! ¡Es domingo!

—Está en la habitación de al lado. Pregúntale si he estado trabajando hoy.

Ella se acercó y cogió el teléfono de mi mano.

—Deberías buscarte otro trabajo —le dijo ella—. Tu jefe está loco.

Arash contestó y Eva soltó un suspiro.

—Antes. —Me miró—. Gracias a Dios, es muy atractivo. Aun así, deberían mirarme a ver si estoy bien de la cabeza. Siento que te haya despertado. Vuelve a dormirte.

Luego levantó el teléfono hacia mí.

Lo cogí y me lo llevé de nuevo a la oreja.

—Como ha dicho ella, vuelve a dormirte.

—Me gusta Eva —repuso él—. Sabe ponerte a parir.

Dirigí la mirada hacia ella.

—A mí también me gusta. Buenas noches.

Colgué y extendí los brazos hacia ella.

Eva dio un paso atrás para que no la agarrara.

—¿Por qué no me has dicho que estabas aquí?

—No quería cortarte el rollo.

—¿No confías en mí?

La miré sorprendido.

—... preguntó mi mujer después de haber rastreado mi teléfono hasta mi hotel.

—¡Simplemente sentía curiosidad por saber si estabas en el ático o no!

Hizo un mohín cuando yo sólo me limité a mirarla.

—Y... te echaba de menos.

—Estoy aquí, cielo. —Abrí los brazos de nuevo—. Ven a por mí.

Arrugó la nariz.

—Tengo que ducharme. Apesto.

—Los dos estamos sudados. —Me acerqué a ella. Esta vez, no se apartó—. Y me encanta cómo hueles. Lo sabes.

Apoyé las manos sobre su cintura y las deslicé hacia arriba hasta que abracé su delicada caja torácica justo por debajo de donde sobresalían sus tetas. Puse las palmas de las manos sobre ellas y las levanté con suavidad, apretándolas levemente.

Yo nunca había sido fetichista con respecto a ninguna parte en especial del cuerpo femenino hasta que conocí a Eva. Adoraba cada centímetro de su cuerpo, apreciaba todas sus generosas curvas.

Las yemas de mis pulgares daban vueltas alrededor de sus pezones mientras notaba cómo se endurecían.

—Me encanta tocarte.

Bajé la cabeza hasta la curva de su cuello y lo acaricié con la nariz, frotando mi pelo mojado contra ella.

—No es justo —dijo con un gemido—. Se te marcan los músculos y estás reluciente y casi desnudo y yo no tengo fuerza de voluntad.

—No la necesitas. —Metí las manos por debajo de su camiseta y le desabroché el sujetador—. Deja que te posea, Eva.

Respiré lenta y profundamente mientras ella metía la mano por dentro de la cintura de mi pantalón y me agarraba la polla.

—Qué rico —susurró—. Mira lo que me he encontrado.

—Cielo. —Puse las manos sobre su culo—. Dime que lo quieres exactamente como yo quiero dártelo.

Levantó la mirada hacia mí con los ojos entornados.

—Y ¿cómo sería eso?

—Aquí. En el suelo. Con tus vaqueros por los tobillos, la camiseta levantada y la ropa interior apartada a un lado. Quiero mi polla dentro de ti, que mi semen te inunde. —Deslicé la lengua por la vena de su cuello—. Me encargaré de ti cuando te lleve a la cama, pero ahora mismo... quiero utilizarte.

Ella se estremeció.

—Gideon...

Pasé un brazo por debajo de sus muslos, la levanté del suelo y la bajé con cuidado a la alfombra. Mi boca se unió a la suya suave, caliente y húmeda, y su lengua lamió la mía. Luego rodeó mi cuello con los brazos tratando de agarrarme. La dejé y puse las rodillas a ambos lados de su cadera mientras mis dedos le desabrochaban los vaqueros.

Su vientre era liso y suave como la seda, y se hundió al reír cuando mis nudillos le rozaron el costado. Sus cosquillas me hicieron sonreír mientras nos besábamos, y la felicidad inundó mi pecho hasta que éste quedó demasiado pequeño como para albergarla.

—Vas a quedarte conmigo —le dije—. Te despertarás conmigo.

—Sí. —Levantó la cadera para ayudarme a bajarle los pantalones.

Le liberé una pierna, dejé la otra atrapada y mis manos le separaron los muslos para que pudiera verla. Las bragas se le habían torcido tras haberle bajado los pantalones, proporcionándole el aspecto que yo deseaba.

Era mi esposa. Mi posesión más valiosa. Apreciaba su valía. Pero también me encantaba verla sucia y con aspecto de zorra. Un objeto sexual para darme placer. La única mujer que silenciaría los recuerdos que había en mi cabeza y que me liberaría.

—Cielo...

Me deslicé hacia abajo y me tumbé con mi boca llenándose de su sabor.

—No —protestó tapándose con las manos.

Le agarré las muñecas para apartárselas y le lancé una mirada furibunda.

—Te deseo así.

—Gideon...

La lamí a través de la seda y ella se arqueó con un gemido, clavando los tacones en la alfombra y levantando el coño hacia mi boca. A continuación le aparté las bragas con los dientes y dejé al descubierto su piel increíblemente suave. De mi boca salió un sonido ronco y la polla se me puso tan dura que me dolió.

Envolví su clítoris con los labios y chupé, lamiéndola. Sentí cómo se tensaba. Le solté las manos sabiendo que ya era mía y que no podía enfrentarse a mí.

—Dios —susurró retorciéndose—. Tu boca...

La abrí más con la ayuda de los hombros y le metí la lengua. Sus dedos me tiraban del pelo hasta hacerme daño en las raíces, y siguió estimulándome hasta que se corrió con un grito azorado. Lamí su interior, follándomela, sintiendo cómo se estremecía alrededor de mi lengua. Se puso más húmeda y caliente.

Le froté el clítoris y metí dos dedos dentro de ella clavando mi cadera en el suelo al sentir su tirante suavidad. Mi polla ansiaba internarse en aquel calor tan acogedor, pues sabía que era una sensación increíble y deseaba ser estrangulada.

—Por favor —suplicó Eva recibiendo el embate de mis dedos, anhelando que deslizara la polla para que la invadiera.

Quería follármela. Correrme. No porque necesitara el sexo, sino porque la necesitaba a ella.

Su cuerpo se retorció y se tensó con otro orgasmo arqueando el cuello con un grito.

Me limpié la boca con la parte interior de su muslo y me puse de rodillas para bajarme los pantalones. Apoyé una mano en el suelo y utilicé la otra para dirigir mi polla, colocándome encima de ella y apuntando mi palpitante capullo hacia su sexo. Embestí con fuerza y con todo el peso de mi cuerpo, abriéndome paso a través de su coño apretado con un gruñido.

—Gideon...

—Dios...

Froté mi frente cubierta de sudor contra su mejilla, deseando que oliera como yo. Eva tenía las uñas en mi espalda, clavándolas. Deseé que me marcara, que me dejara una cicatriz.

Puse las palmas de las manos sobre su culo para levantarla, para dirigirla mientras hincaba los pies en la alfombra para conseguir hacer la palanca necesaria para empujar hacia adentro. Ella ahogó un grito y agitó las caderas para adaptarse a mí.

—Tómame —susurré con los dientes apretados controlando la necesidad de correrme antes de que recibiera mi polla entera—. Deja que me meta.

Su coño se onduló, succionándome. La agarré del hombro para que se quedara quieta y poder embestir con más fuerza. Eva se entregó dejando que la poseyera.

Notar cómo apretaba todo mi miembro era lo único que necesitaba. La envolví con los brazos, la estreché contra mi cuerpo y la besé con brusquedad. Me corrí con una fuerza que me dejó temblando entre sus brazos.

El vapor se rizaba alrededor de nosotros mientras yo acunaba a Eva en la enorme bañera de la suite. Su pelo mojado se pegaba a mi pecho y sus brazos cubrían los míos mientras la abrazaba por la cintura.

—Campeón.

—¿Sí? —Apreté los labios sobre su sien.

—Si no pudiésemos estar juntos, y no es que eso vaya a pasar..., sólo es una hipótesis, ¿te acostarías con alguien que se pareciera a mí? Es decir, sé que no soy tu tipo habitual, pero ¿querrías fingir con alguien que te recordara a mí?

—No voy a especular con situaciones que nunca van a ocurrir.

—Gideon. —Se hizo a un lado e inclinó la cabeza para mirarme—. Lo comprendo. Yo he tratado de pensar si sería capaz de encontrar consuelo estando con alguien parecido a ti. Quizá con alguien moreno y con el pelo igual que el tuyo...

Apreté más los brazos sobre ella.

—Eva, no me digas que tienes fantasías con otros hombres.

—Dios. Como siempre, no me escuchas.

—¿A qué coño viene todo esto?

Por supuesto, yo ya sabía a qué venía. Pero no era un camino que estuviera dispuesto a recorrer.

—Brett se está acostando con esa chica del videoclip de *Rubia*. La que se parece a mí.

—Nadie se parece a ti.

Puso los ojos en blanco.

—Puede que tenga tus curvas —admití—. Pero no tiene tu voz, tu sentido del humor, tu ingenio... No tiene tu corazón.

—Oh, Gideon.

Acaricié su frente con mis dedos mojados.

—Apagar las luces no serviría de nada. Una rubia cualquiera no olería como tú. No se movería como tú. No me tocaría del mismo modo ni me necesitaría igual.

Su expresión se suavizó y apretó la mejilla contra mi hombro.

—Eso mismo pensaba yo. No podría hacerlo. Y, cuando he visto a Brett con esa chica, he sabido que tú tampoco lo harías.

—Con nadie. Nunca. —Le besé la punta de la nariz—. Tú has cambiado mi percepción del sexo, Eva. Ya no podría dar marcha atrás. Ni siquiera lo intentaría.

Ella se movió para subirse a horcajadas sobre mí haciendo que el agua se derramara por el borde de la bañera. La miré mientras observaba su pelo del color del trigo echado hacia atrás, las manchas del maquillaje, el brillo del agua sobre su piel dorada.

Sus dedos me masajearon la nuca.

—Mi padre quiere pagar la boda —dijo.

—¿Lo sabe?

Asintió.

—Necesito que no pongas objeciones.

Me parecía bien todo con tal de tener a mi mujer desnuda, mojada y retozona encima de mí.

—Ya he tenido la boda que quería —le aseguré—. Puedes hacer lo que quieras esta vez.

Su sonrisa brillante y sus besos entusiastas eran la única recompensa que necesitaba.

La atraje hacia mí.

Eva se mordió el labio inferior antes de hablar.

—Mi madre va a tener que amoldarse. Puede gastarse cincuenta mil dólares sólo en las flores y las invitaciones.

—Pues diles a los dos que tu padre va a pagar la boda y que tu madre puede echar una mano con el banquete. Problema resuelto.

—Ah. Eso me gusta. Qué bien va tenerlo a usted aquí, señor Cross.

La levanté y le lamí un pezón.

—Deja que te lo demuestre.

El dormitorio se estaba iluminando con la llegada del amanecer cuando la respiración de Eva adquirió un ritmo profundo y regular al quedarse dormida. Me desenrosqué de sus dos brazos y de las sábanas con todo el cuidado posible y me puse de pie al lado de la cama para mirarla. Tenía el pelo revuelto alrededor de los hombros y los labios y las mejillas sonrojados por el sexo. Me froté el pecho, dolorido tras la tensión que había sentido.

Dejarla así era siempre duro y se volvía más difícil cada día. La piel me dolía al separarme de ella.

Cerré las cortinas del dormitorio, entré en la sala de estar e hice allí lo mismo, dejando la habitación a oscuras.

Después, me acomodé en el sofá y me quedé dormido.

Un repentino destello de luz me despertó. Parpadeando, me froté los ojos grumosos y vi que las cortinas estaban abiertas y que los rayos del sol incidían sobre mi cara. Eva se acercó a mí; la luz creaba un halo alrededor de su cuerpo desnudo.

—Hola —susurró poniéndose de rodillas a mi lado—. Dijiste que me despertarías contigo.

—¿Qué hora es? —Miré el reloj y vi que solamente había dormido una hora y media—. Se suponía que ibas a dormir más tiempo

Me dio un beso en los abdominales.

—Sin ti no duermo bien.

Sentí que el remordimiento me desgarraba. Mi mujer necesitaba cosas que yo no podía darle. Me despertaba con luz en vez de con una caricia porque temía mi reacción. Y hacía bien en ser cautelosa. En mitad de una pesadilla, el tacto de una mano podía hacer que me despertara dando golpes con los puños.

Le aparté el pelo de la cara.

—Lo siento —dije.

«Por todo. Por todo aquello a lo que renuncias por estar conmigo».

—Chis...

Agarró la cintura de mis pantalones y la bajó por debajo de mi polla. Me la había puesto dura. ¿Cómo iba a evitarlo si se acercaba a mí desnuda y con ojos soñolientos?

Su boca envolvió el capullo de mi verga.

Yo cerré los ojos con fuerza y gemí, rindiéndome.

Unos toques en la puerta me despertaron otra vez. Eva se estiró en mis brazos y se acurrucó contra mí en el estrecho sofá.

—Maldita sea —murmuré atrayéndola más hacia mí.

—No hagas caso.

Siguieron llamando.

Eché la cabeza hacia atrás y grité:

—¡Váyase!

—¡He traído café y cruasanes! —contestó Arash a voces—. Abre, Cross. Son las doce pasadas y quiero ver a tu señora.

—Dios.

Eva me miró parpadeando.

—¿Tu abogado?

—Ya no. —Me senté y me pasé las manos por el pelo—. Nos vamos a ir. Tú y yo. Pronto. Lejos.

Me besó en la parte inferior de la espalda.

—Suena bien.

Metí los pies en las perneras del pantalón y, a continuación, me levanté para subírmelos. Eva aprovechó la oportunidad para darme una cachetada en el culo desnudo.

—¡Os he oído! —gritó Arash—. ¡Parad ya y abrid!

—Estás despedido —le dije mientras me dirigía a la puerta. Miré hacia atrás para decirle a Eva que se tapara pero ya estaba corriendo hacia el dormitorio.

Al abrir, vi a Arash esperando en la puerta de mi suite con un carrito del servicio de habitaciones.

—¿Qué cojones te pasa?

Tuve que quitarme de en medio antes de que me atropellara.

—No te quejes —dijo sonriendo mientras dejaba el carrito a un lado y me miraba—. Guárdate el maratón de sexo para la luna de miel.

—¡No le hagas caso! —gritó Eva a través de la puerta del dormitorio.

—No voy a hacerlo. —Me aparté de él—. Ya no trabaja para mí.

—No me lo puedes echar en cara —dijo Arash siguiéndome al interior de la sala de estar—. ¡Vaya! Tienes la espalda como si te hubieras estado peleando con un león. No me extraña que estés cansado.

—Cállate. —Cogí la camisa del suelo.

—No me habías dicho que Eva estaba también en San Diego.

—No es asunto tuyo.

—Tregua —repuso levantando las dos manos en señal de rendición.

—No digas nada de lo de Yimara —le dije en voz baja—. No quiero que se preocupe por eso.

Arash se puso serio.

—Ya ha terminado. No volveré a mencionarlo —aseguró.

—Bien.

Me acerqué al carrito y serví dos tazas de café, preparando el de Eva como a ella le gustaba.

—Yo también tomaré una taza —dijo Arash.

—Sírvete tú.

Compuso una sonrisa irónica mientras se acercaba a mí.

—¿Va a salir?

Me encogí de hombros.

—No estará enfadada, ¿verdad?

—Lo dudo. —Llevé las dos tazas a la mesita y, a continuación, me acerqué a la pared donde estaban los botones de las cortinas—. Hay que esforzarse mucho para cabrearla.

—A ti eso se te da bien. —Sonrió y se sentó en uno de los sillones—. Recuerdo el vídeo viral de vosotros dos discutiendo en Bryant Park.

Le lancé una mirada de furia mientras la luz del sol empezaba a entrar en la habitación.

—Debes de odiar mucho tu trabajo —repuse.

—Dime que no sentirías curiosidad si yo me fugara con una chica a la que he conocido apenas dos meses antes.

—Le enviaría mis condolencias.

Se rio.

La puerta del dormitorio se abrió entonces y Eva salió vestida con la ropa de la noche anterior. Tenía la cara recién lavada pero los oscuros círculos de debajo de los ojos y la boca hinchada le hacían tener un aspecto tanto de recién follada como de increíblemente follable. Con los pies descalzos y el pelo apenas recogido, estaba impresionante.

El pecho se me llenó de orgullo. Sin el maquillaje, el espolvoreado de sus pecas en la nariz la hacía adorable. Su cuerpo daba a entender que era un sueño follársela, la seguridad de sus gestos, que no iba a dejar que nadie le vacilara, y la mirada traviesa y divertida de sus ojos, que con ella nunca te ibas a aburrir.

Eva encarnaba todas las promesas, las esperanzas y las fantasías que un hombre pudiera tener. Y era mía.

Me quedé mirándola. Arash se quedó mirándola también.

Ella cambió entonces el gesto y sonrió con timidez.

—Hola.

El sonido de su voz sacudió a Arash, y se puso de pie tan rápido que derramó su café.

—Mierda. Lo siento. Hola.

Dejó la taza y se limpió las gotas de los pantalones. Se acercó a ella con la mano extendida.

—Soy Arash.

Ella la estrechó.

—Encantada de conocerte, Arash. Yo soy Eva.

Me uní a ellos y empujé al abogado hacia atrás con el brazo.

—Deja de babear.

Él se quedó mirándome.

—Qué gracioso, Cross. Gilipollas.

Eva se rio y se inclinó sobre mí cuando yo deslicé el brazo por encima de sus hombros.

—Me alegra ver que Gideon trabaja con gente que no le tiene miedo —dijo.

Arash le guiñó un ojo flirteando descaradamente.

—Sé cómo funciona.

—¿En serio? Me encantaría saberlo todo al respecto.

—Yo creo que no —tercié con voz cansina.

—No seas aguafiestas, campeón.

—Eso, campeón —se burló Arash—. ¿Qué tienes que esconder?

—Tu cadáver —respondí sonriendo.

El abogado miró a mi mujer y suspiró.

—¿Ves lo que tengo que aguantar?

6

Un almuerzo a última hora de la tarde en la calle en la hermosa San Diego con los tres hombres más importantes de mi vida se situó definitivamente en el primer lugar de la lista de los mejores momentos que había vivido. Me senté entre Gideon y mi padre mientras Cary se apoltronaba en el asiento que estaba justo enfrente de mí.

Si me hubiesen preguntado unos meses antes, habría dicho que no me importaban en absoluto las palmeras. Empezaba a apreciarlas ahora que llevaba un tiempo sin verlas. Vi cómo se balanceaban suavemente con la cálida brisa del océano y sentí el tipo de paz que siempre buscaba pero que rara vez encontraba. Las gaviotas competían con las palomas por conseguir los restos de debajo de las mesas, mientras que el sonido no muy lejano de las olas en la playa se oía por debajo del ajetreo del concurrido restaurante.

Las gafas de espejo de mi mejor amigo le ocultaban los ojos, pero su sonrisa aparecía a menudo y con facilidad. Mi padre llevaba unos pantalones cortos y una camiseta y había empezado la comida inusualmente callado. Se había relajado tras una cerveza y ahora estaba tan cómodo como Cary. Mi marido llevaba unos pantalones cargo y una camiseta blanca. Era la primera vez que lo veía con ropa clara. Tenía un aspecto tranquilo y relajado con sus gafas de aviador, y sus dedos se entrelazaban con los míos sobre el brazo de mi silla.

—Una boda al atardecer —pensé en voz alta—. Sólo la familia y los amigos más íntimos. —Miré a Cary—. Tú serás el hombre de honor, claro.

Su boca se curvó hacia un lado con una despreocupada sonrisa.

—Más te vale.

A continuación miré a Gideon.

—¿Sabes a quién vas a pedirle que esté a tu lado?

La tensión de sus labios fue casi imperceptible, pero yo la vi.

—Aún no lo he decidido.

Mi buen humor se atenuó un poco. ¿Estaba pensando si Arnoldo sería adecuado teniendo en cuenta lo que el chef pensaba de mí? Me entristecía pensar que yo pudiera estar tensando esa relación.

Gideon era una persona muy reservada. Aunque no estaba del todo segura, sospechaba que mantenía una relación estrecha con sus amigos, aunque no tenía muchos.

Le apreté la mano.

—Voy a pedirle a Ireland que sea mi dama de honor.

—Eso le gustará.

—Y ¿qué hacemos con Christopher?

—Nada. Con suerte, no vendrá.

Mi padre frunció el ceño.

—¿De quién estamos hablando?

—De los hermanos de Gideon —respondí.

—¿No te llevas bien con tu hermano, Gideon?

Yo di la explicación, pues no quería que mi padre tuviera nada en contra de mi marido:

—Christopher no es un buen tipo.

Gideon giró la cabeza hacia mí. No lo dijo en voz alta, pero capté el mensaje: no quería que yo hablara por él.

—Querrás decir que es un verdadero imbécil —intervino Cary—. Sin ánimo de ofender, Gideon.

—No te preocupes. —Se encogió de hombros y, a continuación, le explicó a mi padre—: Christopher me considera un rival. Yo desearía que fuese de otro modo, pero no puedo hacer nada.

Mi padre asintió despacio.

—Qué pena.

—Ya que hablamos de la boda, sería para mí un placer encargarme del transporte —continuó Gideon con fluidez—. Eso me daría la oportunidad de poder colaborar, cosa que agradecería.

Respiré hondo al comprender, como sabía que haría mi padre, que la franqueza y el tacto de mi marido hacían que fuese difícil decir que no.

—Es muy generoso de tu parte, Gideon.

—La oferta seguirá en pie. Avisando con una hora de antelación, podemos hacer que esté en el avión de camino. Así, Eva y usted podrían pasar más tiempo juntos.

Mi padre no respondió de inmediato.

—Gracias, pero necesitaré algún tiempo para hacerme a la idea. Es un poco extravagante y no quiero resultar una carga.

Gideon se quitó las gafas de sol para mostrar los ojos.

—Para eso está el dinero. Lo único que deseo es hacer feliz a su hija. Facilíteme las cosas, señor Reyes. Todos deseamos ver a Eva sonreír el mayor tiempo posible.

Entendí entonces por qué mi padre se oponía tanto a que Stanton lo pagara todo. Mi padrastro no lo hacía por mí; lo hacía por mi madre. Gideon sólo me tenía en cuenta a mí cuando tomaba sus decisiones, y supe que mi padre podría vivir con ello.

Miré a Gideon a los ojos y dije en voz baja: «Te quiero».

Me apretó la mano hasta hacerme daño. No me importó.

Mi padre sonrió.

—Hacer feliz a Eva... ¿Cómo voy a oponerme a eso?

El olor a café recién hecho hizo que mis bien adiestrados sentidos cobraran vida a la mañana siguiente. Parpadeé mirando el techo del dormitorio de mi apartamento del Upper West Side y sonreí con expresión adormilada cuando descubrí que Gideon estaba de pie junto a mi cama quitándose la camisa. La visión de su torso esbelto y musculado y de sus abdominales marcados compensaban el hecho de que claramente había pasado la noche sola tras haberme dormido en sus brazos.

—Buenos días —murmuré dándome la vuelta hacia un lado mientras él se bajaba los pantalones del pijama y se los quitaba con una patada.

Estaba claro que quienquiera que dijese que los lunes eran una lata nunca se había despertado con Gideon Cross desnudo al lado.

—Lo serán —respondió él mientras levantaba el edredón y se metía entre las sábanas conmigo.

Me estremecí cuando su piel fría tocó la mía.

—¡Uy!

Me rodeó con los brazos y sus labios acariciaron mi cuello.

—Caliéntame, cielo.

Cuando hube terminado con él, Gideon estaba sudando y el café que había traído se había enfriado.

No me importó lo más mínimo.

Estaba de un humor excelente cuando llegué al trabajo. El sexo matutino había contribuido a ello, claro. También ver a Gideon vestirse para empezar el día, ver cómo se transformaba del hombre privado al que yo conocía y amaba en el magnate oscuro y peligroso. El día mejoró cuando salí a la planta veinte y vi a Megumi sentada detrás de su mesa.

La saludé con la mano a través de las puertas de cristal blindado, pero mi sonrisa desapareció en el momento en que la miré bien. Estaba pálida y tenía unos grandes círculos oscuros por debajo de los ojos. Su atrevido corte de pelo asimétrico ofrecía un aspecto desgarbado, y llevaba una blusa de manga larga y unos pantalones oscuros que no pegaban con el bochorno del mes de agosto.

—Hola —la saludé cuando pulsó el botón para dejarme entrar—. ¿Cómo estás? Estaba preocupada por ti.

Megumi me miró con una débil sonrisa.

—Siento no haberte devuelto las llamadas.

—No te preocupes. Yo soy de lo más antisocial cuando estoy enferma. Sólo me apetece acurrucarme en la cama y que me dejen en paz.

El labio inferior le tembló y los ojos se le llenaron de lágrimas.

—¿Estás bien? —Miré a mi alrededor preocupada por su privacidad al ver que otros empleados pasaban por la recepción—. ¿Has ido al médico?

Rompió a llorar.

Aterrada, me quedé inmóvil un momento.

—Megumi, ¿qué pasa?

Se quitó los auriculares y se puso de pie con las lágrimas rodándole por las mejillas. Negó con la cabeza con fuerza.

—Ahora no puedo hablar de ello —dijo.

Pero ya estaba corriendo hacia el baño y me quedé allí mirándola.

Me dirigí a mi cubículo y dejé el bolso. Después, recorrí el pasillo hasta la mesa de Will Granger. No estaba allí, pero lo vi en la sala de descanso cuando fui a por un café.

—Hola —me saludó. Tras sus gafas de montura cuadrada, sus ojos parecían transmitir la misma preocupación que yo sentía—. ¿Has visto a Megumi?

—Sí. Parece agotada. Y ha empezado a llorar cuando le he preguntado cómo estaba.

Me pasó el cartón de leche desnatada.

—Lo que sea que le pase, no es bueno.

—Me fastidia no saber nada. La imaginación se me dispara. Va desde el cáncer hasta el embarazo pasando por todo lo que hay en medio.

Will se encogió de hombros con impotencia. Con sus patillas bien recortadas y sus camisas de dibujos algo estrafalarios, era el tipo de hombre de carácter afable que difícilmente caía mal.

—Eva. —Mark asomó la cabeza por la puerta—. Traigo noticias.

La mirada radiante de mi jefe me decía que estaba emocionado por algo.

—Soy toda oídos. ¿Café?

—Claro, gracias. Te veo en mi despacho. —Volvió a desaparecer.

Will cogió su taza de la encimera.

—Que tengas un buen día —dijo, y se fue.

Yo preparé el café rápidamente y, a continuación, me dirigí al despacho de Mark. Se había quitado la chaqueta y estaba mirando algo con atención en su pantalla. Levantó los ojos y sonrió al verme.

—Tenemos una nueva licitación. —Su sonrisa se intensificó—. Y han preguntado por mí en particular.

Me puse en tensión. Dejé su café y pregunté con cautela:

—¿Se trata de otro producto de Cross Industries?

Por mucho que yo quisiera a Gideon y que admirara todo lo que había conseguido, no quería que su mundo me eclipsara por completo. Parte de lo que representábamos como pareja se basaba en que éramos dos personas con vidas laborales distintas. Me gustaba ir al trabajo con mi marido, pero también necesitaba despedirme de él. Necesitaba esas horas en las que él no me obsesionara.

—No —dijo Mark—. Es más importante.

Lo miré sorprendida. No se me ocurría ninguna otra cosa ni ninguna persona más importante que Cross Industries.

A continuación me pasó por encima de la mesa una fotografía de una caja plateada y roja.

—Es la nueva consola de juegos PhazeOne de LanCorp.

Me acomodé en la silla que había delante de su mesa con un pequeño suspiro de alivio.

—Qué bien. Parece divertido.

Eran poco después de las once cuando Megumi me llamó para preguntarme si estaba libre para comer.

—Por supuesto —le dije.

—En algún lugar tranquilo.

Consideré las opciones que teníamos.

—Tengo una idea. Deja que yo me encargue —repuse.

—Estupendo. Gracias.

Me senté a mi mesa.

—¿Qué tal va la mañana? —pregunté.

—Ajetreada. Tengo que ponerme al día.

—Dime si puedo ayudarte con algo.

—Gracias, Eva. —Respiró hondo y de forma temblorosa, y perdió la compostura—. Te lo agradezco de verdad.

Colgamos. Llamé al despacho de Gideon y respondió su secretario.

—Hola, Scott. Soy Eva. ¿Qué tal estás?

—Bien. —Noté la sonrisa en su voz—. ¿Qué puedo hacer por usted?

Golpeteaba los pies inquieta. No podía evitar estar preocupada por mi amiga.

—¿Puedes decirle a Gideon que me llame cuando tenga un minuto libre?

—Se lo paso ahora.

—Ah. Vale, genial. Gracias.

—No cuelgue.

Un momento después, oí la voz de mi amor.

—¿Qué necesitas, Eva?

Me quedé pasmada un momento ante su brusquedad.

—¿Estás ocupado?

—Estoy en una reunión.

«Joder».

—Culpa mía. Adiós.

—Eva...

Colgué y, a continuación, volví a llamar a Scott para decirle cómo debía ocuparse de mis llamadas en el futuro para que yo no terminara pareciendo una estúpida. Antes de que respondiera, vi el destello de mi otra línea con una llamada entrante. Respondí.

—Despacho de Mark Garrity...

—Nunca me vuelvas a colgar —me espetó Gideon.

Me enfurecí con su tono.

—¿Estás en una reunión o no?

—Lo estaba. Ahora estoy ocupándome de ti.

No soportaba que nadie tuviera que «ocuparse» de mí. Yo podía cabrearme igual que él en cualquier momento.

—¿Sabes? Le he pedido a Scott que te diera un mensaje cuando tuvieras tiempo y él me ha pasado la llamada. No debería haberlo hecho si estabas ocupado con...

—Tiene orden de pasarme siempre tus llamadas. Si quieres dejarme un mensaje, envíamelo por el móvil o con un correo electrónico.

—Muy bien. ¡Perdona por no saber cuál es el protocolo para ponerme en contacto contigo!

—Eso no importa ahora. Dime qué necesitas.

—Nada. Olvídalo.

Suspiró con fuerza.

—No me vengas con juegos, cielo.

Recordé la última vez que lo había llamado al trabajo y lo tenso que también se había mostrado entonces. Si había algo que estuviera fastidiándolo, seguramente no me lo iba a decir.

Me encorvé sobre mi mesa y bajé la voz:

—Gideon, esa actitud me está cabreando. No quiero tener que «ocuparme de ti» cuando estés enfadado. Si estás demasiado ocupado como para hablar conmigo, no deberías dar orden de que te interrumpa.

—Nunca voy a permitir que no puedas hablar conmigo.

—¿En serio? Porque ahora mismo eso es lo que parece.

—Joder.

Al oír su exasperación, sentí una oleada de satisfacción.

—No te he enviado un mensaje porque no quería molestarte si estabas reunido. No te he enviado un correo electrónico porque se trata de un favor urgente y no sé si compruebas el correo a menudo. He pensado que dejarle un mensaje a Scott sería lo mejor.

—Y ahora tienes toda mi atención. Dime qué quieres.

—Quiero que cuelgues el teléfono y vuelvas a tu reunión.

—Lo que vas a conseguir es que vaya hasta tu mesa si no dejas de decir tonterías y no me explicas por qué has llamado —repuso con una calma peligrosa.

Lancé una mirada de furia a su fotografía.

—Haces que desee buscarme un trabajo en Nueva Jersey —aseguré.

—Y tú haces que me vuelva loco —replicó él con un suave gruñido—. No funciono cuando nos peleamos, y lo sabes. Simplemente dime qué necesitas, Eva. Y, por ahora, discúlpame. Podremos discutir y solucionarlo con una sesión de sexo más tarde.

La tensión desapareció de mi cuerpo. ¿Cómo podía enfadarme con él después de que hubiese confesado lo vulnerable que se volvía conmigo?

—Maldito seas —murmuré—. Odio cuando te armas de razón después de haberme puesto furiosa.

Gideon chasqueó la lengua divertido y me sentí mejor al instante.

—Cielo mío. —Su voz adquirió la calidez sensual y áspera que necesitaba oír—. Está claro que no eres ningún adorno callado y cómodo.

—¿De qué estás hablando?

—No te preocupes. Eres perfecta. Dime por qué has llamado.

Conocía ese tono. Lo había excitado.

—Eres un maníaco. En serio.

Por suerte para mí.

—Bueno, campeón, quería saber si podía pedirte una de tus salas de reuniones para comer con Megumi. Ha vuelto, aunque está hecha polvo y creo que quiere que hablemos de ello, pero la verdad es que por aquí no hay ningún sitio bueno al que ir que sea íntimo y tranquilo.

—Utiliza mi despacho. Pediré que traigan algo y tendréis todo el espacio para vosotras mientras estoy fuera.

—¿De verdad?

—Desde luego. Sin embargo, tengo que recordarte que cuando trabajes para Cross Industries tendrás tu propio despacho donde poder comer.

Eché la cabeza hacia atrás.

—Cállate.

La investigación que requería la preparación para la licitación de PhazeOne me tuvo de un lado para otro, pero estaba nerviosa por saber lo que me iba a contar Megumi, así que el reloj parecía avanzar muy lentamente.

Me reuní con ella en la recepción a mediodía.

—Si no te parece muy incómodo, vamos a usar el despacho de Gideon para almorzar —dije mientras sacaba mi bolso de un cajón—. Él ha salido y es privado.

—Vaya. —Me lanzó una mirada de disculpa—. Lo siento, Eva. Debería haberte felicitado. Will me ha contado lo de vuestro compromiso, pero lo había olvidado.

—No pasa nada. No te preocupes por eso.

Extendió una mano y me apretó la mía.

—Me alegro mucho por ti.

—Gracias.

Mi preocupación aumentó. Megumi siempre estaba al corriente de los cotilleos. La amiga a la que yo conocía se habría enterado del compromiso casi antes que yo misma.

Subimos en el ascensor hasta la planta superior. El vestíbulo de Cross Industries era tan imponente como el propio Gideon Cross. Era mucho más grande que el resto de los del edificio y estaba decorado con cestas de las que colgaban lirios y helechos. En las puertas de cristal ahumado estaban grabadas las palabras «CROSS INDUSTRIES» con una letra masculina pero elegante.

—Impresionante —murmuró Megumi mientras esperábamos a que el recepcionista pulsara el botón para abrirnos.

La pelirroja a la que estaba acostumbrada a ver en el mostrador de recepción debía de haber salido también a comer porque quien nos hizo pasar fue un hombre de pelo oscuro.

Se puso de pie cuando nos acercamos.

—Buenas tardes, señorita Tramell. Scott me ha dicho que pasen ustedes directamente.

—¿Se ha marchado el señor Cross?

—No estoy seguro. Yo acabo de llegar.

—De acuerdo. Gracias.

Hice un gesto en dirección a Megumi para que me siguiera. Rodeamos la esquina para llegar al despacho de Gideon justo en el momento en que él salía.

Una fuerte sensación de orgullo y posesión me invadió. También de placer cuando sus pasos vacilaron un poco al verme. Nos juntamos a mitad de camino.

—Hola —lo saludé.

Él respondió con un movimiento de la cabeza y extendió la mano hacia Megumi.

—Creo que no hemos sido oficialmente presentados. Gideon Cross.

—Megumi Kaba —contestó ella estrechando su mano con firmeza—. Enhorabuena por su compromiso con Eva.

Una leve sonrisa apareció en su sensual boca.

—Soy un hombre afortunado. Estáis en vuestra casa. Si necesitáis algo, simplemente llamad a recepción y Ron se ocupará de ello.

—Estaremos bien —le aseguré—. Ni te vas a enterar de la fiesta que vamos a montar mientras no estés.

Soltó una sonrisa descarada.

—Bueno, tengo una reunión más tarde. Será interesante explicar lo de los vasos de chupito y el confeti.

Esperaba que Gideon se marchara entonces pero, en lugar de ello, cogió mi cara entre las manos, me inclinó la cabeza en el ángulo que él quería y apretó los labios contra los míos con un beso casto y pausado que hizo que en mis ojos aparecieran estrellas.

—Estoy deseando que hagamos las paces después —susurró en mi oído.

Contraje los dedos de los pies.

Se apartó y volvió a convertirse fácilmente en la persona reservada que mostraba al resto del mundo.

—Que disfruten de su comida, señoras —dijo.

Y a continuación se alejó con su habitual paso seguro e inherentemente sexual que hacía girar las cabezas.

No habría podido explicar lo débil que Gideon me hacía sentir. Lo alterada y necesitada que podía dejarme.

—Vamos —dije sin aliento—. Almorcemos.

Megumi me siguió al despacho de Gideon.

—No creo que yo pueda.

Mientras ella observaba el enorme espacio con sus vistas panorámicas y su decoración monocromática, yo me acer-

126

qué a la barra donde nos esperaba la comida. Recordé cómo me había sentido la primera vez que había entrado en esa habitación. A pesar de las múltiples zonas de sofás que podrían haber servido para que los invitados se sentaran para descansar, el diseño innovador y contemporáneo impedía que los visitantes se sintieran demasiado cómodos.

El hombre con el que me había casado tenía muchas caras. Su despacho reflejaba solamente una. El estilo clásico europeo de su ático reflejaba otra.

—¿Alguna vez has experimentado con el sadismo y la dominación? —preguntó Megumi de pronto atrayendo mi atención.

La sorpresa hizo que se me cayeran los cubiertos envueltos en servilletas que hasta entonces tenía en las manos. Me di la vuelta para mirarla y vi que miraba por la ventana en dirección a la ciudad.

—Esos nombres abarcan muchas prácticas —respondí.

Se frotó las muñecas.

—Que te aten y te amordacen. Dejándote indefensa —aclaró.

—He estado indefensa, sí.

Volvió la cabeza. Sus ojos eran dos sombras iguales en su pálido rostro.

—¿Te gustó? ¿Te excitaste?

—No. —Me acerqué al sofá más cercano y me senté—. Pero no estaba con la persona adecuada.

—¿Tuviste miedo?

—Estaba aterrorizada.

—¿Él lo sabía?

El olor antes apetecible de la comida empezó a hacer que se me revolviera el estómago.

—¿Por qué me preguntas esas cosas, Megumi?

Ella respondió levantándose una manga y dejando ver una muñeca tan amoratada que casi estaba negra.

7

Eran después de las ocho cuando entré en el apartamento de Eva y la encontré sentada con Cary en el sofá blanco de la sala de estar con una copa de vino tinto.

A mi mujer le gustaban los muebles modernos tradicionales, pero veía toques de su madre y de su compañero de piso en la decoración. No me molestaban aquellas cosas de Monica y Cary, pero estaba deseando que llegara el día en que pudiera compartir con ella una casa que nos representara a los dos en estado puro.

Aun así, aquel apartamento sería siempre un lugar especial para mí. Nunca olvidaría el aspecto de Eva la primera vez que fui allí. Desnuda bajo su bata de seda que le llegaba hasta los muslos, con el rostro maquillado para la noche que nos esperaba y una esclava de diamantes en el tobillo parpadeando en mi dirección. Provocándome.

De mi mente había desaparecido todo pensamiento racional. Había puesto la boca sobre ella, con las manos por todo su cuerpo y mis dedos y mi lengua en su interior. Ni siquiera se me había ocurrido llevarla al «picadero». No habría sido capaz de esperar aunque la hubiera llevado allí. No se parecía a ninguna mujer que hubiese tenido antes que ella. No sólo por quién era, sino también por quién era yo cuando estaba con ella.

No era probable que fuese a permitir que volvieran a alquilar ese apartamento. Tenía demasiados recuerdos de él, tanto buenos como malos.

Saludé a Cary levantando el mentón y me senté junto a Eva. El mejor amigo de mi esposa estaba vestido para salir, mientras que Eva llevaba una camiseta de Cross Industries y tenía el pelo recogido con una pinza. Los dos se quedaron mirándome y supe que sucedía algo malo.

Había cosas de las que hablar, pero lo que fuera que preocupara a Eva era la prioridad más acuciante.

Cary se puso en pie.

—Me voy. Llámame si me necesitas.

Ella asintió.

—Diviértete.

—Ése es mi segundo nombre, preciosa.

Cerró la puerta de la calle al salir y Eva dejó caer suavemente la cabeza sobre mi hombro. Deslicé un brazo alrededor de su cuerpo, me hundí más en el sofá y la atraje hacia mí.

—Cuéntame, cielo.

—Es Megumi —contestó con un suspiro—. Hay un tío del que está enamorada y las cosas no han ido bien. Es un hombre muy veleta y no podía comprometerse, así que ella rompió con él. Pero luego, él insistió y ella dejó que se acercara. Empezó a liarla con un poco de *bondage*, pero las cosas se le fueron de las manos.

La mención del *bondage* me puso en alerta. Le pasé la mano por la espalda y la apreté con más fuerza contra mi cuerpo. Si algo podía ser yo era paciente a la hora de adaptar mis deseos a sus temores. Esperaba que hubiera contratiempos y podría ajustarme a ellos, pero no quería que las desgracias de otra persona supusieran nuevos obstáculos a los que tuviésemos que enfrentarnos Eva y yo.

—Parece que se trata de una falta de prudencia —dije—. Alguno de ellos debería haber sabido lo que hacían.

—Ésa es la cuestión. —Se apartó para mirarme—. Lo he hablado con Megumi. Al parecer, ella le dijo que no muchas veces, hasta que él la amordazó. Le encanta hacerla sufrir, Gideon. Y ahora la está aterrorizando con mensajes y fotografías que le hizo aquella noche. Ella le ha pedido que lo deje, pero él no quiere. Es un enfermo. Algo le pasa.

Sopesé cuál sería la mejor respuesta. Fui directo al grano.

—Eva. Ella rompió y, después, volvió con él. Puede que él no crea que esta vez habla en serio.

Se echó hacia atrás y, a continuación, se levantó del sofá con un fuerte movimiento de sus piernas torneadas y doradas.

—¡No trates de excusarlo! Megumi tiene magulladuras por todo el cuerpo. Después de una semana, aún tiene moratones oscuros. ¡Ha pasado días sin poder sentarse!

—No estoy excusándolo. —Me puse en pie con ella—. Nunca justificaría a un agresor, y lo sabes. No conozco todos los detalles, pero sí conozco tu pasado. La situación de ella no es como la tuya. Nathan era una aberración.

—No estoy proyectándome en esto, Gideon. He visto las fotografías. He visto sus muñecas, su cuello. He visto los mensajes de él. Ha cruzado una línea. Es peligroso.

—Aún más razón para que te mantengas alejada del asunto.

Eva se puso las manos sobre la cadera.

—Dios mío. ¡No has podido decir eso! Es mi amiga.

—Y tú eres mi mujer. Conozco esa mirada tuya. Hay batallas que no te corresponde librar a ti. No vas a enfrentarte a ese hombre como has hecho con mi madre o con Corinne. No vas a meterte en medio de todo esto.

—¿Acaso he dicho que vaya a hacerlo? No. No soy idiota. Le he pedido a Clancy que lo busque y que hable con él.

Guardé silencio. Benjamin Clancy era el hombre de confianza de su padrastro, no mío. Quedaba completamente fuera de mi control.

—No deberías haber hecho eso —repuse.

—Y ¿qué iba a hacer si no? ¿Nada?

—Habría sido mejor. Como mucho, deberías habérselo pedido a Raúl.

Eva levantó las manos en el aire.

—¿Por qué iba a hacerlo? No conozco a Raúl lo suficiente como para pedirle que me haga un favor personal.

Controlé la irritación.

—Ya hemos hablado de esto. Él trabaja para ti. No tienes que pedirle favores, sólo tienes que decirle lo que quieres que haga.

—Raúl trabaja para ti. Además, no soy ningún padrino que manda matones a la gente para que le den una lección. Le he pedido a una persona en la que confío, un amigo, que ayude a otra amiga mía.

—Sea cual sea el modo en que lo digas, el resultado es el mismo. Te olvidas de que el trabajo de Ben Clancy es proteger los intereses de tu padrastro. Cuida de ti solamente porque eso le ofrece más control a la hora de garantizar la seguridad y la reputación de Stanton.

Eva se enfureció.

—¿Cómo puedes saber cuáles son sus motivaciones?

—Cielo, vamos a simplificar las cosas. Centrémonos en el hecho de que tu madre y Stanton han estado un tiempo invadiendo tu intimidad. Al hacer uso de sus recursos, les estás abriendo la puerta.

—Ah. —Eva se mordió el labio inferior—. No lo había pensado desde esa perspectiva.

—Has enviado a un profesional competente a «hablar» con ese tipo. Pero no has contemplado del todo la posibilidad de que te salga el tiro por la culata. Si le hubieras dicho a Raúl que te ayudara, él habría sabido ser de lo más celoso. —Apreté la mandíbula—. Maldita sea, Eva. ¡No me compliques las cosas a la hora de mantenerte a salvo!

—Oye —dijo extendiendo los brazos hacia mí—. No te preocupes, ¿vale? Te he contado lo que estaba pasando en cuanto has entrado por la puerta. Y Clancy ha estado conmigo hasta hace una hora. Cuando me ha traído después de la clase de Krav Maga. Aún no ha pasado nada que me haya puesto en peligro.

La atraje hacia mí y la abracé deseando poder estar seguro de que tenía razón.

—Quiero que Raúl te acompañe a todas partes —dije con brusquedad—. A tus clases, al gimnasio, de compras..., a donde sea. Tienes que dejar que yo cuide de ti.

—Ya lo haces, cariño —contestó ella en tono tranquilizador, dejando de lado su enfado—. Pero puedes obsesionarte con esto.

Yo siempre estaría obsesionado con todo lo relativo a Eva. Había llegado a aceptar esa idea. Al final, ella también lo haría.

—Hay cosas que no puedo darte. No discutas conmigo por las que sí puedo.

—Gideon... —Su expresión se suavizó—. Tú ya me das todo lo que necesito.

Le acaricié la mejilla. Era suave, delicada. Nunca había imaginado que mi cordura pudiera depender de algo tan frágil.

—Vuelves a la casa que compartes con otro hombre —contesté—. Te ganas la vida trabajando para otra persona. No soy tan necesario para ti como me gustaría.

Sus ojos brillaron divertidos.

—Pues yo dependo de ti más de lo que puedo soportar.

—Es mutuo. —Pasé las manos por sus brazos, la agarré de las muñecas y apreté con la fuerza suficiente como para llamar su atención. Vi que sus pupilas se dilataban y sus labios se separaban de manera instintiva respondiendo a mi control—. Prométeme que a partir de ahora primero vendrás corriendo.

—Vale —contestó en un susurro.

El trasfondo de excitación y entrega que había en su voz hizo que la sangre me hirviera. Se balanceó hacia mí y su cuerpo se ablandó.

—La verdad es que lo de correr me gustaría hacerlo ahora.

—Como siempre, estoy a tu servicio.

«Gideon».

La conmoción al oír el tono de pánico en la voz de Eva reverberó por todo mi cuerpo. Sentí una sacudida que me hizo salir de pronto de un sueño muy profundo. Me volví a un lado con un gemido y traté de despertar apartándome el pelo de la cara y viéndola de rodillas al borde de la cama.

Una fuerte e inexorable sensación de miedo hizo que el corazón me latiera a toda velocidad y que un sudor frío me cubriera la piel.

Me levanté apoyándome en un hombro.

—¿Qué pasa?

Ella se deslizó hacia mí con su piel de seda y su pelo brillante. Acurrucada contra mi cuerpo, levantó una mano y me tocó la cara.

—¿Qué estabas soñando?

La caricia de sus dedos me dejó un rastro de humedad en la piel. Pasmado, aterrorizado, me froté los ojos y me unté la mejilla con más lágrimas. En un rincón de mi mente noté la sombra aún presente de un sueño.

El recuerdo me estremeció e hizo que siguiera descendiendo en una espiral.

Me abracé a ella con fuerza y oí que ahogaba un grito por lo fuerte que la apretaba. Su piel estaba fría al tacto, pero su interior era cálido y absorbí su calor, respiré su olor y noté que el dolor que aún sentía dentro de mí disminuía con su cercanía.

No podía recordar el sueño que había tenido, pero se negaba a dejarme del todo.

—Eh —susurró metiendo los dedos entre las raíces de mi pelo húmedas por el sudor y subiendo y bajando la otra mano por mi espalda—. No pasa nada. Estoy aquí.

Yo no podía respirar. Traté de tomar aire y un terrible sonido salió de mis ardientes pulmones.

Un sollozo. Dios. Y luego, otro. No podía detener aquellas fuertes contracciones.

—Cariño...

Me abrazó con más fuerza y entrelazó las piernas con las mías. Nos meció a los dos con suavidad, susurrando palabras que no podía oír por encima de los fuertes latidos de mi corazón y el clamor de mi dolor fantasma.

La envolví con mi cuerpo aferrándome al amor que podía salvarme.

—¡Gideon!

La espalda de Eva se arqueó mientras yo embestía con fuerza, abriendo sus piernas con mis rodillas y metiendo mi polla hasta el fondo. Mis manos sujetaban sus muñecas y agitaba la cabeza mientras me la follaba con fuerza.

Algunos días la despertaba con ternura. Hoy no era una de esas mañanas.

Me había despertado con una palpitante erección y el capullo de mi polla húmedo con el líquido preseminal contra el culo de Eva. La excité con ansia e impaciencia, chupándole los pezones hasta ponerlos de punta, lubricando su coño con el apremiante movimiento de mis dedos. Ella se encendió con mis caricias y se entregó a mí, se rindió a mí.

Dios. Cómo la quería.

La necesidad de correrme era como un torno en mis pelotas que me apretaba con una presión exquisita. Su cuerpo era terso, increíblemente acogedor y muy húmedo. No me hartaba de él. Deseaba penetrarla más hondo, incluso cuando notaba el final de su hendidura con el capullo de la polla.

Ella se revolvía bajo mis fuertes embestidas deslizando los talones bajo las sábanas y sus tetas moviéndose con la fuerza de mis embestidas. Era tan pequeña, tan suave..., y yo estaba follándome su exuberante cuerpo con todo mi ser.

«Tómame. Toma todo lo que tengo. Lo bueno y lo malo. Todo. Tómalo todo».

La cabecera de la cama golpeaba contra el tabique que dividía nuestros dos apartamentos con un ritmo acelerado que anunciaba «sexo enloquecido» a todo el que lo oyera. Al igual que los gruñidos que salían de mi garganta, los sonidos animales de placer que no me esforcé por contener. Me encantaba follarme a mi mujer. Lo ansiaba. Lo necesitaba. Y no me importaba que los demás supieran lo que ella me provocaba.

Eva se arqueó hacia arriba, clavó los dientes en mis bíceps y su mordisco se deslizó sobre mi piel cubierta de sudor. Aquella marca de posesión me volvió loco e hizo que embistiera con tanta fuerza que la moví hacia la parte superior de la cama.

Ella gritó. Yo siseé cuando se apretó alrededor de mí como un puño ávido.

—Córrete —espeté con la mandíbula apretada y el deseo de hacer lo mismo, de dejarme ir y vaciar hasta la última gota que tuviera dentro de ella.

Balanceé la cadera y empujé sobre su clítoris, y el placer subió crepitando por mi espalda cuando ella gimió mi nombre y se corrió alrededor de mí con oleadas palpitantes.

La besé con brusquedad, bebiéndome su sabor, vaciándome dentro de ella con un gruñido estremecedor.

Eva se tambaleó un poco cuando la ayudé a salir del asiento trasero del Bentley en la puerta del edificio Crossfire.

Un rubor de calor se extendió por su cara y me lanzó una mirada de odio.

—Te detesto.

La miré sorprendido.

—Estoy temblorosa y tú no, máquina sexual.

—Lo siento —repuse sonriendo con inocencia.

—No, no lo sientes. —Su sonrisa irónica desapareció cuando miró hacia la calle—. Paparazzi —dijo con voz seria.

Seguí su mirada y vi al fotógrafo sacando la cámara por la ventanilla abierta de su coche. Agarré a Eva por el codo y la conduje al interior del edificio.

—Si tengo que empezar a ir a la peluquería todas las mañanas, vas a tener que encargarte tú solo de tu excitación matutina.

—Cielo. —La atraje hacia mí y susurré—: Contrataría a un peluquero a jornada completa para ti antes que renunciar a tu coño cada mañana.

Me dio un codazo en las costillas.

—Vaya, eres un grosero, ¿lo sabías? Algunas mujeres se ofenden al oír esa palabra.

Pasó delante de mí por el torniquete de seguridad y se unió al grupo de gente que esperaba al siguiente ascensor.

Yo me mantuve justo detrás de ella.

—Tú no eres una de ellas —repliqué—. Sin embargo, puede que esté dispuesto a rectificar. Recuerdo que «orificio» era una de tus palabras preferidas.

—Dios mío, calla —contestó riéndose.

Nos separamos cuando Eva bajó en la planta veinte y yo subí hasta Cross Industries sin ella. No iba a seguir siendo así por mucho tiempo. Algún día, Eva trabajaría conmigo y me ayudaría a construir nuestro futuro como un equipo.

Me estaba debatiendo entre una multitud de formas de conseguir ese objetivo cuando doblé la esquina en dirección a mi despacho. Mi paso se detuvo cuando vi a la esbelta morena que esperaba sentada junto a la mesa de Scott.

Me preparé para hablar con mi madre otra vez.

Entonces, giró la cabeza y vi que se trataba de Corinne.

—Gideon. —Se puso de pie con elegancia y sus ojos brillaron con una mirada que ya reconocía, pues la había visto en el rostro de Eva.

No me producía ningún placer ver aquel calor en los ojos de Corinne. La inquietud me recorrió el cuerpo haciendo que la espalda se me tensara. La última vez que la había visto había sido poco después de que ella tratara de matarse.

—Buenos días, Corinne. ¿Cómo te encuentras?

—Mejor. —Se acercó a mí y yo di un paso atrás, lo que hizo que se detuviera y su sonrisa vacilara—. ¿Tienes un momento?

Hice una señal en dirección a mi despacho.

Respiró hondo y se volvió para entrar delante de mí. Miré a Scott.

—Danos diez minutos.

Mi secretario asintió con una mirada de empatía.

Corinne se acercó a mi mesa y yo fui tras ella. Pulsé el botón que cerraba la puerta. Mantuve los cristales sin opacar y no me quité la chaqueta, dándole a entender que no debía quedarse mucho tiempo.

—Siento tu pérdida, Corinne. —Decir eso no era suficiente, pero era todo lo que podía concederle. El recuerdo de aquella noche en el hospital permanecería mucho tiempo en mi mente.

Apretó los labios.

—Sigo sin poder creérmelo. Tantos años intentándolo..., creía que no podía quedarme embarazada. —Cogió la fotografía de Eva de mi mesa—. Jean-François me ha dicho que has llamado un par de veces para preguntar por mí. Ojalá me hubieras llamado a mí. O me hubieras devuelto las llamadas.

—No creo que fuera lo más apropiado, dadas las circunstancias.

Me miró. Sus ojos no eran del mismo tono azulado que los de mi madre, pero se parecían, y su sentido de la moda era similar. La blusa y los pantalones elegantes de Corinne se parecían mucho a otros que había visto llevar a mi madre.

—Vas a casarte —dijo ella.

No era una pregunta, pero respondí de todos modos.

—Sí.

Cerró los ojos.

—Esperaba que Eva mintiera.

—Soy muy protector en lo que a ella respecta. Ándate con cuidado.

Abrió los ojos y dejó la fotografía con fuerza sobre la mesa.

—¿La quieres?

—Eso no es asunto tuyo.

—Y ésa no es una respuesta.

—No te debo ninguna, pero si necesitas escucharlo, ella lo es todo para mí.

La rigidez de su boca se suavizó con un temblor.

—¿Serviría de algo si te dijera que voy a divorciarme? —replicó.

—No. —Solté un fuerte suspiro—. Tú y yo no vamos a estar juntos nunca más, Corinne. No sé cuántas veces ni de cuántas formas tengo que decirlo. Jamás podría ser lo que tú quieres que sea. Te libraste de una buena cuando rompiste nuestro compromiso.

Se estremeció y su pelo se deslizó sobre sus hombros cayendo hasta la cintura.

—¿Es eso lo que nos separa? ¿No puedes perdonarme?

—¿Perdonarte? Te doy las gracias. —Suavicé el tono cuando las lágrimas inundaron sus ojos—. No pretendo ser cruel. Adivino lo doloroso que puede ser esto, pero no quiero darte esperanzas cuando no las hay.

—¿Qué harías tú si Eva te dijera esas cosas? —me desafió—. ¿Te rendirías y te apartarías?

—No es lo mismo. —Me pasé una mano por el pelo mientras trataba de encontrar las palabras—. No sabes lo que tengo con Eva. Me necesita tanto como yo a ella. Por el bien de los dos, nunca dejaría de intentarlo.

—Yo te necesito, Gideon.

La frustración me hizo responder con un tono seco.

—No me conoces. He interpretado un papel ante ti. Te mostré lo que quería que vieras, lo que creía que podrías aceptar.

A cambio, yo sólo había visto lo que quería ver en ella, la chica que había sido antes. Hacía mucho que había dejado de prestarle atención de verdad, por lo que no vi cómo había cambiado. Había sido un ángulo muerto para mí, pero ya no era así.

Corinne se quedó mirándome un momento con un silencio de estupefacción.

—Elizabeth me advirtió que Eva estaba reescribiendo tu pasado. No la creí. Nunca te he visto dejándote influir por nadie, pero supongo que para todo hay una primera vez.

—Mi madre cree lo que quiere creer y me parece muy bien que tú hagas lo mismo.

En eso también se parecían. Se les daba bien creer lo que querían y no hacer caso de nada que probara lo contrario.

Fue una revelación darme cuenta de que me había sentido cómodo con Corinne porque sabía que no fisgonearía. Había sido capaz de fingir normalidad ante ella, y nunca trató de cavar más hondo. Eva había cambiado eso en mí. Yo no era normal y no necesitaba serlo. Eva me aceptaba tal y como era.

No iba a contarle mi pasado a todo el mundo, pero mis días de seguir mintiendo habían terminado.

Corinne extendió una mano hacia mí.

—Te quiero, Gideon. Tú también me querías.

—Te estaba agradecido —la corregí—. Y siempre lo estaré. Me sentí atraído por ti, me divertí contigo y, durante un tiempo, incluso te necesité, pero nunca habría funcionado la cosa entre los dos.

Dejó caer de nuevo la mano.

—Al final, habría conocido a Eva —proseguí—. Y la habría deseado, lo habría dejado todo por tenerla. Te habría dejado para estar con ella. Ese final era inevitable.

Corinne se dio la vuelta.

—Bueno... Al menos, siempre seremos amigos.

—Eso no va a ser posible —dije tratando de que mi tono no sonara a disculpa. No quería animarla—. Ésta va a ser la última vez que vamos a hablar.

Agitó los hombros mientras tomaba aire de forma entrecortada y yo miré hacia otro lado para controlar la sensación de incomodidad y remordimiento. Corinne había sido importante para mí. La echaría de menos, pero no del modo en que ella deseaba que lo hiciera.

—¿Qué sentido tiene vivir si no te tengo a ti?

Me volví al oír su pregunta y casi no me dio tiempo a agarrarla cuando se abalanzó sobre mí, sosteniéndola por los brazos.

Vi la desolación en su hermoso rostro antes de poder asimilar lo que había dicho. Entonces, lo comprendí. La aparté horrorizado. Ella se tambaleó hacia atrás y sus tacones se engancharon en la alfombra.

—No me digas eso —le advertí en un tono grave y duro—. Yo no soy el responsable de tu felicidad. No soy responsable de ti en ningún aspecto.

—¡¿Qué te pasa?! —gritó—. Tú no eres así.

—Eso no lo sabes. —Me acerqué a la puerta y la abrí—. Vete a casa con tu marido, Corinne. Cuídate.

—Vete a la mierda —bufó ella—. Te arrepentirás de esto. Puede que esté demasiado dolida como para poder perdonarte.

—Adiós, Corinne.

Se quedó mirándome durante un largo rato y, a continuación, salió de mi despacho.

—Maldita sea. —Me di la vuelta sin saber adónde ir ni qué hacer, pero tenía que hacer algo. Lo que fuera. Me puse a dar vueltas por la habitación.

Saqué mi teléfono móvil y llamé a Eva antes de tomar la decisión consciente de hacerlo.

—Despacho de Mark Garrity... —empezó a decir.

—Cielo. —Sólo esa palabra indicaba mi alivio al oír su voz. Ella era lo que yo necesitaba. Algo dentro de mí lo sabía.

—Gideon. —Supo leerme la mente de inmediato, como hacía a menudo—. ¿Va todo bien?

Miré fuera del despacho, hacia mis trabajadores, que estaban en sus cubículos y se disponían a empezar su jornada laboral. Pulsé los botones para oscurecer los cristales, pues ansiaba pasar un momento a solas con mi esposa.

— Ya te echo de menos —dije alegrando el tono para no preocuparla.

Esperó un segundo antes de responder, adaptándose a mi estado de ánimo.

—Mentiroso —repuso—. Estás demasiado ocupado.

—Nunca. Ahora dime cuánto me echas tú de menos.

—Eres terrible —dijo riéndose—. ¿Qué voy a hacer contigo?

—De todo.

—Eso es cierto. ¿Y bien?, ¿qué pasa? Voy a tener un día ajetreado y tengo que ponerme manos a la obra.

Fui a mi mesa y miré su fotografía. Mis hombros se relajaron.

—Sólo quería que supieras que estoy pensando en ti.

—Bien. Sigue haciéndolo. Y, para que lo sepas, me alegra oírte hablar en el trabajo sin que suenes como un cascarrabias.

A mí me alegraba oírla a ella, punto. Había dejado de intentar saber por qué me influía tanto como lo hacía. Le agradecía que pudiera volver a mejorar mi día.

—Dime que me quieres.

—Con locura. Usted ha hecho que mi mundo se tambalee, señor Cross.

Me quedé mirando sus ojos sonrientes en la fotografía y la yema de mi dedo la acarició suavemente por encima del cristal.

—Tú eres el centro del mío —le aseguré.

El resto de la mañana pasó rápidamente y sin novedades. Estaba terminando una reunión relativa a una posible inversión en una cadena de hoteles cuando hubo otra interrupción personal. Se acabó el trabajo.

—Tienes que fastidiarlo todo, ¿no? —me acusó mi hermano entrando en mi despacho con Scott detrás.

Con una mirada, le hice saber a mi secretario que no pasaba nada y que podía marcharse. Cerró la puerta al hacerlo.

—Buenas tardes a ti también, Christopher.

Compartíamos la sangre pero no podíamos ser menos parecidos. Su pelo, como el de su padre, era ondulado y de un tono entre castaño y rojizo. Tenía los ojos grises y verdes, mientras que claramente yo era más parecido a mi madre.

—¿Te has olvidado de que Vidal Records es también de Ireland? —espetó con una mirada de furia.

—Nunca lo olvido.

—Entonces es que no te importa una mierda. Tu venganza contra Brett Kline nos va a costar dinero, joder. Nos estás haciendo daño a todos, no sólo a él.

Me acerqué a mi mesa y me apoyé en ella con los brazos cruzados sobre el pecho. Debería haberlo visto venir, teniendo en cuenta lo colérico que se había puesto Christopher en el lanzamiento del videoclip de *Rubia* en Times Square. Quería que Kline y Eva estuvieran juntos. Más que eso: quería que Eva y yo nos separáramos.

La triste verdad era que yo sacaba a relucir lo peor de mi hermano. Las únicas veces en las que él actuaba con crueldad y de forma temeraria era cuando trataba de hacerme daño. Lo había visto dar charlas brillantes, encandilar a la gente con su carisma natural e impresionar a miembros de consejos de administración con su destreza para los negocios, pero nunca mostraba esas cualidades hacia mí.

Frustrado ante su resentimiento no provocado, le lancé el anzuelo.

—Supongo que pronto vas a ir al grano.

—No te hagas el inocente, Gideon. Sabías exactamente lo que hacías cuando echabas a perder sistemáticamente toda oportunidad de salir en los medios de comunicación que Vidal había conseguido para los Six-Ninths.

—Para empezar, si esas oportunidades se basaban en Eva, no era a ellos a quien se iba a acosar.

—No eres tú quien debe tomar esa decisión. —Su boca se retorció con una sonrisa de desprecio—. ¿Eres consciente del daño que has causado? «Behind the Music» ha retrasado su especial porque Sam Yimara ya no tiene los derechos de la grabación que hizo de los primeros años del grupo. «Diners, Drive-Ins and Dives» no puede incluir el 69th Street en su episodio de San Diego porque lo están demoliendo antes de que puedan grabar su bloque. Y *Rolling Stone* no está interesada en seguir adelante con el artículo que habían propuesto sobre *Rubia* desde que se ha anunciado vuestro compromiso. La canción pierde interés si no hay un final feliz.

—Yo puedo conseguirte la grabación que quieren en VH1 —repuse—. Que se pongan en contacto con Arash y él se encargará.

—¿Después de haber acabado con cualquier rastro de Eva? ¿Con qué objetivo?

Lo miré sorprendido.

—Se supone que el objetivo debe estar en los Six-Ninths, no en mi mujer.

—No es tu mujer todavía —espetó—. Y eso es problema tuyo. Tienes miedo de que vaya a volver con Brett. La verdad es que tú no eres su tipo y todo el mundo lo sabe. Puedes comerle el coño en las fiestas, pero lo que a ella le gusta de verdad es chuparles la polla a las estrellas de rock en público...

Me lancé sobre él antes de que pudiera darse cuenta y le propiné un puñetazo en toda la mandíbula. Su cabeza cayó hacia atrás. A continuación le asesté un golpe con la izquierda y se tambaleó chocando contra la pared de cristal.

A través de ella, vi que Scott se ponía de pie y me preparé para el impacto del cuerpo de Christopher contra el mío. Caímos al suelo. Me di la vuelta y le pegué en las costillas hasta que lanzó un gruñido. Me golpeó en la sien con la cabeza.

La habitación dio vueltas a mi alrededor.

Aturdido, me aparté de él y me puse de pie.

Christopher se incorporó junto a la mesita, la sangre le brotaba de la comisura de los labios y caía sobre la alfombra. La mandíbula se le estaba hinchando y jadeaba, inhalando con fuerza. Los puños me dolían y flexioné las manos, tensándolas ante la necesidad de golpearlo de nuevo. Si hubiera sido otra persona, lo habría hecho.

—Hazlo —me provocó limpiándose la boca con la manga—. Me quieres ver muerto desde el día en que nací. ¿Por qué detenerte ahora?

—Estás loco.

Dos guardias de seguridad aparecieron entonces corriendo por la esquina, pero levanté la mano para que se detuvieran.

—Te tengo calado, gilipollas —gruñó mi hermano mientras se ponía de pie—. He hablado con algunos miembros del consejo. Les he explicado lo que estás haciendo. Quieres acabar conmigo. Pero voy a enfrentarme a ti hasta el final.

—Has perdido la cabeza, jodido estúpido. Vete con tu locura a otra parte. Y deja en paz a Eva. Quieres convertirme en un enemigo y joderla a ella es tu forma de conseguirlo.

Se quedó mirándome durante largo rato y, a continuación, se rio con fuerza.

—¿Sabe ella lo que le estás haciendo a Brett?

Hice una mueca mientras respiraba hondo y sentí un fuerte dolor en el costado mientras se iba formando una magulladura.

—Yo no le estoy haciendo nada a Kline. Estoy protegiendo a Eva.

—¿Y el grupo no es más que un daño colateral?

—Mejor él que ella.

—Y una mierda —rugió.

—Vete tú a la mierda.

Christopher miró hacia la puerta.

Debería haberlo dejado ir pero, en lugar de eso, seguí hablando.

—Por el amor de Dios, Christopher, tienen talento. No necesitan artilugios para tener éxito. Si no estuvieses tan ansioso por hacerme pagar por algo que crees que he hecho yo, te concentrarías en mejores cosas que en convertirlos en un grupo de un solo éxito.

Se dio la vuelta hacia mí con los puños apretados.

—No me digas cómo hacer mi trabajo. Y no te inmiscuyas o te echaré a patadas.

Vi cómo se iba acompañado de los guardias de seguridad. Después, me acerqué a la mesa y vi mis mensajes. Scott me informaba de que dos miembros del consejo de Vidal Records habían llamado a lo largo del día.

Abrí la línea entre mi secretario y yo.

—Ponme con Arash Madani.

Si Christopher quería guerra, la tendría.

Llegué a la consulta del doctor Lyle Petersen a las seis en punto. El terapeuta me saludó con una sonrisa de bienvenida y una mirada cálida y simpática de sus ojos azules oscuros.

Después del día que había tenido, pasar una hora con un psiquiatra era lo último que deseaba. Pasar una hora a solas con Eva era lo que más necesitaba.

Nuestra sesión comenzó como todas, con el doctor Petersen preguntándome cómo había ido la semana y yo respondiéndole de la forma más concisa posible.

—Hablemos de las pesadillas —dijo entonces.

Me eché hacia atrás apoyando el brazo sobre uno de los del sofá. Había sido sincero con respecto a mis problemas con el sueño desde el principio para poder conseguir que me recetara algo con lo que poder pasar la noche con Eva de forma segura, pero diseccionar mis sueños no había sido nunca tema de conversación.

Eso quería decir que alguna otra persona los había sacado a colación.

—Ha hablado con Eva —dije. No era una pregunta, pues la respuesta estaba clara.

—Me ha enviado un correo electrónico —confirmó cruzando las manos sobre la pantalla de su tableta.

Golpeteé con los dedos en silencio.

Su mirada siguió mi movimiento.

—¿Te molesta que se haya puesto en contacto conmigo?

Sopesé mi respuesta antes de darla.

—Está preocupada. Si hablar con usted la alivia, no pienso quejarme. También es su terapeuta, así que tiene derecho a hablarlo con usted.

—Pero no te gusta. Preferirías elegir qué cosas contarme.

—Prefiero que Eva se sienta segura.

El doctor Petersen asintió.

—Por eso estás aquí. Por ella.

—Por supuesto.

—¿Qué resultado espera ella de nuestras sesiones?

—¿No lo sabe?

Sonrió.

—Me gustaría oír tu respuesta a la pregunta, Gideon.

Tras un momento, se la di:

—Eva anteriormente tomó malas decisiones. Aprendió a confiar en el consejo de los terapeutas. A ella le funcionó y eso es lo que ella sabe.

—Y ¿qué opinas tú al respecto?

—¿Tengo que opinar algo? —repliqué—. Ella me ha pedido que lo intente y yo he aceptado. Las relaciones se basan en el compromiso, ¿no?

—Sí. —Cogió su bolígrafo y dio un golpe contra la pantalla de su tableta—. Háblame de tu anterior experiencia con las terapias.

Respiré hondo. Y expulsé el aire.

—Era un niño. No me acuerdo.

Él me miró por encima del borde de sus gafas.

—¿Cómo te sentías al tener que ir a ver a alguien? ¿Enfadado, asustado, triste...?

Bajé la mirada hacia mi anillo de bodas.

—Un poco todo a la vez —contesté.

—Imagino que sentirías lo mismo en cuanto al suicidio de tu padre.

Me quedé inmóvil. Lo miré con los ojos entornados.

—¿Qué pretende?

—Sólo estamos hablando, Gideon. —Echó la espalda hacia atrás—. A menudo creo que te estás preguntando qué opinión tengo. No tengo ninguna. Sólo quiero ayudarte.

Me obligué a adoptar una postura relajada.

Quería que las pesadillas desaparecieran. Quería compartir la cama con mi mujer. Necesitaba que el doctor Petersen me ayudara a lograrlo.

Sin embargo, no quería hablar de cosas que no podían cambiarse para conseguir llegar a ello.

8

—Oye, ¿qué opinas de los karaokes? —me preguntó Shawna Ellison nada más responder al teléfono.

Dejé caer el lápiz encima de la libreta en la que estaba escribiendo, apoyé la espalda en el sofá y acurruqué las piernas sobre el cojín. Eran las nueve pasadas y aún no había tenido noticias de Gideon. No sabía si eso era una buena o una mala señal, considerando que antes tenía una cita con el doctor Petersen.

El sol se había puesto casi una hora antes y, desde entonces, yo trataba de no pensar en mi marido cada cinco segundos. Charlar con Shawna era una distracción que me iba bien.

—Bueno, teniendo en cuenta que tengo muy mal oído, mi opinión sobre cantar en público es prácticamente inexistente —contesté con evasivas—. ¿Por qué?

En mi cabeza, me imaginé a aquella pelirroja tan animada que se estaba convirtiendo rápidamente en una amiga. En muchos sentidos, era como su hermano Steven, que resultaba ser el prometido de mi jefe. Los dos eran divertidos y de buen trato, rápidos con las bromas y, sin embargo, también fuertes como una roca. Me gustaban mucho los hermanos Ellison.

—Porque estaba pensando que podríamos ir a un karaoke nuevo del que me han hablado hoy en el trabajo —me explicó—. En lugar de esos cursis que tienen música de fondo, éste tiene una banda en vivo. No es obligatorio que cantes si no quieres. Mucha gente va sólo a mirar.

Cogí la tableta, que estaba sobre la mesita.

—¿Cómo se llama ese sitio?

—Starlight Lounge. He pensado que podría ser divertido ir el viernes.

Levanté las cejas. El viernes era nuestra noche de juntar a los amigos. Traté de imaginarme a Arnoldo y a Arash cantando en un karaoke y la simple idea me hizo sonreír. Al menos, serviría para romper el hielo.

—Se lo diré a Gideon. —Busqué el bar y entré en su página web—. Tiene buena pinta.

El nombre me evocaba a viejos garitos de cantantes melódicos, pero las imágenes de la web eran de un local actual decorado con tonos azules. Parecía un local exclusivo y pijo.

—¿Verdad? —repuso Shawna—. Yo también he pensado lo mismo. Y será divertido.

—Sí. Espera a ver a Cary con un micrófono. No tiene ninguna vergüenza.

Se rio y yo sonreí al oír ese sonido, que era tan burbujeante como el champán.

—Lo mismo que Steven. Avísame con lo que decidáis. Estoy deseando verte.

Colgamos. Lancé el teléfono al cojín que tenía al lado. Estaba echándome hacia adelante para volver a mi proyecto cuando oí el sonido de un mensaje entrante.

Era de Brett.

Tenemos que hablar. Llámame.

Me quedé mirando su fotografía en la pantalla durante un largo rato. Llevaba todo el día llamándome, pero colgaba cuando saltaba el buzón de voz. Mentiría si dijera que no me importaba que él siguiera intentando ponerse en contacto conmigo, pero se trataba de un callejón sin salida. Quizá algún día llegáramos a ser amigos. Pero no ahora.

Yo no estaba dispuesta a ello ni deseaba preocupar a Gideon con ese asunto.

Antes pensaba que enfrentarme a problemas que me incomodaban era una muestra de fuerza y responsabilidad. Ahora me daba cuenta de que, a veces, la solución no era el fin. En ocasiones, simplemente había que aprovechar la oportunidad para examinarse a uno mismo.

Te llamaré cuando pueda, contesté. Después, dejé de nuevo el teléfono a un lado. Lo llamaría cuando Gideon estuviera conmigo. Sin secretos ni nada que esconder.

—Hola. —Cary entró en la sala de estar desde el pasillo vestido con los pantalones del pijama y una camiseta andrajosa. Su pelo castaño oscuro seguía mojado por la ducha que debía de haberse dado después de que Tatiana se fuera una hora antes.

Me alegré de que ella no se quedara a pasar la noche. Quería que me gustara la mujer que decía que llevaba en su vientre al bebé de mi mejor amigo, pero aquella modelo de piernas largas no me lo ponía fácil. Sentía que me provocaba deliberadamente siempre que podía. Tenía la fuerte impresión de que nada le gustaría más que quedarse a Cary para ella sola y que a mí me consideraba un enorme obstáculo para llegar a ese fin.

Mi mejor amigo se tumbó boca abajo en el otro extremo del sofá con la cabeza junto a mi muslo y sus largas piernas estiradas.

—¿En qué estás trabajando?

—Haciendo listas. Quiero empezar una cosa sobre gente que ha sobrevivido a agresiones.

—¿Sí? ¿Qué piensas hacer?

Uno de mis hombros se levantó en señal de no saber qué responder.

—La verdad es que no lo sé. No dejo de pensar en Megumi y en que no le contó nada a nadie. Yo tampoco le conté nada a nadie. Ni tú, hasta mucho después.

—Porque ¿a quién le iba a importar? —dijo él con brusquedad apoyando el mentón en las manos.

—Y da miedo hablar de ello. Hay muchos teléfonos de ayuda y refugios para víctimas. Quiero dar con otra cosa distinta, pero no se me ocurre nada innovador.

—Pues habla con gente imaginativa.

Sonreí.

—Haces que parezca muy fácil.

—Y ¿por qué volver a inventar la rueda? Busca a gente que lo esté haciendo bien y ayúdalos. —Se dio la vuelta sobre la espalda y se restregó la cara con las dos manos.

Yo conocía ese gesto y lo que significaba. Algo le preocupaba.

—Cuéntame cómo te ha ido el día —dije.

En San Diego, había terminado pasando más tiempo con Gideon que con Cary, y me sentía mal por ello. Mi amigo había dicho que lo había pasado bien saliendo con su antigua pandilla, pero ése no había sido el objetivo de nuestro viaje. Sentía como si le hubiera fallado, aunque él no me había acusado de ello.

Dejó caer las manos a ambos lados.

—He tenido una sesión de fotos esta mañana, y a última hora he ido a comer con Trey.

—¿Le has dicho algo del bebé?

Negó con la cabeza.

—Lo he pensado, pero no he podido hacerlo. Soy un capullo.

—No seas tan duro contigo mismo. Estás en una situación difícil.

Cary cerró los ojos, tapando el vívido color verde de los mismos.

—El otro día estuve pensando que sería mucho más fácil si Trey jugara a los dos palos. Entonces, los dos podríamos follar juntos y con Tat y yo podría tenerlo todo. Después me di cuenta de que no quería compartir a Trey con

Tat. No me importa compartirla a ella. Pero a él, no. Dime que eso no me convierte en un completo imbécil.

Extendí la mano y le pasé los dedos por su pelo oscuro.

—En lo que te convierte es en un ser humano.

Yo había estado en una situación parecida con Gideon, pensando si podría conseguir ser amiga de Brett, aunque me sacaba de quicio que él fuera amigo de Corinne.

—En un mundo perfecto, ninguno sería egoísta, pero no es así. Sólo hacemos lo que podemos.

—Siempre me estás justificando —murmuró Cary.

Pensé en ello un momento.

—No —lo corregí echándome hacia adelante para darle un beso en la frente—. Sólo te perdono. Alguien tiene que hacerlo, ya que tú no te perdonas a ti mismo.

El miércoles por la mañana vino y se fue en un abrir y cerrar de ojos. La hora del almuerzo llegó antes de darme cuenta.

—Hace dos semanas estábamos celebrando nuestro compromiso —dijo Steven Ellison cuando me senté en la silla que había apartado para mí—. Ahora celebramos el tuyo.

Sonreí. No podía evitarlo. Había algo contagioso y divertido en el prometido de mi jefe de lo que era imposible no percatarse.

—Debe de ser algo del agua.

—Eso debe de ser. —Miró a su pareja y, después, a mí de nuevo—. Mark no va a quedarse sin ti, ¿verdad?

—Steven —lo reprendió él negando con la cabeza—. No hagas eso.

—No voy a ir a ningún sitio —respondí, tras lo cual conseguí una sonrisa de sorpresa y placer por parte de mi jefe. Su sonrisa enmarcada por una perilla era tan contagiosa como el carácter sociable de Steven. La verdad es que nuestros almuerzos merecían la pena el precio.

—Pues me alegra oírlo —dijo Mark.

—A mí también. —Steven abrió el menú con un golpe de determinación, como si acabásemos de decidir algo importante—. Queremos tenerte cerca, pequeña.

—Y lo estoy —los tranquilicé.

El camarero dejó una cesta con pan de ajo salpicado de aceite sobre la mesa en medio de los tres y, después, recitó de un tirón los platos especiales del día. El restaurante que habían escogido tenía dos menús: uno italiano y otro griego.

Como la mayor parte de los restaurantes de Manhattan, el lugar era pequeño y las mesas se apiñaban unas con otras, lo suficientemente cerca como para que un grupo estuviese pegado a otro y hubiera que tener cuidado con los codos. Los olores que salían de la cocina y de las bandejas de los camareros que pasaban hicieron que el estómago me sonara con fuerza. Por suerte, el ruido de los comensales era lo bastante alto como para disimularlo.

Steven se pasó una mano por su pelo rojo y brillante por el que muchas mujeres matarían.

—Yo tomaré musaca.

—Yo también —dije cerrando el menú.

—Pizza de *pepperoni* para mí —dijo Mark.

Steven y yo nos burlamos porque fuese tan valiente.

—Oye, casarse con Steven ya es suficiente aventura —respondió.

Sonriendo, Steven apoyó el codo en la mesa y el mentón en el puño.

—¿Y bien, Eva?... ¿Cómo se te declaró Gideon? Supongo que no lo dijo sin más en medio de la calle.

Mark, que estaba sentado en el banco al lado de su pareja, le dirigió una mirada de exasperación.

—No —confirmé—. Me lanzó la noticia en una playa privada. No puedo decir que me lo pidiera porque más bien lo que dijo fue que nos íbamos a casar.

Mark torció la boca pensativo, pero Steven fue tan franco como siempre:

—Qué romántico, al estilo de Gideon Cross.

Me reí.

—Desde luego. Él es el primero que dice que no es romántico, pero se equivoca en eso.

—Deja que vea el anillo.

Extendí la mano hacia Steven y el diamante Asscher lanzó destellos de distintos colores. Era un anillo bonito, que le traía buenos recuerdos a Gideon. Lo que Elizabeth Vidal pensara sobre el tema no los ensombrecía.

—¡Vaya! —exclamó Steven—. Mark, querido, tienes que comprarme uno de éstos.

La imagen que apareció en mi mente del fornido contratista de pelo rojizo llevando un anillo como el mío me pareció muy cómica.

Mark lo miró con intención.

—¿Para que lo destroces en una obra? Ahora mismo lo hago.

—Los diamantes son unas cositas muy duras, pero tendré mucho cuidado.

—Tendrás que esperar a que posea mi propia agencia —contestó mi jefe con un bufido.

—Lo haré. —Steven me guiñó un ojo—. ¿Os habéis inscrito ya en algún sitio?

—No —contesté negando con la cabeza—. ¿Vosotros?

—Claro que sí. —Se volvió para abrir el bolso que tenía a su lado y sacó la carpeta de la boda—. Dame tu opinión sobre estas muestras.

Mark levantó la mirada hacia el cielo con un largo suspiro de sufridor. Yo cogí un trozo de pan de ajo y me eché hacia adelante con un murmullo de felicidad.

Trabajé en la propuesta para LanCorp durante el resto de la tarde.

Cuando terminó mi jornada me dirigí a mi clase de Krav

Maga con Raúl. De camino, volví a leer la respuesta de Clancy a mi mensaje en el que le decía que no iba a necesitar que me llevara. Él me había contestado que no había ningún problema, pero sentí la necesidad de explicarle.

Gideon quiere que sea su gente quien me lleve, así que quedas libre a partir de ahora. Gracias por toda tu ayuda.☺

No tardó mucho en contestar:

De nada. Llama cuando me necesites. Por cierto, tu amiga no va a tener más problemas.

El «Gracias» con el que yo le respondí no me pareció suficiente, y me dije que le enviaría algo que expresara mejor mi gratitud.

Raúl aparcó en la puerta del almacén de fachada de ladrillo rehabilitado que era el estudio de Krav Maga de Parker Smith y, a continuación, me acompañó adentro y se sentó en las gradas. Su presencia me descolocaba un poco. Clancy siempre esperaba fuera, y el hecho de que Raúl me estuviera mirando me cohibía.

El enorme espacio abierto parecía lleno debido a todos los clientes que estaban en las colchonetas con sus instructores personales. El ruido era casi ensordecedor, una cacofonía de cuerpos que golpeaban las almohadillas, carne chocando contra carne, y los distintos gritos de los participantes cuando se preparaban y se ponían nerviosos unos a otros. Unas enormes puertas de metal conferían al estudio un aspecto aún más industrial y más sensación de calor, que ni el aire acondicionado ni los muchos ventiladores podían mitigar.

Yo estaba estirando para prepararme para los extenuantes ejercicios que me esperaban cuando un par de piernas larguiruchas entraron en mi línea de visión. Me enderecé y vi a la detective del Departamento de Policía de Nueva York Shelley Graves.

Llevaba su pelo castaño y rizado recogido en un moño tan tenso como su cara, y sus ojos azules me estudiaron con marcada impasibilidad. Yo tenía miedo de lo que esa mujer pudiera hacerle a Gideon, pero también sentía una gran admiración por ella. Era dura y segura de sí misma de una forma que yo aspiraba a ser.

—Eva —dijo a modo de saludo.

—Detective Graves.

Vestía ropa de trabajo, con unos pantalones oscuros y un jersey rojo. Llevaba puesta una chaqueta negra que no ocultaba ni su placa ni su pistola. Sus botas eran desaliñadas y sobrias, como su actitud.

—La he visto cuando salía —dijo—. Me he enterado de lo de su compromiso. Enhorabuena.

El estómago se me revolvió un poco. Una parte de la coartada de Gideon, si es que podía llamarse así, era que habíamos roto cuando asesinaron a Nathan. ¿Por qué iba un personaje tan respetable y conocido a matar a un tipo por una antigua novia a la que había dejado sin miramientos?

El hecho de que nos hubiéramos comprometido tan rápidamente ahora debía de parecer sospechoso. Graves me había dicho que ella y su compañero habían pasado a investigar otros casos, pero yo sabía qué clase de policía era ella. Shelley Graves creía en la justicia. Creía que con Nathan se había hecho justicia, pero yo sabía que en su interior se preguntaba si Gideon también tenía que pagar por algo.

—Gracias —contesté echando los hombros hacia atrás. En esto, Gideon y yo éramos un equipo—. Soy una chica afortunada.

Miró en dirección a las gradas. Hacia Raúl.

—¿Dónde está Ben Clancy?

Fruncí el ceño.

—No lo sé. ¿Por qué?

—Simple curiosidad. ¿Sabe?, uno de los federales con los que hablé sobre Yedemsky también se apellida Clancy. —Me atravesó con la mirada—. ¿Cree que tendrán alguna relación?

La sangre huyó de mi cabeza ante la mención del mafioso ruso cuyo cadáver llevaba la pulsera de Nathan. Me balanceé un poco con una repentina oleada de vértigo.

—¿Qué?

La detective asintió, como si esperara esa reacción.

—Probablemente no —dijo—. En fin, nos vemos.

Vi cómo se alejaba con los ojos fijos en Raúl. Entonces, se detuvo y volvió a mirarme.

—¿Me va a invitar a la boda?

Traté de calmar el zumbido que sentía en la cabeza antes de responder.

—Al banquete. Vamos a celebrar una boda discreta, sólo para la familia.

—¿En serio? No me lo esperaba. —Algo parecido a una sonrisa transformó su delgado rostro—. Es una caja de sorpresas, ¿verdad?

Ni siquiera pude empezar a descifrar lo que quería decir. Estaba demasiado ocupada tratando de procesar el resto de las cosas que había dicho. Ni siquiera me di cuenta de que había ido tras ella hasta que toqué su codo con la mano.

Se detuvo, con una tensión en el cuerpo que indicaba que la soltara, cosa que hice de inmediato. Me quedé mirándola un momento tratando de ordenar mis pensamientos. Clancy. Gideon. Nathan. ¿Qué demonios significaba aquello? ¿Adónde quería llegar?

Y, sobre todo, ¿por qué me sentía como si ella me estuviera ayudando? Como si me estuviera cuidando. Como si estuviera cuidando a Gideon.

Lo que terminé diciendo me sorprendió.

—Quiero apoyar a alguna organización que esté haciendo un buen trabajo con supervivientes de agresiones.

Me miró sorprendida.

—¿Por qué me lo cuenta?

—No sé por dónde empezar.

Me fulminó con la mirada.

—Pruebe con Crossroads —dijo con frialdad—. He oído que hacen una buena labor en ese campo.

Estaba sentada con las piernas cruzadas en el suelo de la salita de mi dormitorio cuando Gideon llegó a casa. Entró con unos vaqueros anchos y una camiseta blanca de pico y las llaves del apartamento dando vueltas en el dedo.

Me quedé mirándolo. No pude evitarlo. ¿Iba a hacer siempre que el corazón dejara de latirme? Esperaba que sí.

La habitación era pequeña y femenina, decorada por mi madre con antigüedades como el estúpido escritorio que se suponía que debía usar como mesa. Con Gideon entró a la habitación una narcotizante dosis de testosterona, haciendo que me ablandara y me sintiera femenina y deseosa de que me cautivara.

—Hola, campeón. —El amor y el deseo que me inspiraba quedó demostrado con esas dos palabras.

Las llaves se detuvieron de repente en su mano y Gideon me miró igual que el primer día en el vestíbulo del edificio Crossfire. Sus ojos adquirieron la inquietante intensidad que tanto me excitaba.

Por alguna razón que quizá nunca llegaría a comprender, él sentía lo mismo conmigo.

—Mi cielo. —Se agachó elegantemente y el pelo se le deslizó sobre los pómulos con una cariñosa caricia—. ¿Qué estás haciendo?

Sus dedos revolvieron los papeles que había desperdigados por el suelo a mi alrededor. Antes de que mi investigación sobre la Fundación Crossroads lo distrajera, le agarré la mano y la apreté.

Le solté lo que sabía, de la misma forma abrupta que la información me había llegado a mí.

—Fue Clancy, Gideon. Clancy y su hermano del FBI le pusieron la pulsera de Nathan a aquel mafioso.

Él asintió.

—Me lo imaginaba.

—¿Sí? ¿Cómo? —Le di una palmada en el hombro—. ¿Por qué no me dijiste nada? He estado muy preocupada.

Se sentó en el suelo delante de mí y cruzó sus largas piernas en la misma posición que yo.

—Aún no tengo todas las respuestas. Angus y yo hemos estado haciendo cribas. Quienquiera que fuera el responsable nos estaba vigilando a Nathan o a mí y seguía nuestros movimientos, así que empezamos desde ahí.

—O quizá os vigilaba a los dos.

—Exacto. ¿Quién iba a hacer algo así? ¿Quién iba a tener tanto interés en ello? ¿En ti?

—Dios mío. —Lo miré con atención—. La detective Graves lo sabe. El FBI. Clancy...

—¿Graves?

—Lo ha sacado a colación esta noche en el estudio de Parker. Me lo lanzó de pasada sólo para ver cómo reaccionaba yo ante la noticia.

Gideon entrecerró los ojos.

—O trata de confundirte o quiere que dejes de preocuparte. Apuesto a que es lo segundo.

Estuve a punto de preguntar por qué, pero entonces me di cuenta de que yo había llegado a la misma conclusión. La detective era muy estricta, pero tenía corazón. Había llegado a atisbarlo durante las pocas veces que habíamos hablado. Y estaba claro que era muy buena en su trabajo.

—Entonces ¿tenemos que fiarnos de ella? —pregunté mientras gateaba por encima de los folletos y los papeles para acurrucarme en su regazo.

Gideon me atrajo hacia sí, acomodándome en su duro cuerpo como si fuese a quedarme allí para siempre. Me sentía así cuando me abrazaba. A salvo. Cuidada. Adorada.

Sus labios me acariciaron la frente.

—Voy a hablar con Clancy para asegurarme, pero no es ningún estúpido. No dejaría nada al azar.

Apreté las manos sobre su camiseta, aferrándome a él con todas mis fuerzas.

—No me ocultes esta clase de cosas, Gideon. Deja de intentar protegerme.

—No puedo. —Él también apretó las manos sobre mi cuerpo—. Quizá debería haberte dicho algo, pero sólo pasamos a solas unas horas al día y quiero que sean perfectas.

—Gideon, tienes que dejarme entrar.

Su pecho se expandió bajo mi mejilla, el corazón latiéndome fuerte y seguro.

—Me estoy esforzando, Eva.

Eso era todo cuanto podía pedirle.

A la mañana siguiente entré en la cocina descalza y vi a Gideon sirviendo el café. Podría decir que el olor del café dio más brío a mis pies, pero fue la visión de mi marido, recién afeitado y vestido con el chaleco abierto, la que lo hizo. Me encantaba verlo aún sin arreglar del todo.

Me miró cuando me acercaba a él, dando golpecitos con los talones en el mármol, su rostro impasible y su mirada cálida. ¿Se ponía también él a cien cuando me veía lista para encarar el día? Lo dudaba. Estaba convencida de que los hombres sólo veían la sensualidad... o no.

Envolví su muñeca con los dedos. Pasé su mano alrededor de mi cuerpo y por la parte superior de mi falda para colocarla sobre la curva de mi trasero.

Una sonrisa apareció en las comisuras de sus labios.

—Hola, señora Cross.

Chasqueó la parte posterior de mi liga contra mi muslo. Yo di un respingo por el escozor y jadeé cuando el calor se extendió a partir de ese punto.

—Vaya..., te ha gustado —bromeó.

Saqué el labio inferior con una mueca de puchero.

—Duele.

Gideon se movió para apoyarse contra la encimera y me colocó entre sus piernas abiertas con las dos manos sujetando ligeramente la parte posterior de mis piernas. Me acarició la sien con la nariz y me dio un pequeño masaje donde me escocía.

—Lo siento, cielo.

Después, chasqueó la liga del otro lado.

Yo arqueé el cuerpo sorprendida inclinándome hacia el suyo. Estaba empalmado. Un suave gemido salió de mi boca.

—Para.

—Te estás excitando —susurró en mi oído.

—¡Duele! —me quejé mientras me restregaba contra él.

Me había despertado con suaves besos y manos provocadoras. Yo se lo había agradecido en la ducha con la boca. Aun así, él podía empezar otra vez. Yo también. Éramos adictos el uno al otro.

—¿Quieres que le dé un beso para que se te pase? —Sus dedos se deslizaron entre mis piernas y me encontraron caliente y dispuesta. Soltó un gruñido.

—Joder, cómo me provocas, Eva. Tengo muchas cosas que hacer...

Dios mío, cómo me gustaba su tacto. Su olor aún más. Mis brazos envolvieron su cuello.

—Tenemos que ir a trabajar.

Me puse de puntillas y me apreté contra su erección.

—Luego jugaremos con estas ligas —dijo.

Lo besé. Abrí la boca sobre la suya y lo devoré, tocando su lengua con la mía. Acariciándolo con avaricia. Succionando.

Gideon apretó el puño sobre la coleta de mi pelo dejándome inmóvil mientras absorbía el beso, follándome con la lengua, bebiéndome. En un instante, me puse caliente y la piel se me humedeció por el sudor.

Sus labios eran firmes pero suaves sobre los míos, sus manos me arqueaban para colocarme como él deseaba y sus dientes me arañaban suavemente el labio inferior. Su sabor, deliciosamente teñido del rico café, me embriagó. Lo bebí y me agarré a su pelo con las manos sujetándome a él, flexionando los dedos de los pies para acercarme más. Siempre más cerca. Pero nunca lo suficiente.

—Vaya. —La voz de Cary me sacó del sensual hechizo que Gideon me había lanzado—. No olvidéis que comemos aquí.

Me dispuse a separarme de mi marido, pero él me sostuvo, permitiéndome tan sólo dejar de besarlo. Lo miré fijamente. Sus ojos estaban alertas bajo sus pesados párpados y tenía los labios blandos y húmedos.

—Buenos días, Cary —dijo él cambiando la atención a mi mejor amigo mientras éste se unía a nosotros junto a la cafetera.

—Puede que para vosotros dos. —Cary abrió el armario de las tazas y sacó una—. Por desgracia, yo estoy demasiado cansado como para excitarme con vuestro espectáculo. No hace que me sienta muy optimista con respecto al resto del día.

Llevaba puestos unos vaqueros ajustados y una camiseta azul marino, el pelo bien peinado con un moderno tupé. Sentí lástima por los habitantes solteros de Manhattan que se toparan con él ese día. Era un hombre de lo más llamativo, tanto físicamente como por la falsa seguridad que rezumaba.

—¿Tienes hoy alguna sesión? —le pregunté.

—No. Tat, sí. Y quiere que vaya con ella. Tiene mareos matutinos y esas mierdas, así que voy a ir con ella para ayudarla por si no se siente bien.

Extendí la mano y le acaricié el bíceps a modo de consuelo.

—Eso es estupendo, Cary. Eres el mejor.

Sus labios se retorcieron en un gesto de ironía mientras se llevaba la taza humeante a la boca.

—¿Qué más puedo hacer? Yo no puedo sustituirla con sus mareos, y tiene que trabajar todo lo posible.

—Dime si hay algo que yo pueda hacer.

—Claro —respondió encogiéndose de hombros.

La mano de Gideon me acariciaba la espalda de arriba abajo, ofreciendo un apoyo silencioso.

—Cary, si tienes tiempo, me gustaría que fueras a la cita con el diseñador que va a redecorar nuestra casa de la Quinta Avenida.

—Sí, he estado pensándolo. —Cary apoyó la cadera en la encimera—. Aún no he solucionado del todo lo mío con Tat, pero supongo que en algún momento nos iremos a vivir juntos. Vosotros no vais a querer tener a un bebé gritón como vecino. Cuando estéis listos, tendréis el vuestro. No tenéis que cargar con el mío.

—Cary...

Mi mejor amigo rara vez pensaba más allá de los siguientes quince minutos de su vida. Oír cómo asumía sus responsabilidades con tanta firmeza me hizo quererlo más aún.

—Las dos partes del ático son a prueba de ruidos —dijo Gideon manteniendo en la voz el tono de mando que tranquilizaba a todo el que lo oyera—. Podemos hacer de todo, Cary. Sólo dime qué cosas te preocupan y nos encargaremos de ellas.

Mi amigo miró su taza y, de repente, su precioso rostro pareció agotado.

—Gracias. Hablaré de ello con Tat. Es difícil, ¿sabéis? Ella no quiere pensar en lo que viene después y yo no puedo dejar de pensar en ello. Va a haber una persona que va a depender por completo de nosotros y debemos estar preparados para ello. De algún modo.

Di un paso hacia atrás y Gideon me soltó. Se me hacía duro ver a Cary preocupado. También me asustaba. No sabía encarar bien los desafíos y temía que volviera a caer en mecanismos de defensa ya conocidos y autodestructivos. Era una amenaza a la que los dos nos enfrentábamos a diario. Yo contaba con un grupo de personas que me servían de apoyo. Cary, en cambio, sólo me tenía a mí.

—Para eso están las familias —le dije con una sonrisa—. Para volverse locos unos a otros e ir directos al psiquiatra.

Cary soltó un bufido y, a continuación, escondió la cara tras la taza. La falta de una respuesta fácil me dejó aún más preocupada. Hubo un denso silencio.

Gideon y yo le dimos un momento, aprovechándolo para coger nuestras tazas de café y meter cafeína en nuestros cuerpos. No hablamos ni nos miramos, pues no queríamos crear una unidad que dejara fuera a Cary, pero noté lo compenetrados que estábamos. Eso significaba mucho para mí. Nunca había tenido en mi vida a nadie que fuese un verdadero compañero, un amante que estuviera a mi lado para algo más que para pasar un buen rato.

Gideon era un milagro en muchos aspectos.

Pensé entonces que yo tenía que hacer algún cambio, comprometerme aún más en el asunto de trabajar con Gideon. Tenía que dejar de pensar que el equipo Cross era solamente suyo. Yo también tenía que ser su propietaria, así que podría participar en ello con él.

—Tengo tiempo la semana que viene —dijo Cary por fin mirándome a mí y, después, a Gideon.

—Lo planearemos para el miércoles —asintió Gideon—. Danos un tiempo para recuperarnos del fin de semana.

Cary torció la boca.

—Entonces, va a ser una fiesta de ese tipo.

—¿Acaso las hay que sean de otro tipo? —pregunté con una sonrisa.

—¿Cómo estás? —le pregunté a Megumi cuando nos sentamos a comer el jueves a mediodía.

Tenía mejor aspecto que el lunes, pero seguía demasiado vestida para el calor del verano. Por eso, pedí que nos trajeran unas ensaladas y nos sentamos en la sala de descanso en lugar de aventurarnos a salir en un día de tanto calor.

Ella consiguió adoptar una leve sonrisa.

—Mejor.

—¿Sabe Lacey lo que ha pasado? —dije. No estaba segura de si era muy íntima la relación que Megumi mantenía con su compañera de piso, pero no había olvidado que Lacey había salido antes con Michael.

—Nada en absoluto. —Megumi atacó su ensalada con un tenedor de plástico—. Me siento muy estúpida.

—Siempre nos apresuramos a culparnos a nosotras mismas, pero *no* significa *no*. No es culpa tuya.

—Lo sé, pero aun así...

Yo sabía muy bien cómo se sentía.

—¿Has pensado en ir a hablar con alguien?

Me miró y se acomodó un mechón de pelo tras la oreja.

—¿A un terapeuta o algo así?

—Sí.

—La verdad es que no. ¿Cómo se busca a alguien así?

—Tenemos prestaciones para salud mental. Llama al número que aparece en tu tarjeta del seguro. Ellos te darán una lista entre los que podrás elegir.

—Y simplemente... escojo a uno.

—Yo te ayudaré.

Y, si me ponía las pilas, encontraría el modo de ayudar a más mujeres como ella y como yo. Algo bueno tenía que salir de nuestras experiencias. Contaba con la motivación y los medios. Sólo debía encontrar el modo.

Sus ojos brillaron.

—Eres una buena amiga, Eva. Gracias por estar a mi lado.

Me incliné sobre ella para abrazarla.

—Últimamente no me ha enviado ningún mensaje —dijo cuando me aparté—. Yo sigo temiendo que vaya a hacerlo, pero cada hora que pasa sin que lo haga me siento mejor.

Volví a sentarme en mi silla y le envié a Clancy un agradecimiento silencioso.

—Qué bien.

A las cinco salí del trabajo y subí en el ascensor a Cross Industries con la esperanza de poder pasar algún tiempo con Gideon antes de nuestra cita con el doctor Petersen.

Había estado todo el día pensando en él, en el futuro que deseaba que compartiéramos. Quería que respetara mi individualidad y mis límites personales, pero también quería que él abriera los suyos. Deseaba más momentos como esa mañana con Cary, en los que Gideon y yo estuviésemos juntos enfrentándonos a un problema como una sola persona. Y no podía esperar eso si no estaba dispuesta a hacer un esfuerzo.

La recepcionista pelirroja de Cross Industries pulsó el botón para dejarme entrar. Me saludó con una sonrisa forzada que no reflejaron sus ojos.

—¿Puedo ayudarla en algo?

—No, estoy bien. Gracias —contesté mientras pasaba por su lado.

No estaría mal que todos los empleados de Gideon fuesen tan simpáticos como Scott, pero la recepcionista tenía un problema conmigo y yo tenía que aceptarlo.

Me dirigí hacia el despacho de Gideon y vi la mesa de Scott vacía. A través del cristal, divisé a mi marido trabajando, presidiendo una reunión con una autoridad despreocupada. Estaba de pie delante de su mesa, apoyado en ella con un pie descansando en el otro. Llevaba puesta la chaqueta y tenía delante un público compuesto por dos caballeros vestidos con traje y una mujer con un estupendo par de Louboutin. Scott estaba sentado a un lado tomando notas en su libreta.

Me senté en una de las sillas que había junto a la mesa de Scott y observé a Gideon de la misma forma embelesada con que lo miraban los demás presentes en el despacho. Nunca dejaba de sorprenderme la seguridad que demostraba para tener tan sólo veintiocho años. Los hombres que estaban en la reunión con él parecían doblarle la edad y, sin embargo, por su lenguaje corporal y su atención supe que sentían respeto por mi marido y por lo que decía.

Sí, el dinero importaba, mucho, y Gideon lo tenía a montones. Pero transmitía autoridad y control con actos sutiles. Yo sabía reconocer aquello tras vivir con el padre de Nathan, el primer marido de mi madre, que ejercía el poder como un instrumento contundente.

Gideon sabía cómo hacerse con una sala sin tener que golpearse el pecho. Yo dudaba que el escenario importara en algo. La suya sería una presencia extraordinaria en el despacho de cualquier otro.

Giró la cabeza y nuestras miradas se encontraron. No había sorpresa en aquellos ojos suyos tan brillantes y azules. Había sabido que yo estaba allí, me había sentido como yo sentía a menudo que se acercaba a mí sin tener que mirarlo. Estábamos conectados de alguna forma, a un nivel que no podía explicar. Había veces en las que él no estaba conmigo y deseaba que lo estuviera, pero lo sentía cerca.

Sonreí y, a continuación, metí la mano en mi bolso para buscar el teléfono. No quería que Gideon pensara que estaba sentada esperándolo y que se sintiera presionado en absoluto.

Había docenas de correos electrónicos de mi madre con fotografías adjuntas de vestidos, flores y salones de bodas, lo cual me recordó que tenía que hablar con ella para decirle que mi padre iba a pagar la ceremonia. Había estado postergando esa conversación toda la semana, tratando de prepararme para su reacción. Había también otro mensaje de Brett en el que me decía que teníamos que hablar... urgentemente.

Me puse de pie y miré alrededor en busca de un rincón tranquilo donde poder hacer esa llamada. Lo que vi fue a Christopher Vidal sénior al doblar la esquina.

El padrastro de Gideon iba vestido con los pantalones caquis y los mocasines habituales, con una camisa de vestir azul claro remangada y el cuello sin abrochar. Las oscuras ondas cobrizas que había heredado su hijo Christopher las tenía bien recortadas alrededor del cuello y las orejas, y sus ojos verde pizarra me miraban con el ceño fruncido tras sus viejas gafas de montura metálica.

—Eva. —Aminoró el paso mientras se acercaba a mí—. ¿Cómo estás?

—Bien, ¿y usted?

Asintió y miró por encima de mi hombro hacia el despacho de Gideon.

—No me quejo. ¿Tienes un momento? Me gustaría hablar contigo sobre una cosa.

—Claro. —La puerta se abrió entonces detrás de mí, me volví y vi a Scott que salía.

—Señor Vidal —dijo acercándose a nosotros—. Señorita Tramell. El señor Cross tardará otros quince minutos más o menos. ¿Puedo traerles a alguno de los dos algo para beber mientras esperan?

Chris negó con la cabeza.

—Para mí nada, gracias —dije—. Pero si tienes una habitación privada donde podamos meternos sería estupendo.

—Claro. —Scott me miró.

—Estoy bien. Gracias —respondí.

Dejó su libreta en la mesa y nos acompañó a una sala de reuniones con unas vistas magníficas de la ciudad. Una larga y pulida mesa de madera relucía bajo la tenue luz con un armario a juego que cubría una pared y un enorme monitor en la otra.

—Si necesitan algo, marquen el uno y nos ocuparemos de ello —dijo—. Hay café en ese armario. Y agua.

Chris asintió.

—Gracias, Scott. Muy amable.

Scott se retiró. Chris me hizo un gesto para que me sentara y, después, ocupó la silla que había a mi derecha girándola para mirarme.

—Primero, deja que te felicite por vuestro compromiso —dijo con una sonrisa—. Ireland me ha hablado muy bien de ti, y sé que has sido fundamental para hacer que ella y Gideon volvieran a estar unidos. No puedo agradecértelo lo suficiente.

—No he tenido que hacer gran cosa, pero le agradezco sus palabras.

Extendió el brazo hacia mi mano izquierda, que estaba apoyada en la mesa. Su dedo pulgar acarició suavemente mi anillo de compromiso y su boca se curvó con remordimiento.

¿Estaría pensando que Geoffrey Cross había elegido ese anillo para Elizabeth?

—Es un anillo muy bonito —dijo por fin—. Estoy seguro de que para Gideon significa mucho habértelo regalado.

No supe qué responder. Para mi marido significaba mucho porque era un símbolo del amor que hubo entre sus padres.

Chris me soltó la mano.

—Elizabeth se está tomando muy mal todo esto. Estoy seguro de que hay muchas emociones complejas que una madre debe de sentir cuando su hijo mayor decide casarse, sobre todo tratándose de un varón. Mi madre solía decir que un hijo es un hijo hasta que se casa. Después, se convierte en un marido. Pero una hija es una hija durante toda la vida.

Esa explicación conciliatoria tuvo para mí el efecto contrario. Estaba tratando de ser amable, pero ya estaba cansada de tantas excusas, sobre todo en lo concerniente a Elizabeth Vidal. Aquella hipocresía tendría que acabar, o Gideon no dejaría nunca de sentir dolor.

Yo necesitaba que aquel dolor cesara. Cada vez que él se despertaba llorando me destrozaba un poco más. No podía imaginar el daño que le estaba provocando a él.

Aun así, pensé si dejarlo estar por ahora. Podría pasar toda la vida discutiendo e insistiendo, pero era Gideon el que tenía que exigir las respuestas y oír cómo se las daban.

«Déjalo. Cuando llegue el momento adecuado, pasará».

No obstante, en lugar de ello, me sorprendí a mí misma inclinándome hacia adelante, incapaz de continuar con el silencio que Gideon había mantenido tanto tiempo.

—Seamos sinceros —insistí en voz baja—. Su mujer no reaccionó del mismo modo cuando su hijo se prometió con Corinne. —Yo no lo sabía con seguridad, pero, tras ver a Elizabeth con los padres de Corinne en el hospital, me parecía bastante probable.

Su tímida sonrisa me demostró que tenía razón.

—Creo que aquello fue distinto porque Gideon llevaba un tiempo con Corinne y la conocíamos. Él y tú no lleváis mucho tiempo juntos, así que aún hay que acostumbrarse. No quiero que te lo tomes como algo personal, Eva.

Su sonrisa me fastidiaba, pero fueron sus palabras lo que supusieron demasiado para mí. El resquemor me inundó y salió por encima del muro tras el que trataba de contenerlo.

Chris tampoco estaba libre de culpa. Acoger en su casa a un niño problemático y afligido debió de ser duro, sobre todo cuando él estaba formando su propia familia con Christopher júnior e Ireland viniendo de camino. Pero había aceptado el papel de padrastro cuando se casó con Elizabeth. Era también responsabilidad suya buscar justicia para un niño herido del que se habían aprovechado. Joder, un *extraño* debería tener la obligación de denunciar el delito.

Me eché hacia adelante y dejé que viera lo enfadada que estaba.

—Es muy personal, señor Vidal. Elizabeth se siente amenazada porque no voy a seguir aguantando más esta mierda. Ustedes dos le deben a Gideon una disculpa y ella tendrá que admitir que hubo abusos. Voy a seguir presionándola para que haga las cosas como es debido. Puede contar con ello.

Su postura se tensó visiblemente.

—¿De qué estás hablando?

Resoplé indignada.

—¿Me lo pregunta en serio?

—Elizabeth no se aprovecharía nunca de sus hijos —dijo con firmeza al ver que yo no respondía—. Ella es maravillosa, una madre abnegada.

Pestañeé y, a continuación, me quedé mirándolo. ¿Estaba tan loco como Elizabeth? ¿Cómo podían actuar como si no lo supieran?

—Creo que será mejor que te expliques, Eva. Rápido.

Apoyé la espalda en la silla, sorprendida. Si estaba actuando, merecía un maldito premio de la Academia.

Él se inclinó hacia adelante sin levantarse, con una actitud de furia y de agresividad.

—Empieza hablar. Ahora.

Hablé en voz baja.

—Lo violaron. El terapeuta que lo estaba tratando.

Chris se quedó inmóvil. Durante un lago rato ni siquiera respiró.

—Se lo contó a Elizabeth, pero ella no lo creyó. Ella sabía que era verdad, pero lo negó por alguna jodida razón que se ha inventado.

Chris enderezó la espalda y negó con la cabeza con vehemencia.

—No.

Su rechazo hizo que me pusiera de pie.

—¿Va a negarlo usted también? ¿Quién mentiría con algo así? ¿Tiene idea de lo difícil que fue para él admitir lo que estaba pasando? ¿Lo confundido que debió de estar al ver que un hombre en el que confiaba le hacía esas cosas?

Chris levantó la mirada hacia mí.

—Elizabeth nunca miraría hacia otro lado... ante algo así. Debe de haber un error. Debes de estar confundida.

Miré sus pupilas dilatadas y sus labios bordeados de un color blanco, pero me negué a sentirme mal por él.

—Siguió adelante como si nada. Eso es todo. Cuando las cosas se pusieron mal, ella decidió ponerse del lado de todos menos de su propio hijo.

—No sabes lo que dices.

Cogí la correa de mi bolso y me lo colgué del hombro. A continuación me incliné sobre él mirándolo a los ojos.

—A Gideon lo violaron. Uno de estos días usted y su mujer van a tener que mirarlo a los ojos como yo estoy haciendo ahora con usted y van a tener que admitirlo. Y entonces deberán disculparse por todos los años que él ha tenido que vivir con ello a solas.

—Eva.

La voz de Gideon sonó en el aire y me sobresaltó. Enderecé la espalda enseguida y me tambaleé al mirarlo.

Él estaba en el umbral, sujetando el pomo con la mano con tanta fuerza que podría haberlo roto. Su rostro estaba rígido, su cuerpo tenso y su mirada me atravesaba con un calor muy diferente.

Furia. Nunca lo había visto tan enfadado.

Chris se puso pesadamente de pie.

—Gideon, ¿qué está pasando? ¿De qué está hablando?

Él levantó el brazo y me agarró. Me sacó al pasillo de un tirón y grité alarmada. Sentí la fuerza de sus dedos aun después de haberme soltado.

Con la mano en la parte inferior de mi espalda, me instó a andar mientras él caminaba con pasos tan largos y rápidos que tuve que esforzarme por seguirle el ritmo.

—Gideon, espera —dije con voz entrecortada y el corazón latiéndome a toda velocidad—. Nosotros...

—No digas ni una puta palabra —espetó mientras me empujaba con fuerza a través de las puertas de cristal hacia el vestíbulo donde estaba el ascensor.

Oí que Chris gritaba el nombre de Gideon. Lo vi dirigiéndose apresuradamente hacia nosotros justo antes de que las puertas del ascensor lo dejaran fuera.

9

Mientras sacaba a Eva del edificio Crossfire, Angus me miró y la sonrisa desapareció de su cara. Abrió la puerta de atrás del Bentley y se puso a un lado mientras veía cómo yo hacía subir a mi mujer al asiento de atrás.

Nos miramos nuevamente por encima de la cabeza de Eva cuando ella entraba y leí el mensaje que había en sus ojos azul claro: «No sea muy duro con ella».

Angus no sabía lo difícil que era para mí mostrar el control que estaba consiguiendo mantener. Podía sentir cómo palpitaba la vena de mi sien, reflejando el mismo pulso vibrante que hacía latir mi polla.

Casi había detenido el ascensor a mitad de camino para follarme a Eva contra la pared como un animal. Lo único que me había detenido habían sido las cámaras de seguridad y los ojos del guardia que supervisaba la grabación.

Quería amarrarla. Clavar los dientes sobre su hombro mientras me la follaba. Dominarla. Era una tigresa que arañaba y siseaba a todo aquel que ella pensara que me había hecho daño y necesitaba sujetarla. Someterla.

—Maldita sea —dije con brusquedad mientras rodeaba el coche por detrás para entrar por el otro lado. Eva era impredecible. No podía controlarla.

Me senté y cerré la puerta de golpe mientras miraba por la ventanilla porque tenía miedo de lo que podría hacer si la miraba. Ella era el aire que respiraba y, en ese momento, yo no podía respirar.

Apoyó una mano sobre mi muslo.

—Gideon...

Agarré la delgada mano que llevaba mi anillo. La acaricié entre las piernas y golpeé mi palpitante polla contra su palma.

—Como vuelvas a abrir la boca, esto es lo que te voy a meter en ella.

Ahogó un grito.

Angus se puso al volante y arrancó el motor. Yo sentía la mirada de Eva a un lado de mi cara. Apartó la mano y a punto estuve de soltar un gruñido al dejar de sentir su tacto. Después, se revolvió en su asiento y se acurrucó a mi lado. Volvió a deslizar la otra mano entre mis piernas y agarró mi polla con afán dominante. Apretó los labios contra mi mandíbula.

Pasé el brazo por detrás de su espalda. Respiré hondo e inhalé su olor.

El Bentley se alejó de la acera y nos adentramos en el tráfico de la ciudad.

Hasta que nos detuvimos en la puerta del edificio de oficinas donde estaba la consulta del doctor Petersen no me acordé de nuestra cita. Había estado contando los minutos para llegar a casa y poder tener a Eva como yo deseaba..., rápido..., con dureza, con furia.

Ella se disponía a levantarse cuando Angus salió del coche. Apreté el brazo alrededor de ella.

—Hoy no —dije con firmeza.

—Vale —susurró besando de nuevo mi mandíbula.

Angus abrió la puerta. Ella se apartó y salió del coche de todos modos. Entró por la puerta giratoria y me dejó mirándola.

—Dios mío.

Angus se agachó y asomó la cabeza para mirarme.

—La terapia de parejas es para los dos.

Le lancé una mirada de furia.

—Deja de divertirte con esto.

La sonrisa de sus ojos hizo que sus labios se curvaran con otra aún más grande.

—Ella lo quiere, le guste a usted o no.

—Por supuesto que me gusta —murmuré mirando hacia atrás para ver el tráfico antes de abrir mi puerta y salir. Rodeé el vehículo por detrás—. Pero eso no significa que no sea peligrosa.

Angus cerró la puerta. Una extraña brisa veraniega levantó el pelo rojo y grisáceo que asomaba por debajo del gorro del chófer.

—A veces es uno quien marca el paso y, otras, es el que lo sigue. Creo que usted va a seguir quejándose durante un tiempo por encontrarse en el segundo caso.

Dejé escapar un gruñido de exasperación.

—Ha hablado con Chris —dije.

Angus me miró sorprendido mientras asentía.

—Lo he visto entrar.

—¿Por qué no es capaz de dejarlo todo como está? —Subí a la acera, me coloqué bien el chaleco y deseé poder ordenar mis pensamientos con la misma facilidad—. No puede cambiar el pasado.

—No es en el pasado en lo que está pensando. —Apoyó la mano brevemente en mi hombro—. Sino en el futuro.

Encontré a Eva dando vueltas por la consulta del doctor Petersen, manoteando en el aire mientras hablaba. El buen doctor estaba sentado en su silla de siempre con la atención puesta en su libreta mientras tomaba notas.

—Toda esta situación me está volviendo loca —decía furiosa.

Entonces me vio en la puerta y se detuvo.

—Gideon. —Una reluciente sonrisa iluminó su preciosa cara.

No había nada que yo no hubiera hecho por aquella mirada de felicidad. El hecho de que sonriera así sólo por verme...

—Eva. Doctor —saludé tomando asiento en el sofá.

¿Cuánto le habría contado?

El doctor Petersen me siguió con la mirada.

—Hola, Gideon. Me alegra que hayas podido unirte a nosotros.

Di una palmada sobre el cojín que había a mi lado y esperé a que Eva se sentara.

—Estamos planeando mudarnos de nuevo al ático de la Quinta Avenida con Cary —dije con suavidad una vez que ella se hubo colocado a mi lado, desviando la conversación a un terreno en el que me encontraba más cómodo—. Supongo que va a ser para todos una transición escabrosa.

Ella dio un respingo.

El doctor Petersen dejó su bolígrafo.

—Eva me estaba hablando de la visita de tu padrastro. Me gustaría saber algo más al respecto antes de pasar a otro asunto.

Entrelacé los dedos con los de ella.

—No es un tema del que vayamos a hablar.

Noté que Eva me observaba fijamente. Volví la cabeza para mirarla a los ojos y de repente me quedé sin respiración.

La nueva expresión que vi en su rostro me hizo ansiarla por un motivo completamente distinto.

La sesión apenas había comenzado y ya estaba deseando que acabara.

Le había dicho a Angus que nos llevara a casa. Al ático.

Quedó claro que Eva estaba sumida en sus pensamientos al ver su sorpresa cuando el chófer le abrió la puerta.

Estábamos en el aparcamiento subterráneo que había debajo del edificio.

Me miró.

—Luego te lo explico —le dije mientras la agarraba del codo y la llevaba al ascensor.

Subimos en silencio. Cuando las puertas se abrieron a nuestro vestíbulo privado, sentí que su cuerpo se tensaba bajo mi mano. No habíamos estado juntos en el ático desde hacía casi un mes. La última vez que habíamos estado en ese vestíbulo había sido la noche que se había enfrentado a mí por la muerte de Nathan.

En aquella ocasión, yo también había sentido miedo, aterrado por haber hecho algo que ella no pudiera perdonarme.

Habíamos vivido allí muchos momentos explosivos. El ático no había visto tanta felicidad y amor entre nosotros como el apartamento secreto del Upper West Side. Pero eso lo íbamos a cambiar. Un día, miraríamos atrás y esta casa nos recordaría todos los pasos de nuestro viaje juntos, los buenos y los malos. Me negaba a imaginar otra cosa.

Abrí la puerta y le hice una señal para que pasara delante de mí. Eva dejó caer el bolso en un sillón y se quitó los zapatos de una patada. Yo me quité la chaqueta y la colgué en el respaldo de uno de los taburetes de la cocina y, a continuación, saqué un syrah del botellero.

—Estás decepcionada conmigo —dije en voz alta mientras descorchaba el vino.

Ella se acercó al arco y se apoyó en la piedra redondeada.

—No. No contigo.

Saqué un decantador y dos copas mientras pensaba mi respuesta. Era difícil negociar con mi mujer. En cualquier otro acuerdo, yo participaba sabiendo que podía tomarlo o dejarlo. No había acuerdo alguno del que no pudiera apartarme.

Excepto los que ponían en peligro mi dominio sobre Eva.

Mientras vertía el vino de la botella en el decantador, ella se unió a mí junto a la isleta de la cocina.

Apoyó la mano en mi hombro.

—No llevamos mucho tiempo juntos, Gideon, y ya has llegado muy lejos. No voy a exigirte todavía que vayas aún más lejos. Estas cosas requieren tiempo.

Dejé que el vino decantado se aposentara, giré la cara hacia ella y la atraje hacia mí. La había sentido tan lejos durante la última hora que esa distancia me estaba matando.

—Bésame —susurré.

Echó la cabeza atrás y levantó la boca hacia mí. Yo apreté los labios contra los suyos pero no hice nada más, deseando que fuera ella la que levantara los brazos. Necesitaba que lo hiciera.

La caricia de su lengua sobre el borde de mis labios me hizo gruñir. La sensación de sus dedos pasando entre el pelo de mi nuca me tranquilizó. Había una disculpa en la ternura de sus labios deslizándose sobre los míos y amor en su silencioso gemido de rendición.

La levanté del suelo, tan aliviado porque aún me deseara que me sentía mareado.

—Eva..., lo siento.

—Chis. No pasa nada, cariño. —Se echó hacia atrás y me acarició la cara cogiéndola con ambas manos—. No tienes por qué disculparte.

La garganta me quemaba. La puse sobre la encimera y me coloqué entre sus piernas abiertas. La falda se le levantó dejando al descubierto la parte de abajo de sus ligas. La deseaba. En todos los sentidos.

Mi frente tocó la suya.

—Estás enfadada porque no he querido hablar de Chris.

—No esperaba que evitaras el tema de una forma tan absoluta, eso es todo. —Me besó la frente y sus dedos me apartaron el pelo de la cara—. Debería haber considerado esa posibilidad, teniendo en cuenta lo enfadado que estabas cuando salimos del Crossfire.

—No contigo.

—¿Con Chris?

—Con la situación. —Suspiré con fuerza—. Estás esperando que la gente cambie y eso no va a pasar. Mientras tanto, creas problemas en un momento en el que ya tenemos suficiente con lo nuestro. Yo sólo quería tener un poco de tranquilidad contigo, Eva. Días en los que estemos solos, felices y libres de tanta mierda.

—¿Y noches en las que te vayas a dormir a otra cama? ¿En otra habitación?

Cerré los ojos con fuerza.

—¿Todo esto es por ese motivo?

—No del todo pero, en parte, sí. Gideon, quiero estar contigo. Despierta y dormida.

—Lo entiendo, pero...

—Esa paz que buscas..., finges que la tienes durante el día y sufres sin ella por la noche. Te está rompiendo por dentro y a mí me destroza ver lo que te pasa. No quiero que vivas así siempre. No quiero que vivamos siempre así.

La miré con mi alma desnuda ante aquellos increíbles ojos del color del acero que no me permitían ocultar nada. Había mucho amor en la mirada que me dedicaba. Amor y preocupación, decepción y esperanza. Las lámparas que caían sobre la isla de la cocina iluminaban por detrás su cabello rubio, recordándome lo preciosa que era. Un regalo que nunca había esperado.

—Eva... Estoy hablando con el doctor Petersen de las pesadillas.

—Pero no de lo que las provoca.

—Das por sentado que Hugh es el problema —dije en tono tranquilo, sintiendo la quemazón de odio y humillación en mis entrañas—. Pero hemos estado hablando de mi padre.

Se apartó.

—Campeón... Yo no sé qué es exactamente lo que aparece en tus sueños, pero he visto cómo te despertabas de dos formas distintas: listo para sacudir a alguien o llorando como si tuvieras el corazón destrozado. Cuando te despiertas violento, las cosas que dices me hacen estar casi segura de que estás peleándote con Hugh.

Tomé aire rápida y profundamente. Me ponía furioso que mi antiguo terapeuta —y violador— pudiera levantar la mano desde su tumba y tocar a Eva a través de mí.

—Escucha. —Rodeó mi cadera con las piernas—. Te he dicho que no iba a presionarte y lo decía de verdad. Si lleváramos dos años de relación, quizá montaría un escándalo. Pero sólo han pasado unos meses, Gideon. El hecho de que estés yendo a ver a alguien para hablar de tu padre es suficiente por ahora.

—¿De verdad?

—Sí. Aunque hay cosas de las que nunca podemos hablar que también te obsesionan. El doctor Petersen ya se encuentra con un obstáculo debido a eso. Cuanto más le ocultes, menos podrá ayudarte.

Nathan. No tenía por qué pronunciar su nombre.

—Me estoy esforzando, Eva.

—Lo sé. —Sus manos me acariciaron los hombros y, después, los botones de mi chaleco—. Sólo dime que no esperas evitar hablar de ello toda la vida. Dime que estás preparando el terreno para hacerlo.

Mi ritmo cardíaco aumentó. Agarré sus muñecas con firmeza, aferrándome a ella. Me sentía arrinconado, atrapado entre sus necesidades y las mías, que parecían divergir terriblemente en ese momento.

Separó los labios cuando apreté las manos y su pecho se elevó con una respiración acelerada. Un toque de control, una mirada de excitación, el tono de mi voz... Eva reaccionaba a mis exigencias silenciosas como si estuviera adiestrada para ellas.

—Hago lo que puedo —dije.

—Eso no es una respuesta.

—Es lo único que tengo por ahora, Eva.

Tragó saliva. Sus pensamientos se dispersaron mientras su cuerpo se revolvía.

—Estás jugando conmigo —dijo en voz baja—. Me estás manipulando.

—No. Te estoy diciendo la verdad, aunque no sea lo que tú quieres oír. Me has dicho que no ibas a presionarme. ¿Lo decías de verdad?

Se humedeció el labio inferior con la lengua y levantó los ojos hacia mí. A continuación, asintió.

—Sí.

—Bien. Pues vamos a beber una copa de vino y a cenar. Después, si de verdad quieres jugar, házmelo saber.

—¿Jugar? ¿A qué?

—Tengo un cordón de seda que he comprado para ti.

Eva abrió unos ojos como platos.

—¿Un cordón de seda?

—Carmesí, claro. —La solté y di un paso atrás, dejándole un poco de espacio para que pensara mientras yo cogía el decantador y le servía una copa—. Me gustaría atarte cuando estés lista para ello. Si no esta noche, otro día. Tampoco yo voy a presionarte.

Los dos estábamos dirigiendo al otro en direcciones incómodas. Ella prefería creer que un observador especialista era parte de la respuesta que buscábamos. Yo creía que podríamos encontrar buena parte de la respuesta nosotros solos, simplemente conectando del modo más íntimo posible.

Curación sexual. ¿Qué podía ser más perfecto para dos personas que tenían el historial que compartíamos Eva y yo?

Ella aceptó la copa que le entregué.

—¿Cuándo lo has comprado?

—Hace una semana. Puede que dos. No esperaba usarlo pronto, pero hoy has hecho que lo desee. —Di un sorbo dejando que el vino diera vueltas en mi boca—. Dicho lo cual, seré completamente feliz simplemente follándote con fuerza.

El vino chapoteó un poco en su copa cuando se la llevó a la boca. Se lo bebió de un trago dejando tan sólo unas gotas en el fondo.

—Porque estás enfadado conmigo por haber hablado con Chris.

—Te he dicho que no lo estaba.

—Estabas rabioso cuando nos fuimos.

—Rabiosamente excitado. —Sonreí irónicamente—. No puedo explicar por qué, puesto que ni yo mismo lo entiendo.

—Inténtalo.

Levanté la mano y pasé la yema del pulgar por sus labios.

—Te veo enfadada, apasionada, lista para la pelea, y quiero que toda esa violencia quede debajo de mí. Haces que desee retenerte mientras tú arañas y gritas y tu coño me ordeña la polla mientras yo te la meto. Mía. Toda mía.

—Gideon. —Eva dejó la copa a un lado y me agarró, apoderándose de mi boca con un ansia salvaje que esperé que nunca disminuyera.

—¿Cómo es que nunca le has contado a Chris lo que pasó con Hugh?

La desagradable pregunta salió de la nada. Dejé de masticar, sintiendo de repente que el bocado de pizza que tenía en la boca no era nada apetecible. Dejé caer lo que quedaba de mi porción sobre el plato que tenía delante, cogí la servilleta y me limpié las comisuras.

—¿Por qué estamos hablando de esto otra vez? —inquirí.

Eva me miró frunciendo el ceño. Estaba sentada a mi lado en el suelo, entre la mesita y el sofá de la sala de estar.

—No hemos hablado de esto.

—¿No? En cualquier caso, no importa. Mi madre se lo dijo.

Frunció el ceño aún más. Cogió el mando de la tele y bajó el volumen, enmudeciendo las voces de los detectives del Departamento de Policía de Nueva York que hablaban en el televisor.

—No lo creo.

Me puse de pie y cogí mi plato.

—Sí que lo hizo, Eva.

—¿Estás seguro de ello? —preguntó siguiéndome a la cocina.

—Sí.

—¿Cómo?

—Lo hablaron una noche durante la cena, cosa que yo no quiero hacer.

—Chris ha actuado como si no lo supiera. —Eva apoyó las manos en la encimera mientras yo vaciaba los restos en la basura—. Parecía realmente confundido y aterrado.

—Entonces es que es tan oportunamente obtuso como mi madre. No deberías sorprenderte.

—¿Y si él no lo supiera?

—¿Qué? —Dejé el plato en el fregadero y el olor de la comida hizo que el estómago se me revolviera—. ¿Qué coño importa ya? Ya pasó. Pasó y se acabó. Déjalo de una vez.

—¿Por qué estás tan enfadado?

—Porque me disponía a pasar tranquilamente la noche con mi mujer. Cena, vino, un poco de televisión y un par de horas haciendo el amor... después de un día largo y duro. —Salí de la cocina—. Olvídalo. Te veré por la mañana.

—Gideon, espera —dijo ella agarrándome del brazo—. No te vayas a la cama enfadado. Por favor. Lo siento.

Me detuve y aparté su mano de mi brazo.

—Yo también.

—*Empieza despacio* —*me susurra con los labios pegados a mi oído.*

Puedo notar cómo se excita. Pasa la mano alrededor de mi cintura hasta donde yo estoy acariciándome el pene. Su mano cubre la mía. Su respiración es acelerada y poco profunda. Su erección me acaricia las nalgas.

El estómago se me revuelve. Estoy sudando. A mí no se me pone dura a pesar de que deslizo mi puño lubricado arriba y abajo, guiado por el suyo.

—*Piensas demasiado* —*me dice*—. *Concéntrate en lo bien que te sientes. Mira esa mujer que tienes delante. Quiere que te la folles. Imagínate lo que sentirías metiendo la polla dentro de ella. Suave. Caliente. Húmeda. Y dura.* —*Su mano aprieta con más fuerza la mía*—. *Muy dura.*

Yo miro la página desplegable abierta sobre la cisterna del váter. Ella tiene el pelo oscuro y los ojos azules y sus piernas son largas. Siempre son así las mujeres de las fotografías que Hugh me trae.

Jadea junto a mi oído y vuelvo a sentir el mareo. Mal. Hay algo que está mal en mí. Eso está mal. Sus ansias me hacen sentir sucio. Malo. Soy un chico malo, incluso mi madre lo dice. Me lo grita cuando llora, cuando se enfada conmigo por papá.

Un suave gemido entre el sonido de su pesada respiración. Soy yo el que hace ese ruido. Me gusta, aunque no lo desee.

Me cuesta respirar, pensar, defenderme...

—*Así* —*dice con voz persuasiva. Su otra mano se mete entre mis nalgas*

Trato de alejarme, pero me tiene atrapado. Es más grande que yo, más fuerte. Por mucho que lo intente, no puedo apartarlo.

—*No* —*le digo mientras me retuerzo.*

—*Te gusta* —*responde refunfuñando. Su mano me bombea con más fuerza*—. *Siempre te disparas como un géiser. No pasa nada. Se supone que debe gustarte. Te sentirás mejor cuando te corras. No te pelees tanto con tu madre...*

—*No. ¡No! Dios mío...*

Mete dos dedos mojados dentro de mí. Grito, me aparto retorciéndome, pero él no se detiene. Se restriega y sigue metiéndose dentro de mí, tocándome en ese punto que hace que quiera correrme más que otra cosa. El placer aumenta a pesar de que las lágrimas hacen que los ojos me escuezan.

Mi cabeza cae hacia adelante. El mentón me toca el pecho, que se mueve con fuerza. Ya llega. No puedo pararlo...

De pronto estoy mirando desde un lugar más alto. Mi mano se ha vuelto más grande repentinamente y mi antebrazo más grueso y está lleno de venas. El pelo oscuro cubre mis brazos y mi pecho, mi abdomen se ondula lleno de músculos mientras trato de controlar un orgasmo que no deseo.

Ya no soy ese niño. Él no puede seguir haciéndome daño.

Hay un cuchillo sobre la página desplegada que reluce bajo la luz del lavabo que está a mi lado. Lo cojo y me libero de los dedos que me están follando. Me doy la vuelta y la hoja se hunde en su pecho.

—¡No me toques! —grito agarrándolo del hombro y doblándolo sobre el cuchillo hasta la empuñadura.

Los ojos de Hugh se abren como platos llenos de terror. Su boca pronuncia un grito silencioso.

Su rostro se convierte en el de Nathan. El cuarto de baño de mi infancia resplandece y se transforma. Estamos en una habitación de hotel que me resulta sorprendentemente familiar.

El corazón me late con más fuerza ahora. No puedo estar aquí. No pueden encontrarme aquí. No pueden encontrar ningún rastro de mí. Tengo que irme.

Me tambaleo hacia atrás. El cuchillo sale deslizándose suavemente empapado en sangre. Los ojos de Nathan se tornan lechosos al llenarse de muerte. Son unos ojos grises. Unos bellos y amados iris grises de paloma. Los ojos de Eva. Nublándose...

Eva está sangrando delante de mí. Muriendo delante de mí. Yo la he matado. Dios mío...

«¡Cielo!».

No puedo moverme. No puedo tocarla. Se desploma y se desangra sobre el suelo y sus ojos tempestuosos se apagan y dejan de ver...

Me desperté con una sacudida y un grito ahogado, incorporándome con una ráfaga que traía una brisa de aire acondicionado sobre mi piel empapada en sudor. No podía respirar porque el pánico y el miedo me ahogaban. Me quité la sábana que tenía enredada entre las piernas y salí de la cama tambaleándome, cegado por el terror. Mi estómago se movía impaciente y entré dando tumbos en el baño justo antes de vomitar.

Me duché para hacer desaparecer el sudor pegajoso que me cubría.

No resultaba tan fácil deshacerse de la pena y la desesperación. Mientras frotaba mi piel con una toalla seca, sentía su enorme peso ahogándome. El recuerdo del pálido rostro de Eva marcado por la traición y la muerte me obsesionaba. No podía quitármelo de la cabeza.

Retiré la ropa de cama entre fuertes y bruscos movimientos y, después, arrojé una sábana bajera limpia sobre el colchón.

—Gideon.

Me enderecé y me volví al oír la voz de Eva. Estaba en la puerta de mi dormitorio retorciendo las manos entre el dobladillo de la camiseta que llevaba puesta. Sentí la fuerza del remordimiento. Se había acostado sola en la habitación que yo había redecorado para que se pareciera a su dormitorio del Upper West Side.

—Hola —dijo tímidamente en voz baja, cambiando el peso de un pie a otro mientras mostraba lo incómoda que se sentía. Su recelo—. ¿Estás bien?

La luz del baño iluminaba su cara y delataba unas ojeras oscuras y unos ojos enrojecidos. Se había quedado dormida llorando.

Yo le había hecho eso. Le había hecho sentir que sobraba allí, que sus pensamientos y sus sentimientos me importaban menos que los míos. Había dejado que mi pasado abriera una brecha entre ambos.

No. Eso no era verdad. Había permitido que mi miedo la alejara.

—No, cielo —repuse—. No estoy bien.

Dio un solo paso más hacia mí y se detuvo.

—Lo siento, Eva —dije con voz ronca al tiempo que abría los brazos.

Ella se abalanzó sobre mí, con su cuerpo exuberante y cálido. La apreté con fuerza, pero no se quejó. Puse la mejilla sobre la parte superior de su cabeza e inhalé su olor. Podía enfrentarme a todo, me enfrentaría a todo, con tal de que ella permaneciera a mi lado.

—Tengo miedo. —Mi voz apenas fue un susurro, pero ella la oyó.

Clavó los dedos en los músculos de mi espalda y me apretó más contra sí.

—No lo tengas. Estoy aquí.

—Me esforzaré más —prometí—. No pierdas la fe en mí.

—Gideon... —Suspiró suavemente sobre mi pecho—. Te quiero mucho. Sólo deseo que seas feliz. Siento haberte presionado después de decir que no lo haría.

—Es culpa mía. Yo lo he fastidiado todo. Lo siento, Eva. Lo siento mucho.

—Calla. No tienes que disculparte.

La cogí en brazos, la llevé hasta la cama y la tumbé encima con cuidado. Yo me acurruqué entre sus brazos, dejándome envolver por ella y posando la cara sobre su vientre. Ella pasó los dedos por mi pelo masajeándome el cuero cabelludo, después la nuca y, luego, la espalda. Aceptándome, a pesar de todos mis defectos.

El algodón de su camiseta se mojó con mis lágrimas y me acurruqué aún más, avergonzado.

—Te quiero —murmuró—. Nunca dejaré de quererte.

—Gideon.

Me revolví al oír la voz de Eva y, a continuación, al sentir su mano deslizándose por mi pecho. Abrí mis ojos cansados y escocidos y la vi inclinada sobre mí, la habitación ligeramente iluminada por la llegada del amanecer y su pelo radiante bajo la escasa luz.

—¿Cielo?

Se movió y deslizó una pierna por encima de mí. Luego se levantó y se sentó a horcajadas sobre mis caderas.

—Hagamos del día de hoy el mejor de nuestras vidas.

Tragué saliva con fuerza.

—Me apunto a ese plan —dije.

Su sonrisa puso mi mundo del revés. Buscó algo que había dejado sobre la almohada y, un momento después, unos evocadores compases de música salieron suavemente por los altavoces del techo.

Tardé un momento en reconocerla.

—*Ave María*.

Ella me tocó la cara y las yemas de sus dedos se deslizaron por mi frente.

—¿Vale?

Quise responderle, pero sentía la garganta demasiado tensa. Sólo pude asentir. ¿Cómo podía expresar que me parecía como un sueño, un impresionante paraíso que no merecía?

Echó las manos hacia atrás para ponerse las sábanas por debajo de la cadera para que no molestaran. Cruzó los brazos por encima de su torso, se levantó la camiseta y se la quitó por la cabeza. La lanzó a un lado. Pasmado, traté de recuperar mi voz.

—Dios, qué hermosa eres —dije con voz ronca.

Levanté las manos y las deslicé por las afelpadas curvas y los valles de su voluptuoso cuerpo. Me senté y clavé los talones en la cama, moviéndonos a los dos hacia atrás hasta quedar apoyado contra la cabecera. Metí las manos entre su pelo y las bajé por su cuello. Podría pasar días enteros tocándola sin hartarme.

—Te quiero —dijo inclinando la cabeza para invadir mi boca con un beso caliente y cautivador.

Dejé que me tomara, abriéndome a ella. Eva lamió hasta lo más profundo acariciándome con la lengua, con los labios suaves y húmedos sobre los míos.

—Dime qué necesitas —murmuré, perdido en aquella música casi silenciosa. Perdido en ella.

—A ti. Sólo a ti.

—Entonces, tómame —le dije—. Soy tuyo.

—Odio ser yo quien te lo diga, Cross —dijo Arash golpeteando con los dedos el brazo del sillón que había delante de mi mesa—, pero has perdido tu instinto asesino. Eva te ha domesticado.

Levanté la vista de mi pantalla. Tras pasar dos horas de la mañana haciendo el amor con mi mujer, podía admitir que no me sentía especialmente agresivo. Más bien perezoso y relajado. Aun así...

—Sólo porque no crea que PhazeOne de LanCorp suponga una amenaza para la consola GenTen no significa que no esté prestando atención.

—Eres consciente, que no es lo mismo que estar prestando atención —me corrigió—. Y te garantizo que Ryan Landon lo ha notado. Antes hacías algo cada semana o cada quince días sólo para pincharlo, cosa que, para bien o para mal, lo instaba a hacer algo.

—¿No fue la semana pasada cuando cerramos el trato de PosIT?

—Eso fue una reacción, Cross. Tienes que hacer algo que él no motive.

El teléfono de mi despacho empezó a sonar por la línea que estaba sincronizada con mi móvil. El nombre de Ireland apareció en la pantalla y extendí la mano hacia el auricular.

—Tengo que atender esta llamada —dije.

—Por supuesto que sí —murmuró Arash.

Lo miré entornando los ojos mientras respondía.

—Ireland, ¿qué tal estás?

No era habitual que mi hermana me llamara. Normalmente nos enviábamos mensajes, una forma de comunicación con la que los dos nos sentíamos cómodos. Sin silencios extraños y sin la necesidad de fingir alegría o tranquilidad.

—Oye, siento llamarte en mitad del día. —Su voz sonaba apagada.

Fruncí el ceño preocupado.

—¿Qué pasa?

Ireland hizo una pausa.

—Puede que no sea un buen momento.

Maldije en silencio. Eva tenía reacciones similares cuando yo era demasiado brusco. Las mujeres de mi vida deberían ser más tolerantes conmigo. Yo tenía una gran curva de aprendizaje en lo relativo a las interacciones sociales.

—Pareces enfadada.

—Tú también —respondió.

—Puedes llamar a Eva y quejarte de ello con ella. Te comprenderá. Ahora dime qué pasa.

Soltó un suspiro.

—Mamá y papá han estado discutiendo toda la noche. No sé qué pasaba, pero papá estaba gritando. Él nunca grita, ya lo sabes. Es el hombre más tranquilo del mundo. Nada le afecta. Y a mamá no le gusta nada discutir. Siempre evita los conflictos.

Su sagacidad me asombraba.

—Siento que hayas tenido que oírlo.

—Papá se ha ido esta mañana temprano y mamá no ha parado de llorar desde entonces. ¿Sabes tú qué es lo que sucede? ¿Es por tu boda con Eva?

Un silencio extraño y reconocible me invadió. No sabía qué decirle, y me negaba a sacar conclusiones precipitadas.

—Es probable que tenga algo que ver.

Lo único que sabía con seguridad era que no quería que Ireland oyera a sus padres discutir. Recordé cómo me había sentido yo cuando los míos se peleaban después de que saliera a la luz el fraude financiero de mi padre. Aún podía percibir el eco del pánico y del miedo.

—¿Tienes algún amigo con el que puedas quedarte el fin de semana? —le pregunté.

—A ti.

Su sugerencia me desconcertó.

—¿Quieres quedarte en mi casa?

—¿Por qué no? Nunca la he visto.

Miré a Arash, que me observaba. Me incliné hacia adelante y apoyé los codos en las rodillas.

No sabía cómo decirle que no, pero no podía acceder. La única persona con la que había pasado la noche era Eva y, obviamente, no había resultado bien.

—Da igual —dijo—. Olvídalo.

—No, espera. —«Maldita sea»—. Eva y yo tenemos planes esta noche con unos amigos, eso es todo. Necesito un poco de tiempo para cambiarlos.

—Ah, entiendo. —Su voz se suavizó—. No quiero fastidiaros los planes. Tengo amigas a las que puedo llamar. No te preocupes.

—Estoy preocupado por ti. Eva y yo podemos hacer algunos cambios. No supone ningún problema.

—Ya no soy una niña, Gideon —dijo claramente exasperada—. No quiero estar en tu casa sabiendo que, supuestamente, Eva y tú deberíais estar divirtiéndoos. Eso sería un verdadero fastidio, así que no, gracias. Prefiero estar tranquila con mis propios amigos.

El alivio me recorrió la espalda.

—¿Y si cenamos el sábado?

—¿Sí? Vale. ¿Puedo entonces quedarme a pasar la noche?

No tenía ni idea de cómo iba a hacerlo. Tenía que confiar en que Eva supiera qué hacer.

—Eso sí se puede organizar. ¿Estarás bien hasta entonces?

—Vaya, escúchate —dijo riéndose—. Hablas como un hermano mayor. Estaré bien. Sólo se me hace raro oír que se ponen así, ya sabes. Me asustó. Puede que la mayor parte de la gente esté acostumbrada a que sus padres se peleen, pero yo no.

—Estarán bien. Todas las parejas terminan discutiendo.
—Pronuncié esas palabras, pero sentía tanta intranquilidad como curiosidad.

No era posible que Eva tuviera razón con respecto a que Chris no lo sabía. Me resultaba imposible de creer.

Acababa de subirme las mangas de mi camisa negra cuando Eva apareció reflejada en el espejo. Me quedé inmóvil mientras mis ojos recorrían su imagen.

Había escogido unos pantalones cortos, una blusa transparente sin mangas y unas sandalias de tacón. Se había levantado el pelo con su habitual cola de caballo pero le había hecho algo que lo hacía parecer salvaje y desgreñado. Se había puesto maquillaje oscuro en los ojos y pálido en los labios. Unos grandes aros dorados colgaban de sus orejas y unas pulseras adornaban sus muñecas.

Me había despertado con un ángel, pero me iba a ir a la cama con una mujer completamente distinta.

Lancé un silbido de placer y di la espalda al espejo para verla de verdad.

—Pareces una chica muy mala.

Ella se contoneó y sacudió la cabeza de forma altanera.

—Lo soy.

—Ven aquí.

Me miró.

—Creo que no. Tienes esa mirada de que me vas a follar y tenemos que irnos.

—Podemos llegar un poco tarde. ¿Qué hace falta para convencerte de que te pongas esos pantalones cortos sólo para mí?

Quería que los demás la desearan y supieran que era mía. También quería tenerla sólo para mí.

Sus ojos relucieron con una expresión calculadora.

—Podríamos renegociar lo de la paja.

Recordé el acuerdo al que habíamos llegado, un polvo rápido por una paja vestidos, y me di cuenta de que aquellos pantalones cortos iban a hacer que lo primero fuera un poco más difícil de lo que podría haber sido. En cuanto a lo segundo, algo se me podría ocurrir.

Incliné la cabeza accediendo.

—Ponte una falda, cielo, y que empiece la fiesta —le dije.

—¿Esto ha sido idea tuya? —preguntó Arash cuando lo vimos en la entrada del Starlight Lounge.

A través del cristal del vestíbulo, vi que un portero supervisaba el número de clientes que subían al ascensor que los llevaría a la azotea. Dos porteros más montaban guardia en la puerta de la calle conteniendo a la multitud que esperaba que los dejaran entrar gracias a su aspecto, su ropa y/o sus encantos.

—A mí me sorprende tanto como a ti —repuse.

—Tenía intención de decírtelo. —Eva daba literalmente saltos de la emoción—. Shawna ha oído hablar muy bien de este sitio y he pensado que sería divertido.

—Tiene críticas estupendas en internet —intervino Shawna—. Y algunos de mis clientes habituales me han hablado de él con mucho entusiasmo.

Manuel miró a la gente que esperaba ansiosa tras el cordón de seguridad mientras Megumi Kaba permanecía cautelosa entre Cary y Eva. Mark Garrity, Steven Ellison y Arnoldo estaban detrás, dejando paso a aquellos cuyos nombres aparecían en la lista vip.

Cary rodeó a Megumi con el brazo.

—No te apartes de mí, guapa —le dijo con una amplia sonrisa—. Vamos a enseñarles cómo se hace.

Eva me agarró del brazo.

—Aquí tienes tu sorpresa.

Dirigí los ojos hacia donde ella miraba y vi a una pareja que se acercaba a nosotros. Me sorprendí al ver a Magdalene Perez. Tenía la mano agarrada a la del hombre que estaba a su lado, y sus ojos oscuros brillaban más de lo que había visto en mucho tiempo.

—Maggie —la saludé dando una palmada sobre su mano extendida e inclinándome para besarla en la mejilla—. Me alegra que hayas venido.

Me alegraba aún más que Eva se lo hubiese pedido. Las dos mujeres habían tenido un comienzo tumultuoso, claramente por culpa de Maggie. La brecha entre ambas había tensado mi relación con Maggie durante las semanas siguientes y yo había estado dispuesto a aceptar que las cosas iban a quedar así de forma indefinida. Sin embargo, me alegraba haberme equivocado.

Maggie sonrió.

—Gideon. Eva. Éste es mi novio, Gage Flynn.

Estreché la mano del hombre después de que él estrechara la de Eva y noté la fuerza de su mano y el modo inmutable con que recibió mi mirada escrutadora. Él también me miró por encima pero yo lo hice con más atención. Antes de que terminara la semana sabría todo lo que había que saber sobre él. Maggie había sufrido mucho con Christopher. No quería verla sufrir de nuevo.

—Y ahí están Will y Natalie —dijo Eva cuando llegaron los últimos componentes de nuestro grupo.

Will Granger tenía un aspecto retro que le iba muy bien. Pasaba el brazo alrededor del cuerpo de la mujer bajita de pelo azul que estaba a su lado y que iba vestida siguiendo el mismo estilo años cincuenta y lucía los brazos llenos de tatuajes.

Mientras Eva hacía las presentaciones yo hice una señal con la cabeza al guardia de seguridad para indicarle la llegada de los últimos integrantes de nuestro grupo. El hombre levantó el cordón y dejó el paso libre para que entráramos.

Mi mujer me lanzó una mirada recelosa.

—No me digas que este sitio es tuyo.

—De acuerdo, no te lo diré.

Deslicé la mano por su espalda y la apoyé ligeramente sobre la curva de su cadera. Se había quitado los pantalones cortos sustituyéndolos por una falda ajustada con una abertura en la parte posterior. Casi deseé que no se hubiera cambiado. Los pantalones cortos dejaban ver sus piernas. La falda marcaba su increíble culo.

—Tienes que decidir si quieres que responda a la pregunta o no —dije mientras entrábamos en el club.

La música estaba alta y el aficionado que se encontraba en el escenario cantaba aún más fuerte. La iluminación estratégica alumbraba los pasillos y las mesas mientras seguía permitiendo que la vista nocturna de Manhattan deslumbrara a los clientes. El aire acondicionado salía de paredes y suelos enfriando el ambiente y dejando una temperatura agradable.

—¿Hay algo en Nueva York que no sea tuyo?

Arash se rio.

—Ya no tiene el D'Argos Regal de la calle Treinta y seis —terció.

Eva se detuvo en seco, lo que provocó que Arash chocara con ella por detrás y que ella diera un traspié. Le lancé una mirada furibunda.

Agarrándome del brazo, Eva gritó por encima del ruido que inundaba el local:

—¡¿Te has deshecho del hotel?!

La miré. El asombro y la esperanza que había en su rostro valían mucho más que el éxito económico que yo había obtenido. Asentí.

Se abalanzó sobre mí echándome los brazos al cuello. Me acribilló la mandíbula a besos rápidos y virulentos y yo miré a Arash a los ojos.

—Y, de repente, todo tiene sentido —dijo él.

10

—Dios mío, qué pareja tan dulce —dijo Shawna mientras veía a Will y a Natalie cantar *I got you, babe* en el escenario.

—Sí, me están provocando una diabetes —repuso Manuel al tiempo que se ponía en pie con su copa—. Perdonad. He visto algo interesante.

—Despídete de él, cielo —dijo Gideon divertido en mi oído—. No vamos a volver a verlo.

Miré hacia donde él lo hacía y vi a una guapa morena que le dedicaba a Manuel una mirada descarada.

—¡Adiós, Manuel! —grité a su espalda mientras agitaba una mano en el aire. Después me incliné hacia Gideon, que estaba medio despatarrado sobre el caro tapizado de piel—. ¿Por qué todos los tipos con los que trabajas están tan buenos?

—¿Lo están? —preguntó arrastrando las palabras y acariciando con la nariz mi cuello a lo largo de la curva de la oreja—. Quizá no sigan trabajando para mí mucho más tiempo.

—Dios. —Levanté la mirada hacia el cielo estrellado—. Lo que tú digas, hombre de las cavernas.

Apretó los brazos alrededor de mis caderas atrayéndome más hacia sí, de modo que mi cuerpo se presionaba contra el suyo desde la rodilla hasta el hombro. La felicidad me invadió. Tras toda la basura que habíamos tenido que soportar el día anterior, era estupendo disfrutar así el uno del otro.

Megumi se inclinó sobre la mesita rectangular. Rodeados por dos módulos desmontables, la zona vip se adaptaba cómodamente a nuestro grupo.

—¿Cuándo vas a subir ahí a dejarnos como unos estúpidos? —preguntó.

—Pues... nunca —repuse.

Habían hecho falta unas cuantas copas y la atención absoluta de Cary para que Megumi se sintiera lo suficientemente cómoda para pasarlo bien. Mi mejor amigo se había lanzado con una impactante interpretación de *Only the good die young* y, después, había arrastrado a Megumi al escenario para cantar (*I've had*) *The time of my life*. Ella había vuelto a la mesa resplandeciente.

Le debía mucho a Cary por haber cuidado de mi amiga. Y, lo que era mejor, no parecía que tuviera intención de dejarnos para recorrer el local en busca de conquistas como había hecho Manuel. Estaba realmente orgullosa de él.

—Vamos, Eva —me animó Steven—. Tú has escogido el sitio. Tienes que cantar.

—Tu hermana lo escogió —respondí mirándola.

Shawna se limitó a encogerse de hombros con una actitud inocente.

—¡Ella ha cantado ya dos veces! —replicó él.

Desvié la conversación.

—Mark no ha cantado nada.

Mi jefe negó con la cabeza.

—Os estoy haciendo un favor a todos, créeme.

—Y me lo dices a mí. ¡Unos neumáticos derrapando tienen un sonido más lírico que lo que yo hago!

Arnoldo me pasó la libreta con las canciones que había para elegir. Era la primera vez en toda la noche que había hecho algún gesto hacia mí, aparte del saludo al entrar. Había pasado la mayor parte del tiempo con la atención fija en Magdalene y Gage, cosa que traté de no tomar como un desaire personal.

—No es justo —me quejé—. ¡Estáis todos en mi contra! Gideon tampoco ha cantado todavía.

Miré a mi marido. Se encogió de hombros.

—Yo subiré si lo haces tú.

Abrí unos ojos como platos asombrada. Nunca había oído cantar a Gideon. Ni siquiera me lo había imaginado. Los cantantes se abrían y expresaban emociones con su voz. Gideon seguía siendo muy reservado.

—Joder, tenéis que hacerlo ya —dijo Cary extendiendo el brazo para abrir la selección por una página al azar.

Sentí que el estómago se me retorcía ligeramente. Observé con desesperación las canciones que tenía delante. Una me llamó la atención y me quedé mirándola.

Respiré hondo y me puse de pie.

—Vale. Pero recordad que vosotros lo habéis querido. No quiero oír el menor comentario sobre lo mal que lo hago.

Gideon, que se había puesto de pie a la vez que yo, me atrajo hacia sí y me susurró al oído:

—Yo creo que lo haces extraordinariamente bien, cielo.

Le di un codazo en las costillas. Su risa me siguió mientras me dirigía al escenario. Me encantaba oír ese sonido, me encantaba estar pasando el rato con él, olvidarnos de nuestros problemas y divertirnos con gente que nos quería. Estábamos casados, pero aún teníamos que ponernos al día en muchas salidas con los amigos, muchas noches que experimentar. Ésta era la primera de todas ellas. O, al menos, eso esperaba.

Me arrepentí de poner en peligro la frágil tranquilidad con la selección que había hecho. Pero no lo suficiente como para cambiar de opinión.

Choqué la mano con la de Will cuando él y Natalie pasaron por mi lado al volver junto a los demás. Podría haber pedido desde la mesa la canción que había escogido, lo mismo que habíamos hecho con la comida y las bebidas, pero no quería que Gideon viera el título.

Además, otros grupos de la sala tenían que esperar su turno a la cola, pero las canciones que nosotros elegíamos las ponían rápidamente. Esperaba que, tras añadir mi nombre a la lista en persona, tuviera algo de tiempo para reunir el coraje que necesitaba.

No obstante, debería haber imaginado que no sería así. Cuando le di a la encargada el nombre del tema que había elegido, ella lo escribió en el teclado y dijo:

—Vale, quédate aquí. Eres la siguiente.

—¿Estás de broma? —Miré hacia nuestra mesa. Gideon me guiñó un ojo.

Iba a pagar por ello más tarde.

La chica del escenario, que cantaba *Diamonds*, terminó y la sala empezó a aplaudir. No había estado mal, pero lo cierto es que la banda que tocaba en directo había compensado sus muchos fallos. Eran realmente buenos. Crucé los dedos para que fueran lo bastante buenos para mí también.

Estaba temblando cuando subí los cortos escalones hasta el escenario. Cuando los silbidos y los gritos emergieron de nuestra mesa, no pude evitar reírme a pesar de los nervios. Agarré el micrófono, que estaba en su pie y, de inmediato, empezó a sonar la música. Aquella conocida canción que tanto me gustaba me dio el empuje que necesitaba para empezar.

Miré a Gideon y canté el comienzo de la letra diciéndole que era increíble. Aun por encima de la música pude oír las risas por mi terrible voz. Incluso procedían desde mi propia mesa, pero eso ya lo esperaba.

Había elegido *Brave*. Yo tenía que ser igual de valiente para cantarla. O eso o loca.

Me concentré en mi marido, que no se reía ni sonreía. Simplemente me miraba con intensidad mientras yo le decía a través de la letra de Sara Bareilles que quería ver cómo levantaba la voz y mostraba su valentía.

La pegadiza canción, aparte de la buena ejecución de la banda, me ayudó a hacerme con el público, que empezó a cantar conmigo, más o menos. Mi corazón imprimía fuerza a mi voz, confiriéndole así más potencia al mensaje que iba dedicado solamente a Gideon.

Él tenía que dejar de guardar silencio. Tenía que contarle a su familia la verdad. No por mí ni por ellos, sino por él.

Cuando terminó la canción, mis amigos se pusieron de pie para aplaudir y yo sonreí llena de energía. Hice una espléndida reverencia y me reí cuando los desconocidos que ocupaban las mesas que había delante de mí se unieron al inmerecido aplauso. Yo sabía cuáles eran mis puntos fuertes. Y mi voz al cantar no era uno de ellos.

—¡Joder, ha sido alucinante! —gritó Shawna dándome un fuerte abrazo cuando volví a la mesa.

—Recordadme que os pague luego —respondí con ironía sintiendo el calor en la cara cuando el resto del grupo siguió con los elogios.

—Ah, preciosa —dijo Cary arrastrando las palabras con los ojos brillantes de tanto reír—. No se puede ser bueno en todo. Es un alivio saber que lo haces tan mal como los demás.

Le saqué la lengua y cogí el vodka con arándanos que tenía delante de mi asiento.

—Es tu turno, hombretón —dijo Arash sonriendo a Gideon.

Mi marido asintió y, a continuación, me miró. En su rostro no había rastro de lo que estaba pensando y empecé a preocuparme. No veía ternura en sus labios ni en sus ojos, nada que me diera una pista.

Y entonces, un idiota empezó a cantar *Rubia*.

Gideon se puso rígido, tensando visiblemente la mandíbula. Le agarré la mano, la apreté y sentí cierto alivio cuando él también me la apretó.

Me besó en la mejilla y se dirigió al escenario, abriéndose paso entre la gente con una actitud de dominio y calma. Vi cómo avanzaba y también cómo las mujeres volvían la cabeza para hacer lo mismo que yo. No era objetiva, desde luego, pero estaba segura de que era el hombre más arrebatador de la sala.

En serio, debería considerarse un delito que un hombre fuese tan atractivo.

Miré a Arash y a Arnoldo.

—¿Alguno de los dos lo ha oído cantar?

Arnoldo negó con la cabeza.

El abogado se rio.

—No, por Dios. Con un poco de suerte, lo hará como tú. Como dice Cary, no todo se le puede dar bien o, de lo contrario, tendremos que empezar a odiarlo.

El tipo que estaba en el escenario terminó de cantar. Un momento después, subió Gideon. Por alguna razón, el corazón empezó a latirme tan fuerte como cuando yo había subido. Las palmas de las manos se me humedecieron y me las sequé con la falda.

Tenía miedo de lo que podría suponer ver a Gideon ahí arriba. Aunque no me gustara pensarlo, Brett era un hombre difícil de superar, y el hecho de escuchar *Rubia* —aunque interpretada por alguien que jamás debería tener acceso a un micrófono— hizo que esos dos mundos se acercaran demasiado.

Gideon agarró el micro y lo sacó del pie como si hubiera hecho ese movimiento mil veces antes. Las mujeres del público se volvieron locas, gritándole lo bueno que estaba y haciendo comentarios provocativos que decidí ignorar. Aquel hombre era físicamente delicioso, pero su presencia dominante y segura era lo que de verdad sorprendía.

Tenía el aspecto de un hombre que sabía cómo follarse a una mujer hasta dejarla sin sentido. Dios, y era verdad.

—Ésta va para mi mujer —dijo.

Con una mirada incisiva, Gideon hizo una señal a la banda para que empezaran. El inmediatamente reconocible sonido de un bajo me aceleró el pulso.

—¡Lifehouse! —exclamó Shawna—. ¡Me encanta ese grupo!

—¡Ya te llama *su mujer*! —gritó Megumi acercándose a mí—. Qué suerte tienes.

No la miré. No podía. Tenía los ojos fijos en Gideon y él me miraba directamente a mí al cantar, diciéndome con una voz seductora y áspera que estaba deseando que hubiera un cambio y que ansiaba llegar a la verdad.

Estaba respondiendo a mi canción.

Los ojos me escocían mientras el corazón empezaba a latirme con un ritmo distinto. ¿Se me había ocurrido que él se pondría sensible? Dios mío, me estaba matando, desnudando su alma con el rugoso timbre de su voz.

—Joder —dijo Cary con los ojos clavados en el escenario—. Ese hombre sabe cantar.

Por un momento, yo también me quedé extasiada, prendida de cada palabra, escuchando su mensaje, en el que me decía que andaba tras de mí y que se estaba enamorando cada vez más. Me revolví en mi asiento, excitada al máximo.

Gideon tenía la atención de todos los presentes en el bar. De todas las voces que habíamos escuchado esa noche, la suya era realmente de nivel profesional. Estaba colocado bajo el único punto de luz, con los pies separados, vestido elegantemente mientras cantaba una canción rock, y conseguía que sonara tan bien que no me podía imaginar que pudiera ser cantada de otro modo. No había punto de comparación con Brett, ni en la interpretación de Gideon ni en mi reacción ante ella.

Me puse de pie sin darme cuenta y me abrí paso entre la gente para acudir a su lado. Gideon terminó el tema y todo el bar se volvió loco, impidiéndome el paso hasta él.

Me perdí entre la multitud; era demasiado bajita para poder ver por encima de los hombros que me rodeaban.

Él me encontró tras avanzar entre ellos para estrecharme entre sus brazos. Su boca buscó la mía y me besó con fuerza, lo que provocó una nueva ronda de silbidos y ovaciones. Prácticamente me subí encima de él y le susurré al oído:

—¡Ahora!

No tuve que explicarle nada más. Me dejó en el suelo, me agarró de la mano y me llevó a través del bar y de la cocina en dirección al ascensor del servicio. Me apreté contra él antes de que las puertas se cerraran al entrar, pero Gideon estaba sacando su teléfono y llevándoselo al oído, echando la cabeza hacia atrás mientras mi boca se deslizaba febrilmente por su cuello.

—Trae la limusina —ordenó con brusquedad y, a continuación, el teléfono regresó a su bolsillo y volvió a besarme con la pasión que en el pasado había mantenido oculta en su interior.

Lo devoré con avidez, apresando su labio inferior entre mis dientes y saboreándolo con rápidos azotes de mi lengua. Gimió cuando lo apreté contra la pared acolchada del ascensor, recorriendo su pecho con las manos para agarrar su fuerte erección.

—Dios mío..., Eva.

Terminamos el descenso y Gideon se puso en movimiento. Me cogió del codo y me empujó por delante de él a través de las puertas con paso enérgico e impaciente. Salimos por un pasillo de servicio hasta el vestíbulo, abriéndonos paso de nuevo entre un grupo de gente hasta salir al calor de la noche de verano. La limusina estaba en la calle.

Angus salió y se apresuró a abrir la puerta trasera.

Subí al coche tambaleándome mientras Gideon me empujaba por detrás.

—No vayas lejos —le ordenó a Angus.

Nos colocamos en el asiento corrido dejando unos centímetros entre los dos, cada uno con la mirada puesta en cualquier sitio menos en el otro mientras el panel divisorio pensado para proporcionarnos intimidad se elevaba lentamente y la limusina comenzaba a moverse.

En el momento en que el panel subió del todo, me eché sobre el asiento y me levanté la falda, arrancándome la ropa descaradamente ante el ansia que sentía por que me follara.

Gideon se puso de rodillas en el suelo, se llevó las manos a la cintura y se desabrochó los pantalones.

Me quité la ropa interior y la lancé a un lado junto con mis sandalias.

—Cielo. —Su gruñido me hizo gemir ante la expectativa.

—Estoy húmeda. Estoy muy húmeda —dije, deseando que no jugara conmigo ni que esperara.

Aun así, me puso a prueba. Colocó la mano sobre mi sexo, me acarició el clítoris y se metió dentro de mí.

—Joder, Eva. Estás empapada.

—Deja que me monte encima de ti —supliqué apartándome del respaldo. Quería ser yo la que estableciera el ritmo, la profundidad...

Gideon se bajó los pantalones y el bóxer hasta las rodillas y, a continuación, se sentó en el asiento apartando a un lado los faldones de su camisa. Su polla se erguía larga y gruesa entre sus muslos, tan salvajemente hermosa como el resto de su cuerpo.

Me deslicé hacia abajo para arrodillarme entre sus piernas, acariciando su miembro con las manos. Estaba caliente y sedoso. Coloqué la boca sobre él antes de pensarlo.

Gideon respiraba entre dientes mientras me agarraba con una mano la coleta y echaba la cabeza hacia atrás. Cerró los ojos con fuerza.

—Sí.

Giré la lengua alrededor del ancho capullo saboreándolo, sintiendo las gruesas venas que palpitaban entre mis manos. Apreté los labios un instante y me aparté. Después, volví a chupar.

Él gimió y arqueó el cuerpo hacia arriba presionándolo contra mi boca.

—Métetela hasta el fondo.

Me retorcí obedeciéndolo, rabiosamente excitada por su placer. Los ojos de Gideon se abrieron y bajó el mentón para poder verme.

—Ven aquí.

Su orden, dada en voz baja, hizo que un estremecimiento de deseo me recorriera el cuerpo. Me arrastré por su magnífico cuerpo y me puse a horcajadas sobre su cadera al tiempo que le pasaba los brazos por encima de los hombros.

—Joder, qué caliente estás.

—¿Yo? Tú estás ardiendo, cielo.

Moví la cadera para colocarlo bien.

—Pues espera a sentirme por dentro.

Puso los brazos alrededor de mi cuerpo y se agarró la polla sujetándola mientras yo empezaba a bajar. Las piernas me temblaron cuando el grueso capullo de su pene entraba en mí, estirándome.

—Gideon. —La sensación de ser tomada, poseída, nunca me cansaba.

Me sujetó agarrándome de la cadera. Yo me la metí más adentro con mis ojos en los suyos a medida que se iban volviendo más pesados. Un sonido de estrépito invadió entonces el espacio que había entre los dos y me puse más húmeda, más caliente.

No importaba cuántas veces lo tuviera dentro de mí, siempre quería más. Más de esa forma con la que él reaccionaba ante mí, como si no hubiera nada que le gustara más, como si yo le diera algo que él no podría conseguir en ningún otro sitio.

Me aferré al respaldo del asiento y moví las caderas

metiéndola un poco más. Noté cómo me empujaba en lo más hondo de mí, pero no podía metérmela toda. Quería hacerlo. Quería todo lo suyo.

—Nuestra primera vez —dijo con voz ronca mirándome—. Tú te montaste justo aquí y me volviste loco. Joder, me hiciste perder la cabeza.

—Estuvo muy bien —susurré, peligrosamente a punto de correrme. La tenía muy gruesa y dura—. Dios, ahora es mejor.

Clavó los dedos en mis caderas.

—Ayúdame.

—Aguanta. —Echó la cadera hacia atrás y embistió hacia arriba, deslizándose dentro de mí—. Tómalo, Eva. Tómalo todo.

Grité y me eché sobre él, moviéndome de forma instintiva, tomándolo hasta el final.

—Sí..., sí... —gemí mientras golpeaba su cadera con la mía, moviendo mi sexo arriba y abajo a lo largo de su larga y dura erección.

El rostro de Gideon estaba rígido por el deseo, con el ansia fuertemente marcada en su expresión.

—Vas a hacer que me corra con fuerza —prometió en tono sombrío—. Vas a sentirme dentro de ti toda la noche.

El sonido de su voz..., su aspecto en el escenario..., nunca había estado más excitada. Él no iba a ser el único que se iba a correr con fuerza.

Inclinó la cabeza sobre el respaldo y el pecho se le elevó con fuertes sonidos de placer saliendo por su garganta. Sus manos me soltaron y se apretaron contra el asiento. Dejó que lo follara como yo quería. Dejó que lo utilizara.

Me arqueé hacia atrás y alcancé el orgasmo con un grito. Todo mi cuerpo temblaba, el sexo se me apretaba y se ondulaba a lo largo de su polla. Perdí el ritmo, la visión se me nubló. Un gemido infinito salía de mí y la sensación de liberación me aturdía.

El mundo se volvió del revés y quedé de espaldas. Gideon se puso entonces encima de mí mientras su brazo me sujetaba la pierna izquierda para subírsela por encima del hombro. Clavó los pies en el suelo y volvió a embestir una y otra vez. Hundiéndose dentro. Hasta el fondo.

Yo me retorcía. Sentirlo en mi interior me gustaba tanto que casi me dolía.

Me tenía sujeta, abierta e indefensa, utilizándome del mismo modo que yo lo había utilizado a él, sin control alguno por la necesidad de correrse. El poder de su cuerpo mientras se hincaba dentro de mí, la fuerza con la que me clavaba la polla en el interior de mi tierno sexo, hizo que me estremeciera llevándome otra vez hasta el límite.

—Te quiero —gemí mientras acariciaba con las manos sus muslos flexionados.

Él pronunció mi nombre con un gruñido y empezó a correrse a la vez que apretaba los dientes y empujaba las caderas fuertemente contra las mías, metiéndose hasta el fondo. Me hizo explotar al sentir que se corría dentro de mí.

—Cómo me gusta —gimió mientras se balanceaba sobre los espasmos de mi sexo.

Nos pusimos los dos en tensión, agarrándonos el uno al otro.

Enterró la cara en mi cuello.

—Te quiero.

Las lágrimas hicieron que los ojos me escocieran. En raras ocasiones pronunciaba esas palabras.

—Dímelo otra vez —le supliqué aferrándome a él.

Puso la boca sobre la mía.

—Te quiero...

—Más —le pedí pasándome la lengua por los labios.

Gideon me miró por encima de su hombro. El beicon

chisporroteaba en la sartén que tenía delante y la boca se me hacía agua deseando comer otra tira más.

—Y yo que creía que dos paquetes de beicon iban a durarnos todo el fin de semana.

—La grasa es necesaria tras una noche de alcohol —le dije mientras cogía un poco de mi plato con los dedos y me lo llevaba a la boca—. Siempre que no estés muy resacoso, claro.

—Yo sí lo estoy —murmuró Cary al entrar en la cocina vestido solamente con sus vaqueros, que no se había molestado en abotonarse—. ¿Hay cerveza?

Gideon señaló el frigorífico con las tenazas.

—Cajón de abajo.

Miré a mi mejor amigo negando con la cabeza.

—¿Alcohol para curar la resaca?

—Ah, sí. Noto la cabeza como si se me hubiese partido en dos.

Cary sacó una cerveza y se acercó a mí en la isla de la cocina. La abrió y echó la botella hacia atrás para tragarse hasta la mitad de una sola vez.

—¿Cómo has dormido? —pregunté cruzando los dedos en mi mente.

Él había pasado la noche en el apartamento anexo de un solo dormitorio y esperaba que le hubiese gustado. Tenía todos los bonitos detalles antiguos del ático de Gideon y los muebles eran parecidos. Yo sabía que el gusto de Cary era más moderno, pero no podría ponerle pegas a las vistas sobre Central Park. El resto podría cambiarse, sólo con que él lo dijera.

Se apartó la botella de la boca.

—Como un muerto.

—¿Te gusta el apartamento?

—Claro. ¿A quién no?

—¿Quieres vivir ahí? —insistí.

Mi amigo me dedicó una sonrisa torcida.

—Sí, preciosa. Es todo un sueño. Gracias por compadecerte de mí, Gideon.

Mi marido se apartó del fogón con un plato de beicon en la mano.

—En la oferta no va incluida la compasión —dijo en tono seco—. Por lo demás, de nada.

Di una palmada.

—¡Sí! Estoy entusiasmada.

Mi marido cogió entonces un trozo de beicon y lo agarró con la boca. Yo me eché hacia adelante y separé los labios. Gideon se inclinó y dejó que yo mordiera el otro extremo.

—Vamos —se quejó Cary—. Ya me está costando contener las náuseas.

Lo acaricié con suavidad.

—Cierra el pico.

Sonrió y se acabó la cerveza.

—Os lo voy a hacer pasar mal, chicos. ¿Quién más va a evitar que cantéis *I got you, babe* dentro de unos cuantos años?

Pensar en Will y en Natalie me hizo sonreír. Había descubierto que Will me gustaba aún más y que también me caía muy bien su chica.

—¿A que son adorables? Llevan juntos desde el instituto.

—Eso es lo que quiero decir —dijo Cary con voz cansina—. Tras pasar los suficientes años con alguien, o bien empiezas a discutir o caes en esa espiral de sentimentalismo. No quiero volver a verlo.

—Mark y Steven también llevan varios años juntos —repliqué—. No se pelean ni se insultan el uno al otro.

Mi amigo me lanzó una mirada fulminante.

—Son homosexuales, Eva. No hay estrógenos que provoquen ningún drama.

—¡Dios mío, eres un cerdo sexista! —exclamé—. ¿Cómo puedes decir algo así?

Cary miró entonces a Gideon.

—Tú sabes que tengo razón.

—Y, dicho esto, me voy —dijo Gideon cogiendo tres tiras de beicon.

—¡Oye! —me quejé mientras salía en dirección a la sala de estar.

Cary se rio.

—No te preocupes. Está enganchado a tu parte femenina.

Le lancé una mirada de furia mientras cogía otro trozo de beicon.

—Te lo dejo pasar porque estoy en deuda contigo por lo de anoche.

—Fue divertido. Megumi es buena gente. —Su sentido del humor desapareció y su expresión se tornó seria—. Siento que esté pasando por todo eso.

—Sí, yo también.

—¿Has decidido ya cómo vas a ayudar a otras personas como ella?

Apoyé los codos sobre la encimera.

—Voy a hablar con Gideon para trabajar con su Fundación Crossroads.

—Joder, ¿cómo no se te había ocurrido antes?

—Porque... soy una cabezota, supongo. —Miré hacia la sala de estar y bajé la voz—. Una de las cosas que a Gideon le gustan de mí es que no siempre hago lo que él quiere sólo porque él lo desee. No es como Stanton.

—Y tú no quieres ser como tu madre. ¿Significa eso que vas a conservar tu apellido de soltera?

—En absoluto. Para Gideon es muy importante que yo me convierta en Eva Cross. Además, suena estupendamente.

—Pues sí. —Me dio un golpecito en la punta de la nariz con el dedo—. Yo estaré a tu lado cuando me necesites.

Me bajé del taburete para darle un abrazo.

—Lo mismo digo.

—Te tomo la palabra. —Su pecho se hinchó con un profundo suspiro—. Se avecinan grandes cambios, preciosa. ¿Te asustas de vez en cuando?

Levanté los ojos hacia él y sentí la afinidad que ambos habíamos compartido en los momentos difíciles.

—Más de lo que me permito pensar.

—Tengo que ir corriendo al despacho —nos interrumpió Gideon entrando en la cocina de nuevo con una gorra de los Yankees. Llevaba la misma camiseta gris, pero había cambiado los pantalones del pijama por otros de chándal. Una anilla con unas llaves giraba en su dedo—. No tardaré.

—¿Va todo bien? —pregunté apartándome de Cary. Mi marido mostraba su expresión seria, la que me decía que ya tenía la mente en lo que fuera que debía hacer.

—No pasa nada. —Se acercó a mí y me dio un beso rápido—. Volveré dentro de un par de horas. Ireland no vendrá hasta las seis.

Se fue. Yo me quedé mirando cómo se alejaba.

¿Qué tenía tanta importancia como para apartarlo de mí durante el fin de semana? Gideon podía mostrarse posesivo en muchas cosas en lo concerniente a mí, pero nuestro tiempo juntos ocupaba siempre el primer lugar de la lista. Y ese gesto de hacer girar las llaves me parecía raro. Gideon no era un hombre dado a hacer movimientos innecesarios. Las únicas veces que lo había visto juguetear con algo era cuando estaba completamente relajado o lo contrario, cuando estaba listo para la pelea.

No pude evitar tener la sensación de que me ocultaba algo. Como siempre.

—Voy a darme una ducha —dijo Cary mientras cogía una botella de agua del frigorífico—. ¿Quieres que veamos una película cuando salga?

—Claro —contesté con la mente en otra parte—. Es un buen plan.

Esperé a que volviera al apartamento anexo y, a continuación, fui a por mi teléfono.

11

—¿Dónde está Eva?

Rodeé el Mercedes por delante y subí al bordillo delante de Brett Kline. Mis dedos se retorcieron al contener de manera implacable el hábito de extender la mano al saludar. Las manos del cantante habían tocado a mi mujer en el pasado... y también recientemente. No quería estrecharlas. Quería rompérselas.

—En nuestra casa —respondí mientras señalaba en dirección a la entrada del edificio Crossfire—. Vamos a subir a mi despacho.

Kline me miró con una sonrisa fría.

—No puedes apartarme de ella.

—Eso ya lo has hecho tú solo —repliqué.

Vi la camiseta del bar de Pete que llevaba puesta con los vaqueros negros y las botas de piel. Sin duda, la elección de su atuendo no había sido una casualidad. Quería recordarle a Eva la historia que habían compartido. Puede que también quisiera recordármelo a mí. ¿Le había dado Yimara esa idea? No me sorprendería.

Fue un mal movimiento por parte de los dos hombres.

Kline pasó por la puerta giratoria delante de mí. El guardia de seguridad tomó nota de sus datos e imprimió una tarjeta identificativa temporal. Después cruzamos los torniquetes para dirigirnos a los ascensores.

—Tu dinero no me intimida —dijo en tono tenso.

Entré en el ascensor y pulsé el botón del último piso.

—Hay ojos y oídos por toda la ciudad. Al menos, en mi despacho sé que no vamos a dar ningún espectáculo.

Apretó los labios con gesto de asco.

—¿Es eso lo único que te preocupa? ¿La imagen pública?

—Una pregunta irónica, teniendo en cuenta quién eres tú y qué es lo que buscas.

—No actúes como si me conocieras —respondió con un gruñido—. No sabes una mierda.

En el espacio limitado del ascensor, la agresividad y la frustración de Kline impregnaban el espacio que había entre ambos. Sus manos se agarraron al pasamanos que tenía detrás y su mirada permaneció hostil y expectante. Desde las puntas platino de su pelo encrespado hasta los tatuajes negros y grises que le cubrían los brazos, el líder de los Six-Ninths no podía ser más distinto de mí en su apariencia. Eso me había hecho sentir amenazado anteriormente, al igual que su pasado con Eva, pero ya no.

No después de lo de San Diego. Y, obviamente, no desde lo que había sucedido la noche anterior.

Aún podía sentir las marcas de las uñas de Eva en la espalda y en el culo. Me había llevado hasta el límite durante toda la noche, hasta altas horas de la madrugada. El ansia insaciable que ella sentía por mí no dejaba espacio para nadie más. Y el tono de su voz al decir que me quería, el brillo de las lágrimas de sus ojos cuando me rendí a lo que ella provocaba en mí...

Apoyé la espalda en la pared contraria y me metí las manos en los bolsillos del pantalón del chándal, sabiendo que mi actitud despreocupada le afectaría.

—¿Sabe ella que nos reunimos aquí? —preguntó con voz áspera.

—He pensado dejar que tú decidas mencionárselo o no.

—Ah, pues pienso hacerlo.

—Eso espero.

Salimos al vestíbulo de Cross Industries y lo conduje a través de las puertas de cristal blindado hacia mi despacho. Había unas cuantas personas en sus mesas y tomé nota de quiénes eran. Los que trabajaban en sus días libres no eran siempre mejores empleados que los que no lo hacían, pero respetaba la ambición y la recompensaba.

Cuando llegamos a mi despacho, cerré la puerta al entrar y cubrí los cristales. Había una carpeta en mi mesa, tal y como había ordenado antes de salir del ático. Puse la mano sobre ella y le hice un gesto a Kline para que se sentara.

Se quedó de pie.

—¿De qué cojones va todo esto? He venido a la ciudad para ver a Eva y tu gorila me trae aquí.

El «gorila» era el guardia de seguridad que le había puesto Vidal Records, pero no se equivocaba al pensar que ese hombre trabajaba para mí.

—Estoy dispuesto a ofrecerte una gran cantidad de dinero, además de otros incentivos, por los derechos en exclusiva de la grabación que hizo Yimara de ti y de Eva.

Me sonrió con frialdad.

—Ya me había dicho Sam que intentarías algo así. Esa grabación no es asunto tuyo. Es entre Eva y yo.

—Y de todo el mundo si se filtra. Y eso la destrozaría. ¿Te importa algo lo que ella sienta al respecto?

—No se va a filtrar y, desde luego, me importa mucho lo que ella sienta. Es una de las razones por las que necesito hablar con ella.

Asentí.

—Quieres preguntarle si puedes utilizarla. Crees que puedes convencerla de que te deje explotarla.

Se balanceó hacia atrás, un movimiento nervioso que indicaba que había sufrido un impacto directo.

—No vas a conseguir la respuesta que esperas —le dije—. La sola existencia de esa grabación la aterroriza. Eres un estúpido al pensar lo contrario.

—No es solamente sexo. Ahí hay cosas buenas de los dos. Ella y yo tuvimos algo. Eva no fue un simple revolcón.

«Menudo mierda». Tuve que controlar el impulso de tirarlo al suelo.

Sonrió con aire de superioridad.

—No espero que lo entiendas. A ti no te suponía ningún problema estar follándote a aquella morena hasta que yo volví a aparecer. Después, cambiaste tu juego. Eva es un juguete del que te habías aburrido hasta que otro quiso quedarse con ella.

Su mención de Corinne tocó un punto sensible. La farsa de salir con mi antigua novia casi me había costado perder a Eva. Una posibilidad que aún me obsesionaba.

No obstante, eso no evitó que me diera cuenta de lo bien que se le daba echar la culpa a los demás.

—Eva sabe lo que significa para mí —repuse.

Kline dio un paso hacia mi mesa.

—Está demasiado cegada por tu dinero como para darse cuenta de que hay algo que no está bien al ocultar esa falsa boda en un país extranjero. ¿Es legal siquiera?

Había previsto esa pregunta.

—Completamente legal.

Abrí la carpeta y saqué la fotografía que había dentro. Había sido tomada el día de mi boda, en el mismo momento en que le daba el primer beso a Eva como marido suyo. La playa y el sacerdote que había oficiado la ceremonia estaban detrás de nosotros. Yo tenía las manos sobre su cara y nuestros labios se rozaban suavemente. Sus manos me agarraban de las muñecas y mi anillo resplandecía en su dedo.

Di la vuelta a la foto para que él la viera. Puse una copia del acta matrimonial al lado. Usé la mano izquierda para mostrar orgulloso mi anillo de bodas con incrustaciones de rubíes.

No le enseñaba esos documentos personales para demostrar nada. Quería provocar a Kline, lo cual había estado haciendo de forma deliberada desde el momento en que había llegado a Nueva York. Cuando volviera a contactar con mi mujer, quería que estuviera desorientado y en desventaja.

—Eva y tú habéis terminado —dije en tono tranquilo—. Si lo dudabas, ahora lo sabes con seguridad. En cualquier caso, no creo que desees a mi mujer tanto como deseas el recuerdo de ella para utilizarlo para el grupo de música.

Él se rio.

—Sí, tú píntame como un sinvergüenza. No soportas la idea de verla a ella en esa grabación. Nunca la has visto ponerse tan salvaje y nunca lo conseguirás.

Mis brazos se retorcían con el deseo de hacer desaparecer la vanidad de su rostro.

—Puedes creer lo que quieras. Éstas son tus opciones: puedes aceptar los dos millones que te ofrezco, darme la grabación y marcharte...

—No quiero tu maldito dinero. —Apoyó las manos en el borde de mi mesa y se inclinó hacia mí—. No vas a conseguir hacerte con mis recuerdos. Puede que la tengas a ella, por ahora, pero yo tengo esos recuerdos. Vas listo si crees que voy a vendértelos.

Pensar en Kline viendo la grabación..., que se viera a sí mismo follándose a mi esposa..., hizo que la sangre me empezara a hervir a fuego lento. La idea de que sugiriera que Eva se sentara a verlo, sabiendo cómo eso la destrozaría, me llevaba hasta el mismo borde de la violencia.

Me costaba mucho mantener el tono tranquilo de mi voz.

—Puedes rechazar mi dinero y guardarte esa grabación hasta que te mueras. Convertirlo en un regalo secreto para Eva del que ella nunca sabrá nada.

—¿De qué coño estás hablando?

—O puedes ser un gilipollas y un egoísta y darle un sablazo, causarle un daño emocional con el fin de destruir su matrimonio y hacerte más famoso.

Me quedé mirándolo. Kline se mantuvo en su sitio pero bajó la mirada durante una fracción de segundo.

—Si ella te importa un poco, tomarás una decisión distinta de la que te ha traído hasta Nueva York.

Kline cogió entonces los documentos que había sobre mi mesa, los rompió por la mitad y lanzó los trozos de nuevo sobre el cristal.

—No voy a irme hasta que la vea.

Salió furioso de mi despacho.

Yo me quedé mirando cómo se iba. A continuación, llamé por una línea segura.

—¿Habéis tenido tiempo suficiente?

—Sí. Nos hemos ocupado del portátil y de la tableta que lleva en su equipaje en cuanto usted lo ha llevado arriba. Mientras hablamos, estamos comprobando su correo electrónico y sus servidores de copias de seguridad, así como las copias de seguridad de dichos servidores. Hemos registrado la casa donde se aloja los fines de semana, pero lleva mucho tiempo sin aparecer por allí. Lo hemos limpiado todo tanto en los equipos de Yimara como en los de Kline, así como las cuentas y los equipos de los que han recibido alguna imagen de toda la grabación. Uno de los ejecutivos de Vidal tenía una copia completa en su disco duro, pero la hemos borrado. No hemos encontrado pruebas de que la haya reenviado a ningún sitio.

El hielo me recorrió las venas.

—¿Qué ejecutivo?

—Su hermano.

«Joder».

Me agarré al borde de la mesa con tanta fuerza que los nudillos me crujieron por la presión. Recordé el vídeo de Christopher con Magdalene y supe lo perverso que era su odio hacia mí. Pensar que mi hermanastro hubiera visto a

Eva en una situación tan íntima..., tan vulnerable... hizo que me transportara a un lugar al que no había vuelto desde la primera vez que había oído hablar de Nathan.

Tuve que creer que la empresa privada de seguridad militar que había contratado se había hecho cargo de toda la situación. Sus equipos técnicos estaban formados para ocuparse de material mucho más sensible.

Metí los papeles rotos que había en mi mesa en la carpeta.

—Necesito que esa grabación deje de existir —dije.

—Comprendido. Estamos en ello. Aun así, es posible que haya alguna copia en algún CD por ahí, aunque hemos mirado los registros de transacciones de Kline y Yimara en depósitos de seguridad y cosas parecidas. Seguiremos controlando la situación hasta que usted nos ordene otra cosa.

Nunca lo haría. Si era necesario, estaría toda la vida vigilándolos en busca de alguna prueba de que la grabación había sobrevivido en algún lugar que estuviera fuera de mi control.

—Gracias.

Colgué, salí del despacho y regresé a casa para estar con Eva.

—Se te da realmente bien —dijo Ireland mientras veía cómo Eva sacaba unos palillos con pollo *kung pao* de su caja blanca y se los llevaba a la boca—. Yo nunca les he cogido el tranquillo.

—Mira. Intenta sujetarlos así.

Vi cómo mi mujer acomodaba los dedos de mi hermana sobre los finos palillos chinos y el contraste de su cabeza rubia contra el pelo moreno de Ireland. Sentadas en el suelo a mis pies, ambas iban vestidas con pantalones cortos y camisetas ajustadas, con sus piernas bronceadas extendidas por debajo de la mesita, las de una largas y esbeltas y las de la otra pequeñas y voluptuosas.

Yo estaba más en calidad de observador que de participante, sentado en el sofá detrás de ellas, envidiando lo bien que se entendían pese a sentirme agradecido por ello.

Todo era muy surrealista. Nunca me habría imaginado una noche como ésa, una tranquila velada en casa con... mi familia. No sabía cómo participar, ni tan siquiera si podría hacerlo. ¿Qué iba a decir? ¿Cómo debía sentirme?

Estaba más que pasmado. Y agradecido. Muy agradecido por tener a mi increíble mujer, que había traído tantas cosas a mi vida.

No mucho tiempo atrás, una noche de sábado parecida a ésta, yo habría estado en algún evento o acto social muy publicitado, concentrado en el trabajo hasta que el interés entusiasta de una mujer estimulara mi necesidad de follar. Tanto si regresaba al ático yo solo como si terminaba en el hotel para disfrutar de un polvo de una noche, estaría solo. Y como apenas recordaba lo que se sentía al pertenecer a ningún sitio ni a nadie, no sabía lo que me estaba perdiendo.

—¡Ja! Mira esto —cacareó Ireland levantando un trozo diminuto de pollo a la naranja que se comió de inmediato—. Me lo he llevado a la boca.

Engullí el vino de mi copa de un solo trago con el deseo de decir *algo*. En mi mente barajaba distintas opciones, pero todas ellas sonaban poco sinceras y forzadas.

—Los palillos tienen un blanco muy grande —dije finalmente—. Eso aumenta tus posibilidades de éxito.

Ireland volvió la cabeza hacia mí mostrándome los mismos ojos azules que yo veía todos los días en el espejo. Los de ella estaban mucho menos alerta, eran mucho más inocentes y brillaban llenos de risa y adoración.

—¿Acabas de decir algo como que tengo la boca demasiado grande?

Incapaz de resistirme, pasé la mano por su cabeza y toqué los suaves y sedosos mechones de su pelo. También en eso era parecida a mí, y también diferente.

—No he dicho eso —respondí.

—No con tantas palabras —me corrigió inclinándose brevemente hacia mi mano antes de volver a mirar a Eva.

Mi mujer levantó los ojos hacia mí, ofreciéndome una sonrisa de ánimo. Sabía que yo sacaba las fuerzas de ella, y me las daba de una forma incondicional.

Sentí un nudo en la garganta. Me levanté del sofá y cogí la copa vacía de Eva. El vaso de soda de Ireland seguía medio lleno, así que lo dejé donde estaba y me fui a la cocina para tratar de recobrar la serenidad necesaria para pasar el resto de la velada.

—Channing Tatum está muy bueno —dijo Ireland desde la sala de estar—. ¿No crees?

Fruncí el ceño. La despreocupada pregunta de mi hermanita desencadenó unos pensamientos incómodos sobre sus citas. Debía de haber empezado unos años antes, pues tenía diecisiete. Yo sabía que era una ingenuidad querer mantenerla alejada de los chicos. Sabía que era culpa mía haberme perdido buena parte de su infancia. Pero la idea de que tuviera que lidiar con versiones más jóvenes de hombres como yo, Manuel y Cary provocó una reacción defensiva desconocida para mí.

—Es muy atractivo —confirmó Eva.

Una sensación de posesión se unió a la mezcla. Entorné los ojos mirando las dos copas que tenía delante de mí mientras volvía a llenarlas.

—Lo han nombrado el hombre más sexi del año —dijo Ireland—. Mira esos bíceps.

—Ah, pues en eso no estoy en absoluto de acuerdo. Gideon es muchísimo más sexi.

Sonreí.

—Estás fatal —se burló mi hermana—. Las pupilas se te

convierten en pequeños corazones cuando piensas en Gideon. Qué bonito.

—Cállate.

La risa musical de Ireland flotaba en el ambiente.

—No te preocupes. Está atontado por ti. Y ha estado mucho tiempo en la lista de los hombres más atractivos. Siempre me entero por mis amigas.

—Vaya. No me digas esas cosas. Soy celosa por naturaleza.

Riéndome por dentro, lancé la botella vacía al cubo del reciclado.

—También Gideon. Va a flipar cuando empieces a copar las listas de las mujeres más atractivas. No vas a poder evitarlo ahora que todo el mundo te conoce.

—Lo que tú digas —se mofó Eva—. Van a tener que quitarme seis kilos del trasero y de los muslos con Photoshop para poder hacerlo.

—¿Has visto a Kim Kardashian? ¿O a Jennifer Lopez?

Me detuve en la puerta de la sala de estar para observar la imagen que formaban Ireland y Eva por encima del borde de mi copa. Sentí un dolor en el pecho. Quería congelar ese momento, protegerlo, mantenerlo a salvo para siempre.

Mi hermana levantó la mirada y me vio y, a continuación, puso los ojos en blanco.

—¿Qué te había dicho? —dijo—. Atontado.

Me apoyé en el respaldo de la silla, di un sorbo al café y estudié la hoja de cálculo de mi pantalla. Eché los hombros hacia atrás tratando de aflojar el tirón que sentía en el cuello.

—Chico, son las tres de la mañana.

Levanté la mirada y vi a Ireland en la puerta del despacho de mi casa.

—¿Qué quieres decir?

—¿Por qué estás trabajando tan tarde?

—¿Y tú por qué estás hablando por Skype tan tarde? —respondí tras haber oído sus risas y alguna voz más alta que otra en la última hora desde que había dejado a Eva dormida.

—Lo que tú digas —murmuró a la vez que entraba y se dejaba caer en una de las butacas que tenía delante del escritorio. Se encorvó, con los hombros a la altura del respaldo de la silla y las piernas extendidas por delante de ella—. ¿No puedes dormir?

—No.

Ireland no tenía ni idea de lo literal que era mi respuesta. Con ella durmiendo en la cama de Eva y mi mujer dormida en la mía, no podía arriesgarme a quedarme dormido. Había un límite en lo que esperaba que Eva aceptara, y un límite en las veces que podría asustarla antes de que eso destruyera el amor que ella sentía por mí.

—Christopher me ha enviado un mensaje hace un rato —dijo—. Supongo que papá está alojándose en un hotel.

La miré sorprendido.

Ella asintió con expresión triste.

—La cosa es seria, Gideon. No han pasado nunca una noche separados. Al menos, que yo pueda recordarlo.

Yo no sabía qué decir. Nuestra madre me había estado telefoneando todo el día, dejándome mensajes en el buzón de voz y llamando tantas veces al ático que me había visto obligado a desconectar el teléfono principal para que ninguno de los otros sonara. No me gustaba que lo estuviera pasando mal, pero tenía que proteger mi tiempo con Ireland y con Eva.

Me parecía cruel centrarme en mí mismo, pero ya había perdido a mi familia en dos ocasiones, una cuando mi padre murió y otra después de lo de Hugh. No podía permitir que sucediera de nuevo. No creía que pudiera sobrevivir a una tercera vez, no estando Eva en mi vida.

—Desearía saber qué es lo que ha causado la pelea

—dijo Ireland—. Quiero decir que, si no se han engañado el uno al otro, deberían poder solucionarlo, ¿no?

Solté un fuerte suspiro y enderecé la espalda.

—Yo no soy la persona adecuada para hablar de relaciones. No tengo ni idea de cómo funcionan. Simplemente, voy abriéndome camino a trompicones mientras rezo por no fastidiarlo todo y doy las gracias porque Eva sea tan indulgente.

—La quieres de verdad.

Seguí su mirada hacia el collage de fotografías de la pared. A veces, me dolía ver esas imágenes de mi mujer. Quería volver a capturar y vivir cada momento. Quería guardar cada segundo que hubiera pasado con ella. Odiaba que el tiempo transcurriese tan rápido y no poder ahorrarlo para el futuro incierto.

—Sí —murmuré. Se lo habría perdonado todo. No había nada que ella pudiera hacer o decir que fuera a separarnos, porque no sería capaz de vivir sin ella.

—Me alegro por ti, Gideon. —Ireland sonrió cuando la miré.

—Gracias.

La preocupación de su mirada seguía estando ahí y reflejaba su inquietud. Yo quería solucionar los problemas que la preocupaban, pero no sabía cómo.

—¿Podrías hablar con mamá? —sugirió—. No ahora, claro. Pero ¿qué tal mañana? Quizá puedas descubrir qué está pasando.

Vacilé un momento, pues sabía con seguridad que la conversación con nuestra madre iba a ser poco productiva.

—Lo intentaré.

Ireland se miró las uñas.

—No te gusta mucho mamá, ¿verdad?

Sopesé mi respuesta con cuidado.

—Tenemos diferentes opiniones en cuestiones básicas.

—Sí. Entiendo. Es como si tuviera un raro trastorno obsesivo compulsivo con respecto a su familia. Todo tiene que ser de un modo determinado o, al menos, hay que fingir que lo es. También le preocupa lo que la gente piense. El otro día vi una película antigua que me recordó a ella. *Gente corriente.* ¿La has visto?

—No. No la he visto.

—Deberías hacerlo. Sale el padre de Kiefer Sutherland y otros actores. Es triste, pero la historia es buena.

—La buscaré. —Sentí la necesidad de justificar a mi madre y lo intenté como pude—: Lo que tuvo que sufrir tras la muerte de mi padre... fue brutal. Creo que desde entonces se ha aislado.

—La madre de una amiga mía dice que antes mamá era distinta. Ya sabes, cuando se casó con tu padre.

Dejé a un lado mi café frío.

—Sí que recuerdo que era distinta.

—¿Mejor?

—Eso es subjetivo. Era más... espontánea. Despreocupada.

Ireland se frotó la boca con las yemas de los dedos.

—¿Crees que eso la destrozó? ¿Perder a tu padre?

Sentí una opresión en el pecho.

—La cambió —dije en voz baja—. No estoy seguro de cuánto.

—Ah. —Se retrepó en su silla, deshaciéndose visiblemente de su melancolía—. ¿Vas a estar despierto un rato?

—Es probable que toda la noche.

—¿Quieres ver esa película conmigo?

Su sugerencia me sorprendió. Y me encantó.

—Depende —repuse—. No puedes decirme lo que pasa. Nada de arruinarme la historia.

Me fulminó con la mirada.

—Ya te he dicho que es triste. Si quieres un final feliz, está durmiendo al otro lado del pasillo.

Eso me hizo sonreír. Me puse de pie y rodeé la mesa.

—Busca la película. Yo voy a por un refresco.

—Una cerveza estaría bien.

—No estando yo de vigilante.

Se incorporó con una sonrisa.

—Bueno, vale. Entonces, vino.

—Vuelve a pedírmelo dentro de unos años.

—Para entonces, ya tendrás hijos. No será igual de divertido.

Me detuve y una sensación de ansiedad me atacó lo suficiente como para que la piel se me humedeciera de sudor. La idea de tener un hijo con Eva me entusiasmaba tanto como me aterraba. Para mi mujer no era seguro vivir conmigo. ¿Cómo iba a serlo para un niño?

Ireland se rio.

—¡Joder, deberías verte la cara! El clásico caso de un conquistador con un ataque de pánico. ¿No te lo habían dicho? Primero viene el amor, luego el matrimonio y, después, el bebé con su cochecito.

—Como no cierres el pico, te mando a la cama.

Ella se rio aún más y entrelazó el brazo con el mío.

—Eres la monda, en serio. Sólo estoy burlándome de ti. No te enfades conmigo. Ya hay suficientes miembros de nuestra familia que lo hacen.

Deseé que el corazón dejara de latirme con tantísima fuerza.

—Puede que tú sí debas tomarte una copa.

—Creo que lo haré —murmuré.

—Hay que reconocer que Eva lo ha hecho bien a la hora de sacarte un anillo. ¿También tuviste un ataque de pánico cuando te declaraste?

—Déjalo ya, Ireland.

Apoyó la cabeza en mi hombro y, mientras reía, me sacó del despacho.

El sol había salido hacía más de dos horas cuando volví a la cama. Me quité la ropa en silencio y recorrí con la mirada el delicioso bulto que había bajo las mantas y que era mi mujer.

Estaba acurrucada hecha un ovillo, tapada en su mayor parte excepto por los brillantes mechones de pelo que se extendían sobre la almohada. Mi mente rellenó los espacios en blanco, sabiendo que estaba desnuda bajo las sábanas.

«Mía». Toda mía.

Me destrozaba dormir separado de ella. Y sabía que a ella también le dolía.

Levanté el borde de las sábanas y me pegué a ella. Soltó un suave gemido y se dio la vuelta hacia mí, retorciendo su cálido y exuberante cuerpo contra el mío.

Me excité al instante. El deseo hizo que mi sangre entrara en ebullición y sentí un cosquilleo en la piel. Se trataba de una química sexual combustible pero también algo más. Algo más profundo. Un reconocimiento extraño, maravilloso y aterrador.

Ella llenaba un vacío en mí que no había sabido siquiera que existía.

Enterró la cara en mi cuello y entrelazó las piernas con las mías al tiempo que deslizaba las manos por mi espalda.

—Duro y delicioso por todas partes —ronroneó.

—Por todas —asentí mientras colocaba la mano sobre su culo y la apretaba más contra mi erección.

Sus hombros se agitaron con una risa silenciosa.

—Debemos ser sigilosos.

—Te taparé la boca.

—¿A mí? —Me dio un mordisco en el cuello—. Tú eres el que hace ruido.

No se equivocaba. Por muy brusco e impaciente que me pusiera cuando me excitaba, nunca había hecho ruido... hasta que llegó ella. Costaba ser discreto cuando la situación lo requería. Me gustaba demasiado, me hacía sentir demasiadas cosas.

—Pues iremos despacio —murmuré mientras movía las manos ansiosamente sobre su piel sedosa—. Ireland dormirá durante varias horas. No hay prisa.

—Varias horas, ¿eh? —Se rio y se alejó de mí dándose la vuelta para coger algo del cajón de la mesilla de noche—. Qué buena chica.

La tensión se extendió por mis hombros mientras sacaba las pastillas de menta que guardaba al lado. Me recordó a situaciones parecidas en las que las mujeres buscaban condones en el cajón de su mesilla.

Eva y yo habíamos usado preservativo únicamente en dos ocasiones. Antes de ella, yo sólo había follado sin condón con una mujer. Evitar los embarazos era algo que cumplía religiosamente.

Pero desde esas dos primeras veces con Eva, no lo habíamos utilizado y confiábamos en sus anticonceptivos para evitar el embarazo.

Era todo un riesgo. Lo sabía. Y teniendo en cuenta la frecuencia con la que me la follaba —por lo menos, dos y, en algunas ocasiones, tres o cuatro veces al día—, el riesgo no era poco.

Pensaba en ello a veces y me cuestionaba mi control y mi egoísmo al anteponer mi propio placer a las consecuencias. Pero mi imprudencia no tenía un motivo tan sencillo como el placer. De ser así, podría encargarme de ello. Ser responsable.

No. Se trataba de algo mucho más complicado.

La necesidad de correrme en su interior era primitiva. Era una conquista y, a la vez, una rendición.

Había querido follármela sin condón incluso antes de que nos acostáramos por primera vez, antes de conocer con seguridad lo explosivos que seríamos en la cama. Había llegado a advertirla de que lo necesitaba antes de nuestra primera cita, que necesitaba que me diera aquello, algo que nunca había querido de ninguna otra.

—No te muevas —dije en tono brusco poniéndome sobre ella mientras seguía tumbada boca abajo.

Metí la mano entre su cadera y la cama, entre sus piernas, para poner la palma sobre su coño. Estaba húmedo y cálido. La caricia de mis dedos lo puso resbaladizo y caliente.

Soltó un gemido amortiguado.

—Te quiero así —le dije acariciando su mejilla con los labios.

Busqué mi almohada con la mano que me quedaba libre, la pasé por encima y la metí debajo de ella, levantando sus caderas en un ángulo que me permitiría metérsela hasta las pelotas.

—Gideon... —El modo en que pronunció mi nombre fue como un ruego, como si yo no fuese a ponerme de rodillas para suplicarle que me concediera el privilegio de tomarla.

Me moví, le separé los muslos y le sujeté las muñecas junto a la cabeza. Reteniéndola, embestí dentro de ella. Estaba preparada para mí, suave, dura y húmeda. Apreté los dientes para controlar el gemido que me subía por la garganta y un temblor me recorrió el cuerpo de la cabeza a los pies. Mi pecho se hinchaba sobre su espalda y mis fuertes exhalaciones le removían el pelo sobre la almohada.

Así, simplemente tomándome, ella me llevaba hasta el límite.

—Dios. —Mis caderas se movían solas, metiendo la polla dentro de ella, empujando más hondo hasta que se la metí del todo. Podía sentirla a mi alrededor, desde la base hasta la punta, apretándome con oleadas que me ordeñaban como una boquita hambrienta—. Cielo...

La presión en la base de mi polla era persistente, pero

era capaz de mantenerla a raya. No se trataba de una cuestión de control, sino de voluntad.

Quería correrme dentro de ella. Lo deseaba lo suficiente como para pensar que el riesgo, por muy aterrador que fuera, era aceptable.

Cerré los ojos y dejé caer la frente sobre su mejilla. Inhalé su olor y me dejé ir, corriéndome con fuerza y apretando el culo mientras la llenaba con chorros densos y calientes.

Eva se estremeció y se revolvió debajo de mí. Oprimió el coño y, después, éste tembló alrededor de mi polla. Se corrió con un suave y dulce gemido.

Yo dije su nombre con un gruñido y con una excitación abrasadora por su orgasmo. Se corrió porque yo lo había hecho, porque mi placer la excitaba tanto como mis caricias. La recompensaría por ello, le demostraría lo profunda que era mi gratitud. Tendría su placer una y otra vez, tantas veces como pudiera recibirlo.

—Eva. —Froté mi mejilla húmeda sobre la suya—. Crossfire.

Apretó los dedos sobre los míos. Volvió la cabeza y sus labios me buscaron.

—Campeón —susurró con un beso—. Yo también te quiero.

Eran poco después de las cinco de la tarde cuando crucé con el Bentley la verja de entrada de la finca de los Vidal en el condado de Dutchess y llegué a la entrada circular situada frente a la puerta.

—Vaya, has venido muy rápido —se quejó Ireland desde el asiento de atrás—. Ya hemos llegado.

Dejé el coche en el aparcamiento sin parar el motor. Dirigí una mirada a la casa y sentí un nudo en el estómago. Eva extendió la mano y me agarró la mía para apretarla.

Me concentré en sus ojos gris metálico en lugar de en la mansión de estilo Tudor que quedaba a sus espaldas.

No dijo una palabra, pero no tuvo por qué hacerlo. Sentí su amor y su apoyo y vi el destello de rabia en sus ojos. Sólo el hecho de saber que ella me comprendía, me daba fuerzas. Conocía cada oscuro y sucio secreto que yo guardaba y, sin embargo, creía en mí y me amaba de todos modos.

—Quiero volver a quedarme con vosotros —dijo Ireland asomando la cabeza entre los asientos delanteros—. Ha sido divertido, ¿no?

La miré.

—Volveremos a hacerlo.

—¿Pronto?

—De acuerdo.

Su sonrisa hizo que la promesa mereciera lo que supondría para mí en cuanto a sueño y preocupación. Había estado alejada de ella por muchos motivos, pero el principal era que no sabía qué podría ofrecerle de valor. Lo había canalizado todo en mantener a flote Vidal Records para su futuro, ocupándome de ella del único modo que no la fastidiaría.

—Vas a tener que ayudarme —le dije con sinceridad—. No sé ser un hermano. Probablemente tendrás que perdonarme. Con frecuencia.

La sonrisa desapareció del rostro de Ireland y pasó de ser el de una adolescente para convertirse en el de una mujer joven.

—Pues es como ser un amigo —dijo con seriedad—. Pero sí tendrás que recordar los cumpleaños y los días de fiesta, tendrás que perdonármelo todo y deberás presentarme a todos tus amigos guapos y ricos.

La miré sorprendido.

—Y ¿dónde queda lo de meterme contigo y echarte la bronca?

—Esos años te los has perdido —replicó—. No va a haber segundas oportunidades.

Lo decía con tono de broma, pero sus palabras se me clavaron muy dentro. Me había perdido aquellos años y no iban a volver.

—En lugar de ello, tendrás que meterte con sus novios y echarles la bronca a ellos —dijo Eva.

Nos miramos y supe que sabía exactamente lo que yo estaba pensando. Acaricié sus nudillos con el pulgar.

Detrás de ella, la puerta de la casa se abrió y apareció mi madre. Estaba en el escalón de arriba, vestida con una chaqueta blanca y unos pantalones a juego. Su pelo largo y oscuro caía suelto alrededor de sus hombros. Desde la distancia, se parecía mucho a Ireland, más como una hermana que como su madre.

Apreté más la mano de Eva.

Ireland abrió la puerta con un suspiro.

—Ojalá no tuvieseis que trabajar mañana. Quiero decir, ¿qué sentido tiene tener tropecientos millones si no puedes hacer novillos cuando te apetece?

—Si Eva trabajara conmigo podríamos hacerlo —dije mirando a mi mujer.

Ella sacó la lengua.

—No empieces.

Me llevé su mano a los labios y la besé.

—No he parado.

Abrí mi puerta, salí del coche y pulsé un botón del mando a distancia. Di la vuelta por detrás para sacar la bolsa de Ireland y, de repente, vi que sus brazos me rodeaban. Me abrazó con fuerza colocando sus manos alrededor de mi cintura. Tardé un momento en recuperarme de la sorpresa y, a continuación, la abracé yo también mientras apoyaba la mejilla sobre su cabeza.

—Te quiero —murmuró contra mi pecho—. Gracias por invitarme a tu casa.

La garganta se me cerró impidiéndome decir nada. Se fue con la misma rapidez que se había acercado, con la bolsa en la mano mientras iba hacia Eva, junto a la puerta del acompañante, para abrazarla también.

Sintiendo que me faltaba el aire lo mismo que si me hubiesen dado un puñetazo, cerré el maletero y vi cómo mi madre se juntaba con Ireland en mitad del camino de grava azul grisáceo. Estaba a punto de volver a sentarme al volante para marcharnos cuando me hizo una señal indicándome que esperara.

Miré a Eva.

—Métete en el coche, cielo.

Ella me miró como si fuera a protestar y, a continuación, asintió, subió a su asiento y cerró la puerta.

Esperé a que mi madre se acercara hasta mí.

—Gideon. —Me agarró de los brazos y se puso de puntillas para darme un beso en la boca—. ¿No queréis entrar Eva y tú? Habéis recorrido un largo camino hasta aquí...

Di un paso hacia atrás para apartarme de ella.

—Y tenemos que volver.

Su mirada reflejaba decepción.

—Sólo unos minutos. Por favor. Me gustaría pediros disculpas a los dos. No he llevado bien la noticia de vuestro compromiso y lo siento. Ésta debería ser una ocasión alegre para la familia, y me temo que estaba demasiado preocupada por perder a mi hijo como para darme cuenta de ello.

—Mamá. —La agarré del brazo cuando ella se disponía a acercarse al asiento del acompañante—. Ahora no.

—No decía en serio todas las cosas que dije de Eva el otro día. Fue sólo el impacto de ver el anillo que tu padre me regaló en la mano de otra mujer. No se lo habías regalado a Corinne y me sorprendí. Puedes entenderlo, ¿no?

—Has contrariado a Eva.

—¿Eso te ha contado? —Hizo una pausa—. No quería

hacerlo, pero... No importa. Tu padre era muy protector también. Te pareces mucho a él.

Aparté la vista y miré distraído los árboles que había al otro lado del camino. Nunca sabía cómo tomarme las comparaciones con Geoffrey Cross. ¿Eran un elogio o un cumplido sarcástico? No podía estar seguro con mi madre.

—Gideon..., por favor. Me estoy esforzando. Le dije a Eva cosas que no debía decir y ella respondió como habría hecho cualquier mujer dadas las circunstancias. Sólo quiero suavizar las cosas. —Me puso una mano en el pecho—. Me alegro por ti, Gideon. Y me alegra mucho ver que Ireland y tú pasáis tiempo juntos. Sé lo mucho que significa para ella.

Aparté su mano con suavidad.

—También significa mucho para mí. Y Eva hace que sea posible de un modo que no sé cómo explicar. Ésa es una de las razones por las que no quiero enfadarla. No ahora. Tiene que trabajar por la mañana.

—Entonces, hagamos planes para almorzar esta semana. O para cenar.

—¿Irá Chris? —preguntó Eva por la ventanilla antes de abrir de nuevo la puerta y salir. Se quedó allí de pie, tan pequeña y reluciente contra el oscuro y enorme todoterreno, impresionante en su forma de colocar los hombros.

Mi mujer se enfrentaría a todo el mundo por mí. Saber aquello era como un milagro. Cuando nadie más estaba dispuesto a luchar por mí, había conseguido encontrar a la única persona que lo haría.

Los labios de mi madre se curvaron.

—Por supuesto. Chris y yo formamos un equipo.

Noté la fragilidad de su sonrisa y dudé de ella, como hacía tan a menudo. Aun así, accedí.

—Haremos eso entonces. Llama a Scott mañana y organizaremos algo.

El rostro de mi madre se iluminó.

—Cuánto me alegra. Gracias.

Me abrazó y yo me puse en tensión, sintiendo en el cuerpo la rigidez por la necesidad de apartarla. Cuando se acercó a Eva con los brazos extendidos, ella levantó la mano entre ambas para estrechársela. La situación era muy incómoda, con ambas mujeres claramente tan a la defensiva.

Mi madre no quería hacer las paces. Quería llegar a un acuerdo para fingir que habían limado asperezas.

Nos despedimos y, a continuación, subí al asiento del conductor. Eva y yo nos fuimos y dejamos atrás la casa.

—¿Cuándo ha hablado tu madre contigo? —preguntó ella cuando no habíamos ido muy lejos.

Maldita fuera. Sabía lo que significaba ese tono suyo.

Extendí el brazo y coloqué la mano sobre su rodilla.

—No quiero que te preocupes por mi madre.

—¡No quieres que me preocupe por nada! No es así como se va a solucionar esto. No vas a enfrentarte tú solo a toda esa mierda.

—Lo que mi madre diga o haga da igual, Eva. Me importa una mierda y para ti también debería ser lo mismo.

Se volvió en su asiento para mirarme.

—Tienes que empezar a contarme las cosas. Sobre todo, las que tengan que ver conmigo... ¡Como eso de que tu madre hable de mí a mis espaldas!

—No voy a permitir que te enfades por una opinión irrelevante. —El camino se curvó. Aceleré cuando pasamos la curva.

—¡Eso sería mejor que hacer que me enfade contigo! —replicó—. Para.

—¿Qué? —pregunté mirándola.

—¡Que pares el maldito coche!

Maldije en silencio, retiré la mano de su pierna y agarré el volante.

—Dime para qué.

—Porque estoy enfadada contigo y tú estás ahí sentado, tan guapo y sensual, conduciendo. Y tienes que parar.

La diversión se mezclaba con la exasperación.

—¿Parar qué? ¿Parar de ser guapo y sensual? ¿Parar el coche?

—Gideon..., no me presiones ahora mismo.

Resignado, levanté el pie del acelerador y me detuve en el arcén.

—¿Mejor?

Eva salió del coche y lo rodeó por delante del capó. Yo salí a mi vez y le lancé una mirada inquisitiva.

—Yo conduzco —anunció cuando se puso delante de mí—. Al menos, hasta que lleguemos a la ciudad.

—Si eso es lo que quieres...

Yo no sabía casi nada de las relaciones, pero era obvio que hay que hacer concesiones cuando tu mujer está enfadada contigo. Sobre todo cuando albergas esperanzas de acostarte con ella dentro de unas horas, cosa que yo quería. Tras pasar el fin de semana con los amigos y con Ireland, sentía una renovada necesidad de demostrarle lo agradecido que le estaba.

—No me mires así —murmuró.

—Así, ¿cómo?

Recorrí su cuerpo con la vista, admirando lo guapa que estaba con su vestido blanco de tirantes. La noche era calurosa y húmeda, pero ella tenía un aspecto fresco. Deseé quitarme la ropa y apretar mi cuerpo contra el suyo para enfriarlo un poco antes de que las cosas se calentaran.

—¡Como si fuera una bomba de relojería a punto de estallar! —replicó cruzándose de brazos—. No me estoy comportando de un modo irracional.

—Cielo, no te estoy mirando de ese modo.

—Y no trates de distraerme con el sexo —espetó apretando la mandíbula—, o te quedarás sin nada durante una semana.

Yo también me crucé de brazos.

—Ya hemos hablado de lanzar ultimátums como ése. Puedes enfadarte conmigo cuanto quieras, Eva, pero te tendré cuando me apetezca. Punto.

—¿Y no importa que a mí no me apetezca?

—... preguntó la esposa que se moja viéndome conducir un maldito coche —respondí con voz cansina.

Entornó los ojos.

—Quizá te deje aquí tirado, a un lado de la carretera.

Estaba claro que no estaba consiguiendo controlar bien la situación, así que cambié de estrategia y adopté una postura ofensiva.

—Tú no me lo cuentas todo —contraataqué—. ¿Qué pasa con Kline? ¿Ha dejado de comunicarse contigo por completo desde San Diego?

Había pasado todo el fin de semana aguantándome esa pregunta, pensando si Kline se pondría o no en contacto con ella.

No sabía bien cómo iba a proceder yo. Si él le hablaba del vídeo que ya no tenía en su poder, a Eva le dolería pero la acercaría más a mí. Si se apartaba de ella, provocaría en Eva unos sentimientos más profundos con los que yo no me sentiría muy cómodo. No me gustaba el hecho de que Kline la deseara, pero temía que pudiera amarla de verdad.

Ahogó un grito.

—Dios mío, ¿otra vez has estado fisgoneando en mi teléfono?

—No. —Mi respuesta fue rápida y tajante—. Sé lo que opinas al respecto.

Seguía cada uno de sus movimientos, sabía dónde estaba y con quién en cada momento del día, pero había puesto un límite con su móvil y yo lo respetaba, aunque me volviera loco.

Me miró un momento pero debió de ver la verdad en mi rostro.

—Sí, Brett me ha enviado algunos mensajes —declaró—. Iba a hablarte de ello, así que no intentes decirme que es lo mismo. Tenía intención de contártelo. Tú no tenías ninguna intención de contármelo a mí.

Un coche pasó a toda velocidad y dirigí mi atención a la seguridad de ella.

—Entra y conduce —dije—. Hablaremos en el coche.

Esperé a que subiera y, después, cerré su puerta. Cuando yo hube montado también, Eva ajustó los retrovisores y el asiento y puso el coche en marcha.

Una vez en la carretera, empezó de nuevo. Yo apenas prestaba atención a lo que decía, pues me concentré en el modo en que llevaba el Bentley. Conducía rápido y con seguridad, sujetando el volante con ligereza y tranquilidad. Mantenía la mirada en la carretera pero yo no podía apartar los ojos de ella. Mi chica californiana. En la carretera se encontraba en su salsa.

Noté que me excitaba ver a Eva conducir el potente todoterreno. O puede que fuera porque me estaba reprendiendo, desafiándome.

—¿Me estás escuchando? —preguntó.

—La verdad es que no, cielo. Y, antes de que te enfades más, te diré que es por completo culpa tuya. Estás ahí sentada con un aspecto atractivo y sensual y me distraes.

Levantó la mano y me dio una cachetada en la pierna.

—¡En serio, deja de burlarte!

—No bromeo, Eva... Quieres que te cuente las cosas para que puedas ayudarme. Lo comprendo. Estoy esforzándome.

—No lo suficiente, según parece.

—No voy a contarte cosas que te vayan a sacar de quicio sin necesidad. No tiene sentido.

—Tenemos que ser sinceros el uno con el otro, Gideon. No sólo de vez en cuando, sino siempre.

—¿De verdad? Yo no espero lo mismo de ti. Por ejemplo, puedes guardarte todos los comentarios nada aduladores que tu padre y Cary te hagan sobre mí.

Apretó los labios y se quedó pensativa un momento.

—Según esa lógica, ¿no estaría bien que no te dijera nada de Brett?

—No. Kline tiene un impacto sobre nuestra relación. Mi madre, no.

Soltó un bufido.

—Tengo razón en esto —añadí con voz calmada.

—¿Me estás diciendo que el hecho de que tu madre hable mal de mí no te molesta?

—No me gusta. Dicho lo cual, eso no cambia lo que yo siento por ti o por ella. Y contártelo tampoco va a cambiar lo que tú sientes por ella. Como el resultado es el mismo, elijo el camino que cause el menor trastorno.

—Estás pensando como un hombre.

—Eso espero. —Levanté la mano y le aparté el pelo del hombro—. No dejes que ella cause problemas entre nosotros, cielo. No merece la pena.

Eva me miró.

—Estás diciendo que lo que tu madre dice y hace no tiene ningún efecto sobre ti, pero yo sé que eso no es verdad.

Pensé negarlo, sólo por zanjar el tema, pero mi esposa veía todo lo que yo trataba de esconder.

—No dejo que me afecte.

—Pero te afecta. Te duele y tú lo metes en ese lugar donde guardas todo aquello a lo que no quieres enfrentarte.

—No me analices —respondí tensando la voz.

Su mano me acarició la pierna.

—Te quiero. Y quiero acabar con ese dolor.

—Ya lo has hecho. —Le agarré la mano—. Me has dado todo lo que ella me quitó. No permitas que vuelva a quitármelo.

Con los ojos en la serpenteante carretera, Eva levantó nuestras manos unidas y me besó el anillo de bodas.

—Tomo nota.

Me dedicó una rápida sonrisa con la que me decía que había terminado, por el momento, y condujo en dirección a casa.

12

Desafío a quien sea a que me diga que hay una visión más asombrosa que la de Gideon Cross duchándose.

Me sorprendía que pudiera estar tan acostumbrado a pasarse las manos por toda su piel tersa y bronceada y por aquellos abdominales tan perfectamente definidos. A través del cristal empañado de la ducha de mi baño, veía las gotas de agua jabonosa caer por la rugosidad de su abdomen y por sus fuertes piernas. Su cuerpo era una obra de arte, una máquina que él mantenía en forma. Me encantaba. Me encantaba mirarlo, tocarlo, saborearlo.

Extendió la mano y la pasó por el vaho, mostrando así su impresionante rostro. Una ceja oscuramente enarcada me miraba con una pregunta silenciosa.

—Sólo disfruto del espectáculo —le expliqué.

El olor de su jabón me despertaba los sentidos, que se habían acostumbrado a reconocer aquella fragancia como la de mi pareja. El hombre que revolvía mi cuerpo dándole placer hasta el delirio.

Me pasé la lengua por los labios cuando él se acarició con despreocupación su largo y pesado miembro. Me había dicho una vez que solía masturbarse cada vez que se duchaba, una liberación que consideraba tan rutinaria como la de lavarse los dientes. Podía entender el porqué, pues sabía lo poderoso que era su apetito sexual. Nunca olvidaría su aspecto cuando se había corrido en la ducha para mí, tan viril, potente y deseoso de llegar al orgasmo.

Desde que me había conocido, ya no se daba placer. No porque no pudiera sentir satisfacción si lo hacía ni porque yo ya me encargaba de él lo suficiente como para hacer más esfuerzos. Para los dos, estar listos para el sexo juntos no era nunca un problema, pues el deseo que sentíamos era más que físico.

Gideon se burlaba de mí diciendo que se guardaba para satisfacer mi insaciabilidad, pero yo veía que se contenía. Me daba el derecho sobre su placer. Era mío y sólo mío. No hacía nada sin mí, lo cual suponía un enorme regalo. Sobre todo, conociendo su pasado, cuando el alivio sexual había sido utilizado como arma contra él.

—Es una exhibición interactiva —dijo mirándome con ojos cálidos y divertidos—. Únete a mí.

—Eres un animal. —Mis muslos estaban mojados por su semen por debajo de mi bata, pues yo era la chica afortunada que despertaba su deseo.

—Sólo para ti.

—Respuesta correcta.

Sonrió con aire de suficiencia. Y su polla aumentó de tamaño.

—Deberías recompensarme.

Me aparté de la puerta y me acerqué.

—¿Cómo sugieres que lo haga?

—Como a ti te guste.

Eso también era un regalo. Gideon rara vez cedía el control y, si lo hacía, era solamente a mí.

—No tengo suficiente tiempo para hacerte justicia, campeón. No me gustaría interrumpirlo todo cuando la cosa se está poniendo interesante. —Apoyé la mano en el cristal—. ¿Y si lo retomamos esta noche después del gimnasio? Tú, yo y lo que sea que yo quiera hacer contigo.

Se movió y me miró de frente mientras levantaba la mano para presionarla sobre la mía a través de la mampara. Su mirada se deslizó por mi cara con una caricia que casi podía tocar. Su rostro permanecía impasible, una máscara impresionantemente atractiva que no revelaba nada. Pero sus ojos..., esos increíbles pozos azules..., mostraban ternura, amor y vulnerabilidad.

—Soy todo tuyo, cielo —dijo con voz tan baja que, más que oírla, la vi.

Besé el frío cristal.

—Sí, lo eres.

Una nueva semana. El mismo Gideon concentrado. Había empezado a trabajar en cuanto el Bentley se había alejado de la acera, haciendo volar los dedos sobre el teclado. Yo lo observaba, y su intensa concentración y seguridad me parecían de lo más sensual. Estaba casada con un hombre poderoso y decidido, y ver cómo demostraba su ambición despertaba en mí una gran excitación.

Estaba tan concentrada mirándolo que di un respingo cuando mi móvil vibró dentro del bolso, que tenía apoyado en la cadera.

—Joder —exclamé mientras lo sacaba.

El nombre y la imagen de Brett aparecieron en la pantalla. Como sabía que tenía que tratar con él en algún momento si esperaba que dejara de llamar, respondí.

—Hola —dije con cautela.

—Eva. —El timbre de la ahora famosa voz de Brett me impactó con la misma fuerza de siempre, pero no del mismo modo. Me encantaba su forma de cantar, pero esa atracción ya no era algo íntimo. No era personal. Lo admiraba como a otra docena de cantantes—. ¡Joder, llevo una semana tratando de ponerme en contacto contigo!

—Lo sé. Lo siento. He estado ocupada. ¿Cómo estás?

—He estado mejor. Necesito verte.

Levanté las cejas con expresión de sorpresa.

—¿Cuándo vienes a la ciudad?

Se rio de una forma desagradable, un sonido carente de humor que me sentó mal.

—Es increíble. Oye, no quiero hablar de ello por teléfono. ¿Podemos vernos hoy? Tenemos que hablar.

—¿Estás en Nueva York? Creía que estabas de gira...

Los rápidos dedos de Gideon sobre el teclado de su portátil no se detuvieron, ni tampoco me miró, pero pude notar que su energía cambiaba. Estaba prestando atención y sabía quién estaba al teléfono.

—Te contaré de qué se trata cuando te vea —dijo Brett.

Miré por la ventanilla con el ceño fruncido mientras nos deteníamos en un semáforo, con la mirada puesta en el flujo de peatones que cruzaban la calle. Nueva York estaba llena de vida y de una energía frenética, preparándose para hacer negocios que cambiarían el mundo.

—Voy de camino al trabajo. ¿Qué pasa, Brett?

—Puedo verte en el almuerzo. O después de que salgas del trabajo.

Pensé en decirle que no, pero la decisión de su tono hizo que me detuviera.

—Vale.

Moví una mano y la apoyé en la pierna de Gideon. El músculo atlético estaba duro bajo mi palma, pese a que él estaba relajado. Los trajes a medida le daban a su cuerpo un carácter de civismo, pero yo sabía la verdad sobre aquel cuerpo vigoroso y en forma que se ocultaba bajo aquella superficie.

—Podemos vernos para comer si lo hacemos cerca del edificio Crossfire —propuse.

—De acuerdo. ¿A qué hora quieres que esté allí?

—Un poco antes de las doce sería lo mejor. Te veo en el vestíbulo.

Colgamos y volví a dejar caer el teléfono en el bolso. La mano de Gideon cogió la mía. Lo miré, pero él estaba leyendo un largo correo electrónico con la cabeza ligeramente inclinada, de modo que las puntas de su pelo le acariciaban su mandíbula esculpida.

El calor de su tacto me empapó por dentro. Bajé la mirada al anillo que llevaba en el dedo, el que decía a todo el mundo que me pertenecía.

¿Sus empleados prestaban atención a sus manos? No eran las de un hombre que estuviera todo el día moviendo papeles y tecleando. Eran las manos de un luchador, un guerrero que practicaba varias artes marciales y canalizaba la agresividad dando puñetazos a sacos de boxeo y entrenando con otros compañeros.

Me quité los zapatos de una patada, metí las piernas debajo de mi trasero y me eché sobre el costado de Gideon, colocando mi otra mano sobre la suya. Pasé mis dedos abiertos entre sus nudillos y sus dedos, adelante y atrás, apoyando con cuidado la cabeza en su hombro para no manchar su pulcra chaqueta negra con mi maquillaje.

Respiré su olor y sentí su efecto, su cercanía, su apoyo, entrando dentro de mí. El olor de su jabón ahora estaba amortiguado, pues el seductor aroma natural de su piel había alterado la fragancia convirtiéndola en algo más rico y delicioso.

Cuando yo estaba inquieta, él me tranquilizaba.

—No hay nada para él —susurré con la necesidad de que él lo supiera—. Estoy demasiado llena de ti.

Su pecho se expandió de pronto y pude oír su fuerte inhalación. Levantó el portátil y lo apartó. Después, se dio una palmada en el regazo a modo de invitación.

—Ven aquí.

Me acurruqué en su regazo y suspiré feliz cuando él me movió hasta colocarme en el punto que sentía que estaba hecho para mí. Cada momento de tranquilidad que teníamos el uno con el otro era valioso. Gideon se merecía ese descanso y yo deseaba serlo para él.

Sus labios me tocaron la frente.

—¿Estás bien, cielo mío?

—Estoy en tus brazos. La vida no puede ser mejor que esto.

Vi a tres paparazzi en la puerta del Crossfire cuando llegamos.

Con una mano en la parte baja de mi espalda, Gideon me condujo a través de la puerta por delante de él, acompañándome con rapidez pero sin prisas al interior del fresco vestíbulo.

—Buitres —murmuré.

—No podemos evitar ser una pareja tan fotogénica.

—Eres un hombre muy humilde, Gideon Cross.

—Tú haces que mi aspecto sea bueno, señora Cross.

Entramos en el ascensor con unas cuantas personas más y él se colocó en el rincón de atrás, enganchándome a él con un brazo alrededor de mi cintura y apretando la palma de la mano contra mi vientre, su pecho duro y cálido contra mi espalda.

Saboreé esos momentos con él y me negué a pensar en el trabajo ni en Brett hasta que nos separáramos en la planta veinte.

Megumi ya estaba en su mesa cuando me acerqué a las puertas de cristal blindado, y verla me hizo sonreír. Se había cortado el pelo desde que la había visto el viernes por la noche y se había pintado las uñas de un rojo intenso. Me gustaba ver esas pequeñas muestras de que estaba recuperando su buen humor.

—Hola —me saludó tras pulsar el botón para dejarme entrar y ponerse de pie.

—Tienes un aspecto estupendo.

Sonrió aún más.

—Gracias. ¿Qué tal te ha ido con la hermana de Gideon?

—Genial —repuse—. Es muy divertida. Me derrite ver a Gideon con ella.

—Yo me derrito al verlo a él. Punto. Eres una bruja con suerte. Bueno, te he pasado una llamada antes. Querían dejar un mensaje.

Cambié el peso de mi cuerpo de un pie a otro pensando en Brett.

—¿Era un hombre?

—No, una mujer.

—Ah. Iré a ver. Gracias.

Fui a mi mesa, me senté y posé la mirada en el conjunto de fotografías de Gideon y yo. Aún necesitaba hablar con él sobre la Fundación Crossroads. No había encontrado el momento oportuno durante el fin de semana. Ya habíamos tenido suficiente con Ireland en casa.

Él no había dormido el sábado por la noche. Yo había esperado que lo hiciera, pero no creí que pudiera. Era duro para mí pensar en su lucha interior, sus preocupaciones y su miedo. Él también acarreaba un sentimiento de vergüenza y la creencia de que no estaba bien. Material defectuoso.

No veía en sí mismo lo que yo sí veía, un alma generosa que estaba deseando pertenecer a algo mayor que él mismo. No podía reconocer el milagro que era. Cuando Gideon no sabía qué hacer en una situación determinada, dejaba que el instinto y que su corazón tomaran el control. A pesar de todo lo que había pasado, tenía una capacidad increíble para sentir y para amar.

Me había salvado en muchos sentidos. Yo iba a hacer también todo lo que fuera necesario por salvarlo a él.

Escuché mis mensajes. Cuando entró Mark, me puse de pie y lo miré con una sonrisa y una expresión nerviosa de expectación.

—¿Por qué estás tan excitada?

—Ha llamado una chica de LanCorp esta mañana. Quieren reunirse con nosotros esta semana para hablar un poco más sobre lo que esperan que consigamos con el lanzamiento de PhazeOne.

Sus ojos oscuros adquirieron un brillo ya familiar. Se había vuelto un hombre más alegre en general desde que él y Steven se habían prometido, pero había una energía completamente distinta en él cuando estaba entusiasmado por alguna cuenta nueva.

—Chica, tú y yo vamos a llegar lejos.

Di un pequeño salto.

—Sí. Esto lo has conseguido tú. Cuando te conozcan en persona vas tenerlos comiendo de tu mano.

Mark se rio.

—Eres buena dando ánimos.

Le guiñé un ojo.

—Soy buena para ti. Punto.

Pasamos la mañana trabajando en la propuesta del PhazeOne, juntando comparativas de ventas para ver mejor cómo podíamos colocar el nuevo sistema de juegos frente a sus competidores. Hice una pequeña pausa cuando me di cuenta del alboroto que rodeaba al lanzamiento de la consola GenTen de nueva generación, que resultó ser un producto de Cross Industries y que hacía de PhazeOne su principal rival en el mercado.

Le mencioné la cuestión a Mark.

—¿Va a suponer un problema? —le pregunté—. Es decir, ¿puede LanCorp ver un conflicto de intereses por el hecho de que yo esté trabajando en esto contigo?

Se enderezó en su silla y se echó hacia atrás. Se había quitado antes el abrigo pero seguía elegantemente vestido con su camisa, su corbata de un luminoso amarillo y sus pantalones azul marino.

—No. No debería suponer ningún problema. Si nuestra

propuesta gana a las demás licitaciones que están recibiendo, el hecho de que estés prometida con Gideon Cross no va a cambiar nada. Tomarán su decisión basándose en nuestra capacidad de saber expresar lo que ellos buscan.

Yo quería sentirme aliviada, pero no lo conseguí. Si nos daban la campaña de PhazeOne, estaría ayudando a uno de los competidores de Gideon a robarle parte de su cuota de mercado. Eso suponía para mí un verdadero incordio. Él había trabajado duro y había sufrido mucho para hacer resurgir el apellido Cross desde la infamia hasta un nivel que inspiraba fascinación, respeto y una enorme cantidad de miedo. No quería suponer un obstáculo para él, en ningún aspecto.

Había pensado que tendría algo más de tiempo antes de verme obligada a elegir. Y no pude evitar sentir que la elección que tenía que hacer era entre mi independencia y mi amor por mi marido.

Ese dilema me tuvo preocupada toda la mañana, socavando la emoción que sentía por la licitación. Luego, las horas fueron avanzando hacia el mediodía y Brett se adueñó de mis pensamientos.

Había llegado el momento de encargarme del lío que yo misma había provocado. Le había abierto la puerta a Brett y, después, la había dejado abierta porque no podía pensar con claridad. Era responsabilidad mía solucionar ahora ese problema antes de que siguiera afectando a mi matrimonio más de lo que ya lo había hecho.

Bajé al vestíbulo a las doce menos cinco tras pedir permiso a Mark para salir un poco antes. Brett ya me estaba esperando junto a la puerta con las manos en los bolsillos de sus vaqueros. Llevaba una camiseta lisa y unas chanclas, con unas gafas de sol en lo alto de la cabeza.

Mis pies vacilaron un momento. No sólo porque fuese atractivo, cosa que era innegable, sino porque parecía estar fuera de lugar en el Crossfire. Cuando me había citado allí con él antes del lanzamiento del vídeo en Times Square, nos habíamos encontrado en la calle. Ahora estaba dentro del edificio, ocupando un lugar demasiado cercano al sitio donde había visto por primera vez a Gideon.

Las diferencias entre los dos hombres eran claras y no tenían nada que ver con la ropa ni el dinero.

La boca de Brett se curvó al verme y su cuerpo se puso en tensión, moviéndose de esa forma en que se movían los hombres cuando algo suscitaba su interés sexual. Otros hombres, pero no Gideon. La primera vez que vi a mi marido, su cuerpo y su voz no expresaron nada. Sólo sus ojos revelaron su atracción y tan sólo por un instante.

Fue más tarde cuando me di cuenta de lo que había ocurrido en ese momento.

Gideon me había reclamado que fuera suya... y a cambio se había entregado. Con una sola mirada. Me había reconocido en el momento en que me vio. Yo tardé más tiempo en comprender lo que éramos el uno para el otro. Lo que estábamos destinados a ser.

No pude evitar comparar la forma posesiva y tierna con la que Gideon me miraba con el modo práctico y lujurioso con el que Brett me examinaba de la cabeza a los pies.

De repente me parecía obvio que Brett nunca me había considerado suya. No como Gideon. Brett me había deseado, aún me deseaba, pero incluso cuando me tuvo no había reivindicado ningún tipo de propiedad y, desde luego, no me había dado nada de sí mismo que fuera real.

«Gideon». Eché la cabeza hacia atrás, buscando con la mirada hasta encontrar una de las muchas bóvedas oscuras del techo que ocultaban las cámaras de seguridad. Me llevé la mano al corazón y presioné sobre él. Sabía que probablemente estaría mirando. Sabía que para ello habría tenido que acceder deliberadamente a las imágenes para verme y que estaba demasiado ocupado con el trabajo como para pensar en ello pero, aun así...

—Eva.

Dejé caer la mano a un lado. Miré a Brett mientras se acercaba a mí con el andar de un hombre que era consciente de su atractivo y que confiaba en sus posibilidades.

El vestíbulo estaba lleno de gente que se movía alrededor de nosotros con un flujo continuo, tal y como era de esperar en un rascacielos del centro de la ciudad. Cuando levantó los brazos como si fuera a abrazarme, di un paso atrás y alcé la mano izquierda, tal y como había hecho la última vez en San Diego. Nunca más le causaría a Gideon el dolor que le había provocado cuando me había visto besando a Brett.

Él me miró sorprendido y el calor de su mirada se enfrió.

—¿En serio? —dijo—. ¿Esto es lo que somos ahora?

—Estoy casada —le recordé—. No es apropiado que nos abracemos.

—¿Y las mujeres con las que él ha salido en todas las revistas?

—Vamos —lo reprendí—. Sabes que no siempre hay que creer lo que dice la prensa.

Apretó los labios y volvió a meterse las manos en los bolsillos.

—Sí puedes creer en lo que dicen acerca de lo que siento por ti.

El estómago se me revolvió.

—Creo que eres tú quien lo cree.

Aquello me puso triste. Brett no sabía lo que Gideon y yo teníamos porque nunca lo había tenido. Esperaba que algún día pudiera tenerlo. No era un mal tipo. Simplemente no estaba destinado a ser mi hombre.

Maldiciendo en voz baja, se volvió e hizo un gesto en dirección a la puerta.

—Salgamos de aquí.

Yo no sabía qué pensar. Quería intimidad igual que él,

pero también deseaba quedarme donde hubiera testigos que pudieran tranquilizar a Gideon. En cualquier caso, no podíamos sentarnos a comer en el vestíbulo del Crossfire.

A regañadientes, eché a andar a su lado.

—He pedido que nos trajeran unos bocadillos hace un rato. Había pensado que así tendríamos más tiempo para hablar —dije.

Él asintió con expresión seria y cogió la bolsa que yo llevaba.

Lo llevé a Bryan Park, sorteando a su lado a los frenéticos grupos de gente que había en las aceras a la hora del almuerzo. Taxis y coches privados hacían sonar sus bocinas insistentemente en dirección a los ríos de peatones que andaban demasiado cortos de tiempo como para obedecer las señales. El calor hacía brillar el asfalto con el sol lo bastante alto en el cielo como para caer como una lanza entre los altos rascacielos. Una brigada del Departamento de Policía de Nueva York hizo sonar la sirena, pero los ensordecedores chirridos robóticos no consiguieron acelerar el movimiento del coche en la calle atestada.

Así era Manhattan en un día normal, y me encantaba, pero estuve segura de que Brett se sentía frustrado por la intricada danza que se requería para moverse por la ciudad. El movimiento de hombros y caderas para dejar pasar a la gente, las rápidas inhalaciones para apretar el vientre y colarse entre bolsas demasiado grandes o peatones demasiado lentos, la agilidad necesaria para evitar la repentina aparición de nuevos cuerpos que salían por las muchas puertas que se alineaban a lo largo de las aceras. Así era la vida en la ciudad de Nueva York, pero recordé lo abrumado que se sentía uno cuando no estaba acostumbrado a que tanta gente ocupara un espacio relativamente pequeño.

Entramos en el parque que había justo detrás de la biblioteca, encontramos una mesa y unas sillas sin ocupar a la sombra cerca del tiovivo y nos sentamos. Brett sacó los bocadillos, las patatas y las botellas de agua que yo había comprado, pero ninguno de los dos empezó a comer. En lugar de ello, exploré lo que nos rodeaba, sabiendo que podrían fotografiarnos.

Lo había pensado al elegir el sitio, pero la alternativa era un restaurante ruidoso y lleno de gente. Era muy consciente de mi lenguaje corporal, y traté de asegurarme de que no hubiese nada que pudiera dar lugar a malentendidos. Todo el mundo podría pensar que éramos amigos. Mi marido sabría, de todas las formas que yo pudiera demostrarlo, que Brett y yo nos habíamos despedido de verdad.

—Te llevaste una falsa impresión en San Diego —dijo Brett de pronto con los ojos ocultos bajo sus gafas de sol—. Lo de Brittany no va en serio.

—No es asunto mío, Brett.

—Te echo de menos. A veces, ella me recuerda a ti.

Hice un gesto de dolor, pues su comentario me pareció cualquier cosa menos adulador. Levanté una mano y la moví en el aire con un gesto de impotencia.

—No podría volver contigo, Brett. No después de haber conocido a Gideon.

—Eso lo dices ahora.

—Hace que sienta que no puede respirar sin mí. Yo no podría conformarme con menos.

No me hizo falta decir que Brett nunca me había hecho sentir así. Él ya lo sabía.

Se quedó mirando las finas puntas de sus dedos y, a continuación, se puso rígido de repente y sacó la cartera de su bolsillo de atrás. Sacó una fotografía doblada y la puso sobre la mesa delante de mí.

—Mira eso —dijo con un tono tirante—. Dime que lo que tuvimos no fue real.

Cogí la foto, la abrí y fruncí el ceño al ver la imagen. Era una instantánea de Brett y yo riéndonos juntos por algo que ya no recordaba. Reconocí el interior del bar de Pete de fondo. A nuestro alrededor había gente con el rostro borroso.

—¿Dónde has encontrado esto? —pregunté. Hubo un tiempo en que habría dado lo que fuera por tener una foto espontánea con Brett, creyendo que algo tan insustancial me proporcionaría alguna prueba de que yo era algo más que una estúpida.

—La hizo Sam después de una de nuestras actuaciones.

Me tensé al oír el nombre de Sam Yimara, pues me recordó de repente al vídeo sexual. Miré a Brett y las manos me temblaban tanto que tuve que dejar la foto en la mesa.

—¿Sabes lo de...?

Ni siquiera pude terminar la pregunta. Resultó que no fue necesario.

El rostro de Brett se endureció y su frente y su labio inferior se cubrieron de gotas de sudor por el calor del verano. Asintió.

—Lo he visto.

—Dios mío. —Me aparté de la mesa y mi mente se llenó de todas las posibles cosas que pudieran aparecer en ese vídeo. Había estado desesperada porque Brett se fijara en mí, con una absoluta falta de respeto hacia mí misma que ahora me avergonzaba.

—Eva. —Extendió un brazo hacia mí—. No es lo que piensas. Por mucho que Cross te haya contado sobre el vídeo, te prometo que no es malo. Un poco salvaje a veces, pero así era cuando estábamos juntos.

No... Salvaje era lo que tenía con Gideon. Lo que yo había tenido con Brett era algo mucho más oscuro e insano.

Junté mis temblorosas manos.

—¿Cuánta gente lo ha visto? ¿Se lo has enseñado a...? ¿Lo han visto los del grupo?

No tuvo que responder. Lo vi en su rostro.

—Dios. —Sentí que me mareaba—. ¿Qué quieres de mí, Brett?

—Quiero... —Se levantó las gafas de sol y se frotó los ojos—. Joder, te quiero a ti. Quiero que estemos juntos. No creo que hayamos terminado todavía.

—Nunca empezamos.

—Sé que fue culpa mía. Quiero que me des la oportunidad de arreglarlo.

Ahogué un grito.

—¡Estoy casada!

—Él no es bueno, Eva. No lo conoces como crees.

Las piernas me temblaban deseosas de levantarse y salir de allí.

—¡Sé que él nunca le enseñaría a nadie una grabación de los dos! Me respeta demasiado.

—Se trataba de documentar el ascenso del grupo de música, Eva. Teníamos que revisarlo todo.

—Podrías haberlo visto primero a solas —repliqué, enormemente consciente de la gente que estaba sentada no muy lejos de nosotros—. Podrías haber eliminado lo nuestro antes de que los demás lo vieran.

—Sam no sólo nos grabó a nosotros en el vídeo. También había cosas de los demás.

—Dios... —exclamé. Entonces vi cómo se movía inquieto y empecé a desconfiar—. Había otras chicas contigo —adiviné mientras mis náuseas empeoraban—. ¿Qué importaba cuando yo era sólo una de muchas?

—Sí que importaba. —Se inclinó hacia adelante—. Contigo fue diferente, Eva. Yo era diferente contigo. Sólo que en aquella época era demasiado joven y engreído como para darme cuenta. Tienes que verlo, Eva. Así lo entenderías.

Negué con la cabeza con fuerza.

—No quiero verlo. Nunca. ¿Estás loco?

Era mentira. ¿Qué había en ese vídeo? ¿Cómo de malo era?

—Maldita sea. —Se quitó la gafas y las lanzó sobre la mesa—. Yo no quería hablar del vídeo, joder.

Pero había en su postura un gesto de estar a la defensiva que me hacía dudar de él. Tenía los hombros levantados y en tensión y la boca apretada.

«Por mucho que Cross te haya contado...».

Sabía que Gideon conocía la existencia del vídeo. Debía de saber también que estaba tratando de conseguir que desapareciera. Se lo habría dicho Sam.

—¿Qué quieres? —volví a preguntarle—. ¿Qué es tan urgente que has tenido que venir a Nueva York?

Esperé su respuesta con el corazón latiéndome con fuerza. Hacía muchísimo calor y humedad, pero sentía la piel fría y pegajosa. No podía decirme que me amaba, no después de que yo lo hubiera sorprendido con Brittany. No podía decirme que me alejara de Gideon, ya estaba casada. Brett se encontraba en Manhattan en mitad de su gira, algo para lo que el grupo habría tenido que dar su consentimiento. Y Vidal. ¿Por qué iban a hacerlo? ¿Qué sacaban ellos interrumpiendo su calendario?

Mientras él se limitaba a quedarse allí sentado moviendo la mandíbula, yo me puse de pie, giré sobre mis talones y eché a andar apresuradamente por la hierba en dirección a la puerta más cercana de la verja de hierro.

Brett me llamó, pero yo mantuve la cabeza baja, plenamente consciente de la cantidad de personas que había en el parque cuyas cabezas se giraron hacia mí. Estaba montando una escena, pero no podía detenerme. Me había dejado el bolso y no me importó.

Huir. Llegar a algún sitio seguro. Llegar a donde estaba Gideon.

—Cielo.

El sonido de la voz de mi marido hizo que me tambaleara. Volví la cabeza. Se levantó de una silla que estaba junto al piano del Bryant Park Grill. Tranquilo y elegante, aparentemente inmune al sofocante calor.

—Gideon.

La preocupación de su mirada y el suave modo con que me envolvió con un abrazo me dieron fuerzas. Sabía que aquella reunión con Brett no saldría bien. Que yo terminaría enfadada y necesitada. Que lo necesitaría a él.

Y allí estaba. No sabía cómo y no me importó.

Clavé los dedos en su espalda, prácticamente arañándolo.

—Ya está. —Pegó los labios a mi oreja—. Estoy contigo.

Raúl apareció entonces a nuestro lado con mi bolso en la mano; su mirada expresaba una actitud protectora que se sumaba al escudo que el cuerpo de Gideon me proporcionaba. El pánico desenfrenado que sentía en mi interior empezó a aplacarse. Ya no estaba cayendo en picado. Gideon era mi red de seguridad, siempre preparado para cogerme.

Me acompañó al bajar los escalones que llevaban a donde esperaba el Bentley, con Angus listo para abrirme la puerta trasera. Me deslicé en su interior y Gideon entró conmigo. Su brazo me envolvió cuando me acurruqué contra su cuerpo.

Habíamos regresado justo a donde habíamos empezado esa mañana. Pero, en cuestión de horas, todo había cambiado.

—Yo me encargo de esto —murmuró—. Confía en mí.

Levanté la nariz hacia su cuello.

—Quieren utilizar la grabación, ¿verdad? —inquirí.

—No lo van a hacer. Nadie podrá hacerlo —repuso él en tono áspero.

Lo creí. Y lo amé más de lo que nunca pensé que fuera posible.

Menuda tarde. Evité pensar en Brett concentrándome en comparativas de ventas de consolas de juegos, incluido el

GenTen. Tenía la mente del todo puesta en Gideon cuando dieron las cinco.

Ya no era sólo PhazeOne lo que me preocupaba. También era yo, la chica que había sido en el pasado. Aquel vídeo podría hacer más daño al apellido Cross que cualquier otra cosa que pudiese lograr una empresa rival.

Le envié un mensaje a Gideon. Deseaba obtener una rápida respuesta, pero no la esperaba.

¿Estás en tu despacho?

Contestó casi al instante:

Sí.

Me voy a casa —respondí—. **Quiero despedirme antes.**

Sube.

Solté el aire que no había sido consciente de estar conteniendo.

Nos vemos dentro de diez minutos.

Megumi ya se había ido cuando pasé por la recepción, así que llegué hasta Gideon más rápido de lo que había pensado. Su recepcionista seguía en su puesto, con su cabello largo y rojo cayendo liso sobre sus hombros. Me dirigió un saludo seco y yo respondí con una sonrisa impávida.

Scott no estaba en su mesa, pero Gideon se hallaba de pie junto a la suya, con las manos sobre el escritorio mientras leía con atención unos documentos que tenía delante de él. Arash estaba sentado en una de las sillas con una postura tranquila a la vez que hablaba. Ninguno de ellos llevaba puesta la chaqueta y ambos parecían relajados.

Arash me miró mientras me acercaba y Gideon levantó la cabeza. Los ojos de mi marido eran tan azules que su color me deslumbraba incluso desde la distancia que nos separaba. Su rostro seguía teniendo una belleza austera, muy propia de él y, sin embargo, su mirada se enterneció al verme. Mi boca se curvó cuando me hizo una seña doblando el dedo.

Entré en su despacho y levanté la mano en dirección al abogado mientras éste se levantaba.

—Hola —lo saludé—. ¿Sigues manteniéndolo alejado de los problemas?

—Cuando me lo permite —contestó Arash mientras agarraba mi mano y tiraba de mí para darme un beso en la mejilla.

—Déjala en paz —dijo Gideon en tono seco al tiempo que deslizaba el brazo alrededor de mi cintura.

El abogado se rio.

—Esta nueva faceta tuya de celos es de lo más divertida.

—Tu sentido del humor, no —replicó Gideon.

Yo me incliné sobre mi marido encantada al sentir su duro cuerpo contra el mío. No había en él rendición ni ternura, excepto cuando me miraba.

—Tengo una reunión dentro de treinta minutos, así que me voy —anunció Arash—. Gracias por la noche del viernes, Eva. Me encantaría volver a hacerlo alguna vez.

—Lo haremos —le dije—. Desde luego.

Cuando salió del despacho, me volví hacia Gideon.

—¿Puedo abrazarte?

—No tienes que pedirlo.

Sentí un apretón en el corazón con la cálida indulgencia de sus ojos.

—Nos ven por el cristal.

—Que nos vean —murmuró envolviéndome con los brazos. Soltó un largo y lento suspiro cuando me agarré a él—. Háblame, cielo.

—No quiero hablar. —No deseaba pensar en el desastre en el que había convertido mi vida y que ahora afectaba al hombre al que amaba—. Quiero oír tu voz. Di lo que sea. No me importa.

—Kline no va a hacerte daño. Te lo prometo.

Cerré los ojos con fuerza.

—No hables de él. Háblame del trabajo.

—Eva...

Sentí la tensión de su cuerpo, la presión de la preocupación y la inquietud, así que le conté:

—Sólo quiero cerrar los ojos un minuto y sentirte. Olerte. Oírte. Necesito empaparme de ti un momento y, después, estaré bien.

Sus manos me frotaban la espalda arriba y abajo, y apoyó el mentón sobre mi cabeza.

—Nos vamos a ir. Pronto. Una semana por lo menos, aunque preferiría que fueran dos. Estaba pensando que podríamos volver a Crosswinds. Pasar un tiempo desnudos, relajándonos...

—Tú nunca te relajas —repuse—. Sobre todo, cuando estás desnudo.

—Sobre todo, cuando tú estás desnuda —me corrigió acariciándome con la nariz—. Pero nunca te he tenido así una semana entera. Podrías llegar a consumirme.

—Dudo que eso sea posible. Aunque lo estoy deseando.

—No va a ser nuestra luna de miel. Para eso, quiero un mes.

—¡Un mes! —Me eché hacia atrás y lo miré a la vez que mis ánimos se levantaban—. Toda la economía de Nueva York podría venirse abajo si desapareces todo ese tiempo.

Colocó la palma de la mano en un lado de mi cara y me acarició la ceja con el dedo pulgar.

—Creo que cuento con un equipo muy competente que puede apañárselas unas cuantas semanas sin mí.

Le agarré la muñeca y dejé que desapareciera un poco de mi ansiedad.

—Yo no podría. Te necesito demasiado.

—Eva. —Bajó la cabeza y me besó en los labios mientras su lengua trataba de abrirse paso.

Me agarré a su nuca con la mano y lo inmovilicé mientras me adentraba en su beso. Me zambullí en él. Gideon me apretó más contra sí y me puso de puntillas.

Luego inclinó la cabeza sellando nuestros labios hasta que compartimos cada aliento, cada gemido, cada suspiro.

Jadeé cuando nos separamos para tomar aire.

—¿Cuándo estarás en casa?

—Cuando tú quieras.

—Debería ser cuando acabes tu jornada. Ya has perdido hoy demasiado tiempo por mí. —Le ajusté la corbata, que ya estaba perfectamente colocada—. No estabas espiándome hoy. Sabías que mi almuerzo con Brett iba a irse a pique.

—Era una posibilidad.

—¿Lo de espiarme o lo de irse a pique?

Me lanzó una mirada seria.

—No irás a regañarme por haber estado allí por ti. Tú habrías hecho lo mismo si la situación hubiera sido al revés.

—¿Cómo sabías qué era lo que quería?

¿La existencia del vídeo lo estaba consumiendo también a él? ¿Lo que yo había hecho y lo que había sido antes?

—Sé que está recibiendo presiones de Christopher, que también está presionando al resto del grupo.

—¿Por qué? ¿Para fastidiarte?

—En parte. Tú no eres una rubia guapa cualquiera. Eres Eva Tramell y eres noticia.

—Quizá debería teñirme el pelo. Deshacerme del tono «rubio» del que habla la canción. ¿Qué te parece de rojo? —No podría volverme morena, no con el historial de Gideon con las mujeres morenas. Me mataría mirarme todos los días al espejo.

Su expresión se cerró como una trampa de acero, aunque nada más en él dejaba ver cualquier otro indicio de tensión. Sentí un hormigueo en la nuca, un cosquilleo que me advertía de que algo acababa de cambiar.

—¿No te gusta la idea? —Sentí un pinchazo al recordar de repente a una pelirroja de su pasado. La doctora Anne Lucas.

—Me gustas tal y como eres —replicó—. Dicho lo cual, si tú quieres cambiar, no pondré ninguna objeción. Es tu cuerpo, tú mandas. Pero no lo hagas por ellos.

—¿Seguirías deseándome?

La tensión de su boca desapareció y la inflexibilidad de su rostro se disipó tan rápidamente como había aparecido.

—¿Me seguirías deseando tú si tuviera el pelo rojo?

—Pues... —Me di un toque en el mentón con el dedo fingiendo estar considerando la idea—. Quizá deberíamos quedarnos como estamos.

Gideon me besó en la frente.

—A eso me apunto.

—También te apuntaste a dejar que yo te hiciera lo que quisiera esta noche.

—Dime sitio y hora.

—¿A las ocho? En tu apartamento del Upper West Side.

—Nuestro apartamento. —Me besó suavemente—. Allí estaré.

13

—**P**or cierto, enhorabuena por su compromiso.

Mi mirada pasó del rostro del ingeniero de proyectos que había en mi pantalla a la fotografía de Eva en la que lanzaba besos al aire.

—Gracias.

Habría preferido mirar directamente a mi mujer. Por un momento, me imaginé a Eva tal y como había estado la noche anterior, con sus suaves labios envolviendo mi polla. Le había dado carta blanca con mi cuerpo, y lo único que ella quiso fue chupármela. Una y otra vez. Y otra. Dios. Llevaba todo el día pensando en la noche que habíamos pasado.

—Lo mantendré informado sobre el impacto de la tormenta —dijo el hombre, haciendo que mi atención volviera al trabajo—. Agradezco que haya llamado personalmente para ver cómo vamos. Las condiciones meteorológicas pueden hacer que nos retrasemos una o dos semanas, depende. Pero abriremos a tiempo.

—Tenemos un margen. Primero cuida de ti y de tu equipo.

—Lo haré. Gracias.

Cerré la ventana de la conversación y miré mi agenda, pues necesitaba saber exactamente de cuánto tiempo disponía para prepararme para la siguiente reunión con el equipo de investigación y desarrollo de PosIT.

La voz de Scott salió por el altavoz de mi teléfono.

—Christopher Vidal sénior está al teléfono. Es la tercera vez que llama hoy. Ya le he dicho que usted se pondrá en contacto con él cuando pueda, pero insiste. ¿Qué quiere que le diga?

Las llamadas de mi padrastro nunca presagiaban nada bueno, lo cual significaba que retrasarlas consumiría el tiempo que tenía para solucionar el problema que él quisiera imponerme.

—Pásamelo.

Pulsé el botón del altavoz.

—Chris, ¿qué puedo hacer por ti?

—Gideon, oye, siento molestarte, pero tenemos que hablar tú y yo. ¿Sería posible que nos viéramos hoy?

Noté un pinchazo al notar el tono urgente de su voz. Cogí el auricular y desconecté el altavoz.

—¿En mi despacho o en el tuyo?

—No, en tu ático.

Me recosté contra el respaldo, sorprendido.

—No llegaré a casa hasta cerca de las nueve.

—De acuerdo.

—¿Están todos bien?

—Sí, todos están bien. No te preocupes por eso.

—Entonces, es por Vidal. Nos ocuparemos de ello.

—Dios mío. —Se rio con fuerza—. Eres un buen hombre, Gideon. Uno de los mejores que conozco. Debería decírtelo más a menudo.

Entorné los ojos al percibir su nerviosismo.

—Tengo unos minutos ahora. Cuéntame.

—No, ahora, no. Te veré a las nueve.

Colgó. Yo me quedé sentado un largo rato con el auricular en la mano. Sentía un nudo en el estómago, un nudo frío y fuerte.

Dejé el auricular en su base y volví a concentrarme en el trabajo, sacando esquemas y revisando el paquete que Scott había dejado antes en mi mesa. Aun así, mi mente iba a toda velocidad.

No podía controlar lo que sucedía con mi familia. Nunca había tenido ningún poder sobre ella. Sólo podía solucionar los desastres que provocaba Christopher y tratar de evitar que Vidal Records se hundiera. Sin embargo, ponía el límite en la utilización de la grabación de Eva. Nada de lo que Chris pudiera decir cambiaría eso.

Se iba acercando el momento de la reunión de PosIT cuando apareció un mensaje en mi monitor con el avatar de Eva.

Aún puedo saborearte. Qué rico ☺.

Se me escapó una carcajada. El nudo que había estado ignorando se suavizó y, después, desapareció. Ella era mi borrón y cuenta nueva. Mi casilla de salida.

Más tranquilo, respondí:

Ha sido un placer.

—Tengo una pista.

Giré la cabeza y vi que Raúl entraba en mi despacho.

Se acercó a mi mesa con paso enérgico.

—Aún estoy revisando la lista de invitados de ese evento al que asistió usted hace un par de semanas. También he realizado dos búsquedas diarias de fotos. Tengo una alerta de ésta de hoy. He hecho una copia y la he ampliado.

Deslizó unas fotografías sobre mi mesa. Las cogí y las examiné con más atención, una a una. Había una pelirroja al fondo. En cada imagen la habían ampliado más y más.

—Vestido verde esmeralda y pelo rojo y largo. Ésta es la mujer a la que vio Eva.

También era Anne Lucas. Había algo en su pose, con la cara vuelta hacia un lado, que hizo que sintiera unas náuseas ya conocidas en mi vientre.

Miré a Raúl.

—¿No estaba en la lista de invitados?

—Oficialmente, no. Pero sí estuvo en la alfombra roja, así que supongo que iba como acompañante de alguien. Aún no sé de quién, pero estoy en ello.

Nervioso, me levanté y me eché el pelo hacia atrás.

—Estuvo acosando a Eva. Tienes que mantenerla alejada de mi mujer.

—Angus y yo estamos desarrollando nuevos protocolos para la seguridad de los eventos.

Me di la vuelta y cogí la chaqueta de la percha.

—Dime si necesitáis más hombres.

—Se lo haré saber. —Raúl recogió las fotografías y se acercó a mí—. Ella está hoy en su despacho —dijo adivinando cuál era exactamente mi intención—. Seguía allí cuando he subido a verlo a usted.

—Bien. Vamos.

—Disculpe. —La morena bajita que estaba detrás de la mesa se levantó rápidamente cuando pasé por su lado—. No puede entrar ahí. La doctora Lucas está ahora con una paciente.

Así el pomo y abrí la puerta. Entré en la consulta de Anne sin interrumpir el paso.

Ella levantó la cabeza y sus ojos verdes se abrieron como platos antes de que su boca roja se curvara en una sonrisa de satisfacción. La mujer que estaba en el sofá enfrente de ella me miró parpadeando confundida, tragándose lo que fuera que estuviera a punto de decir.

—Lo siento mucho, doctora Lucas —se disculpó la morena con voz entrecortada—. He intentado detenerlo.

Anne se puso de pie con la mirada puesta en mí.

—Una tarea imposible, Michelle. No te preocupes, puedes irte.

La recepcionista salió. Anne miró a su paciente.

—Vamos a tener que dejar la cita de hoy. Le pido disculpas por la burda interrupción. —Me lanzó una mirada de furia—. Y, por supuesto, no se la cobraré. Por favor, hable con Michelle para concertar una nueva cita.

Esperé con la puerta abierta a que la aturullada mujer recogiera sus cosas y, a continuación, me hice a un lado mientras salía.

—Podría haber llamado a seguridad —dijo Anne apoyándose en el borde de su mesa al tiempo que se cruzaba de brazos.

—¿Después de todas las molestias que te has tomado para que venga hasta aquí? —repuse—. No lo habrías hecho.

—No sé de qué estás hablando. De todos modos, me alegra verte.

Bajó los brazos y se agarró al filo del escritorio con una pose deliberadamente provocativa, dejando ver su muslo desnudo cuando se abrió la raja de su vestido azul ajustado.

—No puedo decir lo mismo.

Su sonrisa se tensó.

—Rompes tus juguetes y luego los tiras. ¿Sabe Eva que sus días están contados?

—¿Lo sabes tú?

El desasosiego oscureció sus ojos luminosos e hizo que su sonrisa vacilara.

—¿Es una amenaza, Gideon?

—Imagino que te gustaría que lo fuera. —Di un paso al frente y vi cómo sus pupilas se dilataban. Se estaba excitando y eso me daba tanto asco como el olor de su perfume—. Quizá así tu juego se volvería más interesante.

Se incorporó y caminó hacia mí contoneando la cintura y hundiendo sus zapatos de tacón de aguja y suela roja en la alfombra afelpada.

—A ti también te gusta jugar, hombretón —ronroneó—. Dime, ¿has atado ya a tu guapa prometida? ¿Has hecho que se vuelva loca con tus azotes? ¿Le has metido por el culo tu amplia colección de consoladores para follártela con ellos mientras embistes su coño durante horas? ¿Te conoce como te conozco yo, Gideon?

—Cientos de mujeres me conocen como me conoces tú, Anne. ¿Crees que eras especial? Lo único que recuerdo de ti es a tu marido y lo mucho que lo corroía que yo estuviera contigo.

Levantó la mano para abofetearme pero no la detuve, recibiendo el golpe estoicamente.

Ojalá fuera verdad lo que había dicho, aunque había sido especialmente depravado con ella. Veía el fantasma de su hermano en la curva de su sonrisa, en sus gestos...

Le aferré la muñeca cuando se disponía a agarrarme la polla.

—Deja en paz a Eva. No voy a decírtelo dos veces.

—Ella es tu punto débil, miserable hijo de puta. Tú tienes hielo en las venas, pero ella sí sangra.

—¿Es eso una amenaza, Anne? —pregunté devolviéndole sus palabras en tono calmado.

—Por supuesto. —Se soltó de mí con una sacudida—. Ya es hora de que pagues tu deuda, y tus miles de millones de dólares no van a servir para saldarla.

—¿Subiendo la apuesta con una declaración de guerra? ¿Eres estúpida, o acaso es que no te importa lo que esto te va a costar? Tu carrera..., tu matrimonio..., todo.

Me acerqué a la puerta con paso tranquilo mientras la rabia me quemaba por dentro. Yo le había causado aquello a Eva. Tenía que solucionarlo.

—Fíjate bien, Gideon —dijo a mis espaldas—. Ya verás lo que pasa.

—Haz lo que quieras. —Me detuve con la mano en la puerta—. Tú has empezado, pero no te confundas: el último movimiento será mío.

—¿Has tenido pesadillas desde la última vez que nos vimos? —preguntó el doctor Petersen con aire tranquilo e interesado y su habitual libreta en el regazo.

—No.

—¿Con qué frecuencia dirías que las tienes?

Yo estaba sentado tan cómodamente como el médico, pero por dentro me sentía irritado e inquieto. Tenía muchas cosas de las que ocuparme como para perder una hora de mi tiempo.

—Últimamente, una vez a la semana. A veces transcurre algo más de tiempo entre una y otra.

—¿A qué te refieres con «últimamente»?

—Desde que conocí a Eva.

Apuntó algo con su bolígrafo.

—Te estás enfrentando a presiones nuevas mientras te esfuerzas por mejorar tu relación con Eva, pero la frecuencia de tus pesadillas está disminuyendo..., al menos, por ahora. ¿Has pensado por qué puede ser?

—Creía que se suponía que sería usted quien me lo explicara.

El doctor Petersen sonrió.

—No puedo levantar una varita mágica y darte todas las respuestas, Gideon. Sólo puedo ayudarte a examinar los hechos.

Sentí la tentación de esperar a que dijera algo más, hacer que fuera él quien hablara. Pero pensar en Eva y en su esperanza de que la terapia iba a provocar algún cambio me incitó a hablar. Había prometido que lo intentaría, así que iba a hacerlo. Hasta cierto punto.

—Las cosas entre nosotros se están suavizando. Son más los puntos en los que estamos en sintonía que los que no.

—¿Crees que os estáis comunicando mejor?

—Creo que se nos da mejor evaluar los motivos que se esconden tras las acciones de cada uno. Nos entendemos más el uno al otro.

—Vuestra relación ha avanzado muy rápidamente. Tú no eres un hombre impetuoso, pero muchos dirían que casarse con una mujer a la que conoces desde hace tan poco tiempo, una mujer que deberás admitir que aún estás conociendo, es un acto extremadamente impulsivo.

—¿Hay alguna pregunta en eso que dice?

—Sólo era una observación. —Esperó un momento pero, al ver que yo no decía nada, continuó—: Puede ser difícil para cónyuges de personas con el pasado de Eva. La dedicación de ella a la terapia os ha ayudado a los dos. Sin embargo, es probable que ella siga cambiando de modos que tú no esperas, lo que será estresante para ti.

—Yo tampoco soy fácil —repuse en tono áspero.

—Tú eres otro tipo de superviviente. ¿Alguna vez has notado si tus pesadillas se agravaban con el estrés?

Esa pregunta me fastidiaba.

—¿Qué importa eso? Ocurren y ya está.

—¿No piensas que pueda haber cambios que puedan hacerse para disminuir su impacto?

—Acabo de casarme. Eso es un cambio de vida muy importante, ¿no cree, doctor? Creo que ya es suficiente por ahora.

—¿Por qué tiene que haber un límite? Eres un hombre joven, Gideon. Tienes a tu disposición muchas opciones. No tienes por qué evitar los cambios. ¿Qué tiene de malo probar algo nuevo? Si no funciona, siempre te queda la opción de volver a lo que hacías antes.

Aquello me pareció irónicamente divertido.

—A veces no se puede dar marcha atrás.

—Probemos ahora con un cambio sencillo —dijo el doctor Petersen dejando a un lado su libreta—. Vamos a dar un paseo.

Me puse de pie cuando él lo hizo, pues no quería estar sentado mientras él se colocaba por encima de mí. Quedamos frente a frente con la mesita entre ambos.

—¿Por qué? —inquirí.

—¿Por qué no? —Hizo un gesto hacia la puerta—. Puede que mi consulta no sea el mejor lugar para que hablemos. Eres un hombre acostumbrado a estar al mando. Y, aquí dentro, soy yo quien lo está. Así que nivelaremos el campo de juego y saldremos un rato al pasillo. Es un lugar público, pero la mayoría de las personas que trabajan en este edificio ya se han ido a casa.

Salí de la consulta delante de él y vi cómo cerraba con llave la puerta de dentro y la de fuera antes de venir conmigo.

—Ah, muy bien. Esto ya es otra cosa —dijo torciendo la boca con expresión irónica—. Me baja los humos.

Me encogí de hombros y empecé a caminar.

—¿Cuáles son tus planes para el resto de la tarde? —preguntó mientras echaba a andar a mi lado.

—Una hora con mi entrenador personal —dije y, después, añadí—: Mi padrastro viene a verme luego.

—¿A pasar un rato contigo y con Eva? ¿Tienes una buena relación con él?

—No y no. —Miré al frente—. Ocurre algo malo. Ésa es la única razón por la que me llama siempre.

Noté sus ojos sobre mi perfil.

—Y ¿desearías que eso cambiara?

—No.

—¿No te gusta él?

—No me disgusta. —Iba a dejarlo ahí pero, de nuevo, pensé en Eva—. No nos conocemos muy bien.

—Eso podrías cambiarlo.

Solté una carcajada.

—Hoy está usted de lo más insistente.

—Ya te he dicho que no tengo intención alguna. —Se detuvo y me obligó a que yo también lo hiciera.

Levantó la cabeza y miró al techo en una actitud claramente pensativa.

—Cuando estás pensando en hacer una nueva adquisición y estudias una nueva forma de realizar un negocio, llamas a gente para que te asesore, ¿no es así? A expertos en sus respectivos campos. —Volvió a mirarme sonriendo—. Tal vez podrías pensar en mí del mismo modo, como un asesor experto.

—¿Asesor en qué?

—En tu pasado. —Echó a andar de nuevo—. Yo te ayudo con eso y tú puedes solucionar el resto de tu vida por tu cuenta.

—Concéntrate, Cross.

Miré con los ojos entornados. Al otro lado de la colchoneta, James Cho daba saltos sobre sus pies descalzos provocándome. Tenía una sonrisa maliciosa, pues sabía que ese desafío tácito me estimulaba. Casi medio metro más bajito que yo y unos trece kilos más ligero, el antiguo campeón de artes marciales mixtas era letalmente rápido y tenía un cinturón que lo probaba.

Eché los hombros hacia atrás y retomé la postura. Subí los puños cerrando la abertura que había permitido que su último puñetazo me diera en el torso.

—Haz que valga la pena —respondí con tono de irritación al ver que tenía razón. Mi cerebro continuaba en la consulta del doctor Petersen. Esa noche se había encendido un interruptor y no terminaba de entender de qué era ni qué significaba.

James y yo dábamos vueltas haciendo fintas y arremetiendo, y ninguno de los dos conseguía dar en el blanco. Como siempre, estábamos los dos solos en el tatami. El ritmo de los tambores taiko retumbaba de fondo desde los altavoces que estaban escondidos entre los paneles de bambú que llegaban hasta el techo.

—Sigues conteniéndote —dijo—. ¿Te has vuelto mariquita desde que te has enamorado?

—Eso te gustaría. Sólo así podrías ganarme.

James se rio y, a continuación, se acercó a mí con una patada circular, me agaché y lo barrí, tirándolo al suelo. Entonces lanzó una patada de tijera a la velocidad del rayo y me arrastró consigo al suelo.

Los dos nos pusimos de pie de un salto y de nuevo en guardia.

—Me estás haciendo perder el tiempo —espetó golpeando con un puño.

Me incliné hacia un lado para esquivarlo, golpeé con el puño izquierdo y rocé su costado. Su puño me dio de lleno en las costillas.

—¿Hoy no te ha cabreado nadie? —Vino hacia mí corriendo y no me dejó otra opción más que defenderme.

Solté un gruñido. La rabia hervía a fuego lento en la parte posterior de mi mente, escondida hasta que tuviera tiempo de encargarme de ella con toda mi atención.

—Sí, veo ese fuego en tus ojos, Cross. Sácalo, hombre. Hazlo salir.

«Ella es tu punto débil...».

Ataqué con un combinado de izquierda y derecha, haciendo que James diera un paso atrás.

—¿Eso es todo lo que tienes? —se burló.

Amagué una patada y, a continuación, lancé un puñetazo que le sacudió la cabeza hacia atrás.

—Sí, joder —jadeó mientras flexionaba los brazos y se animaba—. Eso es.

«Ella sí sangra...».

Solté un rugido y arremetí.

Fresco tras la ducha, apenas había terminado de vestirme metiéndome una camiseta por la cabeza cuando empezó a sonar mi móvil. Lo cogí de la cama, donde lo había dejado, y respondí.

—Un par de cosas —dijo Raúl tras saludarme mientras de fondo se oía cómo disminuía un ruido de gente y música que, después, desaparecía por completo—. He visto que Benjamin Clancy sigue vigilando a la señora Cross. No de manera constante, pero sí con regularidad.

—¿Ah, sí? —contesté en voz baja.

—¿Le parece bien? ¿O debo ir a hablar con él?

—Yo me encargo. —Clancy y yo teníamos una conversación pendiente. La tenía en mi lista, pero la adelantaría.

—Además, y puede que usted ya lo sepa, la señora Cross ha almorzado hoy con Ryan Landon y alguno de sus ejecutivos.

Sentí que aquel terrible silencio me invadía de nuevo. Landon. Joder.

Se habría colado por algún resquicio que no tenía vigilado.

—Gracias, Raúl. Voy a necesitar el número privado del jefe de Eva, Mark Garrity.

—Se lo envío por mensaje cuando lo consiga.

Puse fin a la llamada y me metí el teléfono en el bolsillo, sin apenas poder resistir el deseo de lanzarlo contra la pared.

Arash me había advertido sobre Landon y yo le había quitado importancia a su preocupación. Me había concentrado en mi vida, en mi esposa, y aunque Landon tenía la suya propia, su principal punto de atención siempre había sido yo.

El sonido del teléfono del ático me sobresaltó. Fui a coger el de la mesilla de noche y contesté con un impaciente: «¿Sí?».

—Señor Cross. Soy Edwin, de recepción. El señor Vidal ha venido a verlo.

Dios. Apreté la mano sobre el auricular.

—Dígale que suba.

—Sí, señor. Ahora mismo.

Cogí los calcetines y los zapatos, los saqué a la sala de estar y me los puse. En cuanto Chris se fuera, iría a casa con Eva. Quería abrir una botella de vino, buscar una de las películas antiguas que ella se sabía de memoria y dedicarme simplemente a escucharla recitar los cursis diálogos. Nadie podía hacerme reír como ella.

Oí cómo llegaba el ascensor y me puse de pie pasándome una mano por el pelo mojado. Estaba tenso a pesar de la debilidad.

—Gideon. —Chris se detuvo en la puerta del recibidor con aspecto triste y cansado, cosa poco habitual en él, y sólo por culpa de mi hermano—. ¿Está Eva aquí?

—Está en su casa. Yo iré para allá cuando tú te marches.

Asintió con una sacudida y su mandíbula se movió pero nada salió de su boca.

—Pasa —dije haciendo un gesto en dirección al sillón orejero que había junto a la mesita—. ¿Te preparo algo de beber?

Dios sabía que yo mismo necesitaba una copa después del día que había tenido.

Entró con paso cansado en la sala de estar.

—Cualquier cosa fuerte será estupendo.

—Me parece bien.

Me dirigí a la cocina y nos serví a los dos una copa de Armañac. Cuando estaba dejando el decantador, el teléfono me vibró en el bolsillo. Lo saqué y vi un mensaje de Eva.

Era una foto que ella misma se había hecho con velas de fondo.

¿Vienes conmigo?

Repasé rápidamente los planes que tenía para la tarde. Llevaba todo el día enviándome mensajes provocativos. Yo estaba más que feliz tanto por satisfacerla como por recompensarla.

Guardé la fotografía y le contesté:

Ojalá pudiera. Prometo ponerte húmeda cuando llegue.

Me guardé el teléfono, me di la vuelta y vi a Christopher, que venía a reunirse conmigo junto a la isla de la cocina. Le pasé la copa y le di un sorbo a la mía.

—¿Qué pasa, Chris?

Suspiró y envolvió el cristal con las dos manos.

—Vamos a volver a rodar el videoclip de *Rubia.*

—¿Eh? —Aquello era un gasto innecesario, algo que él siempre evitaba por norma.

—Ayer oí a Kline y a Christopher discutiendo en la oficina —dijo con brusquedad—. Y lo comprendí. Kline quiere volver a rodarlo, y yo estoy de acuerdo.

—Christopher, no, estoy seguro —repuse apoyándome en la encimera con gesto serio.

Al parecer, Brett Kline estaba realmente colado por Eva, lo que no me gustaba un pelo.

—Tu hermano lo superará.

Yo lo dudaba, pero no traería nada bueno decirlo.

Sin embargo, Chris supo adivinar lo que yo no decía y asintió.

—Sé que ese vídeo ha supuesto tensiones entre tú y Eva. Debería haber estado más atento.

—Agradezco que te muestres tan sensible al respecto.

Se quedó mirando su copa y, a continuación, dio un largo trago, casi vaciando su contenido de una sola vez.

—He dejado a tu madre —dijo de pronto.

Tomé aire rápidamente al darme cuenta de que el motivo de su visita no tenía nada que ver con el trabajo.

—Ireland me ha contado que habéis discutido.

—Sí. Siento que Ireland tuviera que oírlo. —Me miró y vi en sus ojos que lo sabía. El horror—. Yo no tenía ni idea, Gideon. Te juro por Dios que no tenía ni idea.

El corazón me dio una sacudida dentro del pecho y empezó a latirme con fuerza. La boca se me quedó seca.

—Yo..., eh... Fui a ver a Terrence Lucas. —La voz de Chris

se tornó ronca—. Irrumpí en su despacho. Él lo negó, el muy mentiroso hijo de puta, pero pude verlo en su cara.

El brandy chapoteaba en mi copa. La dejé con cuidado al sentir que el suelo se movía bajo mis pies. Eva se había enfrentado a Lucas, pero ¿Chris...?

—Le di un puñetazo, lo tiré al suelo, pero, Dios... Quería coger uno de esos premios que tiene en sus estanterías y abrirle la cabeza.

—Basta. —La palabra salió de mi boca como astillas de cristal.

—Y el cabrón que hizo... Ese gilipollas está muerto. No puedo llegar a él. Maldita sea. —Chris dejó la copa en la encimera de granito con un golpe sordo, pero fue el sollozo que salió de su boca lo que casi me destrozó—. Joder, Gideon. Mi deber era protegerte. Y fallé.

—¡Basta! —Me aparté de la encimera con las manos apretadas—. ¡No me mires así, joder!

Chris temblaba visiblemente, pero no reculó.

—Tenía que decírtelo...

Su camisa arrugada estaba entre mis puños y sus pies colgaban del aire.

—¡Deja de hablar!

Las lágrimas rodaban por sus mejillas.

—Te quiero como si fueras mi hijo. Siempre te he querido.

Lo empujé y le di la espalda cuando él fue tambaleándose hacia la pared. Luego me marché. Crucé la sala de estar sin mirar atrás.

—¡No espero que me perdones! —gritó a mis espaldas con las lágrimas empapando sus palabras—. No me lo merezco. Pero tienes que saber que lo habría hecho pedazos de haberlo sabido.

Me di la vuelta hacia él mientras sentía las náuseas que se adueñaban de mi vientre y me quemaban la garganta.

—¿Qué coño quieres?

Chris echó los hombros hacia atrás. Me miró con los ojos enrojecidos y las mejillas mojadas, temblando pero demasiado aturdido como para salir corriendo.

—Quiero que sepas que no estás solo.

Solo. Sí. Lejos de la pena, la culpa y el dolor que me miraban a través de las lágrimas.

—Vete —le espeté.

Asintió y se dirigió hacia el recibidor. Yo me quedé inmóvil, con el pecho moviéndose sin parar y los ojos que me escocían. Las palabras se quedaban en mi garganta. La violencia palpitaba en mis doloridos puños apretados.

Chris se detuvo antes de salir y me miró.

—Me alegro de que se lo hayas contado a Eva.

—No hables de ella. —No soportaba siquiera pensar en ella. No en ese momento en que estaba tan a punto de perder la cabeza.

Se fue.

El peso de todo el día se abatió sobre mis hombros y me hizo caer de rodillas.

Y exploté.

14

Estaba soñando con Gideon desnudo en una playa privada cuando el sonido de mi teléfono me despertó sobresaltándome. Me volví hacia mi lado de la cama, alargué el brazo y busqué el móvil a tientas sobre la mesilla. Por fin mis dedos rozaron su familiar contorno, lo cogí y me incorporé.

La cara de Ireland se iluminó en la pantalla. Fruncí el ceño al mirar al otro lado de la cama. Gideon no estaba en casa. Claro que quizá me hubiera encontrado dormida y estuviera pasando la noche en el apartamento de al lado...

—¿Sí? —respondí, observando que eran más de las once, según el reloj del descodificador del televisor.

—Eva, soy Chris Vidal. Siento llamarte tan tarde, pero es que estoy preocupado por Gideon. ¿Está bien?

Me dio un vuelco el corazón.

—¿Qué quiere decir? ¿Qué le ocurre a Gideon?

Se hizo una pausa.

—¿No has hablado esta noche con él?

Me levanté de la cama y encendí la lámpara.

—No, me quedé dormida. ¿Qué es lo que pasa?

Christopher maldijo con tal intensidad que se me pusieron los pelos de punta.

—He ido a verlo esta tarde para hablar de... las cosas que tú me contaste. No se lo ha tomado bien.

—¡Ay, Dios mío!

Empecé a dar vueltas, obnubilada. Algo que ponerme,

necesitaba algo para cubrir el atrevido body con el que pensaba seducir a Gideon.

—Tienes que encontrarlo, Eva —dijo en tono apremiante—. Te necesita en estos momentos.

—Ya voy.

Arrojé el teléfono sobre la cama y saqué a tirones del armario una gabardina antes de salir disparada de mi dormitorio. Cogí de mi bolso las llaves del apartamento de al lado y corrí por el pasillo. Las manos me temblaban tanto que tardé un buen rato en abrir la cerradura.

La casa estaba sombría y silenciosa como una tumba; las habitaciones, vacías.

—¡¿Dónde estás?! —grité en medio de la oscuridad, notando que un sollozo de pánico luchaba por abrirse paso en mi garganta.

Regresé a mi apartamento y, con manos temblorosas, abrí en mi móvil la aplicación que le seguiría la pista al suyo.

«No se lo ha tomado bien».

Por Dios, pues claro que no. Para empezar, ya no se había tomado bien que yo se lo contara a Chris. Gideon se había puesto furioso. Agresivo. Y aquella noche había tenido una pesadilla horrible.

El punto rojo intermitente que vi en el mapa estaba justo donde yo esperaba que estuviera: en el ático.

Me calcé unas chanclas y fui a por mi bolso a toda prisa.

—¿Qué demonios llevas puesto? —preguntó Cary desde la cocina.

Di un respingo.

—Por Dios, me has dado un susto de muerte.

Se acercó con aire desenfadado a la encimera. Llevaba puesto tan sólo un bóxer Grey Isles, y tenía el cuello y el pecho cubiertos de sudor. Puesto que el aire acondicionado funcionaba perfectamente y Trey estaba pasando la noche allí, adiviné por qué estaba tan acalorado.

—Menos mal que te he pillado; no puedes salir así —dijo con voz cansada.

—Verás como sí. —Me colgué el bolso en bandolera y me dirigí a la puerta.

—¡Eres sorprendente, nena! —gritó a mi espalda—. Una mujer de las mías.

El portero de la casa de Gideon no se inmutó al verme bajar del taxi delante del edificio. Por supuesto, me había visto antes en peores condiciones, lo mismo que el conserje, que sonrió y me saludó por mi nombre como si yo no pareciera una indigente chiflada. Aunque llevara una gabardina Burberry.

Caminé todo lo deprisa que me permitían mis chanclas hasta el ascensor privado del ático, esperé a que bajara y tecleé el código. El trayecto no duró mucho, pero a mí me pareció interminable. Ojalá hubiera podido caminar de un lado a otro de la pequeña pero elegantemente acondicionada cabina. Los impecables espejos me devolvían la imagen del desasosiego que mostraba mi cara.

Gideon no me había llamado ni enviado ningún mensaje después de aquél en el que me prometía una noche ardiente. No había venido a mi casa ni siquiera para dormir en el apartamento de al lado. Y yo sabía que no le gustaba estar separado de mí.

Excepto cuando se sentía dolido emocionalmente. O avergonzado.

En cuanto las puertas del ascensor se abrieron en el descansillo, me recibió una música heavy metal machacona y estruendosa. Me encogí y me tapé los oídos, pues el volumen de los altavoces instalados en el techo era tan fuerte que hacía daño.

Dolor. Furia. La atroz violencia de la música me agobiaba. Me dolía el pecho. Comprendí que la canción era la manifestación de lo que sentía Gideon en su interior y no podía exteriorizar.

Era demasiado controlado, demasiado contenido. Y tenía las emociones estrictamente reprimidas, junto con sus recuerdos.

Hurgué en el bolso buscando el teléfono y terminé dejándolo caer y desparramando su contenido en la cabina del ascensor y por el suelo del vestíbulo. Lo dejé todo tal como había caído, excepto el móvil. Lo recogí y deslicé el dedo por la pantalla hasta dar con la aplicación que controlaba el sonido del entorno. Sintonicé una música más apacible, bajé el volumen y pulsé la tecla «Intro».

El ático quedó en silencio durante un buen rato y luego empezaron a sonar los suaves acordes de *Collide*, de Howie Day.

Me di cuenta de que Gideon se acercaba antes de verlo, el aire rasgándose con la violenta energía de una inminente tormenta de verano. Dobló la esquina desde el pasillo que conducía a los dormitorios, y yo me quedé sin aliento.

Iba sin camisa y sin zapatos; el pelo, sedoso y alborotado, rozándole los hombros. Llevaba unos pantalones negros de chándal, sujetos a la parte baja de las caderas, que ponían de manifiesto el entramado de tensas fibras de sus abdominales. Tenía moratones en las costillas y cerca de los hombros, rastros de una batalla que reforzaban la impresión de cólera y furia fuertemente constreñidas.

La música que yo había elegido chocaba con las emociones que emanaban de él.

Mi hermoso guerrero, de salvaje elegancia. El amor de mi vida. Tan atormentado que, con sólo mirarlo, brotaban de mis ojos lágrimas ardientes.

Al verme, se detuvo sobresaltado, con las manos a los lados abriéndose y cerrándose, los ojos desorbitados y las aletas de la nariz hinchadas.

El teléfono se me resbaló de la mano y cayó al suelo.

—Gideon...

Al oír mi voz, inspiró profundamente. Y se transformó. Yo noté cómo se producía el cambio, igual que una puerta cerrándose de golpe. Un momento antes, bullía por las emociones; ahora, estaba frío como el hielo, la superficie lisa como el cristal.

—¿Qué haces aquí? —preguntó en un tono peligrosamente sereno.

—Buscarte. —Porque se había perdido.

—En estos momentos no soy una buena compañía —repuso.

—Podré con ello.

Estaba demasiado quieto, como si le diera miedo moverse.

—Deberías irte. Aquí no estás segura.

El pulso se me aceleró. Mis sentidos se pusieron en alerta. Sentí su calor desde el otro extremo de la habitación. Su deseo. Su urgencia. De pronto, me derretía bajo la ropa.

—Estoy más segura contigo que en cualquier otro sitio. —Respiré hondo para infundirme valor—. ¿Te cree Chris?

Echó la cabeza hacia atrás.

—¿Cómo te has enterado?

—Me ha llamado. Está preocupado por ti. Y yo también.

—Estaré bien —dijo con brusquedad, lo que indicaba que en ese momento no se encontraba bien.

Me dirigí hacia él, notando el fuego de su mirada mientras seguía mis movimientos.

—Claro que estarás bien. Te has casado conmigo.

—Tienes que irte, Eva.

Negué con la cabeza.

—Casi duele más cuando nos creen, ¿verdad? —proseguí—. Y entonces nos preguntamos por qué hemos tardado en contarlo. Tal vez podríamos haberlo parado antes si se lo hubiéramos dicho a la persona apropiada.

—Calla.

—Siempre queda ahí dentro esa vocecita que nos hace sentir culpables por lo que pasó.

Gideon cerró entonces los ojos con tanta fuerza como los puños.

—No.

—No ¿qué?

—No seas lo que necesito. En este momento, no.

—¿Por qué no?

Sus vehementes ojos azules se abrieron súbitamente y me inmovilizaron a medio camino.

—Pendo de un hilo, Eva.

—No tienes que pender de nada —le dije, tendiéndole las manos—. Suéltate. Yo te agarraré.

—No —replicó negando con la cabeza—. No puedo..., no puedo ser delicado.

—Estás deseando tocarme.

Tensó la mandíbula.

—Quiero follarte. Ahora mismo no deseo otra cosa.

Sentí el calor subiendo hasta mis mejillas. Una prueba de lo mucho que me deseaba era que pudiera encontrarme apetecible a pesar de mi ridículo atuendo.

—Ya sabes que estoy dispuesta. Siempre.

Me llevé los dedos a la solapa de la gabardina. La había abrochado parcialmente en el taxi para que no se viera lo que llevaba debajo. Pero ahora estaba sudando; tenía la piel húmeda de sudor.

—No.

—¿No crees que sé cómo tratarte? ¿Después de todo lo que hemos conseguido juntos? ¿De todo lo que hemos hablado?

Dios. Todo su cuerpo estaba rígido y tenso; cada uno de sus músculos, fuerte y duro. Y sus ojos, tan brillantes sobre el fondo bronceado de su rostro, y tan angustiados. Mi hombre oscuro y peligroso.

Entonces me sujetó por el codo y echó a andar.

—¿Qué...? —Tropecé.

Gideon me arrastró de vuelta al ascensor.

—Tienes que irte.

—¡No!

Me resistí, quitándome las chanclas a patadas y clavando los pies en el suelo.

—¡Maldita sea!

Se volvió hacia mí y me levantó en vilo de un tirón, de modo que quedamos nariz con nariz.

—No puedo prometer que vaya a parar. Si llego demasiado lejos, puede que tu palabra de seguridad no me detenga, y esto, es decir, nosotros, se irá al infierno.

—¡Gideon! ¡Por el amor de Dios, no temas desearme tanto!

—Quiero castigarte —replicó él gruñendo al tiempo que me sujetaba la cara con ambas manos—. ¡Tú has hecho esto! Tú lo has provocado. Presionando a la gente..., presionándome a mí. ¡Mira lo que has conseguido!

En ese momento me alcanzó el olor a alcohol, el intenso efluvio de algún carísimo licor. Nunca había visto a Gideon verdaderamente borracho, valoraba demasiado su autocontrol como para perderlo del todo, pero ahora sí lo estaba.

El primer atisbo de cansancio comenzó a extenderse por mi cuerpo.

—Sí —admití temblorosa—, es culpa mía. Te quiero demasiado. ¿Vas a castigarme por eso?

—Dios mío...

Cerró los ojos, apoyó su frente cálida y húmeda en la mía y la frotó enérgicamente. Mi piel se cubrió con su sudor y me dejó marcada con su agradable aroma masculino.

Entonces noté que cedía y se relajaba ligeramente. Volví la cabeza y le besé la enfebrecida mejilla.

Se puso tenso otra vez.

—No.

A continuación me arrastró hacia el ascensor y, con el pie, apartó el contenido de mi bolso, que estaba desparramado en el suelo.

—¡Basta ya! —grité tratando de soltar el brazo.

Pero Gideon no me escuchaba. Hundió el dedo en el botón de llamada. La puerta se abrió de inmediato, el ascensor privado siempre estaba esperando para bajarlo. Me empujó adentro y yo choqué con la pared del fondo.

Desesperada, tiré del cinturón de mi gabardina, sacando fuerzas de la urgencia. Rompí los botones, que salieron rodando en todas direcciones. Las puertas ya estaban cerrándose cuando me volví para quedar frente a él y abrí la gabardina de modo que viera lo que llevaba debajo.

Gideon extendió rápidamente un brazo para bloquear la puerta y dejarla abierta. El body que llevaba era de color rojo sangre, nuestro color, y apenas si tenía tela. Una malla transparente dejaba ver los pechos y el sexo, y se ceñía a la cintura con unas tiras.

—Puta —musitó entrando en el reducido espacio y haciéndolo todavía más pequeño—, no sabes cuándo parar.

—Soy tu puta —le solté con las lágrimas cayendo ya por mis mejillas. Me resultaba muy doloroso que estuviera tan enfadado conmigo, a pesar de que yo lo comprendiera. Él necesitaba una válvula de escape y yo me había colocado a modo de diana. Me lo había advertido..., había tratado de protegerme...—. Puedo soportarte, Gideon Cross. Puedo soportar cualquier cosa tuya.

Me empujó contra la pared y el impacto fue tan fuerte que me quedé sin respiración. Cubrió mi boca con la suya y hundió la lengua bien adentro. Comenzó a estrujarme los pechos rudamente mientras me separaba las piernas con una rodilla. Arqueé la espalda, tratando de librarme de la gabardina. Tenía mucho calor; el sudor se deslizaba por mi espalda y por mi vientre. Gideon me la arrancó, la tiró a un lado y juntó nuestros labios de nuevo. Dejé escapar un gemido de gratitud y le eché los brazos al cuello con el corazón henchido de alivio por el abrazo. Me agarré a su pelo y me encaramé a su cintura.

Gideon despegó la boca de la mía y luego apartó mis manos de él.

—No me toques.

—Que te jodan —le espeté, demasiado herida para controlar las palabras. Sólo para fastidiarlo, me solté y le pasé las manos por sus recios hombros y sus bíceps.

Me empujó hacia atrás y me sujetó nuevamente contra la pared poniendo una sola mano en mi pecho. Por mucha fuerza que hiciera, o lo arañara, no conseguiría moverlo. Solamente pude observar cómo se quitaba el cordón de los pantalones.

El deseo y la aprensión se mezclaron en mi interior a partes iguales.

—¿Gideon...?

Él me dirigió una mirada atormentada y siniestra.

—¿Quieres hacer el favor de no tocarme?

—No, no quiero.

Asintió con la cabeza y me soltó, pero sólo para volverme de cara a la pared. Aprisionada por su cuerpo, tenía poca libertad de movimientos.

—No luches conmigo —me ordenó con la boca junto a mi oreja.

Entonces me ató las manos a la barra con el cordón.

Me quedé helada, asustada de que estuviera encerrándome de verdad. La sorpresa y la incredulidad hicieron que dejara de forcejear. Me di cuenta de que la cosa iba en serio cuando lo vi anudar el cordón.

A continuación, me agarró por las caderas, me apartó el pelo de los hombros con la boca y me clavó los dientes en el hombro.

—Yo digo cuándo.

Dejé escapar un grito ahogado, pugnando por desatarme.

—Pero ¿qué haces?

No me contestó.

Simplemente se fue.

Me retorcí todo lo que pude y llegué a verlo entrando en el salón justo cuando las puertas del ascensor se cerraban.

—Oh, Dios mío —me lamenté en voz baja—. No es posible.

No podía creer que me despachara de ese modo..., atada en el ascensor y vestida tan sólo con mi ropa interior. Sabía que en esos momentos estaba jodido, sí, pero no podía creer que mi terriblemente celoso marido me exhibiera de tal manera ante quienquiera que estuviera en la recepción sólo para librarse de mí.

Pasaron los segundos, luego los minutos. La cabina no se movía y, después de quedarme ronca de tanto gritar, me di cuenta de que no serviría de nada. El ascensor esperaba que alguien pulsara un botón, preparado para recibir las órdenes de Gideon.

Igual que yo.

Pensaba darle una patada en el maldito trasero cuando me soltara. Nunca había estado tan cabreada.

—¡Gideon!

Me incliné hacia adelante y levanté una pierna extendida para llegar al botón que abría las puertas. Lo pulsé con el dedo gordo, y se abrieron. Tomé una buena bocanada de aire para gritar...

... y me quedé sin él inmediatamente de un sobresalto.

Gideon venía dando zancadas desde el salón en dirección al vestíbulo... completamente desnudo y empapado de los pies a la cabeza. Tenía la polla tan dura que le llegaba hasta el ombligo. Tenía la cabeza echada hacia atrás porque iba bebiendo agua de una botella, y su paso era tranquilo y relajado, aunque a todas luces el de un depredador.

Me puse derecha cuando se acercó, jadeando tanto por la profusión de mis emociones como por la intensidad de mi deseo. Gilipollas o no, sentía un ansia de él tan vehemente que no podía luchar contra ella. Era complicado y sexi, defectuoso y perfecto al mismo tiempo.

—Toma.

Me llevó a los labios un vaso alto de cristal en el que no había reparado porque estaba demasiado ocupada comiéndome con los ojos su magnífico cuerpo. El vaso estaba casi lleno de un líquido rojizo y dorado que chocó contra mis labios cuando lo inclinó.

Abrí la boca por instinto y él vertió en ella el licor. La prueba de que era fuerte es que quemaba la lengua y la garganta. Tosí y él esperó con los ojos entornados. Olía a limpio y fresco, reanimado por una ducha.

—Termínatelo.

—¡Es demasiado fuerte! —protesté.

Vertió otro gran trago entre mis labios.

Le propiné una patada y solté un taco al hacerme daño en el pie sin que a él lo hubiera lastimado en absoluto.

—¡Ya basta! —exclamó.

Dejó caer la botella de agua vacía y me cogió la cara entre las manos. Con el pulgar, me limpió las gotas de licor de la barbilla.

—Tienes que dejar que me calme y tú también tienes que serenarte. Si seguimos así, nos destrozaremos el uno al otro.

Una estúpida lágrima se me escapó por el rabillo del ojo.

Gideon refunfuñó y se inclinó hacia mí. Con la lengua lamió el rastro de la gota en mi mejilla.

—Estoy hecho polvo y tú me das de puñetazos. No lo soporto, Eva.

—Yo tampoco soporto que me excluyas —dije en un susurro mientras tiraba del puñetero cordón. El licor repartía fuego por mis venas. Ya notaba los tentáculos de la embriaguez apoderándose de mis sentidos.

Gideon puso la mano sobre la mía para aquietar mis movimientos nerviosos.

—Para de una vez, vas a hacerte daño.

—Desátame.

—Si me tocas, no lo soportaré. Estoy pendiendo de un hilo —dijo otra vez, y parecía desesperado—. No puedo perder el control. Contigo, no.

—¿Con otra persona? —Mi voz se tornó estridente—. ¿Necesitas a otra persona?

Yo tampoco podía soportarlo. Gideon era el puntal de nuestra relación. Pensaba que yo podía ser lo mismo para él. Quería resguardarlo, ser su refugio. Pero él no necesitaba refugiarse de ninguna tormenta; él era la tormenta. Y yo no tenía la fuerza suficiente para resistir el peso de su aplastante estado de ánimo.

—No, por Dios. —Me besó. Con fuerza—. Tú necesitas que yo controle la situación. Yo necesito controlarla cuando estoy contigo.

Empecé a sentir pánico. Él lo sabía. Sabía que yo no era suficiente.

—Con las otras eras distinto. No te refrenabas...

—¡Joder! —Se alejó de repente y dio un golpe con el puño en la botonera. Las puertas se abrieron en el acto con la voz de Sarah McLachlan cantando algo sobre la posesión. Gideon lanzó entonces el vaso contra la pared del vestíbulo y lo hizo pedazos—. ¡Sí, era distinto! ¡Tú me hiciste ser distinto!

—Y me odias por eso. —Me eché a llorar; mi cuerpo, vencido, sostenido por la pared de la cabina.

—No. —Me envolvió con el cuerpo, frío por el agua, curvándolo sobre mi espalda. Frotó la cara contra mí, su abrazo era tan estrecho que apenas si podía respirar—. Te quiero. Eres mi esposa. Mi puñetera vida. Lo eres todo.

—Yo sólo quiero ayudarte —exclamé—. Quiero estar aquí por ti, pero tú no me dejas.

—Por Dios, Eva. —Empezó a mover las manos, a deslizarlas por todas partes. A acariciarme. A tranquilizarme—. No puedo impedírtelo. Te necesito demasiado.

Me aferraba a la barra con las dos manos y tenía la cara pegada al espejo. El licor comenzaba a producir su magia. De pronto me invadió una cálida languidez que ahogó la ira y el poco ánimo que me quedaba hasta que se desvaneció y acabé triste, desesperada y aterradoramente enamorada.

Gideon metió la mano entre mis piernas, buscó y acarició. De un enérgico tirón soltó los corchetes del body. La repentina liberación me hizo gemir. Tenía el sexo húmedo e hinchado por los hábiles movimientos de sus manos y por el recuerdo de cómo me había mirado mientras se acercaba a mí.

Dejé caer la cabeza hacia atrás, sobre su hombro, y vi su imagen en el espejo. Tenía los ojos cerrados y los labios separados. La vulnerabilidad grabada en su hermoso rostro me desarmó. Sufría terriblemente y yo no podía soportarlo.

—¿Qué puedo hacer? —le susurré—. Dime cómo ayudarte.

—Chis —dijo, pasándome la lengua por el borde de la oreja—. Deja que me calme.

El suavísimo roce de su pulgar sobre la malla que cubría mis pezones estaba volviéndome loca. Sus dedos deslizándose entre los resbaladizos pliegues de mi sexo me hacían estremecer. Sabía bien dónde tocar y cuánta presión ejercer.

Grité cuando introdujo dos dedos en mi interior y flexioné los pies hasta ponerme de puntillas. Las rodillas se me doblaban y las piernas me temblaban debido a la tensión. El aire dentro del ascensor estaba cargado de vapor, saturado del deseo que irradiaba Gideon en oleadas.

—Joder... —gimió cuando mi sexo se apretó alrededor del suyo. Empujaba las caderas contra mí para intensificar su erección entre mis glúteos—. Voy a magullarte ese dulce coño tuyo, Eva. No puedo contenerme.

Me pasó un brazo por la cintura y me levantó, echándome hacia atrás de modo que los brazos estuvieran rectos y yo inclinada hacia adelante. Me separó las piernas mientras pasaba los dedos por la humedad de mi coño. Noté una mano que me rozaba la cadera, y luego el capullo de su polla desplazándose por la hendidura de mis nalgas hasta quedar entre los labios de mi sexo.

Contuve el aliento, retorciéndome contra aquella placentera presión. Lo había deseado todo el día, me moría por sentir su enorme verga dentro de mí, necesitaba que me hiciera correrme.

—Espera —gruñó, tratando de alcanzar tanto mi cintura como uno de mis hombros mientras flexionaba los dedos con impaciencia—. Deja que...

Mi sexo se contrajo, apretándose más alrededor del grueso capullo.

Gideon lanzó una exclamación y se abrió paso con un fuerte impulso que lo llevó muy adentro. Yo grité de dolor y placer al mismo tiempo y me arqueé, sintiendo la quemazón de mis tensos músculos internos.

—Sí —musitó él, atrayéndome otra vez hasta que los labios de mi sexo ciñeron la voluminosa raíz de su miembro. Trazaba círculos con las caderas, el peso de sus pelotas cayendo sobre mi abultado clítoris—. Bien prieto...

Yo gemí tratando de agarrarme a la barra, y todo mi cuerpo se estremeció cuando empezó a follarme. La sensación era arrolladora, ahora completamente llena, ahora vacía de repente. Las piernas me fallaban, sentía espasmos de placer mientras Gideon me penetraba con fuerza, hasta el fondo. Todas las emociones reprimidas en su interior me las traspasaba con cada impulso. Las implacables acometidas de su polla masajeaban mis fibras más sensibles.

Me corrí antes de darme cuenta de que llegaba el orgasmo. Grité ahogadamente su nombre mientras el placer recorría mi cuerpo en violentas sacudidas.

Dejé caer la cabeza entre los brazos; tenía los músculos débiles e inservibles. Gideon me sostenía con las manos, con su erección, usando mi cuerpo, poseyéndolo, gruñendo primitivamente cada vez que alcanzaba lo más profundo de mí.

—Así, bien adentro... —jadeaba—. Cómo me gusta.

Con el rabillo del ojo me pareció ver entonces un movimiento, mis ojos aturdidos enfocaban nuestro reflejo. Con un grito tenue, dolorido, empecé a correrme otra vez, si es que había parado en algún momento. Gideon era el ser más sensual que había visto en mi vida, con aquellos bíceps duros soportando mi peso, los muslos tensos por el esfuerzo, los glúteos apretados mientras subía y bajaba, los abdominales que se ondulaban, potentes, cuando movía las caderas en cada impulso.

Estaba hecho para follar, pero él había perfeccionado la técnica, usando cada centímetro de su extraordinario cuerpo para proporcionar placer a una mujer. Era algo innato en él, instintivo. Incluso estando borracho y desbordado por la angustia, su ritmo era acompasado y preciso, su concentración, absoluta.

Cada embate lo llevaba hasta lo más profundo de mí, tocando los puntos más delicados una y otra vez y llevándome al éxtasis hasta que ya no pude resistir sus acometidas. Otro clímax me arrastró como un maremoto.

—Así —dijo él—, exprímeme la polla, cielo. Ah..., voy a correrme.

Sentí cómo su verga se engrosaba y se alargaba, y me

estremecí de pies a cabeza al tiempo que respiraba agitadamente.

Gideon echó hacia atrás la cabeza y rugió como un animal, eyaculando vigorosamente. Me agarró por las caderas y me empujó hacia abajo sobre su polla chorreante, corriéndose intensa y dilatadamente y llenándome el sexo con su simiente hasta que ésta rebosó muslos abajo.

A continuación aminoró jadeante el impulso de sus caderas y se inclinó para apretar la mejilla contra mi hombro.

Yo caí de rodillas.

—Gideon...

Me levantó.

—No he terminado —dijo bruscamente, todavía con su erección dentro de mí.

Y empezó otra vez.

Me desperté al sentir su pelo en mis hombros y la presión de unos labios cálidos y firmes. Agotada, traté de darme la vuelta hacia el otro lado, pero su brazo alrededor de la cintura me lo impidió.

—Eva —me llamó con voz áspera; tenía la mano sobre mis senos y, con hábiles dedos, me acariciaba un pezón.

Estaba oscuro y nos encontrábamos en la cama, aunque apenas si lo recordaba llevándome hasta allí. Me había desvestido, lavado con una toalla húmeda e inundado de besos la cara y las muñecas. Ahora estaban vendadas, cubiertas de pomada y cuidadosamente envueltas.

Me había excitado sentir sus tiernas caricias en las rozaduras, la mezcla de placer y dolor. Y él se había dado cuenta de ello.

Con ojos de lujuria, me había separado las piernas y me lo había comido con una insistente exigencia que me había anulado la capacidad de pensar o moverme. Me había lamido y chupado el coño sin parar hasta que había perdido la cuenta de cuántas veces me había corrido alrededor de su pícara lengua.

—Gideon... —Volví la cabeza y lo miré. Estaba apoyado en un codo, y los ojos le brillaban a la tenue luz de la luna—. ¿Te has quedado conmigo?

Puede que fuera insensato esperar que se hubiera quedado conmigo mientras dormía, pero lo cierto era que me encantaba compartir la cama con él. Y lo anhelaba.

Asintió con la cabeza.

—No podía dejarte.

—Me alegro.

Me hizo volverme hacia él y comenzó a besarme suavemente. Los persuasivos lametones de su lengua me excitaron otra vez y me hicieron gemir.

—No puedo dejar de tocarte —susurró, sujetándome por la nuca para mantenerme inmóvil mientras él profundizaba en el beso y tiraba suavemente con los dientes de mi labio inferior.

—Cuando te toco, ya no pienso en ninguna otra cosa.

La ternura se fundía con el amor.

—¿Puedo tocarte yo a ti también?

—Por favor —dijo suplicante, cerrando los ojos.

Me abalancé sobre él y lo cogí por la cabeza como él me había cogido a mí. Le pasé la lengua por la suya; nuestras bocas estaban calientes y húmedas. Nuestras piernas se enredaron. Arqueé el cuerpo para apretarme contra la dureza de su erección.

Gideon empezó a tararear suavemente y a aquietarme girando para sujetarme contra la cama. Se echó hacia atrás y rompió el sello de nuestras bocas para mordisquearme, chuparme y seguir la línea de mis labios con la punta de la lengua.

Yo gimoteé en protesta porque quería que entrara más, con más fuerza. En cambio, él lamía pausadamente, acariciándome el paladar, la parte interior de las mejillas. Apreté las piernas y lo atraje más cerca. Él movió las caderas y presionó su miembro erecto contra mi muslo.

A continuación me besó hasta que mis labios se hincharon mientras el sol ya estaba saliendo. Me besó hasta que se corrió en un cálido torrente sobre mi piel. No una, sino dos veces.

Notar que se corría, oír sus gemidos de placer sabiendo que podía llevarlo al orgasmo con tan sólo besarlo... Me froté contra su muslo hasta que yo también alcancé el clímax.

Con el nuevo día, Gideon había cerrado la brecha que había abierto entre nosotros en el ascensor. Me hizo el amor sin sexo. Me demostró su devoción convirtiéndome en el centro de su mundo. No había nada más allá de los bordes de nuestra cama. Sólo nosotros y un amor que nos dejaba desnudos al tiempo que nos completaba.

Cuando volví a despertarme, lo encontré durmiendo a mi lado, con los labios tan hinchados de tanto besarnos como los míos. Su rostro en reposo era dulce, pero su ceño levemente fruncido me decía que no estaba descansando tan profundamente como yo habría deseado. Estaba de lado, con el cuerpo estirado, esbelto y macizo, y la sábana enredada entre las piernas.

Era tarde, casi las nueve, pero me faltaba valor tanto para despertarlo como para dejarlo dormir. No llevaba en mi trabajo el tiempo suficiente como para faltar un día, pero decidí hacerlo de todos modos.

Había antepuesto mis necesidades en lo que a mi profesión se refería, arriesgándome a que un día eso interfiriera entre nosotros. Sabía que mi deseo de ser independiente no era malo, pero en ese momento tampoco parecía bueno.

Me puse una camiseta y un culote de cintura baja, salí sigilosamente de la habitación y me dirigí, pasillo adelante, hasta el despacho que Gideon tenía en casa, donde su móvil estaba quejándose de que nadie hacía caso de la alarma de su despertador. La apagué y fui a la cocina.

Había anotado mentalmente todas las cosas que tenía que hacer, así que primero llamé a Mark y le dejé un mensaje diciéndole que faltaría al trabajo por una urgencia familiar. Luego llamé a Scott y también le dejé un mensaje diciendo que Gideon no iba a estar allí a las nueve y que era posible que no apareciera en absoluto. Añadí que me telefoneara y podríamos hablar de ello.

Yo esperaba tener a Gideon en casa todo el día, aunque dudaba que él estuviera de acuerdo. Necesitábamos tiempo para nosotros. Tiempo terapéutico.

Recogí mi móvil del vestíbulo y llamé a Angus. Respondió al primer tono.

—Hola, señora Cross. ¿Están preparados usted y el señor Cross?

—No, Angus, ahora mismo no vamos a movernos de aquí. De hecho, no estoy segura de que vayamos a salir de casa hoy. Quería preguntarte si sabes dónde compra Gideon esos frascos para la resaca.

—Sí, claro. ¿Necesita alguno?

—Puede que él lo necesite cuando se despierte, sí. Por si acaso, me gustaría tener uno a mano.

Se hizo una pausa.

—Si me permite la pregunta —dijo el chófer con su acento escocés—, ¿tiene esto algo que ver con la visita de anoche del señor Vidal?

Me llevé la mano a la frente, notando los síntomas de una jaqueca inminente.

—Tiene mucho que ver.

—¿Lo cree Chris? —preguntó quedamente.

—Sí.

Angus suspiró.

—Ah, es eso entonces. El chico no debía de estar preparado. Niega lo que pasó para poder soportarlo.

—Se lo tomó mal.

—Sí, de eso estoy seguro. Es bueno que esté con él, Eva. Usted hace lo más conveniente para él, aunque puede que le lleve algún tiempo darse cuenta. Compraré el frasco.

—Gracias.

Tras colgar el teléfono, me dediqué a ordenar un poco la casa. Primero fregué el decantador vacío y el vaso que encontré sobre la isla de la cocina; después fui al vestíbulo con la escoba y el recogedor para retirar los trocitos del vaso roto. Hablé con Scott, que llamó cuando yo estaba recogiendo todas las cosas que se habían caído de mi bolso, y luego me concentré en frotar la pared y el suelo del vestíbulo para quitar las manchas secas de brandy.

La noche anterior, Gideon había dicho que estaba agotado. No quería que se despertara y encontrara su casa así.

«Nuestra casa —me corregí—. Nuestro hogar». Tenía que empezar a considerarla de esa manera. Y Gideon también. Mantendríamos una conversación sobre su intento de echarme de allí. Si yo iba a esforzarme más por entrelazar nuestras vidas, él debería hacer lo mismo.

Ojalá pudiera hablar con alguien de todo aquello, un amigo que me escuchara y me diera buenos consejos. Cary o Shawna. Incluso Steven, que tenía algo que hacía muy fácil hablar con él. También estaba el doctor Petersen, pero no era lo mismo.

De momento, Gideon y yo teníamos secretos que sólo podíamos compartir el uno con el otro, y eso nos mantenía aislados y codependientes. No era únicamente la inocencia lo que nos habían robado quienes habían abusado de nosotros. También se habían llevado nuestra libertad. Aunque aquello hubiera ocurrido hacía mucho tiempo, todavía éramos prisioneros de las falsas fachadas tras las cuales vivíamos. Prisioneros aún de las mentiras, aunque de distinto modo.

Acababa de limpiar las manchas del espejo del ascensor

cuando éste empezó a bajar conmigo dentro. En camiseta y bragas.

—¿Será posible? —murmuré, quitándome los guantes de goma para atusarme el pelo. Después de haberme revolcado con Gideon durante toda la noche, estaba hecha un desastre.

Las puertas se abrieron entonces y Angus se dispuso a entrar, pero se quedó con un pie en el aire cuando me vio. Cambié de postura, tratando de tapar la cuerda que seguía atada al pasamanos, detrás de mí. Gideon me había soltado usando unas tijeras. Había liberado mis muñecas, pero dejó pruebas.

—¡Ah, hola! —le dije, muerta de vergüenza.

No había modo de explicar qué estaba haciendo en el ascensor, escasamente vestida y con unos guantes de goma amarillos. Y, por si fuera poco, tenía los labios tan rojos e hinchados por haberme pasado horas y horas besándome con Gideon que no se podía ocultar a qué me había dedicado toda la noche anterior.

Angus me miraba divertido con sus ojos azul claro.

—Buenos días, señora Cross.

—Buenos días, Angus —respondí con toda la dignidad de que fui capaz.

Me tendió un frasco con el «remedio» para la resaca, que estaba segura de que no era más que alcohol mezclado con vitaminas.

—Aquí tiene.

—Muchas gracias. —Mis palabras eran sinceras, e iban cargadas de gratitud adicional por no haber hecho preguntas.

—Llámeme si me necesita. Estaré por aquí cerca.

—Eres estupendo, Angus.

Me apresuré a subir de nuevo al ático y, cuando la puerta del ascensor se abrió, oí que sonaba el teléfono de casa.

Salí corriendo y entré descalza en la cocina para descolgar el auricular, con la esperanza de que el ruido no hubiera despertado a Gideon.

—¿Diga?

—Eva, soy Arash. ¿Está Cross contigo?

—Sí. Creo que aún está dormido. Iré a ver. —Me dirigí hacia el pasillo.

—No estará enfermo, ¿verdad? Porque no lo está nunca.

—Hay una primera vez para todo.

Me asomé al dormitorio y vi a mi marido durmiendo a pierna suelta, abrazado a mi almohada y con la cabeza hundida en ella. Caminé de puntillas hasta su mesilla de noche y dejé allí el remedio contra la resaca. Volví a salir tan sigilosamente como había entrado y cerré la puerta.

—Está frito todavía —dije en voz baja.

—¡Hala! En fin, cambio de planes. Tengo unos documentos que tenéis que firmar antes de las cuatro de esta tarde. Os los enviaré por mensajero. Dame un toque cuando terminéis con ellos y mandaré a alguien a recogerlos.

—¿Que yo tengo que firmar algo? ¿Qué es?

—¿No te lo ha dicho? —Se echó a reír—. Bueno, pues no voy a estropear la sorpresa. Ya lo verás cuando lleguen los papeles. Llamadme si tenéis alguna duda.

—Vale, gracias —gruñí con suavidad.

Colgamos y me quedé mirando el pasillo, en dirección al dormitorio, con los ojos entornados. ¿Qué debía de estar tramando Gideon? Me volvía loca que pusiera algún proyecto en marcha y se ocupara de asuntos sin comentarme nada.

Mi móvil empezó a sonar entonces en la cocina. Corrí a través del salón y eché un vistazo a la pantalla. El número no me resultaba conocido, pero era evidente que pertenecía a la ciudad de Nueva York.

—¡Santo Dios! —murmuré, sintiéndome como si hubiera pasado todo un día trabajando cuando tan sólo eran las diez y media de la mañana. ¿Cómo demonios se las arreglaría Gideon para atender tantos asuntos distintos al mismo tiempo?

—Eva, soy Chris otra vez. Espero que no te importe que Ireland me haya dado tu número.

—No, en absoluto. Siento no haberlo llamado yo antes, no pretendía preocuparlo.

—¿Está bien?

Me senté en un taburete junto a la isleta de la cocina.

—No. Ha pasado una noche horrible.

—Antes he llamado a su oficina y me han dicho que estaba fuera.

—Estamos en casa. Él, todavía durmiendo.

—Eso no significa nada bueno.

Chris conocía bien a mi hombre. Gideon era un animal de costumbres, con una vida rigurosamente ordenada y segmentada. Cualquier desviación de sus pautas establecidas era algo tan inusual en él que resultaba alarmante.

—Se le pasará —le aseguré—. Yo me encargaré de ello. Simplemente necesita tiempo.

—¿Hay algo que yo pueda hacer?

—Si se me ocurre algo, se lo diré.

—Gracias. —Parecía cansado y preocupado—. Gracias por hablar conmigo y por estar ahí con él. Ojalá lo hubiera estado yo cuando pasó todo aquello. Tendré que vivir con el hecho de que no estuve.

—Todos tenemos que vivir con ello. No es culpa suya, Chris. Esto no hace las cosas más fáciles, ya lo sé, pero es necesario que lo tenga presente o se machacará a sí mismo. Así no ayudará a Gideon.

—Eres muy madura para tu edad, Eva. Me alegro mucho de que estés con él.

—La afortunada soy yo —dije quedamente—. Con mayúsculas.

Al terminar la conversación, no pude por menos que pensar en mi madre. Ver lo que Gideon estaba sufriendo me hacía valorarla especialmente. Ella había estado a mi lado; había luchado por mí. También se sentía culpable y eso la había hecho ser sobreprotectora hasta un punto que rayaba la locura, pero en el fondo yo no estaba tan hecha polvo como Gideon gracias al amor de mi madre.

La telefoneé y contestó enseguida.

—Eva, has estado evitándome deliberadamente. ¿Cómo se supone que voy a organizar tu boda sin tu participación? Hay que tomar muchas decisiones, y si me equivoco...

—Hola, mamá —la interrumpí—, ¿cómo estás?

—Estresada —dijo, y su voz, entrecortada por naturaleza, denotaba algo más que una pequeña acusación—. ¿Cómo iba a estar? Estoy organizando uno de los días más importantes de tu vida yo solita y...

—Estaba pensando que podríamos quedar el sábado y hablar largo y tendido sobre todo eso, si te va bien a ti.

—¿De verdad? —La alegría de su tono me hizo sentir culpable.

—Sí, de verdad.

Había pensado que la segunda boda era más por mi madre que por cualquier otra persona, pero estaba equivocada. La boda era importante para Gideon y para mí también; otra oportunidad para confirmar nuestro inquebrantable vínculo. Y no para que el mundo lo viera, sino para nosotros dos.

Él debía dejar de apartarme para protegerme, y yo debía dejar de tener miedo de desaparecer al convertirme en la señora de Gideon Cross.

—¡Sería estupendo, Eva! Podríamos comer aquí con la organizadora de la boda y pasar la tarde estudiando todas las posibilidades.

—Yo quiero algo sencillo, mamá, íntimo. —Antes de que pudiera protestar, proseguí con la solución de Gideon—: Podemos tirar la casa por la ventana con el banquete, pero quiero que la ceremonia sea algo más privado.

—¡Eva, la gente se ofenderá si la invitamos al banquete pero no a la ceremonia!

—La verdad es que no me importa. Yo no me caso por ellos. Me caso porque estoy enamorada del hombre de mis sueños y vamos a pasar juntos el resto de nuestra vida. No quiero que se desvíe el centro de la cuestión.

—Cariño... —suspiró, como si yo fuera tonta—, ya hablaremos de esto el sábado.

—Vale, pero no voy a cambiar de idea.

Entonces un escalofrío me recorrió la espalda y me volví.

Gideon estaba en el umbral de la cocina, observándome. Se había puesto los pantalones de chándal de la noche anterior y tenía el pelo revuelto y los párpados hinchados.

—Tengo que dejarte —le dije a mi madre—. Hasta el fin de semana, entonces. Te quiero mucho.

—Yo también a ti, Eva. Por eso sólo te deseo lo mejor.

Apagué el teléfono y lo dejé sobre la isleta. Bajé del taburete y me puse frente a él.

—Buenos días.

—No has ido a trabajar —dijo con la voz más ronca y sexi de lo normal.

—Tampoco tú.

—¿Vas a ir más tarde?

—Pues no. Ni tú. —Me acerqué a él y lo abracé por la cintura. Aún conservaba el calor de la cama. Mi sueño hecho realidad, adormilado y sensual—. Vamos a estar escondidos todo el día, campeón. Solos tú y yo, en pijama y tranquilitos.

Con una mano me agarró por la cadera y con la otra me apartó el pelo de la cara.

—No estás enfadada.

—Y ¿por qué iba a estarlo? —Me puse de puntillas y lo besé en la mandíbula—. ¿Estás tú enfadado conmigo?

—No. —Me sujetó por la nuca y apretó la mejilla contra la mía—. Me alegro de que estés aquí.

—Estaré siempre aquí. Hasta que la muerte nos separe.

—Estás preparando la boda.

—Lo has oído, ¿eh? Si tienes algo que decir, hazlo ahora o calla para siempre.

Gideon guardó silencio durante un buen rato, el suficiente como para imaginar que no tenía nada que añadir.

Volví la cabeza y le di un beso rápido y suave en los labios.

—¿Has visto lo que te he dejado junto a la cama?

—Sí, gracias.

La sombra de una sonrisa asomó a su boca.

Tenía el aspecto de un hombre que ha follado bien, lo cual me llenaba de orgullo.

—Te he disculpado en el trabajo también, pero Arash ha dicho que tenía que enviarnos unos papeles. No ha querido decirme de qué se trataba.

—Tendrás que esperar para averiguarlo.

Le acaricié la frente con las yemas de los dedos.

—¿Cómo estás?

Él se encogió de hombros.

—No sé. Ahora mismo me siento de puta pena.

—Date el baño que no te diste anoche.

—Hum..., ya me siento mejor.

Entrelazamos los dedos y lo conduje de nuevo hacia el dormitorio.

—Quiero ser el hombre de tus sueños, cielo —dijo, sorprendiéndome—. Lo deseo más que cualquier otra cosa.

—Eso está hecho.

Yo miraba el contrato que tenía delante con el corazón acelerado y una combinación de amor y alegría que me mareaba. Alcé la vista de la mesa cuando entró Gideon en la habitación, con el pelo todavía húmedo tras el baño y sus largas piernas enfundadas en unos pantalones de pijama de seda negra.

—¿Vas a comprar la casa de los Outer Banks? —le pregunté, puesto que necesitaba que me lo confirmara a pesar de tener la prueba ante mis ojos.

En su boca sensual se dibujó una sonrisa.

—Vamos a comprar esa casa. Acordamos comprarla.

—Hablamos de ello —repuse.

El precio fijado era un poco exagerado, lo que indicaba que no había sido fácil persuadir a los dueños. Gideon había pedido que incluyeran el libro *Desnuda ante la muerte* y el mobiliario de la habitación principal. Siempre pensaba en todo.

Se acomodó en el sofá, a mi lado.

—Ahora sí que estamos haciendo algo.

—Los Hamptons quedarían más cerca. O Connecticut.

—En avión se llega enseguida. —Me levantó la barbilla y apretó los labios contra los míos—. No te preocupes por la logística —susurró—. Fuimos felices allí, en la playa. Todavía te veo andando por la orilla del mar. Recuerdo cómo nos besamos en la terraza... y cómo te tendí en aquella gran cama blanca. Tú parecías un ángel, y yo me sentía como si estuviera en el cielo.

—Gideon —apoyé la frente en la suya—, ¿dónde firmamos?

Se echó hacia atrás y buscó en el contrato hasta encontrar la primera señal que indicaba «Firme aquí». Luego recorrió la mesa con la mirada y frunció el ceño.

—¿Dónde está mi pluma?

—Yo tengo una en el bolso —dije poniéndome en pie.

Me agarró de la muñeca y tiró de mí para que volviera a sentarme.

—No. Quiero la mía. ¿Dónde está el sobre donde venía todo esto?

Lo encontré en el suelo, entre el sofá y la mesa. Lo había dejado encima de ésta después de ver lo que nos había mandado Arash. Lo recogí y me di cuenta de que todavía pesaba, así que lo coloqué boca abajo sobre la mesa para que cayeran el resto de las cosas que había dentro. Una pluma estilográfica aterrizó tintineando sobre el cristal y una pequeña fotografía salió volando.

—Ahí está.

Gideon cogió la pluma y estampó su firma en la línea de puntos.

Mientras él examinaba el resto de las páginas, yo miré el retrato y se me hizo un nudo en la garganta.

Se trataba de la fotografía de él con su padre en la playa de la que me había hablado en Carolina del Norte. Gideon era pequeño, debía de tener cuatro o cinco años y se lo veía muy concentrado ayudando a su padre a construir un castillo de arena. Geoffrey Cross, guapo como un galán de cine, estaba sentado frente a su hijo, con el pelo oscuro agitado por la brisa del océano. Llevaba tan sólo un bañador puesto y lucía un cuerpo muy parecido al de Gideon en la actualidad.

—¡Anda, mira! —exclamé pensando ya en que iba a enmarcar las fotos de todos los lugares en los que habíamos estado—. Me encanta.

—Aquí —me dijo, pasándome el contrato con la pluma encima.

Dejé la foto y cogí la estilográfica de Gideon. Le di vueltas en la mano hasta que vi las iniciales «G.C.» grabadas en el mango.

—¿Eres supersticioso?

—Era de mi padre.

—¡Ah!

—Lo firmaba todo con ella. No iba a ninguna parte sin llevarla en el bolsillo. —Se apartó el pelo de la cara—. Hundió nuestro nombre con esta pluma.

Le apoyé una mano en el muslo.

—Y tú estás levantándolo de nuevo con ella. Ya entiendo.

Me dirigió una mirada dulce y brillante y me acarició la mejilla con la yema de los dedos.

—Sabía que lo entenderías.

15

—Una suite principal para él y para ella, todo un clásico. —Blaire Ash sonreía mientras deslizaba la pluma por un bloc grande montado en una tablilla sujetapapeles.

Recorrió con la mirada el dormitorio de Eva en el ático, que yo le había encargado que diseñara para que fuera exactamente igual que el que tenía en su apartamento del Upper West Side.

—¿Cómo quieren la reforma? —preguntó el diseñador—. ¿Hacemos tabla rasa o prefieren el cambio estructural más simple que combine las dos habitaciones?

Dejé que contestara Eva. Me resultaba difícil participar, sabiendo que en realidad ninguno de los dos queríamos aquel cambio. Nuestra casa pronto reflejaría lo jodido que yo me encontraba y lo mucho que eso afectaba a nuestro matrimonio. Todo aquello era como un cuchillo en el estómago.

Ella me miró antes de preguntar:

—¿Qué sería más fácil de hacer?

Ash sonrió, dejando ver unos dientes ligeramente torcidos. Era atractivo, o al menos eso aseguraba Ireland, y llevaba su atuendo habitual: vaqueros rasgados y camiseta debajo de una chaqueta hecha a medida. Sin embargo, no podía importarme menos su aspecto. Lo que contaba era su talento, que yo admiraba lo suficiente como para encargarle que reformara tanto mi oficina como mi casa. Lo que no me gustaba era el modo en que miraba a mi mujer.

—Podríamos adaptar la distribución del baño principal y abrir una puerta abovedada en esta pared, uniendo así las dos habitaciones.

—Eso es justo lo que necesitamos —dijo Eva.

—Bueno. Este procedimiento es rápido y eficaz, y las obras no causarían muchos trastornos en vuestra vida. O bien —añadió— podría mostrarles algunas alternativas.

—¿Como cuáles?

Ash se puso a su lado, tan cerca que le rozaba un hombro con el suyo. Era casi tan rubio como Eva y, con la cabeza inclinada hacia ella, la imagen que formaban era espléndida.

—Si jugamos con las dimensiones de los tres dormitorios y el baño principal —respondió dirigiéndose sólo a ella, como si yo no estuviese allí—, podría salir una suite con los dos lados proporcionados. Ambos dormitorios serían del mismo tamaño, con los despachos de él y ella contiguos..., o un cuarto de estar, si lo prefieren.

—¡Ah! —Eva se mordió el labio inferior distraídamente durante un momento—. Es increíble que hagas el bosquejo tan deprisa.

Él le guiñó un ojo.

—«Rápido y cuidadoso» es mi lema. Y hacer tan bien el trabajo que se piense en mí cuando haya que hacerlo otra vez.

Yo estaba apoyado en la pared, observándolos con los brazos cruzados. Eva parecía ajena al doble sentido de las palabras del diseñador. Yo, no.

Sonó el teléfono de casa y ella levantó la cabeza y me miró.

—Seguro que es Cary.

—¿Por qué no lo coges tú, cielo? —dije en tono cansino—. Tal vez deberías decirle que venga para que comparta tu entusiasmo.

—¡Sí! —Me pasó la mano por el brazo al salir corriendo

de la habitación, un toque fugaz que reverberó en todo mi cuerpo.

Me enderecé y me dirigí a Ash:

—Está coqueteando con mi mujer.

Se puso tenso de repente y dejó de sonreír.

—Lo siento. No era mi intención. Sólo quería que la señorita Tramell se sintiera cómoda.

—Yo me preocuparé por ella. Usted preocúpese por mí.

No dudaba de que el diseñador se habría cuestionado el arreglo que le habíamos consultado. Cualquiera lo cuestionaría. ¿Qué hombre con sangre en las venas y en su sano juicio, con una mujer como Eva al lado, dormiría no sólo en otra cama, sino en otra habitación?

El cuchillo penetró un poco más y giró.

Sus ojos oscuros se quedaron sin expresión.

—Por supuesto, señor Cross.

—¿A ti qué te parece? —preguntó Eva entre un bocado y otro de pizza de *pepperoni* y albahaca. Estaba inclinada sobre la isla de la cocina, con una pierna levantada hacia atrás, pues había optado por situarse enfrente de Cary y de mí.

Me quedé pensando la respuesta.

—Yo creo que la idea de una suite con dos lados exactos es estupenda —continuó después de limpiarse la boca con una servilleta de papel—, pero, si elegimos el camino más fácil, será más rápido. Además, podríamos cegar la puerta algún día si queremos usar la habitación para otra cosa.

—Como un cuarto para los niños, por ejemplo —sugirió Cary mientras echaba pimienta en su porción.

De pronto se me quitó el hambre y dejé en el plato de papel el trozo que estaba comiendo. Últimamente comer pizza en casa no me había sentado nada bien.

—O un cuarto para invitados —apuntó Eva—. Me gustó lo que hablaste con Blaire respecto a tu apartamento.

Cary le lanzó una mirada significativa.

—Buen regate.

—Oye, puede que tú estés pensando en niños, pero el resto de nosotros tenemos otras prioridades en la vida.

Eva había dicho exactamente lo que yo quería que dijera, pero...

¿Albergaba ella los mismos temores que yo? Tal vez me había aceptado como marido porque no había podido resistirse, pero pondría barreras a que yo fuera el padre de sus hijos.

Llevé el plato hasta el cubo de la basura y lo tiré.

—Tengo que hacer algunas llamadas. Quédate —le dije a Cary—; pasa un rato con Eva.

Él asintió con la cabeza.

—Gracias.

Salí de la cocina y atravesé el salón.

—Bueno, pues... —empezó a decir Cary cuando yo todavía podía oírlo—, al diseñador guaperas le gusta tu marido, nena.

—¡Que no! —Eva se echó a reír—. ¡Estás loco!

—Eso no te lo discuto, pero el tal Ash apenas si te miró en toda la tarde y no despegó los ojos de Cross.

Di un resoplido. El diseñador había captado el mensaje, lo que reafirmaba mi opinión sobre su inteligencia. Cary era libre de hacer la lectura que le pareciera bien.

—Vale, pues si tienes razón —dijo ella—, debo admirar su buen gusto.

Recorrí el pasillo y entré en el despacho. Mis ojos se detuvieron en el collage de fotos de Eva que había en la pared.

Ella era lo único que no podía apartar de mi pensamiento. Siempre estaba ahí, impulsando todo lo que yo hacía.

Me acomodé frente al escritorio y me puse a trabajar con la esperanza de recuperar todo lo que pudiera para no estar el resto de la semana completamente descolocado. Me costó un poco meterme en el juego, pero, cuando lo conseguí, noté un gran alivio. Suponía un respiro centrarse en problemas con soluciones concretas.

Ya iba avanzando cuando oí un grito en el salón que parecía haber proferido Eva. Me paré para escuchar. Hubo un momento de silencio y luego lo oí otra vez, seguido de la voz de Cary en un tono muy alto. Fui hasta la puerta y la abrí.

—¡Podrías hablar conmigo, Cary! —decía mi mujer, muy enfadada—. Podrías decirme lo que ocurre.

—Tú sabes lo que ocurre —replicó él en un tono tan nervioso que me hizo salir del despacho.

—¡No sabía que estabais cortando otra vez!

Caminé por el pasillo. Eva y Cary discutían en el salón mirándose con ira, separados por más de un metro de distancia.

—No es asunto tuyo —dijo él con los hombros muy erguidos y el mentón a la defensiva. Entonces me miró a mí también—. Ni tuyo tampoco.

—En eso estamos de acuerdo —repuse, aunque no era del todo cierto. Que Cary se destruyera a sí mismo no era de mi incumbencia. El modo en que eso afectara a Eva, sí.

—Gilipolleces. Todo es una maldita gilipollez. —Eva me miró fijamente para hacerme tomar parte en la conversación. Luego se volvió hacia Cary—: Pensé que estabas yendo al doctor Travis.

—¿Cuándo tengo yo tiempo para eso? —replicó él con ironía al tiempo que se apartaba el pelo de la frente—. Entre mi trabajo y el de Tat, y tratar de conservar a Trey, ¡no tengo tiempo ni para dormir!

Eva sacudió la cabeza.

—Estás escurriendo el bulto.

—No me sermonees, nena —le advirtió Cary—. En este momento lo último que necesito son tus chorradas.

—¡Ay, Dios! —Ella echó la cabeza hacia atrás y miró al techo—. ¿Por qué coño todos los hombres de mi vida insisten en despacharme cuando más me necesitan?

—No puedo hablar por Cross, pero ya no puedo contar contigo. Me las arreglo lo mejor que puedo.

Ella dejó caer la cabeza.

—¡Eso no es justo! Cuando me necesites, tienes que decírmelo. ¡No puedo leerte la mente!

Giré sobre mis talones y los dejé a lo suyo. Yo tenía mis propios problemas que resolver. Cuando Eva estuviera dispuesta, vendría a mí y la escucharía, procurando no ser muy explícito en cuanto a mi opinión.

Sabía que ella no quería oír lo que yo pensaba: que estaría mucho mejor sin Cary.

La luz del alba entraba de soslayo e iluminaba las puntas de su pelo mientras dormía. Los suaves mechones rubios resplandecían como el oro; parecían iluminados desde dentro. Eva tenía una mano en la almohada, junto a su hermosa cara, y la otra entre los senos. Las blancas sábanas, revueltas por el ajetreo de la noche anterior, le cubrían tan sólo la cadera y la parte superior de los muslos, con lo que sus bronceadas piernas quedaban al aire.

Yo no era un hombre muy dado a las fantasías, pero en ese momento mi mujer parecía el ángel que yo creía que realmente era. Enfoqué la cámara hacia aquella imagen para conservarla siempre. El obturador hizo ruido y Eva se movió, separando ligeramente los labios. Hice otra fotografía, contento de haber comprado una cámara que podía hacerle justicia.

Abrió los ojos pestañeando.

—¿Qué haces, campeón? —preguntó con una voz tan turbia como sus pupilas.

Dejé la cámara sobre la cómoda y me metí en la cama con ella.

—Admirarte.

Eva sonrió.

—¿Cómo te encuentras hoy?

—Mejor.

—Mejor es bueno.

Se dio la vuelta y buscó sus pastillas. Giró de nuevo hacia mí oliendo a menta. Su mirada recorrió mi rostro.

—Estás preparado para enfrentarte al mundo, ¿verdad?

—Preferiría quedarme en casa contigo —repuse.

Entornó los ojos.

—Dices eso pero te mueres por volver a dominar el mundo.

Me incliné y la besé en la punta de la nariz.

—Me conoces muy bien.

Todavía me sorprendía todo lo que sabía de mí. Me sentía inquieto, algo inestable. Distraerme con el trabajo, ver progresos concretos en alguno de los proyectos que supervisaba personalmente, me ayudaría a sosegarme. Aun así, sugerí:

—Podría trabajar en casa por la mañana y después pasar la tarde contigo.

Eva negó con la cabeza.

—Si quieres hablar, me quedaré en casa. Si no, tengo un empleo al que debo volver.

—Si trabajaras conmigo, también podrías utilizar el cibertransporte.

—Quieres empujarme a eso, ¿verdad? ¿Es ésa la táctica que vas a emplear?

Me puse boca arriba, con el brazo sobre los ojos. Eva no me había presionado el día anterior y sabía que tampoco lo haría ese día, ni el siguiente. Igual que el doctor Petersen, esperaría pacientemente a que yo me sincerara. Pero saber que ella estaba esperando ya implicaba bastante presión.

—No hay nada que decir —protesté—. Aquello pasó. Ahora Chris lo sabe. Hablar de ello no cambiará nada.

Noté que se volvía hacia mí.

—Lo que importa no es hablar de los hechos en sí mismos, sino de cómo te sientes tú respecto a ellos.

—No siento nada. Me... sorprendió. No me gustan las sorpresas. Ahora ya se me ha pasado.

—Bobadas —replicó, y se levantó corriendo antes de que pudiera sujetarla—. Si sólo vas a decir mentiras, mejor cállate.

Me incorporé y la observé mientras andaba al pie de la cama. Mi necesidad de ella era como una vibración constante en mi sangre, que ella, con su fogoso temperamento latino, convertía con facilidad en un deseo vehemente.

Había oído decir que mi mujer era tan deslumbrante como su madre, pero yo no estaba de acuerdo. Monica Stanton era una belleza fría, que daba la impresión de ser en cierto modo inaccesible. En cambio, Eva era toda calidez y sensualidad; podías alcanzarla, pero su pasión te abrasaría.

Salté de la cama y la detuve antes de que llegara al baño sujetándola por ambos brazos.

—No puedo discutir contigo en este momento —le dije sinceramente, clavando los ojos en las profundidades de su mirada turbulenta—. Si no estamos en sintonía, no sobreviviré al día de hoy.

—Entonces no me digas que ya se te ha pasado cuando estás tratando de mantener el tipo.

Dejé escapar un gruñido de frustración.

—No sé qué hacer al respecto —le confesé—. No veo que cambie nada el hecho de que Chris lo sepa.

Ella levantó la barbilla.

—Está preocupado por ti. ¿Vas a llamarlo?

Volví la cabeza. Cuando pensaba en ver a mi padrastro otra vez, se me hacía un nudo en el estómago.

—Hablaré con él en algún momento. Llevamos un negocio juntos.

—Prefieres evitarlo. Dime por qué.

Retrocedí.

—De repente no vamos a ser los mejores amigos del mundo, Eva. Antes apenas nos veíamos, y no veo razón para que eso cambie.

—¿Estás enfadado con él?

—Dios. ¿Por qué cojones tengo yo que hacerle sentir mejor? —espeté, y me dirigí a la ducha.

Ella me siguió.

—Nada le hará sentir mejor, y no creo que él espere eso de ti. Sólo quiere saber que te has recuperado.

Me metí en la cabina y abrí los grifos.

Eva me acarició la espalda.

—Gideon..., no puedes esconder tus sentimientos en una caja. Excepto si quieres una explosión como la de la otra noche. U otra pesadilla.

La mención de mis pesadillas recurrentes me hizo volverme hacia ella.

—Pues las dos últimas noches nos ha ido muy bien.

Eva no se echaba atrás en mis ataques de ira como hacían los demás, lo cual sólo empeoraba las cosas. Y ver su cuerpo desnudo reflejado en los espejos tampoco ayudaba.

—El martes no dormiste —replicó—, y anoche estabas tan agotado que no creo que soñaras.

Ella no sabía que yo había dormido parte de la noche en el otro dormitorio, y no vi razón alguna para contárselo.

—¿Qué es lo que quieres que diga?

—¡No se trata de mí! Hablar de las cosas nos alivia, Gideon. Desahogarse nos ayuda a ver las cosas desde otra perspectiva.

—¿Perspectiva? Ya tengo bastante perspectiva. La compasión en el rostro de Chris la otra noche era más que evidente. ¡O en el tuyo! No necesito que nadie sienta pena por mí, maldita sea. No necesito su puñetero sentimiento de culpa.

Eva enarcó las cejas.

—No puedo hablar por Chris —repuso—, pero lo que viste en mi cara no era lástima, Gideon. Comprensión, tal vez, porque sé lo que sientes. Y dolor, sin duda, porque mi corazón está conectado con el tuyo. Cuando tú sufres, yo también sufro. Tendrás que aprender a aceptarlo porque te quiero y eso no va a cambiar.

Sus palabras me calaron hondo. Estiré el brazo y me agarré al cristal de la mampara.

Eva se acercó a mí, conmovida, y me abrazó. Bajé la cabeza para inundarme de ella. De su olor, de su tacto. Con el brazo libre le rodeé las caderas y cubrí con la mano la curva de su trasero. Ya no era el mismo hombre que cuando nos habíamos conocido. En algunos aspectos era más fuerte y en otros más débil. Era la debilidad contra lo que yo luchaba. No sentía nada. Y ahora...

—Él no te considera débil —me susurró, adivinando mis pensamientos. Tenía la mejilla apoyada en mi pecho—. Nadie podría considerarte débil, después de todo lo que has pasado... y de que hayas llegado a ser el hombre que eres hoy. Eso es fortaleza, cariño. Y yo estoy impresionada.

Hundí los dedos en su suave carne.

—Tu opinión es subjetiva —murmuré—. Estás enamorada de mí.

—Pues claro que lo es. ¿Cómo podría ser de otro modo? Eres extraordinario y perfecto...

Yo protesté.

—Perfecto para mí —corrigió—, y como tú me perteneces, eso es bueno.

La atraje hacia la ducha y la puse bajo el chorro de agua.

—Me da la impresión de que esto cambia las cosas —admitió—, pero no sé cómo.

—Lo entenderemos juntos —me pasó las manos por los hombros y los brazos—, pero no me apartes de ti. Tienes que dejar de protegerme, en especial de ti mismo.

—No quiero hacerte daño. No puedo correr ese riesgo.

—Lo que tú digas. Yo puedo ponerte en tu sitio si te desmandas.

Si eso fuera verdad, podría suponer un consuelo.

Cambié de actitud con la esperanza de evitar una pelea que tendría repercusiones en mi jornada laboral.

—He estado pensando en las reformas del ático —dije.

—Estás cambiando de tema.

—Lo hemos agotado, pero no está cerrado —maticé—, sólo pospuesto hasta que haya variables adicionales que abordar.

Eva se quedó observándome.

—¿Por qué me excitas cuando te pones en plan magnate conmigo?

—No me digas que hay veces que no te excito.

—Ya me gustaría. Sería un ser humano más productivo.

Le aparté el pelo mojado de la frente.

—¿Has pensado en lo que quieres?

—Cualquier cosa que termine con tu polla dentro de mí.

—Bueno es saberlo. Me refería al ático.

Ella se encogió de hombros con un brillo irónico en los ojos.

—Pues eso.

Era un restaurante de esos en los que los turistas nunca reparan. Pequeño y antiestético, tenía una marquesina de vinilo que no lo hacía parecer precisamente excepcional ni acogedor. Estaba especializado en sopas, con una carta de sándwiches para los más hambrientos. Junto a la puerta, una nevera ofrecía una limitada selección de bebidas, y había una caja registradora antigua que sólo servía para almacenar el dinero.

No, los turistas jamás irían a un sitio como éste, regentado por inmigrantes que habían decidido llevarse un bocado de la Gran Manzana. Irían a los locales que habían hecho famosos las películas o los programas de televisión, o a aquellos otros esparcidos por el llamativo espectáculo de Times Square. La gente de la zona, sin embargo, conocía aquella joya y guardaba cola en la calle.

Crucé la fila y llegué hasta el fondo del local, donde había una habitación minúscula con unas cuantas mesas cuyos tableros esmaltados estaban muy deslucidos. Un hombre solitario se encontraba sentado a una de ellas, leyendo el periódico del día delante de una taza de sopa humeante.

Cogí una silla y me senté frente a él.

Benjamin Clancy no levantó la vista cuando habló.

—¿Qué puedo hacer por usted, señor Cross?

—Creo que debo darle las gracias.

Dobló el periódico pausadamente y lo dejó a un lado, ahora ya mirándome a los ojos. Era un hombre robusto y musculoso. Tenía el pelo rubio oscuro y lo llevaba cortado al estilo militar.

—¿Ah, sí? Bueno, pues las acepto. Aunque no lo hice por usted.

—No hable en pasado. —Me quedé observándolo un momento—. Sigue usted vigilando.

Clancy asintió con la cabeza.

—Ya le han ocurrido bastantes cosas. Me ocuparé de que no le suceda nada más.

—¿No confía en que yo pueda hacerlo?

—No lo conozco lo suficiente para confiar en usted. En

mi opinión, ella tampoco. Así que seguiré echando un ojo durante algún tiempo.

—Yo la quiero. Creo que está demostrado hasta dónde puedo llegar para protegerla.

Su mirada se endureció.

—Hay hombres a los que es necesario matar como a perros rabiosos. Otros, en cambio, necesitan ser ellos mismos quienes lo hagan. A usted no lo catalogo en ninguno de los dos grupos. Eso lo deja fuera de la manada.

—Yo cuido de lo que es mío.

—Y lo hace bien. —Sonrió, pero no con los ojos—. Yo cuido del resto. Mientras Eva sea feliz con usted, lo dejaremos así. Si un día decide que ella no es lo que usted quiere, corte por lo sano y con respeto. Si le hace daño de algún modo, tendrá problemas, tanto si respiro todavía como si estoy en el otro barrio, ¿me ha entendido?

—No tiene que amenazarme para que sea bueno con ella, pero lo he entendido.

Eva era una mujer fuerte. Lo suficiente como para sobrevivir a su pasado y comprometerse a vivir su futuro conmigo. Pero también era vulnerable de una manera que la mayor parte de la gente no percibía. Por eso, yo haría cualquier cosa para protegerla, y parecía que Benjamin Clancy pensaba lo mismo.

Me incliné hacia adelante.

—A Eva no le gusta que la espíen. Si usted se convierte en una molestia para ella, tendremos que sentarnos otra vez como hoy.

—¿Piensa hacer un problema de ello?

—No. Si ella lo pilla, no será porque yo la haya avisado. Tenga presente que se ha pasado la vida mirando de reojo, agobiada por su madre. Ahora respira libre por primera vez. No permitiré que la prive de eso.

Clancy entornó los ojos.

—Me parece que usted y yo nos entendemos.

323

Me puse en pie y le tendí la mano.

—Yo diría que sí.

Cuando terminé de trabajar y me levanté del escritorio, me sentía seguro y tranquilo.

Allí, en mi despacho, al timón de Cross Industries, controlaba hasta el último detalle. No dudaba de nada, y mucho menos de mí mismo.

Sentía el suelo firme bajo mis pies. Había calmado los ánimos levantados por las cancelaciones del miércoles, pero me encarrilé el jueves. A pesar de haber faltado toda una jornada, ya me había puesto al día.

—He confirmado sus planes para mañana —me dijo Scott entrando en el despacho—. La señora Vidal se reunirá con usted y la señorita Tramell en The Modern a mediodía.

«¡Mierda!». Se me había olvidado la comida con mi madre.

—Gracias, Scott. Que tengas una buena noche.

—Igualmente, señor Cross. Hasta mañana.

Estiré los hombros y me acerqué a la ventana para echar un vistazo a la ciudad. Las cosas eran más fáciles antes de Eva. Más simples. Durante el día, aunque absorbido por el trabajo, había habido un momento en que había echado en falta esa simplicidad.

Ahora, con la noche cercana y tiempo para pensar, la perspectiva de importantes reformas en la casa que yo consideraba un refugio me preocupaba más de lo que estaba dispuesto a admitir ante mi esposa. Además de todas las presiones personales a las que tenía que enfrentarme, me sentía casi aplastado por la magnitud de los cambios que iba a hacer.

Todo merecía la pena para despertar con Eva tal como estaba aquella misma mañana, pero eso no me impedía especular sobre las consecuencias de su entrada en mi vida.

—Señor Cross...

Me volví al oír de nuevo la voz de Scott, en el umbral de mi despacho.

—Estás aquí todavía.

Él sonrió.

—Me dirigía a los ascensores cuando Cheryl me llamó al pasar por recepción. Hay una tal Deanna Johnson en la entrada que pregunta por usted. Quería saber si tengo que decirle que ya no está disponible hoy.

Estuve tentado de negarme a verla. Tenía poca paciencia con los periodistas, y menos si eran antiguas amantes.

—Que suba —dije en cambio.

—¿Quiere que me quede?

—No, gracias, puedes irte.

Vi salir a Scott y llegar a Deanna. Venía hacia mi despacho dando pasos largos, con unos zapatos de tacón alto y una falda gris un poco por encima de las rodillas. Su larga melena oscura ondeaba sobre sus hombros y enmarcaba la cremallera que adornaba su blusa, bastante tradicional por otro lado.

Me dedicó una sonrisa exagerada y me tendió la mano.

—Gideon, gracias por recibirme sin haberte avisado.

Le estreché la mano brevemente.

—Espero que no te hayas tomado la molestia de venir directamente si no se trata de algo importante.

La frase expresaba tanto una realidad como una advertencia. Habíamos llegado a un acuerdo, pero éste no duraría mucho si pensaba que podía aprovecharse de nuestra conexión más allá de los límites que yo había marcado.

—Sólo por las vistas ya merece la pena —dijo con los ojos fijos en mí durante un momento demasiado largo antes de dirigirlos a la mesa.

—Lo siento, pero tengo una cita, así que esto ha de ser rápido —repuse.

—Yo también tengo prisa.

Se echó el pelo hacia atrás y se sentó en la silla más cercana, cruzando las piernas de modo que mostraba más muslo del que yo deseaba ver. Luego comenzó a buscar algo en su bolso.

Yo saqué el móvil del bolsillo, miré la hora y llamé a Angus.

—Nos vamos dentro de diez minutos —le dije cuando respondió.

—Traeré el coche.

Al finalizar la llamada, miré a Deanna, impaciente porque fuese al grano.

—¿Cómo está Eva? —preguntó.

—Llegará dentro de un momento. Puedes preguntárselo tú misma.

—¡Ah! —Levantó la vista hacia mí con el pelo cayéndole sobre un ojo—. Probablemente me habré ido cuando ella llegue. Creo que nuestra... historia la hace sentir incómoda.

—Ella sabe cómo era yo antes —dije sin inmutarme—, y también que ya no soy así.

Deanna movió la cabeza en señal de asentimiento.

—Por supuesto que ella lo sabe, y por supuesto que tú ya no eres así, pero a ninguna mujer le gusta que le restrieguen por la cara el pasado de su hombre.

—Tendrás que asegurarte de que tú no lo haces.

Otra advertencia.

Entonces sacó una carpeta delgada de su bolso. Se puso en pie y caminó hacia mí.

—No lo haría de ningún modo. Acepté tus disculpas y lo agradezco.

—Vale.

—Es por Corinne Giroux por quien quizá tengas que preocuparte.

Se me acabó la paciencia.

—Corinne Giroux será problema de su marido, no mío.

326

Deanna me ofreció la carpeta. Cuando la abrí, encontré dentro una nota de prensa.

Al leerla, apreté tanto el papel que arrugué los bordes.

—Ha vendido un libro sobre vuestra relación —explicó innecesariamente—. El comunicado se hará público el lunes a las nueve de la mañana.

16

—Otras parejas se conocen, se caen bien, sus respectivos amigos ponen algunas objeciones, aunque en general los apoyan, y ellos dos viven durante un tiempo esa fase de disfrutar el uno del otro. —Suspiré y miré a Gideon, que estaba sentado junto a mí en el sofá—. Nosotros, en cambio, parece que no podemos tener ni un respiro.

—¿A qué clase de respiro te refieres? —preguntó el doctor Petersen con afectuoso interés.

Esa sensación me dio esperanzas. En cuanto llegamos, había notado el cambio en la dinámica entre Gideon y él. Había más soltura, más flexibilidad. Menos cautela.

—Las únicas personas que quieren vernos juntos son mi madre, cuya opinión es que nuestro mutuo amor es una ventaja adicional a los millones de Gideon, su padrastro y su hermana.

—No creo que ese juicio sobre tu madre sea muy justo, Eva —dijo el doctor Petersen, recostado en la silla mientras me sostenía la mirada—. Ella quiere que seas feliz.

—Sí, bueno, según ella, la estabilidad económica supone una gran parte de la felicidad, cosa que yo no comprendo. No es que ella haya tenido nunca problemas con el dinero, así que, ¿de dónde le viene ese miedo a no tenerlo? De todos modos..., en este momento estoy irritada con todo el mundo. Gideon y yo nos llevamos estupendamente cuando estamos solos. Algunas veces discutimos, pero siempre lo superamos. Y me da la impresión de que salimos reforzados.

—¿Por qué discutís?

Volví a mirar a Gideon. Esta sentado junto a mí, muy tranquilo; era un hombre de éxito y guapísimo, con un traje magníficamente confeccionado. Yo tenía la intención de acompañarlo la próxima vez que decidiera renovar su guardarropa. Quería ver cómo le tomaban medidas a aquel cuerpo suyo tan imponente, cómo escogían las telas y el corte.

Lo encontraba endiabladamente sexi con vaqueros y camiseta, y alucinante con esmoquin, pero siempre me habían gustado sobre todo los trajes con chaleco, que él prefería. Me hacían recordar el día en que lo conocí, tan atractivo y en apariencia inalcanzable, un hombre a quien yo había deseado tan desesperadamente que se había anulado hasta mi instinto de conservación.

De nuevo miré al doctor Petersen.

—Seguimos discutiendo por las cosas que no me dice. Y también cuando intenta excluirme.

Él se dirigió entonces a Gideon:

—¿Sientes la necesidad de mantener a Eva a cierta distancia?

Mi marido sonrió irónicamente.

—No hay distancia entre nosotros, doctor. Eva quiere que vuelque sobre ella todas las cosas que me molestan, y yo no voy a hacer eso. Nunca. Ya es bastante malo que uno de los dos tenga que vérselas con ello.

Lo miré con los ojos entornados.

—Eso son bobadas. Compartir la carga con el otro supone una parte importante en cualquier relación. En ocasiones quizá yo no sea capaz de hacer nada respecto al problema, pero sí que puedo actuar como una caja de resonancia. Creo que no me dices ciertas cosas porque prefieres apartarlas a un rincón y no hacerles caso.

—Eva, todos procesamos la información de diferente manera.

No pensaba aceptar su respuesta burlona.

—Tú no procesas, tú haces caso omiso. Y nunca va a sentarme bien que me quites de en medio cuando estás pasándolo mal.

—¿Cómo lo hace? —terció el doctor Petersen.

—Gideon... se aísla. Se va a otro sitio donde pueda estar solo y no me permite ayudarlo.

—Se va a otro sitio, ¿cómo? ¿Te apartas emocionalmente, Gideon? ¿O físicamente?

—Las dos cosas —contesté—. Se cierra emocionalmente y se larga físicamente.

Gideon me agarró de la mano.

—No puedo cerrarme contigo, ése es el problema

—¡Eso no es ningún problema! —repliqué negando con la cabeza.

»Él no necesita espacio —añadí dirigiéndome ahora al doctor Petersen—; me necesita a mí, pero me aleja porque tiene miedo de herirme si no lo hace.

—¿Cómo la herirías, Gideon?

—Es... —Exhaló con fuerza—. Eva tiene técnicas. Las tengo presentes todo el tiempo. Soy cuidadoso. Pero a veces, cuando no pienso con mucha claridad, es posible que me pase de la raya.

Petersen nos observó.

—¿Qué raya te preocupa cruzar?

Gideon me apretó la mano, el único signo externo que podía denotar algún desasosiego.

—Hay ocasiones en que la deseo demasiado y puedo resultar brusco..., exigente. Algunas veces me falta el control que necesito.

—¿Estás hablando de sexo? Ya hemos tocado ese tema brevemente. Dijiste que manteníais relaciones varias veces al día, todos los días. ¿Sigue siendo así?

De repente noté mucho calor en la cara.

—Sí.

El doctor Petersen dejó su tableta a un lado.

—Tienes razón al preocuparte, Gideon. Quizá estés usando el sexo para mantener a Eva a una distancia emocional. Cuando estáis haciendo el amor, ella no habla, tú no contestas. Llega un momento en que ni siquiera piensas, manda tu cuerpo, y el cerebro sólo está pendiente de las endorfinas. A la inversa, los supervivientes de abusos sexuales como Eva suelen usar el sexo para establecer vínculos afectivos. ¿Te das cuenta del problema? Tú intentas poner distancia por medio del sexo, mientras que Eva trata de acercarse más.

—Ya he dicho que no hay ninguna distancia. —Gideon se inclinó hacia adelante y puso mi mano en su regazo—. No con Eva.

—Entonces, dime, cuando tienes problemas emocionales e inicias una relación sexual con ella, ¿qué es lo que buscas?

Me volví un poco para mirar a Gideon, completamente concentrado en la respuesta. Yo nunca me había preguntado *por qué* necesitaba él estar dentro de mí, sino tan sólo *cómo*. Para mí era algo tan simple como que él lo necesitaba y yo se lo daba.

Nuestras miradas se encontraron. El escudo de sus ojos, la máscara, se había desvanecido y vi deseo en ellos, amor.

—La unión —respondió—. Hay un momento en que ella empieza y yo... yo empiezo, y ahí estamos. Juntos. Yo quiero eso.

—¿Necesitas sexo duro?

Gideon lo miró.

—A veces. Hay ocasiones en que ella se contiene, pero puedo llevarla a ello. Ella quiere que lo haga, necesita que lo haga. Tengo que presionar. Cuidadosamente. Con control. Cuando no tengo el control, tengo que dar marcha atrás.

—¿Cómo presionas? —preguntó el doctor Petersen con delicadeza.

—Tengo mis métodos.

El terapeuta dirigió entonces la atención hacia mí.

—¿En algún momento ha ido Gideon demasiado lejos?

—No.

—¿Te preocupa que alguna vez pueda hacerlo?

—No.

Su mirada era amable, pero tenía el ceño fruncido.

—Pues debería preocuparte, Eva. A los dos.

Estaba removiendo unas verduras con trocitos de pollo y curry en el fogón cuando oí que se abría la puerta principal. Miré con curiosidad a ver quién aparecía, esperando que Cary hubiera venido a casa solo.

—Huele bien —dijo acercándose a la encimera para observar.

Tenía un aspecto fresco e informal, con una camiseta ancha de cuello de pico y unos pantalones cortos caquis. Llevaba las gafas de sol colgadas del cuello y unas muñequeras anchas de cuero marrón que ocultaban los cortes que yo le había visto la noche anterior.

—¿Habrá para mí? —preguntó.

—¿Sólo para ti?

Sonrió vanidosamente, pero yo percibí la tensión en su boca.

—Pues sí.

—Entonces hay bastante, si tú pones el vino.

—Trato hecho.

Se acercó y miró dentro de la cacerola por encima de mi hombro.

—¿Blanco o tinto?

—Es pollo.

—Blanco, entonces. ¿Dónde está Cross?

Lo vi dirigirse a la nevera del vino.

—Con su entrenador, haciendo ejercicio. ¿Cómo te ha ido hoy?

Se encogió de hombros.

—La misma mierda de siempre.

—Cary —bajé el fuego y me volví hacia él—, hace solamente unas semanas estabas muy contento aquí en Nueva York con tus trabajos. Y ahora... te veo muy infeliz.

Sacó una botella y se encogió de hombros otra vez.

—Esto me pasa por andar haciendo el gilipollas por ahí.

—Siento no haberte prestado atención.

Me miró mientras buscaba el sacacorchos.

—¿Pero...?

—Nada de peros. —Sacudí la cabeza—. Lo siento. Has tenido compañía casi todas las noches que yo he pasado en casa, así que imaginé que por esa razón no hablábamos tanto, pero eso no justifica que no te haya echado una mano sabiendo que estabas atravesando un mal momento.

Él suspiró, inclinando la cabeza.

—No era justo soltártelo todo anoche. Sé que Cross tiene sus problemas también y tú tienes que enfrentarte a ellos.

—Eso no significa que deje de prestarte atención a ti. —Le puse la mano en el hombro—. Cuando me necesites, dímelo y estaré a tu lado.

Se volvió de pronto y me dio un abrazo tan fuerte que casi me faltó el aire. La compasión hizo el resto, y también me oprimió el corazón.

Le devolví el abrazo y le acaricié la cabeza. Tenía el pelo castaño oscuro y suave como la seda; los hombros, duros como el granito. Pensé que tenían que ser así para soportar el peso del estrés que sufría. El sentimiento de culpa me hizo estrecharlo más.

—Ay, Dios mío —murmuró—. La he jodido pero bien.

—¿Qué ocurre?

Me soltó y volvió a la botella para abrirla.

—No sé si son las hormonas o qué, pero Tat está hecha una bruja insoportable en estos momentos. Nada le parece bien. Nada la hace feliz, especialmente estar embarazada. ¿Qué le espera al pobre niño con un padre como yo y una diva egocéntrica que lo odia como madre?

—A lo mejor es una niña —dije pasándole las copas de vino que había sacado del armario.

—Por favor, no digas eso. Ya estoy lo bastante aterrado. —Sirvió dos generosas copas, me tendió una y a continuación bebió un buen trago de la suya—. Y me siento como un cabronazo hablando de este modo de la madre de mi hijo, pero es la verdad. Que Dios nos asista, pero es la puñetera verdad.

—Estoy segura de que son las hormonas. Después todo se asentará y ella estará radiante y feliz. —Tomé un sorbo, deseando con todas mis fuerzas que lo que decía se hiciera realidad—. ¿Se lo has dicho ya a Trey?

Negó con la cabeza.

—Él es lo único cuerdo que hay en mi vida. Si lo pierdo a él, también perderé el juicio.

—Ha estado contigo hasta ahora.

—Y tengo que esforzarme para que siga estándolo. Todos los días. Nunca me he esforzado tanto. Y no estoy hablando de sexo.

—No pensaba que hablases de eso. —Saqué del lavavajillas dos tazones limpios y dos cucharas—. Lo que yo creo es que eres un tipo estupendo y cualquiera se consideraría afortunado de tenerte. Y estoy segura de que Trey piensa lo mismo.

—No, por favor. —Su mirada se encontró con la mía—. Estoy tratando de ser realista. No necesito que me des coba.

—No es coba. Puede que lo que he dicho no sea muy profundo, pero es verdad. —Me detuve delante del hervidor de arroz—. Gideon no me cuenta lo que le pasa muchas veces. Dice que es para protegerme, pero lo que en realidad hace es protegerse a sí mismo.

Decir esas palabras en voz alta fue lo que realmente me hizo asimilarlas.

—Teme que, cuanto más me cuente, más razones tendré para largarme. Pero es justo lo contrario, Cary. Cuanto más se calla, más me parece que no confía en mí, y eso nos hace daño. Trey y tú lleváis juntos tanto tiempo como Gideon y yo. —Extendí la mano para tocarle el brazo—. Tienes que decírselo. Si se entera de lo del niño por otro camino, y terminará por enterarse, puede que no te perdone.

Cary se apoyó contra la isleta, dando la impresión de ser mucho más viejo y de estar muy cansado.

—Siento que, si dispusiera de más tiempo para manejar todo este asunto, podría hablar con Trey.

—Esperar no te ayudará en absoluto —le dije suavemente echando arroz en los tazones—. Estás recayendo en malos hábitos.

—Y ¿qué más tengo? —Hablaba con un tono duro por la ira—. Ya no ando jodiendo por ahí. Un monje tiene más orgasmos que yo.

Hice una mueca. Me daba cuenta de que Cary era el ejemplo de lo que había dicho el doctor Petersen. Cuando tenía relaciones sexuales podía desconectar el cerebro y dejar que su cuerpo le hiciera sentir bien, aunque fuera sólo durante un rato. No tenía que pensar ni experimentar nada que no fuera estrictamente sensorial. Era un mecanismo defensivo que había tenido que perfeccionar cuando lo follaban a él, mucho antes de tener la edad suficiente incluso para desearlo.

—Me has convencido —repliqué.

—Nena, yo te quiero, pero no siempre eres lo que necesito para salvarme.

—Cortarse las venas y tirarse a todo el que se deje tampoco te salvará. Estoy convencida de que eso no te hace sentir bien contigo mismo.

—Algo habrá que me haga sentir bien.

Eché el curry sobre el arroz y le pasé un tazón y una cuchara.

—Cuidarte —repuse—. Confiar en las personas a quienes quieres. Ser sincero contigo mismo y con ellas. Parece muy sencillo, pero ambos sabemos que no lo es. Aun así, es el único camino.

Me dirigió una sonrisa breve y triste y cogió la comida que le había servido.

—Tengo miedo.

—Eso —dije suavemente, devolviéndole la sonrisa—, eso sí es sincero. ¿Te serviría de algo que yo estuviera contigo cuando hables con Trey?

—Claro. Me sentiría como un cobardica por no hacerlo solo, pero sí, claro que me serviría.

—Entonces, allí estaré.

Cary me abrazó por la espalda y apoyó la mejilla en mi hombro.

—En realidad siempre estás ahí cuando te necesito. Y te quiero por eso.

—Yo también te quiero a ti —dije estirando el brazo hacia atrás y acariciándole el pelo.

Me desperté al notar que el edredón se apartaba de mí y que el colchón se hundía bajo el peso del hombre que se metía en mi cama.

—Gideon...

Con los ojos cerrados, me volví hacia él. Respiré profundamente, inhalando el aroma de su piel. Al tocarlo, me di cuenta de que tenía frío, así que me acerqué a él para darle calor.

Me besó en la boca con vehemencia. La sorpresa de su

deseo terminó de despertarme; el ansia de su tacto me aceleró el corazón. Se deslizó sobre mí y fue descendiendo por mi cuerpo. Primero, me encendió los pezones con sus labios, después el vientre, luego el sexo.

Arqueé la espalda, emitiendo sonidos ahogados. Me lamía el clítoris con una tenacidad que me excitaba sobremanera, sujetándome por las caderas mientras yo me retorcía bajo las vibraciones de su lengua.

Me corrí gritando. Se limpió los labios en mis muslos y se incorporó, como una seductora sombra que emerge en medio de la oscuridad. Se colocó sobre mí y me penetró.

Por encima de mis gemidos, lo oí pronunciar mi nombre como si el placer de poseerme fuera demasiado fuerte. Yo estaba agarrada a su cintura; él, a las sábanas. Impulsaba las caderas y las balanceaba, empujando su magnífica polla profunda e incansablemente dentro de mí.

Cuando me desperté de nuevo, el sol ya estaba alto en el cielo, y el otro lado de la cama, frío y vacío.

17

A la mañana siguiente, estaba preparando una taza de café para Eva cuando mi móvil empezó a sonar. Dejé el cartón de leche sobre la encimera, fui hasta el taburete de cocina donde había dejado mi chaqueta y saqué el teléfono del bolsillo.

Armándome de valor, contesté:

—Buenos días, madre.

—Hola, Gideon. Siento cancelarlo con tan poca antelación —su respiración era trémula—, pero hoy no podré almorzar contigo.

Regresé a donde tenía el café, sabiendo que lo necesitaría para el largo día que me esperaba.

—No pasa nada.

—Seguro que te sientes aliviado —dijo con amargura.

Di un trago, deseando que ojalá fuera algo más fuerte pese a que apenas eran las ocho pasadas.

—Pues no. Si no quisiera comer contigo, lo habría cancelado yo.

Se quedó callada un momento, luego preguntó:

—¿Has visto a Chris últimamente?

Tomé otro sorbo con la mirada puesta en el pasillo, puesto que esperaba a Eva.

—Lo vi el martes.

—¿Hace tanto tiempo? —preguntó con voz temerosa. No me resultó muy grato oírla.

Eva entró entonces corriendo en el salón, descalza, con

el cuerpo envuelto en un vestido de tubo beis claro que, sin dejar de ser profesional, le marcaba todas las curvas. Lo había elegido para ella a sabiendas de que ese color resaltaría el de su piel y el tono claro de su cabello.

El placer que me produjo verla me corrió por las venas como el licor que habría deseado tener en el café. Embriagarme y cautivarme: eso era lo que conseguía hacer conmigo.

—Tengo que dejarte —dije al teléfono—. Te llamaré luego.

—Nunca lo haces.

Dejé mi taza para coger la de Eva.

—No lo diría si no pensara hacerlo.

Dando por finalizada la llamada, me guardé el teléfono en el bolsillo y le pasé el café a mi mujer.

—Estás deslumbrante —susurré, inclinándome para darle un beso en la mejilla.

—Para ser un hombre que asegura no saber absolutamente nada sobre mujeres, hay una a la que se te da muy bien vestir —dijo mirándome por encima del borde de su taza antes de darle un sorbo.

Dejó escapar un débil gemido de placer al tragar, un sonido muy parecido al que hacía cuando la penetraba. El café, hacía tiempo que me había enterado, era una de las adicciones de Eva.

—He cometido errores, pero estoy aprendiendo.

Me apoyé contra la encimera y la atraje hacia mis piernas abiertas. ¿Se habría dado cuenta de que le faltaba un vestido de Vera Wang en el armario? Se lo había quitado al darme cuenta de que dejaba sus tetas demasiado expuestas.

Sostuvo la taza en alto.

—Gracias por esto —dijo.

—Ha sido un placer. —Le rocé la mejilla con las yemas de los dedos—. Tengo que hablar contigo.

—¡Oh! ¿Qué pasa, campeón?

—¿Aún tienes una alerta de Google sobre mí?

Bajó la mirada a la taza.

—¿Es ahora cuando debería acogerme a la Quinta Enmienda?

—No será necesario. —Esperé a que volviera a mirarme—. Corinne ha escrito un libro sobre el tiempo que pasamos juntos.

—¡¿Qué?! —El color de sus ojos cambió de gris claro a gris pizarra.

Le rodeé la nuca con una mano y con el pulgar le palpé el pulso, que empezaba a acelerársele.

—Por lo que he leído en el comunicado de prensa, llevó un diario durante ese tiempo. También incluye fotos personales.

—¿Por qué?... ¿Por qué vender esas cosas para que la gente hurgue en ellas?

Le temblaba la mano con la que sostenía la taza, así que se la cogí y la dejé en la encimera.

—No creo que sepa siquiera por qué lo hace.

—¿Podrías impedirlo?

—No. Sin embargo, si miente descaradamente y puedo probarlo, la demandaré.

—Pero sólo una vez se haya publicado. —Apoyó las manos en mi pecho—. Sabe que tendrás que leerlo. Tendrás que ver las fotos y leer sobre lo mucho que te quiere. Leerás cosas que ya ni siquiera recuerdas.

—Y me dará igual. —La besé en la frente—. Nunca la he querido, no como te quiero a ti. Volver la vista atrás no va a hacer que de repente desee estar con ella en vez de contigo.

—Ella no te presionaba... —susurró—. No como lo hago yo.

Le hablé rozándole la piel con los labios, deseando meterle las palabras en la cabeza para que nunca dudara de ellas.

—Tampoco me enardecía. No me hacía desear, anhelar ni soñar como lo haces tú. No hay punto de comparación, cielo, ni tampoco vuelta atrás. No lo querría de ninguna manera.

Eva cerró sus preciosos ojos y se apoyó en mí.

—No paran de venirnos golpes, ¿verdad?

Miré por encima de su cabeza en dirección a la ventana, hacia el mundo que nos esperaba en cuanto saliéramos afuera.

—Deja que vengan.

Ella exhaló con brusquedad.

—Sí, que vengan.

Divisé a Arnoldo en cuanto entré en Tableau One. Vestido con su inmaculada chaqueta blanca de chef a juego con unos pantalones blancos, se encontraba junto a una mesa para dos, al fondo, hablando con la mujer a la que yo había ido a ver.

Cuando me acercaba, ella volvió la cabeza hacia mí, con su oscura melena cayéndole por la espalda. Al verme, sus ojos azules se iluminaron por un momento, pero enseguida reprimió esa luz. Me recibió con una sonrisa fría y un tanto petulante.

—Corinne. —La saludé con una inclinación de la cabeza antes de estrecharle la mano a Arnoldo.

El restaurante que él dirigía y que yo financiaba estaba abarrotado con los comensales de la hora del almuerzo. El murmullo de las numerosas conversaciones era tan alto que ahogaba la música instrumental de estilo italiano que sonaba por los altavoces empotrados.

Arnoldo se disculpó porque tenía que volver a la cocina y se despidió de Corinne besándole la mano. Antes de marcharse, me lanzó una mirada que yo interpreté como de que ya hablaríamos después.

Me senté enfrente de Corinne.

—Te agradezco que hayas encontrado un hueco para verme.

—Tu invitación ha sido una agradable sorpresa.

—No creo que fuera inesperada.

Me eché hacia atrás, absorbiendo la suave cadencia del habla de Corinne. Mientras que la voz gutural de Eva despertaba un profundo anhelo en mí, la de Corinne siempre me había sosegado.

Su sonrisa se hizo más ancha al tiempo que se sacudía una mota imperceptible en el escote del vestido rojo que llevaba.

—No, supongo que no.

Molesto con el juego que se llevaba entre manos, le hablé secamente:

—¿Qué estás haciendo? Valoras tu intimidad tanto como yo la mía.

Ella juntó los labios en una apretada línea.

—Pensé exactamente lo mismo cuando vi el vídeo de Eva y tú discutiendo en el parque. Dices que no te conozco, pero no es cierto, y en circunstancias normales jamás permitirías que tu vida privada trascendiera.

—¿A qué te refieres con «circunstancias normales»? —salté, incapaz de negar que con Eva era un hombre diferente.

Nunca había consentido a las mujeres que me ponían a prueba esperando gestos grandilocuentes. Si ponían mucho empeño en perseguirme, dejaba que me cazaran por una noche. Con Eva, siempre había sido yo el perseguidor.

—A eso voy: ya no te acuerdas —replicó—. Porque estás tan absorto en tu apasionada historia de amor que no ves más allá.

—No hay nada más allá, Corinne. Estaré con ella hasta que me muera.

Suspiró.

—Eso piensas ahora, pero las relaciones tormentosas no duran, Gideon. Se apagan. A ti te gusta el orden y la tranquilidad, y eso no lo tendrás con ella. Jamás. Y en tu fuero interno, lo sabes.

Sus palabras dieron en el clavo. Inconscientemente, Corinne había reproducido mis pensamientos a ese respecto.

Un camarero se acercó a nuestra mesa. Ella pidió una ensalada; yo, una copa... doble.

—Has decidido vender unas memorias completas para conseguir... ¿qué exactamente? —pregunté cuando se marchó el camarero—. ¿Vengarte de mí? ¿Hacerle daño a Eva?

—No. Quiero que no olvides.

—Ésa no es la manera.

—Y ¿cuál es?

Le sostuve la mirada.

—Todo ha terminado, Corinne. Sacar a la luz las memorias del tiempo que pasamos juntos no va a cambiar ese hecho.

—Puede que no —concedió, con tanta tristeza que me entraron remordimientos—. Pero dijiste que nunca me habías querido. Al menos demostraré que eso no es cierto. Te di consuelo, alegría. Eras feliz conmigo. No veo esa clase de paz cuando estás con ella. No puedes afirmar que la sientes.

—Por lo que dices, me parece que no te importa si vuelvo contigo o no. Pero si vas a dejar a Giroux, quizá sí te importe el dinero. ¿Cuánto te han pagado por prostituir tu «amor» por mí?

Alzó el mentón.

—Ésa no es la razón por la que he escrito el libro.

—Sólo quieres asegurarte de que no siga con Eva.

—Lo que quiero es que seas feliz, Gideon. Y, desde que la conoces, te he visto de todo excepto feliz.

¿Cómo se tomaría Eva el libro cuando lo leyera? Me

imaginaba que no mucho mejor de lo que yo estaba tomándome *Rubia*.

Corinne bajó la mirada a mi mano izquierda, que tenía
apoyada en la mesa.

—¿Le has dado a Eva el anillo de compromiso de tu
madre?

—Es suyo desde hace poco.

Tomó un sorbo del vino que yo había visto sobre la
mesa cuando llegué.

—¿Ya lo tenías cuando tú y yo estábamos juntos?

—Sí.

Se turbó.

—Puedes repetirte a ti misma que Eva y yo somos in-
compatibles —dije con firmeza—, que o estamos peleán-
donos o estamos follando sin que haya nada sustancial en-
tremedias. Pero lo cierto es que ella es mi otra mitad y que
lo que estás haciendo va a herirla, lo cual me dolerá a mí
también. Te pagaré la prestación económica del contrato
de edición si retiras el libro.

Se me quedó mirando durante un largo minuto.

—No... No puedo, Gideon.

—Dime por qué.

—Estás pidiéndome que te deje ir. Para mí, ésta es una
manera de hacerlo.

Me eché hacia adelante en la silla.

—Corinne, estoy pidiéndote que, si de verdad sientes
algo por mí, por favor, renuncies a ello.

—Gideon...

—Si no lo haces, convertirás lo que para mí eran buenos
recuerdos en algo odioso.

Percibí un brillo de lágrimas en sus ojos color turquesa.

—Lo siento.

Me retiré de la mesa y me levanté.

—Y más que lo sentirás.

Giré sobre mis talones y salí del restaurante en dirección al Bentley, que me esperaba. Angus abrió la puerta, dirigiendo la mirada hacia el enorme ventanal del Tableau One.

—¡Mierda! —Me deslicé en el asiento de atrás—. ¡Puta mierda!

Las personas a las que de alguna manera les parecía que había sido injusto con ellas estaban saliendo de las sombras como arañas, atraídas por la presencia de Eva en mi vida.

Ella era mi punto más vulnerable, y no sabía disimularlo. Estaba convirtiéndose en un problema que tenía que controlar. Christopher, Anne, Landon, Corinne... eran sólo el principio. Había otras personas resentidas conmigo. Y eran aún más las que guardaban rencor a mi padre.

Llevaba tiempo retándolos a todos a que se metieran conmigo, y disfrutaba del desafío. Ahora, los muy cabrones se metían conmigo a través de mi mujer. Todos a la vez. Y empezaba a sentirme desbordado. Si no me mantenía en guardia, plenamente centrado, dejaría a Eva al descubierto y sin protección. Y tenía que evitarlo a toda costa.

—Aún quiero verte esta noche —dijo Eva con una voz seductora que se deslizaba por el auricular como el humo.

—Eso está fuera de cuestión —respondí apoyándome en el respaldo de la silla. Al otro lado de la ventana, empezaba a ponerse el sol. La jornada laboral había terminado. En algún momento de aquella locura de semana, agosto había dado paso a septiembre—. Tú atiende a Cary, yo me sentaré con Arnoldo y, cuando hayamos terminado, tú y yo empezaremos el fin de semana.

—Dios, esta semana ha pasado volando. Necesito hacer ejercicio. Me lo he saltado muchos días.

—Boxea conmigo mañana.

Ella se rio.

—Sí, ya.

—Lo digo en serio.

Imaginé a Eva con su sujetador deportivo y sus mallas ajustadas, y mi polla dio una sacudida.

—¡Yo no puedo luchar contigo! —protestó.

—Claro que puedes.

—Tú sabes mucho. Se te da muy bien.

—Pongamos a prueba tus habilidades de defensa personal, cielo. —La idea que había propuesto sin pensarlo de repente se me antojó la mejor que había tenido en todo el día—. Quiero saber que puedes defenderte en el improbable caso de que tengas que hacerlo.

Nunca tendría que hacerlo, pero me quedaría más tranquilo sabiendo que podría librarse de un peligro.

—Mañana tengo asuntos de boda, pero lo pensaré —dijo—. Espera un momento.

Oí abrirse la puerta del coche y a Eva saludar al portero. Dijo «hola» a la conserje, y luego oí el ruido de un ascensor que llegaba al vestíbulo de su casa.

—Ya sabes —suspiró—. Estoy aguantando el tipo por Cary, pero me preocupa lo que pueda pasar con Trey. Si se larga, creo que Cary podría hacerse daño a sí mismo.

—Pide demasiado —la advertí, oyendo de nuevo el ruido del ascensor—. Lo que Cary le está diciendo a ese chico es que tiene una querindonga preñada a la que no piensa dejar. No, borra eso. Le está diciendo a Trey que él va a pasar a ser su querindongo. No creo que eso le siente bien a nadie.

—Ya lo sé.

—Tendré el teléfono conmigo toda la noche. Si me necesitas, llámame.

—Te necesito siempre. Estoy en casa, y tengo que irme. Hasta luego. Te quiero.

¿Me impactarían siempre esas palabras hasta el punto de cortárseme la respiración?

Colgamos justo en el momento en que una figura conocida doblaba la esquina que conducía a mi oficina. Me puse en pie cuando Mark Garrity llegó a la puerta, que estaba abierta, y fui a su encuentro con la mano tendida.

—Mark, gracias por hacer un hueco para venir a verme.

Él sonrió y me estrechó la mano con fuerza.

—Soy yo quien le está agradecido, señor Cross. Hay un buen número de personas en esta ciudad, en el mundo entero, en realidad, que matarían por estar donde yo estoy ahora.

—Llámame Gideon, por favor. —Con un gesto, lo invité a pasar a la zona de estar—. ¿Qué tal Steven?

—Muy bien, gracias. Empiezo a creer que erró la vocación y que debería haberse dedicado a la organización de bodas.

Sonreí.

—Eva va a ponerse con ello este fin de semana.

Tras desabrocharse la chaqueta, se tiró hacia arriba de las perneras y se sentó en el sofá. El traje gris que llevaba hacía contraste con el tono oscuro de su piel y la corbata de rayas, lo que le confería un aspecto de profesional urbano en ascenso.

—Si se divierte con ello la mitad que Steven —dijo—, se lo pasará como nunca.

—Esperemos que no le divierta demasiado —respondí permaneciendo de pie—. Me gustaría pasar la etapa de la organización y llegar a la boda de verdad.

Mark se rio.

—¿Quieres beber algo? —pregunté.

—No, gracias.

—Vale. Seré breve. —Tomé asiento—. Te he pedido que te reúnas conmigo después del trabajo porque no me parecía apropiado ofrecerte un cargo en Cross Industries durante tu horario de trabajo en Waters Field & Leaman.

Alzó las cejas al instante.

Le di unos segundos para que lo asimilara.

—Cross Industries tiene varias sociedades financieras internacionales, centradas en bienes inmuebles, ocio y marcas de primera calidad, o activos que creemos que pueden llegar a esa situación.

—Como Vodka Kingsman.

—Exactamente. En su mayor parte, las campañas de publicidad y marketing se llevan desde abajo, pero las revisiones de marca o las modificaciones de comunicación se aprueban aquí. Debido a la diversidad que he mencionado, constantemente estamos estudiando nuevas estrategias para dar una nueva imagen o reforzar una marca establecida. Nos vendrías muy bien.

—¡Vaya! —Mark se frotó las palmas de las manos contra las rodillas—. No sé muy bien qué esperaba, pero esto me coge desprevenido.

—Te pagaré el doble de lo que estés cobrando ahora, para empezar.

—Es una oferta impresionante.

—No soy de los que disfrutan oyendo la palabra *no*.

Su sonrisa se hizo más amplia.

—Dudo que la oigas muy a menudo. ¿Debo suponer que Eva deja Waters Field & Leaman?

—Todavía no lo ha decidido.

—¿No? —Volvió a enarcar las cejas—. Si yo me marcho, ella perderá su empleo.

—Y conseguirá otro aquí, claro —dije. Procuraba responder de la forma más corta y menos reveladora posible. Buscaba su cooperación, no preguntas cuyas respuestas podrían no gustarle.

—¿Está esperando a que yo acepte antes de dar ningún paso?

—Tu decisión podría servir de catalizador.

Mark se pasó una mano por la corbata.

—Me siento halagado y emocionado a la vez, pero...

—Soy consciente de que no es un paso que tuvieras en mente dar —tercié con delicadeza—. Estás a gusto donde estás, y cuentas con una estabilidad laboral. Así que me encuentro en condiciones de garantizarte el puesto, además de unos dividendos razonables y un aumento de sueldo anual, para los próximos tres años, salvo mala conducta profesional por tu parte.

Echándome hacia adelante, puse los dedos en la carpeta que Scott había dejado sobre la mesa. Se la pasé a Mark.

—Ahí encontrarás toda la información detallada. Llévatela a casa, háblalo con Steven y dame una respuesta el lunes.

—¿El lunes?

Me puse en pie.

—Supongo que querrás comunicárselo a Waters Field & Leaman con bastante antelación, y me parece muy bien, pero necesitaré contar con tu compromiso cuanto antes.

Cogió la carpeta y se levantó.

—¿Y si tengo alguna duda?

—Llámame. Dentro está mi tarjeta. —Miré el reloj—. Discúlpame, tengo otra cita.

—Sí, claro. —Mark me estrechó la mano que le tendía—. Lo siento. Esto ha sido tan repentino que no creo haberlo asimilado todavía. Sin embargo, soy consciente de que estás ofreciéndome una oportunidad fantástica, y te lo agradezco.

—Eres bueno en lo que haces —le dije sinceramente—. No te haría la oferta si no estuvieras a la altura. Piénsalo y luego di que sí.

Se echó a reír.

—Lo pensaré seriamente y te daré la respuesta el lunes.

Cuando se marchó, giré la cabeza hacia el edificio que albergaba la sede de LanCorp. Landon no volvería a pillarme desprevenido.

—Se puso a llorar en cuanto te marchaste.

Miré a Arnoldo por encima del borde del vaso de whisky que estaba tomándome. Tragué.

—¿Quieres que me sienta culpable?

—No. Yo tampoco le tendría lástima, pero creí que debías saber que Corinne aún tiene corazón.

—Nunca se me ha pasado por la cabeza que no lo tuviera. Aunque creí que se lo había dado a su marido.

Arnoldo se encogió de hombros con indiferencia. Vestido con unos vaqueros desgastados y una camisa blanca metida por dentro, con el cuello desabrochado y los puños remangados, atraía la atención femenina.

El bar se encontraba abarrotado, pero nuestra sección de la zona vip estaba bien vigilada, y se mantenía a raya al resto de la clientela. Arnoldo se sentaba en el sofá de media luna en el que se había sentado Cary la primera noche en que me vi con Eva fuera del Crossfire. Ese lugar siempre me traería muchos recuerdos. Fue aquella noche cuando me di cuenta de que ella lo estaba cambiando todo.

—Pareces cansado —dijo Arnoldo.

—Ha sido una semana difícil. —Vi la expresión que puso—. No, no se trata de Eva.

—¿Quieres que hablemos de ello?

—En realidad no hay nada que decir. Tendría que haber sido más listo. He dejado ver a todo el mundo lo mucho que ella significa para mí.

—Besos apasionados en la calle, peleas aún más apasionadas en el parque... —Sonrió compasivamente—. No sabes disimular los sentimientos, ¿verdad?

—He abierto la puerta y ahora quiere entrar todo el mundo. Ella es la manera más directa de joderme, y todos lo saben.

—¿Brett Kline también?

—Él ya no es un problema.

Arnoldo se me quedó mirando y debió de ver lo que necesitaba ver.

—Me alegro, amigo mío.

—Yo también. —Tomé otro trago—. Y tú ¿qué me cuentas?

Con un gesto de la mano dio a entender que nada de particular, deslizando la mirada a nuestro alrededor para no perder detalle de las mujeres que estaban cerca bailando al ritmo de la música de Lana del Rey.

—El restaurante, como ya sabes, va bien.

—Sí, estoy muy satisfecho. Ha sobrepasado las expectativas de rentabilidad en todos los sentidos.

—A principios de esta semana hemos rodado algunas campañas de intriga para la próxima temporada. En cuanto el canal Food Network empiece a emitir éstas y los nuevos episodios, notaremos un bonito incremento del negocio.

—Siempre puedo decir que ya te conocía.

Se echó a reír y chocó su vaso contra el mío cuando lo sostuve en alto para brindar.

Habíamos vuelto por el buen camino, lo cual calmaba en parte la inquietud que sentía. Yo no me apoyaba en Arnoldo como Eva se apoyaba en sus amigos o Cary en ella, pero de todos modos Arnoldo era importante para mí. En mi vida no había muchas personas que me fueran cercanas. Retomar el ritmo que él y yo teníamos antes era al menos una victoria importante en una semana que parecía una batalla perdida.

18

—Oh, Dios mío —gemí de placer al probar un bocado de un *cupcake* de tofe y chocolate—. Esto está divino.

Kristin, la organizadora del enlace, esbozó una sonrisa radiante.

—También es uno de mis favoritos. Pero espera, el de vainilla con sabor a mantequilla es aún mejor.

—¿La vainilla mejor que el chocolate? —Paseé la mirada por las cosas ricas que había sobre la mesita de centro—. ¡Venga ya!

—Normalmente estaría de acuerdo contigo —dijo Kristin, anotando algo—, pero esta pastelería ha conseguido convertirme. El de limón también está muy bueno.

La luz de primera hora de la tarde entraba a raudales por el enorme ventanal que ocupaba una pared del salón privado de mi madre, iluminando sus claros rizos dorados y su tez de porcelana. Había pintado las paredes hacía poco, optando por un suave gris azulado que confería una nueva energía al espacio e iba muy bien con ella.

Era una de sus habilidades: exhibirse a la luz que más la favorecía. Y era también uno de sus principales defectos, en mi opinión. Se preocupaba demasiado por las apariencias.

Yo no entendía cómo era posible que mi madre no se aburriera siguiendo las últimas tendencias en decoración, pese a que le había llevado alrededor de un año completar todas las habitaciones y todos los pasillos del ático de casi seiscientos metros cuadrados de Stanton.

Mi único encuentro con Blaire Ash había bastado para darme cuenta de que el gen de la decoración se había saltado mi generación. Me interesaban sus ideas pero no conseguía que me entusiasmaran los detalles.

Mientras me metía otro *cupcake* en la boca, mi madre pinchaba delicadamente con un tenedor uno de los pastelitos del tamaño de una moneda.

—¿Qué arreglos florales prefieres? —preguntó Kristin, cruzando y descruzando sus largas piernas de color café.

Sus tacones Jimmy Choo eran elegantes pero a la vez sexis; su vestido cruzado de Diane von Fürstenberg era *vintage* y clásico al mismo tiempo. Llevaba el pelo, oscuro y hasta los hombros, en firmes rizos que le enmarcaban y le favorecían su rostro alargado, y el carmín rosa claro resaltaba sus anchos y carnosos labios. Daba una imagen de extraordinaria firmeza, y me cayó bien desde el momento en que la conocí.

—Rojo —respondí, limpiándome el azúcar glaseado de la comisura de la boca—. Cualquier cosa roja.

—¿Rojo? —Mi madre negó enérgicamente con la cabeza—. Demasiado llamativo, Eva. Es tu primera boda. Mejor blanco, crema o dorado.

Me quedé mirándola.

—¿Cuántas bodas crees que voy a tener?

—No me malinterpretes. Eres una novia primeriza.

—No estoy diciendo que el vestido tenga que ser rojo —argumenté—. Sólo que el color primario dominante debe ser el rojo.

—Creo que no va a quedar bien, cariño. Y he pasado por unas cuantas bodas.

Me acordaba de las que tuvo que organizar mi madre, cada una a cuál más compleja y memorable. Nada de exageraciones y siempre con buen gusto. Bodas preciosas para una novia joven y bonita. Confiaba en envejecer con la mitad de gracia que ella, porque, a medida que pasara el tiempo, Gideon estaría cada vez más atractivo. Era de esa clase de hombres.

—Permíteme que te enseñe cómo puede quedar el rojo, Monica —dijo Kristin, sacando un álbum de cuero de su bolso—. El rojo puede ser increíble, sobre todo para bodas de tarde. Lo importante es que la ceremonia y el banquete representen tanto a la novia como al novio. Para que el día sea en verdad memorable, es importante que visualmente transmitamos su estilo, su historia y sus esperanzas para el futuro.

Mi madre cogió el álbum desplegado y echó un vistazo al collage de fotos que había en la página.

—Eva, no lo dirás en serio, ¿verdad? —insistió.

Lancé a Kristin una mirada de agradecimiento por respaldarme, sobre todo cuando se había embarcado en aquello esperando que mi madre asumiera el pago de la cuenta. Claro que el hecho de que me casara con Gideon Cross probablemente contribuía a que se pusiera de mi lado. Utilizarlo como referencia sin duda la ayudaría a atraer a nuevos clientes en el futuro.

—Seguro que podemos llegar a un acuerdo, mamá. —Al menos, eso esperaba. Aún no le había dejado caer encima la bomba más grande.

—¿Tenemos idea del presupuesto? —preguntó Kristin.

Y ahí estaba...

Vi cómo a mi madre se le abría la boca lentamente, y a mí se me aceleró el corazón en un latido de pánico.

—Cincuenta mil para la ceremonia misma —solté—. Menos el coste del vestido.

Las dos mujeres me miraron con los ojos muy abiertos.

Mi madre dejó escapar una risa incrédula, llevándose una mano al colgante Trinity de Cartier que lucía entre los pechos.

—Santo Dios, Eva. ¡No es momento para bromas!

—Papá va a pagar la boda, mamá —le dije, con la voz reforzada ahora que había pasado el momento que más temía.

Mi madre me miraba sin dejar de pestañear y, sólo por un instante, en sus ojos azules pudo entreverse una dulce suavidad. Entonces tensó la mandíbula.

—Sólo el vestido costará más que eso. Las flores, el local...

—Nos vamos a casar en la playa —intervine, idea que acababa de ocurrírseme—. En Carolina del Norte. En los Outer Banks. En la casa que Gideon y yo hemos comprado. Sólo necesitaremos flores para los miembros de la fiesta nupcial.

—No lo entiendes. —Mi madre miró a Kristin en busca de apoyo—. Eso no funcionaría de ninguna manera. No podrías controlar nada.

Lo que significaba en realidad que ella no podría controlar nada.

—Tiempo imprevisible —continuó—, arena por doquier... Además, pedir a todos que se trasladen tan lejos de la ciudad hará que algunos no puedan acudir. Y ¿dónde se alojará todo el mundo?

—¿Quién es «todo el mundo»? Ya te he dicho que va a ser una ceremonia íntima, para amigos y familiares solamente. Gideon se encargará del asunto del viaje. Estoy segura de que igualmente estará encantado de ocuparse del alojamiento.

—Yo puedo ayudar en eso —dijo Kristin.

—¡No la animes! —saltó mi madre.

—¡No seas así! —salté yo a mi vez—. Creo que olvidas que se trata de mi boda. No es una operación publicitaria.

Mi madre tomó aire profundamente para intentar serenarse.

—Eva, me parece muy bonito por tu parte que quieras complacer a tu padre de esa manera, pero él no se hace una idea de la carga que pone sobre tus hombros pidiéndotelo. Aunque yo pusiera un dólar por cada dólar suyo no sería suficiente

—Es más que suficiente. —Entrelacé con fuerza las manos en el regazo, apretándome los anillos hasta hacerme daño en los dedos—. Y no es ninguna carga.

—Ofenderás a algunas personas. Debes entender que un hombre de la categoría de Gideon necesita aprovechar cualquier oportunidad para afianzar su red de contactos. Él va a querer...

—... fugarse —solté exasperada por nuestra consabida disparidad de opiniones—. Si por él fuera, nos iríamos corriendo a cualquier lugar y nos casaríamos en una playa lejana con unos pocos testigos y una fantástica vista.

—Puede que él diga que...

—No, madre. Créeme. Eso es *exactamente* lo que él haría.

—Hum, si me permitís... —Kristin se inclinó hacia adelante—. Podemos conseguir que funcione, Monica. Muchas bodas de famosos son asuntos privados. Un presupuesto limitado nos obligará a centrarnos en los detalles. Y, si Gideon y Eva quieren, se puede organizar la venta de algunas fotografías seleccionadas a revistas de actualidad y donar los beneficios a obras de caridad.

—¡Oh, eso me gusta! —exclamé, a la vez que me preguntaba cómo podría cuadrarse con la exclusiva de cuarenta y ocho horas que Gideon le había ofrecido a Deanna Johnson.

Mi madre estaba consternada.

—He soñado con tu boda desde el día en que naciste —dijo en voz baja—. Siempre he querido para ti algo digno de una princesa.

—Mamá. —Alargué un brazo y le cogí la mano—. Puedes tirar la casa por la ventana con el banquete, ¿vale? Haz lo que quieras. Pasa del rojo, invita al mundo entero, lo que te apetezca. En lo que respecta a la ceremonia, ¿no es suficiente con que haya encontrado a mi príncipe?

Me apretó la mano y me miró con lágrimas en los ojos.

—Supongo que tendrá que serlo.

Acababa de sentarme en el asiento trasero del Mercedes cuando mi móvil empezó a sonar. Al sacarlo del bolso, vi en la pantalla que era Trey. Se me formó un pequeño nudo en el estómago.

No podía quitarme de la cabeza la desolada expresión de su rostro la noche anterior. Me había escondido en la cocina mientras Cary estaba con él en el cuarto de estar y estaba hablándole de Tatiana y del niño. Había metido al horno un estofado de carne y me había sentado con mi tableta a leer junto a la isla de la cocina sin perder de vista a Cary. Incluso de perfil, pude ver lo mal que Trey encajaba la noticia.

Aun así, se había quedado a cenar y después a dormir, por lo que confiaba en que al final se solucionarían las cosas. Al menos, no se había ido con viento fresco.

—Hola, Trey —respondí—. ¿Cómo estás?

—Hola, Eva. —Suspiró profundamente—. No tengo ni idea de cómo estoy. ¿Qué tal tú?

—Bueno, acabo de salir de casa de mi madre tras pasar varias horas hablando de la boda. No ha ido tan mal como podría haber ido, aunque podría haber ido mejor. Pero así suelen ser las cosas con mi madre.

—Vaya..., veo que ya tienes bastantes problemas. Siento molestarte.

—Trey, no pasa nada. Me alegra que hayas llamado. Si quieres hablar, aquí me tienes.

—¿Podríamos quedar algún día, cuando te venga bien?

—¿Qué tal ahora mismo?

—¿De verdad? Estoy en un mercadillo al aire libre en la zona oeste de la ciudad. Mi hermana me obligó a salir pero se aburría conmigo, así que me ha dejado tirado hace unos minutos, y ahora me pregunto qué demonios hago aquí.

—Puedo ir a buscarte.

—Estoy entre la Ochenta y dos y la Ochenta y tres, cerca de Amsterdam. Esto está abarrotado, que lo sepas.

—Vale. No te muevas de ahí. Te veré dentro de unos minutos.

—Gracias, Eva.

Colgamos e intercambié una mirada con Raúl en el espejo retrovisor.

—Amsterdam y la Ochenta y dos. Todo lo cerca que puedas.

Él asintió con la cabeza.

—Gracias.

Al doblar una esquina, me puse a mirar por la ventanilla, contemplando la ciudad en aquella soleada mañana de sábado.

El ritmo de Manhattan era más lento los fines de semana; la ropa, más informal, y había más vendedores ambulantes. Las mujeres, con sandalias y vestidos veraniegos, miraban escaparates sin prisas; mientras que los hombres, en pantalón corto y camiseta, se dedicaban a observar a las mujeres y a hablar entre sí de lo que sea que hablen los hombres. Se veían perros de todos los tamaños que brincaban atados a correas, y niños en cochecitos que agitaban las piernas o dormían.

Una pareja de ancianos caminaban agarrados de la mano, ensimismados aún el uno en el otro tras años de familiaridad.

Llamé a Gideon utilizando la marcación rápida antes de ser consciente de haber pensado en hacerlo.

—Cielo —respondió—, ¿vienes ya para casa?

—No exactamente. He terminado en casa de mi madre, pero he quedado con Trey.

—¿Vas a estar mucho tiempo con él?

—No lo sé. No más de media hora, creo. Dios, espero que no vaya a decirme que ha terminado con Cary.

—¿Qué tal te ha ido con tu madre?

—Le he dicho que vamos a casarnos en la playa de la casa de los Outer Banks. —Hice una pausa—. Lo siento, creo que debería habértelo preguntado primero.

—Creo que es una idea estupenda. —Su voz ronca adoptó ese timbre especial que revelaba que se había emocionado.

—Me ha preguntado cómo pensamos alojar a los invitados. Le he dicho que eso era cosa tuya y de la organizadora de la boda.

—Has hecho bien. Ya lo pensaremos.

Me invadió una repentina y cálida oleada del inmenso amor que sentía por él.

—Gracias.

—Así que ya has superado el mayor escollo —dijo, comprendiendo la situación como hacía a menudo.

—Bueno, no estoy muy segura. No paraba de llorar. Tenía grandes sueños que no van a hacerse realidad. Confío en que se olvide de ellos y lo asuma.

—¿Y su familia? No hemos hablado de organizar las cosas para que vengan.

Me encogí de hombros y entonces caí en la cuenta de que Gideon no me veía.

—No están invitados —respondí—. Lo único que sé de ellos es lo que he averiguado a través de Google. Repudiaron a mi madre cuando se quedó embarazada de mí, así que nunca han estado presentes en mi vida.

—Vale, muy bien —dijo con suavidad—. Te daré una sorpresa cuando llegues a casa.

—¡Oh! —Me animé inmediatamente—. Dame una pista.

—De ninguna manera. Si tienes curiosidad, tendrás que apresurarte a volver a casa.

Hice un mohín.

—Eres un bromista.

—Los bromistas no cumplen lo que prometen. Yo sí.

Sentí un escalofrío de placer al oír la aterciopelada aspereza de su voz.

—Volveré en cuanto pueda.

—Estaré esperándote —susurró.

El tráfico cercano al mercadillo estaba imposible. Raúl dejó el Mercedes en el garaje de mi edificio de apartamentos y me acompañó hasta la calle donde había quedado.

Cuando llevábamos recorrida media manzana, empecé a oler a comida y comenzó a hacérseme la boca agua. Se oía música y, cuando llegamos a la avenida Amsterdam, vi que provenía de una mujer que cantaba sobre un pequeño escenario ante un público numeroso.

Los vendedores ambulantes flanqueaban ambos lados de la calle a rebosar, y protegían sus artículos y a sí mismos bajo toldos de lona blanca. Desde bufandas y sombreros hasta joyas y obras de arte, pasando por productos frescos y comidas internacionales, allí podía encontrarse cualquier cosa que se deseara.

Tardé unos minutos en divisar a Trey entre la multitud. Lo hallé sentado en unos escalones no muy lejos de la esquina en la que habíamos quedado. Vestía unos vaqueros holgados y una camiseta verde oliva, con unas gafas sobre el puente torcido de la nariz, antaño rota. El pelo, rubio, lo llevaba tan revuelto como siempre, y sus preciosos labios dibujaban una línea tensa.

En cuanto me vio, se levantó, tendiéndome una mano para que se la estrechara. Pero yo lo atraje hacia mí y lo abracé, manteniéndolo así hasta que noté que se relajaba y me devolvía el abrazo. La vida seguía a nuestro alrededor: a los neoyorquinos no les incomodaban las manifestaciones públicas de afecto. Raúl se quedó a cierta distancia.

—Soy un puto desastre —masculló Trey apoyado en mi hombro.

—No, no lo eres. —Me aparté e hice un gesto para que nos dirigiéramos a los escalones en los que lo había encontrado—. En tu lugar, cualquiera estaría hecho polvo.

Se sentó en el peldaño intermedio. Yo me acomodé a su lado.

—Creo que no puedo hacerlo, Eva. Ni creo que deba. Quiero a alguien a tiempo completo en mi vida, alguien con quien pueda contar mientras termino los estudios, para luego labrarme un futuro. Pero Cary va a apoyar a esa modelo y a mí me hará un hueco cuando pueda. ¿Cómo no voy a tomármelo a mal?

—Es lógico que te hagas esa pregunta —dije estirando las piernas hacia adelante—. Sabes que Cary no estará seguro de si el niño es suyo hasta que se haga una prueba de paternidad.

Trey meneó la cabeza.

—Dudo que eso importe. Parece comprometido.

—Yo creo que sí importará. Puede que no la deje, que asuma el papel de tío o algo así. No sé. De momento, hay que suponer que él es el padre, pero a lo mejor no lo es. Existe esa posibilidad.

—Entonces ¿me estás diciendo que espere otros seis meses?

—No. Si lo que quieres es que te dé respuestas, me temo que no las tengo. Lo único que puedo decirte con seguridad es que Cary te quiere, más de lo que lo he visto querer a nadie. Si te pierde, se vendrá abajo. No pretendo que te sientas culpable para que sigas con él. Sólo creo que debes saber que, si lo dejas, no serás tú el único que sufra.

—¿Debería sentirme mejor por ello?

—Puede que no. —Le puse una mano en la rodilla—. Puede que sea lo bastante mezquina como para que me resultara un consuelo. Si lo mío con Gideon no funcionara, querría que él lo pasara tan mal como yo.

Trey esbozó una sonrisa triste.

—Ya. Entiendo lo que quieres decir. ¿Seguirías con él si te enterases de que ha dejado embarazada a otra mujer? ¿Alguien con quien se esté acostando mientras sale contigo?

—Lo he pensado. Me resulta difícil imaginar no estar con Gideon. Si en ese momento mantuviéramos una relación seria y esa mujer fuera agua pasada, si estuviera conmigo en lugar de con ella, a lo mejor podría con ello. —Me quedé mirando a una mujer que colgaba la enésima bolsa con compras en el sobrecargado manillar del cochecito de su bebé—. Pero si estuviera con ella y me tuviera a mí de segundo plato..., creo que lo dejaría.

No era fácil ser sincera cuando la verdad era lo contrario de lo que Cary querría que dijera, pero me parecía que era lo correcto.

—Gracias, Eva.

—Si te sirve de algo, te diré que no pensaré mal de ti si decides seguir con Cary. No es una debilidad permanecer junto a la persona que se ama cuando ambos intentan enmendar un error, como tampoco lo es pensar primero en uno mismo. Tomes la decisión que tomes, seguiré creyendo que eres un tío estupendo.

Se inclinó hacia mí y apoyó la cabeza en mi hombro.

—Gracias.

Entrelacé los dedos con los suyos.

—De nada.

—Iré a por el coche y lo traeré hasta la puerta —dijo Raúl cuando entrábamos en el vestíbulo del edificio de mi casa.

—De acuerdo. Yo voy a mirar el buzón.

Saludé con la mano a la conserje al pasar por delante de su mesa y entré en la sala del correo mientras Raúl se dirigía al ascensor.

Introduje la llave en la cerradura, tiré de la puerta de latón y me incliné a mirar adentro. Había algunas postales, publicidad y nada más, lo que me ahorró tener que subir. Lo saqué todo y lo tiré al cubo de la basura, luego cerré la puerta y eché la llave.

Volví al vestíbulo justo en el momento en que una mujer salía del edificio. Me llamó la atención su pelo rojizo de punta. Me quedé mirando, a la espera de que saliera a la calle, confiando en poder vislumbrarla de perfil.

Se me cortó la respiración. Su pelo me sonaba de una imagen que había visto en internet. Recordaba la cara del evento benéfico al que Gideon y yo habíamos asistido hacía unas semanas.

Entonces desapareció.

Corrí tras ella, pero cuando llegué a la acera ella estaba subiendo al asiento trasero de un vehículo negro.

—¡Eh! —grité.

El coche se alejó a toda velocidad y yo me quedé mirándolo.

—¿Va todo bien?

Me di la vuelta y me encontré a Louie, el portero de los fines de semana.

—¿Sabes quién era ésa?

Él negó con la cabeza.

—No vive aquí.

Volví a entrar e hice la misma pregunta a la conserje.

—¿Una pelirroja? —preguntó con expresión perpleja—. Hoy no hemos tenido visitantes que no vinieran acompañados de algún inquilino, así que no he prestado atención.

—Hum... Vale, gracias.

—El coche ya está aquí, Eva —dijo Louie desde la puerta.

Di las gracias a la conserje y me dirigí hacia Raúl. Me pasé el trayecto desde mi casa hasta la de Gideon pensando en Anne Lucas. Cuando salí del ascensor privado al vestíbulo del ático, estaba distraída con los pensamientos que me rondaban por la cabeza.

Gideon estaba esperándome. Vestido con unos vaqueros desgastados y una camiseta de la Universidad de Columbia, parecía muy joven y estaba muy guapo. Me dedicó una sonrisa y a punto estuve de perder el mundo de vista.

—Cielo —susurró cruzando descalzo el suelo ajedrezado. Tenía una mirada que yo conocía muy bien—. Ven aquí.

Fui derecha a sus brazos abiertos y me acurruqué contra su cuerpo macizo. Me sumergí en él.

—Vas a creer que estoy loca —masculló contra su pecho—, pero juraría haber visto a Anne Lucas en el vestíbulo de mi edificio.

Él se tensó. Sabía que la psiquiatra no era santo de su devoción.

—¿Cuándo? —preguntó muy serio.

—Hace unos veinte minutos. Justo antes de venir aquí.

Soltándome, se llevó una mano al bolsillo trasero y sacó su móvil. Con la otra me agarró la mía y me dirigió al salón.

—La señora Cross acaba de ver a Anne Lucas en el edificio de su casa —dijo a quien hubiera contestado.

—Creo haberla visto —corregí, torciendo el gesto al oír la dureza de su tono de voz.

Pero no me escuchaba.

—Averígualo —ordenó antes de colgar.

—Gideon, ¿qué ocurre?

Me dirigió hacia el sofá y nos sentamos. Dejé el bolso en la mesa de centro y me acomodé a su lado.

—Estuve con Anne el otro día —explicó sin soltarme la

mano—. Raúl me confirmó que era ella la mujer que habló contigo en el acto benéfico. Lo reconoció, y le advertí que no se acercara a ti, pero lo hará. Quiere hacerme daño y sabe que puede conseguirlo haciéndote daño a ti.

—Entiendo —respondí.

—Si la ves en cualquier parte, debes decírselo a Raúl inmediatamente. Aunque sólo creas que es ella.

—Un momento, campeón. ¿Fuiste a verla el otro día y no me lo dijiste?

—Te lo estoy diciendo ahora.

—Y ¿por qué no me lo dijiste entonces?

Gideon soltó el aire bruscamente.

—Fue el día que vino Chris.

—Oh.

—Sí.

Me mordí el labio inferior durante unos instantes.

—Y ¿cómo podría hacerme daño?

—No lo sé. Para mí basta con que quiera hacerlo.

—¿Me rompería una pierna? ¿La nariz?...

—No creo que recurra a la violencia —respondió con sequedad—. A ella le divierten más los juegos psicológicos. Presentarse de repente donde estés tú, dejarse ver fugazmente...

Lo cual era más insidioso.

—Para poder verte a ti. Eso es lo que de verdad quiere —murmuré—. Quiere verte a ti.

—No la coaccionaré. Ya he dicho lo que tenía que decir.

Bajé la mirada hacia nuestras manos unidas y me puse a juguetear con su alianza.

—Anne, Corinne, Deanna... Es una locura, Gideon. Me refiero a que no me parece normal. ¿Cuántas mujeres van a enloquecer por ti?

Por la mirada que me lanzó, supe que no le había hecho ninguna gracia.

—No sé qué mosca le ha picado a Corinne. Nada de lo

que ha hecho desde que volvió a Nueva York es propio de ella. Ignoro si será por la medicación que está tomando, el aborto, su divorcio...

—¿Va a divorciarse?

—No adoptes ese tono, Eva. A mí me da absolutamente igual que esté casada o soltera. Yo estoy casado. Eso no va a cambiar, y yo no soy de los que engañan. Te respeto y me respeto a mí mismo demasiado como para ser de esa clase de maridos.

Me incliné hacia adelante, ofreciéndole la boca, y él selló mis labios con un beso suave y dulce. Había dicho exactamente lo que necesitaba oír.

Gideon se separó un poco y frotó la nariz contra la mía.

—Y respecto a las otras dos... Debes entender que Deanna fue un daño colateral. ¡Joder! Toda mi vida ha sido siempre un campo de batalla y algunas personas se han visto atrapadas en la línea de fuego.

Le puse una mano en la mejilla, dándole tranquilizadores masajes con el pulgar para aliviarle la tensión. Entendía a qué se refería.

Él tragó saliva.

—Si no me hubiera servido de Deanna para hacerle saber a Anne que todo había terminado, ella no habría sido más que el ligue de una noche. Asunto concluido.

—Pero ¿ella está bien ahora?

—Creo que sí. —Me rozó la mejilla con la yema de los dedos, una caricia que era reflejo de la que le había hecho yo—. Y, puestos a contar, te diré que dudo que me rechazara si intentara enrollarme con ella (cosa que no haré), pero creo que ya no va de mujer desdeñada.

—Sé que volvería a acostarse contigo si pudiera, y no la culpo. ¿Por qué tienes que ser tan bueno en la cama? ¿No te basta con ser tan sexi, tener un cuerpo de escándalo y una polla enorme?

Sacudió la cabeza, claramente exasperado.

—No es enorme.

—Lo que sea. Eres un superdotado. Y sabes cómo utilizarlo. Y la vida sexual de las mujeres no suele ser como para tirar cohetes, así que, cuando lo es, se nos va un poco la pinza. Supongo que eso responde a mi pregunta sobre Anne, dado que te ha tenido repetidamente.

—Nunca me ha tenido. —Gideon se echó hacia atrás, arrellanándose con el ceño fruncido—. Llegará un momento en que te hartes de oír lo gilipollas que soy.

Me acurruqué a su lado, apoyando la cabeza en su hombro.

—No eres el primer tío increíblemente atractivo que utiliza a las mujeres. Y no serás el último.

—Con Anne fue diferente —gruñó—. No se trataba sólo de su marido.

Me puse tensa, pero enseguida me obligué a relajarme para no ponerlo más nervioso de lo que ya estaba.

Tomó aire rápida y profundamente.

—A veces me recuerda a Hugh —dijo muy deprisa—. Cómo se mueve, las cosas que dice... Hay un parecido familiar. Y algo más. No sé explicarlo.

—No lo hagas.

—A veces los confundo. Era como si estuviera castigando a Hugh a través de Anne. Le hice cosas que nunca he hecho con nadie más. Cosas que me asqueaban cuando después pensaba en ellas.

—Gideon... —Le rodeé la cintura.

No me lo había contado. Me había dicho que era al doctor Terrence Lucas al que castigaba, y no me cabía duda de que en parte era así. Sin embargo, ahora me daba cuenta de que eso no era todo.

Gideon se recostó en el sofá.

—Era todo muy retorcido entre Anne y yo. Yo la hice retorcida. Si pudiera volver atrás y hacer las cosas de otra manera...

—Lo solucionaremos. Gracias por contármelo.

—Tenía que hacerlo. Escúchame, cielo, debes advertir a Raúl en cuanto la veas. Aunque no estés segura. Y no vayas sola a ninguna parte. Ya se me ocurrirá qué hacer con ella. Mientras tanto, necesito saber que estás a salvo.

—De acuerdo.

No estaba muy segura de si ese plan funcionaría a largo plazo. Vivíamos en la misma ciudad que esa mujer y su marido, y Lucas ya se había acercado a mí antes. Eran un problema y necesitábamos una solución.

Pero no se nos iba a ocurrir ese día. Sábado. Uno de los dos días de la semana que estaba deseando que llegaran porque podía pasar tiempo a solas con mi marido.

—Y... —empecé a decir al tiempo que deslizaba la mano por debajo de la camisa de Gideon para acariciar su cálida piel—. ¿Dónde está mi sorpresa?

—Bueno... —La aspereza sexi de su voz se intensificó—. Vamos a esperar un poco. ¿Qué tal si empezamos con una copa de vino?

Lo miré echando la cabeza hacia atrás.

—¿Estás intentando seducirme, campeón?

Me besó en la nariz.

—En todo momento.

—Mmm... Adelante, entonces.

Sabía que ocurría algo cuando Gideon no vino a ducharse conmigo. Sólo desaprovechaba la oportunidad de acariciarme mientras tenía el cuerpo empapado por las mañanas después de haberse saciado ya conmigo.

Cuando volví al salón vestida con unos pantalones cortos y una camiseta de tirantes y sin sujetador, él me esperaba con una copa de vino tinto. Nos acomodamos en el sofá con *Tres días para matar*, lo cual era una prueba de lo bien que Gideon me conocía. Me gustaba esa clase de pelí-

culas: con un poco de diversión y un mucho de desmesu-
ra. Y estaba protagonizada por Kevin Costner, quien nunca me decepcionaba.

Sin embargo, por mucho que me gustara estar con mi
marido sin hacer nada, a medida que pasaban las horas,
empecé a ponerme a nerviosa con la espera. Y él, el muy
zorro, lo sabía y sacaba partido de ello. No dejaba de relle-
narme la copa y en todo momento tenía las manos encima
de mí: enredadas en mi pelo, acariciándome la espalda, re-
corriéndome el muslo.

A eso de las nueve, ya estaba encima de él. Me acoplé
en su regazo y apreté los labios contra su cuello, acariciándole el pulso con la lengua. Noté que se le alteraba y se
aceleraba, pero no mostró intención de responder. Parecía
absorto en el programa de televisión que habíamos dejado
puesto cuando terminó la película.

—Gideon —susurré con mi tono que decía «Fóllame»
al tiempo que deslizaba una mano entre sus piernas y lo
encontraba duro y dispuesto como siempre.

—¿Mmm?

Le mordí el lóbulo de la oreja y tiré de él con suavidad.

—¿Te importaría que me montara encima de tu enorme
polla mientras tú ves la televisión?

Me pasó la mano por la espalda distraídamente.

—A lo mejor no me dejas ver —respondió como si la
cosa no fuera con él—. ¿Y si te arrodillas y, mejor, me haces una mamada?

Me eché hacia atrás y lo miré boquiabierta. En sus ojos
vi que estaba riéndose.

Le di un empujón en el hombro.

—¡Eres tremendo!

—Pobrecita mía —susurró—. ¿Estás cachonda?

—¿Tú qué crees? —Me señalé el pecho. Tenía los pezones duros y tiesos, marcándose a través de la camiseta, re-
clamando en silencio su atención.

Entonces me agarró de los hombros, me atrajo hacia sí, me cogió un pezón entre los dientes y empezó a acariciármelo con la lengua. Yo dejé escapar un gemido.

Me soltó. En ese momento tenía los ojos oscuros como zafiros.

—¿Estás mojada ya?

Estaba poniéndome, rápidamente. Cuando Gideon me miraba de esa forma, mi cuerpo se ablandaba para él, se humedecía y ardía de deseo.

—¿Por qué no lo averiguas? —bromeé.

—Muéstramelo.

El tono autoritario de su voz me puso aún más cachonda. Me separé de él con mucho cuidado, sintiéndome inexplicablemente cohibida. Empujó la mesa de centro con un pie para darme más espacio para ponerme delante de él. A continuación me recorrió inexpresivo con la mirada. El hecho de que no me alentara me ponía más ansiosa, lo que suponía que era su intención.

Estaba presionándome de esa manera que él sabía.

Echando los hombros hacia atrás, lo miré a los ojos y me pasé la lengua por el labio inferior. Él entornó los párpados. Metí los pulgares entre la cinturilla elástica de mis shorts deportivos y me los bajé, meneando un poco las caderas para que pareciera un estriptis y no se me notara que me sentía violenta.

—Sin bragas —murmuró con la mirada fija en mi sexo—. Eres una niña mala, cielo.

Hice un mohín.

—Intento ser buena.

—Ábrete para mí —susurró—. Deja que te vea.

—Gideon...

Esperaba pacientemente y yo sabía que no se le agotaría esa paciencia. Tanto si tardaba cinco minutos como si tardaba cinco horas, me esperaría. Y por eso confiaba en él. Porque nunca era una cuestión de si me sometería, sino de cuándo estuviera preparada para hacerlo, y ésa era una decisión que casi siempre me dejaba a mí.

Me abrí de piernas un poco más e hice un esfuerzo por respirar más despacio. Me llevé las manos al sexo y me separé los labios para mostrar el clítoris al hombre por el que suspiraba.

Gideon se enderezó lentamente.

—Tienes un coño precioso, Eva.

Contuve el aliento cuando empezó a acercarse. Separó las manos de los muslos, buscando las mías para mantenerme firme.

—No te muevas —ordenó.

Entonces me lamió deslizando la lengua sin prisas.

—¡Oh, Dios...! —gemí mientras las piernas me temblaban.

—Siéntate —dijo con voz bronca, y se puso de rodillas en el suelo cuando obedecí.

Notaba frío el cristal en mis nalgas desnudas, un acusado contraste con el calor de mi piel. Estiré los brazos hacia atrás y me agarré al borde de la mesa para no perder el equilibrio al tiempo que Gideon me presionaba los muslos con las palmas para abrirme.

Notaba el calor de su aliento en mi carne húmeda, su atención completamente centrada en mi sexo.

—Podrías estar más lubricada.

Observé, jadeando, cómo bajaba la cabeza y me rodeaba el clítoris con los labios. El calor era abrasador; el embate de su lengua, irresistible. Grité deseando retorcerme, pero él me sujetaba con fuerza. La cabeza se me caía hacia atrás, me resonaban los oídos con el fluir de la sangre y el gruñido de Gideon. Con el revoloteo de su lengua sobre el apretado manojo de nervios, me llevaba inexorablemente al orgasmo. Notaba cómo se me tensaba el estómago a medida que aumentaba el placer, la suave seda de su pelo rozándome la sensible cara interna de los muslos.

Dejé escapar un gemido.

—Voy a correrme —dije con la voz entrecortada—. Gideon... ¡Dios!... Voy a correrme.

Me clavó la lengua. Los codos me flaqueaban, obligándome a relajar la postura. Introducía la lengua en la apretada abertura de mi sexo acariciando los tejidos más sensibles, tentándome con la promesa de la penetración que realmente ansiaba.

—Fóllame —supliqué.

Entonces se retiró lamiéndose los labios.

—Aquí, no.

Cuando se levantó, protesté con un sonido, tan cerca del orgasmo que podía saborearlo. Gideon me tendió una mano, me ayudó a incorporarme y a ponerme de pie. Como me tambaleaba, me alzó y me cargó sobre su hombro.

—¡Gideon!

Enseguida me metió una mano entre las piernas y empezó a masajear mi sexo húmedo e hinchado; me daba igual cómo cargara conmigo con tal de que me llevara a algún lugar donde me poseyera.

Llegamos al pasillo y doblamos la esquina, luego se detuvo demasiado pronto para haber alcanzado su dormitorio. Oí que hacía girar el pomo y a continuación se encendió la luz.

Estábamos en mi dormitorio. Me dejó en el suelo, frente a él.

—¿Por qué aquí? —pregunté.

Quizá otros hombres se dirigirían a la cama más cercana, pero Gideon tenía mucho más autodominio. Si me quería en el segundo dormitorio, alguna razón tendría.

—Date la vuelta —dijo en voz baja.

Había algo en su tono..., en la forma de mirarme...

Miré por encima del hombro.

Y entonces vi el columpio.

No era lo que esperaba.

Había visto columpios sexuales en internet cuando Gideon me había hablado de ellos por primera vez. Los que había encontrado eran unas cosas tambaleantes que se colgaban de los marcos de las puertas, otras menos inseguras que se asentaban sobre estructuras de cuatro patas y otras que pendían de una argolla en el techo. Todos ellos consistían en una combinación de cadenas y/o cintas a modo de cabestrillos para distintas partes del cuerpo. Las mujeres que aparecían en las fotos enjaezadas a esos trastos no daban la impresión de estar muy cómodas.

Sinceramente, me parecía imposible superar la incomodidad y el miedo a caerse, por no hablar de alcanzar el orgasmo.

Debería haber imaginado que mi marido tendría otra cosa en mente.

Me di la vuelta y miré de frente el columpio. En algún momento Gideon había vaciado el dormitorio. La cama y los muebles habían desaparecido. El único objeto que había era el columpio, suspendido de una sólida y resistente estructura semejante a una jaula. Una amplia y sólida plataforma servía de anclaje a los laterales de acero y el techo, que soportaban el peso de una silla metálica acolchada y varias cadenas. Había también esposas de cuero rojo para las muñecas en los sitios apropiados.

Gideon me rodeó con sus brazos por detrás, y a continuación deslizó una mano por debajo de la camisa para acariciarme el pecho y la otra entre mis piernas para introducirme dos dedos.

Me apartó el pelo con la barbilla y me besó en el cuello.

—¿Cómo te sientes al mirar eso?

Me quedé pensándolo.

—Intrigada. Me inquieta un poco.

Curvó los labios contra mi piel.

—Vamos a ver cómo te sientes una vez estés ahí dentro.

Me recorrió un estremecimiento de expectación e inquietud. Al ver las esposas comprendí que estaría indefensa, que me sería imposible moverme o soltarme. Que me sería imposible ejercer ningún control en absoluto sobre lo que pudiera pasarme.

—Quiero hacerlo bien, Eva. No como aquella noche en el ascensor. Quiero que sientas que soy yo quien domina, y que estamos en esto juntos.

Apoyé la cabeza en él. De alguna forma, era más difícil darle el consentimiento que quería. La responsabilidad era... menor cuando él se hacía cargo de la situación.

Pero eso era escurrir el bulto.

—¿Qué palabra de seguridad quieres utilizar, cielo? —susurró marcándome el cuello con los dientes. Hacía maravillas con las manos, con aquellos dedos que se deslizaban superficialmente dentro de mí.

—Crossfire.

—Tú dices esa palabra y lo paramos todo. Repítela.

—Crossfire.

Me tiró de un pezón con sus hábiles dedos, apretando con la pericia de un experto.

—No hay nada que temer. Tú sólo has de recostarte y recibir mi polla. Voy a conseguir que te corras sin que tengas que hacer nada de nada.

Respiré hondo.

—Me da la impresión de que siempre es así entre nosotros.

—Prueba de esta manera —me incitó, empezando a quitarme la camiseta—. Si no te gusta, nos vamos a la cama.

Por un momento quise posponerlo, tomarme más tiempo para asimilarlo. Le había prometido lo del columpio, pero él no me apremiaba...

—Crossfire —susurró abrazándome por detrás.

No sabía si estaba recordándome la palabra de seguridad o diciéndome que me quería tanto que no había palabras para expresar lo que sentía por mí. Fuera como fuese, el efecto que me produjo fue el mismo. Me sentía segura.

Sentía también su excitación. Se le había acelerado la respiración en el momento en que había visto el columpio. Notaba su erección en mis nalgas dura como el acero, y su piel caliente al contacto con la mía. Su deseo espoleaba el mío y me hacía querer hacer lo que fuera para proporcionarle todo el placer que pudiera soportar.

Si necesitaba algo, yo quería ser la mujer que se lo diera. Él me daba mucho a mí. Me lo daba todo.

—De acuerdo —respondí suavemente—. De acuerdo.

Me besó en el hombro, luego se puso a mi lado y me agarró de la mano.

Lo seguí hasta el columpio mirándolo fijamente. El estrecho asiento le quedaba a Gideon a la altura de la cintura, así que tuvo que ponerme frente a sí y alzarme para sentarme en la silla. Al posar mi culo desnudo en el frío cuero, estampó los labios en los míos y me recorrió la boca con la lengua. Me estremecí, no sabía si como consecuencia del frío, de su beso o de la inquietud.

Gideon se apartó y me miró de manera penetrante y seductora. Me colocó en posición, sosteniendo las cadenas mientras me reclinaba en el respaldo del asiento, que formaba un ángulo respecto a donde estaba él, lo cual me hacía querer estirar las piernas para buscar el equilibrio.

—¿Estás cómoda? —preguntó mirándome fijamente.

Era consciente de que la pregunta incluía algo más que la mera comodidad física. Asentí con la cabeza.

Retrocedió unos pasos sin dejar de mirarme a los ojos en ningún momento.

—Voy a sujetarte los tobillos. Dime si notas que algo no está bien.

—De acuerdo —respondí con la voz entrecortada y el pulso acelerado.

Me recorrió una pierna con la mano, en una caricia cálida y provocadora. No pude apartar la mirada mientras me colocaba el cuero carmesí en un tobillo y ajustaba la hebilla metálica. La esposa estaba bien sujeta pero no demasiado apretada.

Gideon se movía con rapidez y seguridad. Unos instantes después, ya tenía suspendida la otra pierna.

Me miró.

—¿Todo bien de momento?

—No es la primera vez que haces esto, ¿verdad? —inquirí frunciendo el ceño. Su forma de operar no parecía la de un novato.

No respondió. Lo que hizo fue empezar a desnudarse tan lenta y metódicamente como me había atado.

Fascinada, contemplé con avidez cada centímetro de piel que iba dejando al descubierto. Mi marido tenía un cuerpo asombroso. Era esbelto y macizo, y muy viril. Era imposible no excitarse viéndolo desnudo.

Deslizó la lengua por su labio inferior en una caricia lenta y erótica.

—¿Sigue todo bien, cielo?

Gideon era muy consciente del efecto que me producía su físico, y me ponía aún más la arrogancia con la que utilizaba esa debilidad contra mí. Dios sabía que yo hacía lo mismo con él cuando podía.

—¡Joder, estás buenísimo! —exclamé lamiéndome los labios.

Sonrió y vino hacia mí con su polla, gruesa y larga, curvada en dirección al ombligo.

—Creo que vas a disfrutar de lo lindo.

No tuve que preguntarle por qué lo decía, ya que era evidente cuando llegó hasta mí y me tomó las manos. Desde la ventajosa posición del asiento del columpio lo veía sin ningún tipo de estorbo. De los muslos para arriba, estaba totalmente al descubierto entre mis piernas abiertas.

Se inclinó para besarme otra vez. Con suavidad. Con dulzura. Gemí ante la inesperada ternura y la voluptuosidad de su sabor.

Me soltó una mano, se agarró la polla y la dirigió hacia abajo para acariciar mi sexo. Deslizó el ancho glande por la lubricidad de mi deseo y a continuación empujó suavemente contra mi clítoris expuesto. Me invadió una oleada de placer y me di cuenta de la posición tan vulnerable en la que me encontraba. No podía arquear las caderas, ni apretar la cara interior de los muslos para perseguir esa sensación.

Dejé escapar un débil gemido. Quería más, pero lo único que podía hacer era esperar a que él me lo diera.

—Confías en mí —susurró contra mis labios.

No era una pregunta, pero respondí de todos modos:

—Sí.

Él asintió.

—Agarra las cadenas.

Había ligaduras para las muñecas más arriba. Me pregunté por qué no las usaba, pero confiaba plenamente en que él sabía lo que era mejor. Si creía que estaba preparada era porque me conocía muy bien. En cierto sentido, me conocía mejor que yo misma.

El amor que sentía por él me desbordó el pecho hasta inundarme, ahuyentando cualquier vestigio de temor que me rondara en algún rincón de la mente. Nunca me había sentido tan cerca de él, ni imaginado que fuera posible creer tan plenamente en alguien.

Hice lo que me ordenaba y agarré las cadenas. Él volvió a acercarse; en sus abdominales, el primer rocío de transpiración. Vi cómo le palpitaba el pulso en el cuello, los brazos y el pene. El corazón le latía aceleradamente, como a mí. Tenía el capullo tan húmedo de excitación como mi sexo. El hambre entre nosotros dos era algo vivo en aquella habitación, deslizándose sinuosamente a nuestro alrededor, reduciendo el mundo a tan sólo nosotros dos.

—No te sueltes —ordenó, y esperó hasta que asentí con la cabeza antes de proceder.

Agarró una cadena por el lugar donde ésta se unía al asiento. Con la otra mano dirigió la polla a mi coño. Presionó con el grueso capullo, burlonamente, tentándome con la promesa del placer. Jadeaba mientras esperaba a que diera el paso hacia adelante que lo introduciría en mí; me dolía en lo más profundo la necesidad de ser colmada.

En cambio, agarró con ambas manos el asiento de la silla y me montó sobre su polla.

El sonido que salió de mi garganta no era humano, la sensación, salvajemente erótica, de ser penetrada de manera tan profunda era enloquecedora.

Se hundió en lo más hondo en un único y fácil deslizamiento, y mi cuerpo fue incapaz de oponer resistencia.

Gideon rugió como si un temblor le atravesara su cuerpo poderoso.

—¡Joder! —susurró—. Tienes un coño exquisito.

Hice intención de agarrarlo, pero él empujó el columpio hacia atrás, privándome de su polla dura como el acero. La sensación de ser vaciada me hizo gemir de dolor.

—Por favor —supliqué con voz queda.

—Te he dicho que no te soltaras —me riñó con un brillo pícaro en los ojos.

—No lo haré —prometí, agarrando las cadenas con tanta fuerza que dolía.

Dobló los brazos al tirar de mí para volver a deslizarme sobre su polla. Me estremecí. La sensación de ingravidez, de entrega total, era indescriptible.

—Háblame —pidió—. Dime que te gusta.

—Maldita sea —dije entrecortadamente, notando que el sudor me caía por la nuca—. No pares.

Estaba inmóvil y de repente empecé a balancearme con fluidez; la polla de Gideon entraba y salía de mi sexo con una rapidez pasmosa. Su cuerpo funcionaba como un motor bien engrasado, los brazos, el pecho, los abdominales y los muslos tensos por el esfuerzo en el perfecto manejo del columpio. Ver sus poderosos movimientos, la intensa concentración en procurarnos placer a ambos, sentirlo bombeando tan profunda y rápidamente dentro de mí...

Alcancé el orgasmo con un grito, incapaz de contener el torrente que me invadía. Él no dejó de follarme en ningún momento, gruñendo violentamente, con la cara colorada y traspasada de lujuria. Nunca me había corrido con tanta intensidad, tan deprisa. Durante un interminable momento no pude ver ni respirar, mi cuerpo se sacudía por el placer más furioso que jamás había sentido.

El columpio se ralentizó y luego se detuvo. Gideon avanzó un paso más hacia mí que lo mantuvo clavado en mi interior. Su olor era decadente, primario. Puro pecado y sexo.

Me rodeó la cara con las manos. Con los dedos me retiró unos mechones de pelo de mis húmedas mejillas. Mi sexo se contrajo alrededor del suyo, plenamente consciente de lo duro que aún estaba.

—Tú no te has corrido —lo acusé, sintiéndome muy vulnerable después de la locura del orgasmo que acababa de tener.

Entonces se apoderó de mi boca en un beso áspero y exigente.

—Voy a sujetarte las muñecas. Luego voy a correrme dentro de ti.

Los pezones se me tensaron en dos puntos dolorosos.

—Oh, Dios.

—Confías en mí —repitió examinando mi rostro.

Lo acaricié mientras aún podía, deslizando las manos por su pecho resbaladizo de sudor, notando el desesperado latido de su corazón.

—Por encima de todo.

19

—**B**uenos días, campeón.

Miré por encima del hombro al oír el sonido de la voz de Eva, sonriendo mientras la observaba rodear la isla de la cocina cuando se dirigía a la máquina del café. Tenía el pelo enmarañado, preciosas sus piernas bajo el dobladillo de la camiseta que llevaba.

—¿Qué tal estás? —le pregunté dirigiendo de nuevo la atención a las tostadas que tenía en la sartén.

—Mmm...

Volví a mirarla y vi que se había puesto colorada.

—Dolorida —respondió introduciendo una cápsula en la máquina del café—. Muy adentro.

Esbocé una sonrisita. El columpio la había situado a la perfección, permitiendo una penetración inmejorable. Nunca había estado tan dentro de ella. Llevaba toda la mañana pensando en ello y había decidido que hablaría con Ash sobre los planes para la reforma. En uno de los dormitorios tendría que haber dos armarios: uno para la ropa y otro para el columpio.

—¡Caray! —masculló—. Mira qué gesto de gallito pone. Los hombres son todos unos cerdos.

—Y aquí estoy, matándome en la cocina para ti.

—Ya, ya. —Me dio un azote en el culo al pasar por mi lado con una humeante taza de café en la mano.

La cogí por la cintura antes de que se alejara y le planté un rápido y ruidoso beso en la mejilla.

—Estuviste increíble anoche.

Noté como que algo encajaba en nuestra relación con tanta fuerza que había sido tan tangible como el anillo que llevaba en el dedo, y lo tuve en igual estima.

Me dirigió una radiante sonrisa, luego abrió el frigorífico y sacó la leche. Mientras, yo emplaté las tostadas.

—Hace tiempo que quiero hablarte de algo —dijo viniendo conmigo a la isla y sentándose en un taburete.

Enarqué las cejas.

—Vale.

—Me gustaría colaborar con la Fundación Crossroads, económica y administrativamente.

—Eso podría englobar muchas cosas, cielo. Cuéntame qué tienes en mente.

Se encogió de hombros y cogió el tenedor.

He estado pensando en el dinero que recibí del padre de Nathan. Está en una cuenta en el banco, y después de lo que Megumi ha pasado... me he dado cuenta de que debería invertirlo y no quiero esperar. Me gustaría ayudar a financiar los programas que ofrece Crossroads y a idear formas de desarrollarlos.

Me reí para mis adentros, encantado de verla moverse en la dirección adecuada.

—Muy bien. Ya lo arreglaremos.

—¿Sí?

La luz de mi vida se iluminó como el sol.

—Claro. Yo también quiero dedicarle más tiempo.

—¡Podemos trabajar juntos! —Daba saltos de alegría—. Me hace mucha ilusión, Gideon.

Sonreí.

—No hace falta que lo jures.

—Podría decirse que es un paso natural para nosotros. Una prolongación de nosotros mismos, en realidad.

Cortó un pedazo de su desayuno y se lo metió en la boca. A continuación, canturreó su veredicto:

—¡Qué rico!

—Me alegro de que te guste.

—Eres sexi y encima sabes cocinar. Soy una chica con suerte.

Decidí no decirle que me había descargado la receta de internet esa misma mañana. En cambio, consideré lo que acababa de decir.

¿Había cometido un error yendo tan deprisa con Mark? Cabía la posibilidad de que, si hubiera esperado un poco más, Eva se habría decidido a trabajar en Cross Industries por iniciativa propia.

Pero ¿acaso podía permitirme el lujo de darle más tiempo con Landon acercándose? Incluso en ese momento, creía que no.

Buscando atenuar cualquier posible consecuencia, consideré las ventajas de sacar a colación el tema del traslado de Mark a Cross Industries en ese momento o más adelante. Eva había abierto la puerta al hablar de que trabajáramos juntos. Si no me decidía a entrar, ella podría averiguarlo por otros medios.

Me había arriesgado a eso el sábado, dado que Mark y ella eran amigos y hablaban fuera del trabajo. Él podría haberla llamado en cualquier momento, pero confié en que lo pensara primero, en que lo hablara con su pareja y se aviniera a dejar Waters Field & Leaman.

—Yo también tengo que comentarte algo, cielo.

—Soy toda oídos.

Afectando despreocupación, cogí el sirope de arce y me eché un poco en el plato.

—Le he ofrecido un empleo a Mark Garrity.

Hubo un momento de atónito silencio.

—¿Que has hecho qué?

Su tono de voz me confirmó que había hecho bien en dar la cara mejor temprano que tarde. La miré. Eva tenía los ojos clavados en mí.

383

—He pedido a Mark que trabaje para Cross Industries —repetí.

Se puso pálida.

—¿Cuándo?

—El viernes.

—El viernes —repitió como un papagayo—. Hoy es domingo. ¿Y me lo cuentas ahora?

Dado que la pregunta era retórica, no respondí, optando por esperar a ver qué derrotero tomaba la situación para no arriesgarme a empeorar las cosas.

—¿Por qué, Gideon?

Utilicé la misma táctica que había empleado con Mark: conté las partes de la verdad que, supuse, aceptaría con más facilidad.

—Es un buen profesional —dije—. Aportará mucho al equipo.

—Eso son gilipolleces. —El color le volvió a la cara en un arrebato de ira—. No seas condescendiente conmigo. Estás dejándome sin trabajo, ¿no te parece que deberías habérmelo consultado primero?

Cambié de táctica.

—LanCorp fueron a por Mark directamente, ¿no?

Se quedó callada un momento.

—¿De eso se trata? ¿Del puto sistema PhazeOne? ¿Lo dices en serio?

Me preguntaba qué producto utilizaría como excusa Ryan Landon para acercarse a Eva. Me sorprendía que se hubiera decidido por un producto tan esencial para sus ganancias, y me cabreé conmigo mismo por no esperármelo.

—No has contestado a mi pregunta, Eva.

—¿Qué demonios importa eso? —me soltó—. Vale, fueron a por Mark. ¿Y qué? ¿No quieres que se lo quede la competencia? ¿Estás diciéndome que se trata de una decisión empresarial?

—No, ésta era personal. —Dejé el cubierto sobre la mesa—. Eric Landon, el padre de Ryan Landon, invirtió mucho con mi padre y lo perdió todo. Desde entonces, Ryan me la tiene jurada.

Eva frunció el ceño.

—Entonces ¿no querías que trabajáramos en ninguna campaña para él? ¿Es eso lo que estás diciendo?

—Lo que estoy diciendo es que Ryan Landon quería a Mark como medio para acercarse a ti.

—¿Qué? ¿Por qué? —La exasperación y la rabia eran visibles en su rostro—. ¡Está casado, por el amor de Dios! Vino con su mujer a almorzar con nosotros el otro día. No tienes motivos para estar celoso.

—No le interesarías en ese sentido —coincidí—. Un triunfo mayor sería que trabajaras para él. Quiere la satisfacción de saber que puede dar una orden y que tú tendrás que apresurarte a cumplirla.

—Eso es ridículo.

—Tú no lo sabes todo, Eva. No estás enterada de los muchos años que lleva tratando de socavarme por todos los medios posibles. Todas las decisiones empresariales que toma están motivadas por la necesidad de rectificar la conexión entre los nombres de Landon y Cross. Aprovecha todos sus éxitos para hablar de que su padre no fue capaz de ver que el mío era un fraude y de lo que eso les ha costado a los Landon.

—Claro que no lo sé —replicó ella fríamente—, porque a ti no te ha dado la gana de contármelo.

—Estoy contándotelo ahora.

—¡Cuando ya no importa! —Se bajó del taburete y salió de la cocina sin decir palabra.

Fui tras ella, como siempre.

—Eva...

La agarré del codo, pero ella se soltó de un tirón y se volvió para mirarme.

—¡No me toques!

—No te vayas así —bramé—. Si vamos a pelearnos, hagámoslo y arreglemos las cosas cuanto antes.

—Con eso contabas, ¿verdad? Creías que podrías hacer lo que quisieras, y que luego me camelarías con halagos y sexo. Pero esto no tiene arreglo, Gideon. No puedes decir cuatro palabritas o follarme hasta dejarme tonta y salirte con la tuya esta vez.

—¿Arreglar, qué? Sé de alguien que está maniobrando para aprovecharse de ti y me he encargado de ello.

—¿Es así como lo ves? —Puso los brazos en jarras—. Pues yo no. Landon se está arriesgando. ¿Y si Mark y yo hacemos una mierda de trabajo? Se juega mucho con PhazeOne.

—Exactamente. Tiene su propio equipo de publicidad, marketing y promoción, igual que yo. Entonces ¿por qué tomar algo en lo que ha invertido una fortuna (incluso para mis estándares) y exponerse a filtraciones o al fracaso más absoluto?

Levantó las manos con un bufido.

—Vale —solté—. No puedes responder a eso porque no tienes una buena respuesta. Es una apuesta innecesaria. Las únicas personas que manejan el lanzamiento de la siguiente generación de GenTen están conmigo.

—¿Qué estás diciendo?

—Que Landon ha esperado mucho tiempo para desquitarse de los Cross. Quizá no le importe que tú lleves ese nombre. Ignoro lo que tiene en mente. Como poco, está intentando ponernos en una situación en la que no podamos compartir información el uno con el otro.

Enarcó las cejas.

—Y ¿qué diferencia hay entre eso y el modo en que nuestra relación funciona normalmente?

—No sigas por ahí. —Apreté los puños a ambos lados del cuerpo, frustrado por su cabezonería—. Esto no se trata de nosotros, sino de él. No permitiré que Landon te amargue la vida por mi culpa.

—¡No estoy diciendo que estés equivocado! Si me hubieras hablado de ello, habría tomado la decisión apropiada yo solita. En cambio, ¡me has dejado sin un trabajo que me encanta!

—Un momento. ¿Qué decisión habría sido ésa?

—No lo sé. —Esbozó una sonrisa fría y dura que me heló la sangre—. Y ya nunca lo sabremos.

Volvió a darme la espalda.

—Espera.

—No —exclamó por encima del hombro—. Voy a vestirme y me marcho.

—Ni de coña. —La seguí a su dormitorio.

—No puedo seguir contigo ahora, Gideon. No quiero ni verte.

Tenía que ocurrírseme algo que decirle para que se calmara.

—Mark no ha aceptado el trabajo.

Sacudió la cabeza y abrió un cajón para sacar unos pantalones cortos.

—Lo hará. Estoy segura de que le has hecho una oferta que no podrá rechazar.

—La retiraré.

Dios. Estaba retractándome y dolía, pero parecía tan enfadada que no me escuchaba. Nunca la había visto así, lejana e inalcanzable. Después de la noche salvaje que habíamos pasado, en la que habíamos estado más unidos que nunca, su actitud me resultaba insoportable.

—No te molestes, Gideon. El daño ya está hecho. Pero tendrás un magnífico empleado que aportará mucho a tu equipo. —Se puso los pantalones y se metió en el vestidor.

Yo me quedé detrás de ella, bloqueando la entrada mientras se calzaba unas chanclas.

—Escúchame, maldita sea —espeté—. Van a por ti. Todos. Quieren fastidiarme a través de ti. Hago lo que puedo, Eva. Intento protegerte de la única forma que sé.

Hizo un alto y me miró.

—Pues tienes un problema, porque esa forma no me vale. Y *nunca* lo hará.

—¡Maldita sea! ¡Lo estoy intentando!

—Lo único que tenías que hacer era hablar conmigo, Gideon. Iba camino de llegar a ello por mi cuenta. Trabajar juntos en Crossroads era sólo el primer paso. Iba a tomar la decisión de trabajar contigo, y me la has arrebatado. A los dos. Y nunca volveremos a tener esa posibilidad.

La gélida irrevocabilidad de su tono de voz me volvía loco. Sabía cómo arreglármelas cuando las discusiones se torcían. Era capaz de improvisar una estrategia en el momento. Pero no cuando me era imposible llegar a Eva. Cuando nos comprometimos, tomé la decisión de renunciar a todo (mis ambiciones, mi orgullo y mi corazón) con tal de no perderla. Si no podía hacerlo, no tenía nada.

—No me vengas con ésas, cielo —le advertí—. Siempre que he sacado el tema de trabajar juntos, no has querido ni escucharme.

—Así que decidiste forzarme.

—¡Estaba dispuesto a darte tiempo! Tenía un plan. Pensaba convencerte con diferentes posibilidades, dejar que tú decidieras que la mejor forma de desarrollar tu potencial era trabajando a mi lado.

—Deberías haberte atenido a ese plan. Quítate de en medio.

Seguí sin ceder.

—¿Cómo podría haberme atenido a ningún plan en estas últimas semanas? Mientras te das esos aires de superioridad moral, piensa en todo con lo que he tenido que lidiar. Brett, el maldito vídeo de él contigo, Chris, mi hermano, la terapia, Ireland, mi madre, Anne, Corinne, el cabronazo de Landon...

Eva cruzó los brazos.

—Tienes que ocuparte de todo tú solo, ¿verdad? ¿En serio soy tu mujer? Ni siquiera soy tu amiga. Seguro que Angus y Raúl saben más de tu vida que yo. Arash, también. Yo soy sólo el bonito coño que te follas.

—Cállate.

—Será mejor que te apartes de mi camino antes de que las cosas se pongan más feas.

—No puedo dejar que te vayas. Sabes que no puedo. Así no.

Apretó los dientes.

—Me estás pidiendo algo que ahora mismo no puedo darte. Me siento vacía, Gideon.

—Cielo... —Alargué los brazos hacia ella, con tal opresión en el pecho que apenas si era capaz de respirar. La desolación que reflejaba su cara me mataba. Habría destruido a cualquiera que le pusiera esa expresión en el rostro, pero esa vez era yo quien lo había hecho—. ¿Qué importancia tiene si tú habrías llegado a la misma conclusión de todos modos?

—Deberías callarte —dijo ásperamente—, porque cada palabra que sale de tu boca me hace pensar que estamos tan alejados en esto que no sé qué hacemos casados.

Si me hubiera clavado un puñal en el pecho, no me habría dolido tanto. El aire del vestidor se me hizo irrespirable; la boca se me secó y me escocían los ojos. El suelo parecía ceder bajo mis pies, los cimientos de mi vida se tambaleaban a medida que Eva se alejaba cada vez más.

—Dime qué quieres que haga —susurré.

Le brillaron los ojos.

—De momento, déjame ir. Dame tiempo para pensar. Unos días...

—No. ¡No! —La sensación de pánico era tan grande que tuve que agarrarme al marco de la puerta para no caerme.

—Tal vez unas semanas. Al fin y al cabo, tengo que buscar trabajo.

—No puedo —dije con voz entrecortada, faltándome el aire. Se me oscureció la visión, y Eva se convirtió en un solitario puntito de luz—. ¡Por el amor de Dios, otra cosa, Eva!

—Tengo que decidir qué voy a hacer ahora. —Se frotó la frente con brusquedad—. Y no puedo pensar cuando me miras así. No puedo pensar...

Pasó por delante de mí y la agarré de los brazos, besándola, gimiendo cuando me pareció que se ablandaba por un instante. La saboreé, saboreé sus lágrimas. O quizá eran las mías.

Me agarró del pelo y tiró con fuerza. Luego giró la cabeza, rompiendo el sello de mis labios.

—Crossfire —dijo en un sollozo. Y esa palabra sonó como un disparo.

La solté inmediatamente, retrocediendo, aunque por dentro quisiera aferrarme a ella.

La solté, y ella me dejó.

La brisa del mar mece mi cabello y cierro los ojos, empapándome de esa sensación mientras me zarandea. El rítmico ir y venir de las olas en la playa y los estridentes chillidos de las gaviotas me anclan a este momento, a este lugar.

Me siento en casa como hacía mucho tiempo que no me sentía, pese a que únicamente llevo aquí unos días. Es un lugar que sólo he compartido con Eva, por lo que todos mis recuerdos de aquí están impregnados de ella como la arena lo está del sol. Como la arena, me he visto reducido a diminutos pedacitos por las fuerzas que me rodean. Y, como el sol, Eva ha traído alegría y calor a mi existencia.

Viene a la terraza y se queda detrás de mí junto a la barandilla. Noto su mano en mi hombro, luego la presión de su mejilla en mi espalda desnuda.

—Cielo —murmuro, y pongo la mano sobre la suya.

Esto es lo que necesitábamos, volver a este lugar. Es nuestro refugio cuando el mundo nos cerca, intentando separarnos. Aquí nos sanamos el uno al otro.

Me invade una sensación de alivio. Ha vuelto. Estamos juntos. Ahora entiende por qué hice lo que hice. Estaba muy enfadada, muy dolida. Por un momento, sentí el paralizante temor de que había destruido lo más precioso de mi vida.

—Gideon —susurra con su áspera voz de sirena mientras me rodea la cintura con un brazo.

Echo la cabeza hacia atrás y dejo que la fuerza de su amor se derrame sobre mí. Ella desliza los dedos por mis caderas y me coge la polla con la mano. La acaricia desde la base hasta la punta. Crece y se me pone dura, estoy preparado para ella, vivo para servirla, para satisfacerla. ¿Cómo puede haberlo dudado?

Resuena un gemido desde lo más profundo de mi alma, el deseo que siempre siento por ella creciendo en mi interior. Mi capullo hinchado gotea ya, las pelotas me pesan cada vez más.

Me desliza por la espalda la mano que me había puesto en el hombro, presionando ligeramente, instándome a que me incline hacia adelante.

Obedezco porque quiero que vea que soy suyo. Quiero que entienda que haría cualquier cosa, que daría cualquier cosa, para protegerla y hacerla feliz.

Me recorre la columna vertebral con la mano, masajeándome ligeramente. Me aferro a la barandilla de madera que rodea la terraza y extiendo las piernas a petición suya.

Ahora tiene ambas manos entre mis muslos, y noto su aliento cálido y su jadeo en mi espalda. Me menea la polla apretando con firmeza y pericia, con más fuerza de la que me tiene acostumbrado. De manera exigente. Con la otra mano me masajea las pelotas, transmitiéndome su apremio.

Del capullo de mi polla no deja de salir líquido preseminal y su mano resbala. El aire salado me envuelve, refrescando el sudor que me perla la piel.

—*Eva...* —*Pronuncio su nombre jadeando, en ristre por ella, enamorado hasta la médula.*

Sus dedos, ahora impregnados y siempre sabiamente ágiles, se deslizan hacia atrás y juguetean en el oscuro rosetón de mi ano. Resulta agradable, aunque no quiero que sea así. El frotamiento de mi pene apenas me deja respirar, pensar, luchar...

—*Eso es* —*me convence.*

Intento impedirlo arqueándome, pero me tiene atrapado por la polla.

—*No sigas* —*le digo, retorciéndome.*

—*Te gusta* —*susurra sin dejar de masturbarme; ansío sus caricias y no puedo resistirme a ellas*—. *Muéstrame cuánto me deseas.*

Me mete dos dedos resbaladizos en el ano. Grito, revolviéndome, pero ella frota y me embiste, tocándome en ese punto que hace que quiera correrme más que ninguna otra cosa. El placer aumenta pese a las lágrimas que me queman los ojos.

Dejo caer la cabeza hacia adelante. Toco el pecho con la barbilla. Ahí está. Me corro. No puedo evitarlo. No con...

Los dedos que tengo dentro crecen, se alargan. Las estocadas se vuelven frenéticas, el golpeteo de carne contra carne ahoga el sonido del mar. Oigo un ronco aullido cargado de lujuria pero no es mío. Hay un cipote dentro de mí, follándome. Duele y, sin embargo, ese dolor está teñido de un nauseabundo placer no deseado.

—*Sigue golpeando* —*dice resollando*—. *Ya casi has llegado.*

El dolor me explota en el pecho. Eva no está aquí. Se ha ido. Me ha dejado.

Siento arcadas. Me libro de él violentamente, oigo cómo su espalda golpea contra la puerta corredera que hay detrás de nosotros, cómo se hace añicos el cristal. Hugh se ríe como un histérico, voy a por él y lo encuentro tirado en medio de las relucientes esquirlas, con el pelo tan rojizo como su sangre y los ojos con ese brillo de vil concupiscencia.

—*¿Creías que iba a quererte?* —*se burla levantándose*—. *Se lo has contado todo. ¿Quién iba a quererte después de eso?*

—¡Que te jodan!

Me abalanzo contra él y lo tiro al suelo. Lo golpeo en la cara una y otra vez.

Los pedazos de cristal se me clavan, me cortan, pero el dolor no es nada comparado con lo que siento por dentro.

Eva se ha ido. Sabía que se iría, que no podría retenerla. Lo sabía, pero tenía esperanzas. No pude resistirme a la esperanza.

Hugh no deja de reír. Noto cómo se le parte la nariz, el pómulo, la mandíbula. Su risa se convierte en un grito ahogado, pero no deja de ser risa.

Alzo el brazo para golpearlo de nuevo...

Anne está debajo de mí, con la cara casi completamente desfigurada.

Horrorizado por lo que he hecho, me aparto y a duras penas si consigo levantarme. Tengo cristales clavados en las plantas de los pies.

Anne se ríe mientras la sangre le mana a borbotones por la nariz y por la boca, extendiéndose por la casa que en otro tiempo había sido un refugio. Lo ensucia todo, y esa mancha se lleva el sol hasta que sólo queda una luna de sangre...

Me desperté con un grito en la garganta, el pelo y la cara empapados en sudor. La oscuridad me ahogaba.

Me froté los ojos y conseguí ponerme a cuatro patas, sollozando. Me arrastré hacia la única luz que veía, el débil brillo plateado que era mi única guía.

El dormitorio. Dios. Me derrumbé en el suelo, anegado en lágrimas. Me había quedado dormido en el vestidor, incapaz de moverme después de que Eva se marchara, temeroso de dar un paso, literalmente, en cualquier dirección hacia una vida sin ella.

La esfera del reloj brillaba en la habitación oscura.

Era la una de la madrugada.

Un nuevo día. Y Eva seguía sin aparecer.

—Ha llegado usted temprano.

La voz risueña de Scott distrajo mi mirada de la foto de Eva que tenía encima de mi mesa.

—Buenos días —lo saludé, sintiéndome como si aún estuviera en una pesadilla.

Había ido a trabajar poco después de las tres de la mañana, pues ni podía dormir ni acudir a Eva. Quería hacerlo, lo habría hecho, nada podía alejarme de ella, pero cuando localicé su teléfono, me encontré con que estaba en el ático de Stanton, un lugar inaccesible para mí. La angustia que eso me producía, saber que me evitaba deliberadamente, me reconcomía por dentro.

No podía quedarme en casa y seguir la rutina de prepararme para ir al trabajo sin ella. Me resultaba más fácil volver al estilo de vida que llevaba antes de conocerla; entonces me dirigía al trabajo cuando aún había luna, y hallaba paz en el lugar en el que ejercía un control absoluto.

Pero hoy no había paz. Sólo el tormento de saber que en ese momento estaba en el mismo edificio que yo, tan cerca y, sin embargo, más lejos que nunca.

—Mark Garrity esperaba en recepción cuando he llegado —siguió Scott—. Me ha dicho que había quedado con usted hoy para comentar...

Se me puso un nudo en el estómago.

—Que pase.

Me retiré de la mesa y me levanté. No había pensado en nada que no fuera Eva y la oferta que le había planteado a Mark, tratando de entender si podría haber hecho las cosas de otra manera. Conocía a Eva muy bien. Hablarle de Ryan Landon no habría servido para que dejara Waters Field & Leaman, de la misma manera que hablarle de Anne no habría dado como resultado que fuera más cauta.

En cambio, Eva se enfrentaría a ellos de frente, rugiendo como una leona para defenderme sin ver el peligro que ella misma corría. Era su manera de ser y la amaba por ello, pero yo también estaba dispuesto a protegerla si la situación lo requería.

—Mark. —Le tendí la mano cuando entraba, sabiendo inmediatamente que diría que sí. Irradiaba energía y sus ojos estaban rebosantes de expectación.

Acordamos que empezaría en octubre, así podría avisar a Waters Field & Leaman casi con un mes de antelación. Quería llevarse a Eva consigo y lo animé a que le hiciera la oferta, aunque dudaba que ella fuera a aceptarla. Me discutió algunos puntos y yo negocié instintivamente, teniéndolo en jaque sin fe en lo que estaba haciendo.

Al final, se marchó contento y satisfecho con su nueva situación. Yo me quedé con el profundo temor de que Eva no me perdonaría.

El lunes dio paso al martes. Sólo había tres momentos al día en los que sentía algo de vida: a las nueve, cuando sabía que Eva llegaba a trabajar; a la hora del almuerzo y a las cinco, cuando terminaba la jornada. Aguardaba con una esperanza sin límites que se pusiera en contacto conmigo, que me llamara o se comunicara de alguna manera. Otra horrible pelea sería mejor que aquel doloroso silencio.

Pero no lo hizo. Sólo podía verla en los monitores de seguridad, devorando la visión de sus idas y venidas como un muerto de hambre, temeroso de acercarme a ella y arriesgarme a agrandar el abismo que había entre nosotros.

Me quedé a pasar la noche en la oficina porque tenía miedo de volver a casa. Miedo de lo que haría si entraba en cualquiera de las residencias que había compartido con ella. Incluso mi despacho era un suplicio; el sofá donde habíamos follado era un recordatorio de lo que había tenido hasta hacía tan sólo unos días. Me duché en el baño de la oficina y me puse una de las muchas camisas que guardaba en el trabajo.

Antes nunca me había parecido extraño vivir para trabajar. Ahora me abrumaba un sentimiento que no podía expresar, consciente de lo mucho que Eva había llenado mi vida.

Seguía en casa de Stanton. No se me ocultaba que prefería pasar el tiempo con su madre que arriesgarse a vérselas conmigo.

Le mandaba mensajes de texto constantemente. Le suplicaba que me llamara:

Necesito oír tu voz.

Notas sobre nada en particular:

Hace frío hoy, ¿verdad?

Comentarios del trabajo:

Nunca me había dado cuenta de que Scott siempre viste de azul.

Y sobre todo:

Te quiero.

Por alguna razón, me resultaba más fácil escribir esas palabras que decirlas. Las escribía mucho. Una y otra vez. No quería que lo olvidara. Pese a mis defectos y cagadas, todo lo que hacía, pensaba o sentía era por mi amor por ella.

En ocasiones me ponía como loco por lo que estaba haciéndome. Haciéndonos a ambos.

¡Maldita sea! Llámame. ¡Deja de hacerme esto!

—Tienes muy mal aspecto —dijo Arash, mirándome mientras revisaba los contratos que me había dejado encima de la mesa—. ¿Estás enfermo otra vez?

—Estoy bien.

—Colega, pareces de todo menos bien.

Lo fulminé con la mirada, y se calló.

Eran casi las seis e iba camino de la consulta del doctor Petersen cuando finalmente Eva me mandó un mensaje:

Yo también te quiero.

Me dolían los ojos y veía borrosas las palabras. Empecé a contestarle con dedos temblorosos, casi mareado de alivio:

Te echo muchísimo de menos. ¿No podríamos hablar, por favor? Necesito verte.

Seguía sin contestar cuando llegué a la consulta del doctor Petersen, lo que me puso de un humor que rozaba lo violento. Me castigaba de la peor manera posible. Estaba más nervioso que un yonqui, desesperado por una dosis de ella para poder funcionar. Para pensar.

—Gideon —me saludó Petersen en la puerta de su despacho con una sonrisa que se desvaneció en cuanto me miró. Frunció el ceño preocupado—. No pareces estar muy bien.

—No lo estoy —solté.

Me invitó a sentarme con un gesto suave. En cambio, permanecí de pie, agitado por dentro, planteándome marcharme en busca de mi mujer. No aguantaba más. Era pedirme demasiado.

—Quizá sería bueno que diéramos un paseo hoy también —dijo—. Me vendría bien estirar las piernas.

—Llame a Eva —ordené—. Dígale que venga aquí. Ella lo escuchará.

No me hizo caso.

—Tienes problemas con Eva.

Me quité la chaqueta del traje y la arrojé sobre el sofá.

—No atiende a razones. No quiere verme ni hablar conmigo. ¿Cómo coño vamos a solucionar las cosas si ni siquiera hablamos?

—Es lógico que te lo preguntes.

—Claro que sí. Soy un hombre razonable. Ella, en cambio, ha perdido el juicio. No puede seguir haciéndome esto. Tiene que hacerla venir. Tiene que conseguir que hable conmigo.

—De acuerdo, pero primero tengo que entender qué ha sucedido. —Se sentó en su silla—. No seré de mucha ayuda si no sé qué está pasando.

Lo apunté con un dedo.

—No se haga el listo conmigo, doctor. Hoy, no.

—Creo que estoy siendo tan razonable como tú —replicó suavemente—. Yo también quiero que se arreglen las cosas con Eva. Creo que lo sabes.

Soltando el aire bruscamente, me hundí en el borde del sofá y apoyé la cabeza entre las manos. Me dolía a rabiar, me martilleaban la frente y la nuca.

—Te has peleado con Eva —dijo.

—Sí.

—¿Cuándo has hablado con ella por última vez?

Tragué saliva.

—El domingo.

—¿Qué pasó el domingo?

Se lo conté. Me salió un torrente de palabras que lo tuvo escribiendo frenéticamente en una tableta. Las vomité a borbotones, con una furia que me dejó vacío y exhausto.

Él siguió escribiendo durante unos minutos más después de que yo hubiera terminado, luego me miró a la cara. Vi compasión en sus ojos y se me puso un nudo en la garganta.

—Le ha costado a Eva su trabajo —señaló—, un trabajo que nos dijo a ambos que le gustaba mucho. Entiendes por qué está disgustada contigo, ¿verdad?

—Sí, lo entiendo, pero tenía razones legítimas. Razones que ella comprende. Eso es lo que no pillo. Lo entiende y, aun así, se niega a escucharme.

—No estoy seguro de comprender por qué no lo hablaste antes con Eva. ¿Puedes explicármelo?

Me froté la nuca, donde notaba la tensión como si tuviera cables de acero.

—Porque le habría dado muchas vueltas —musité—.

Habría tardado mucho en convencerse. Mientras tanto, yo tengo que vérmelas con un montón de mierda. Nos están dando por todos lados.

—He visto la noticia acerca del libro que Corinne Giroux ha escrito sobre ti.

—Ah, sí. —Curvé los labios en una sonrisa forzada—. Probablemente se le ocurrió la idea cuando vio el videoclip de *Rubia* de los Six-Ninths. Landon dio con Eva porque bajé la guardia. No podía arriesgarme a que volviera a ocurrir mientras estaba distraído con todo a lo que nos enfrentamos ella y yo en estos momentos.

El doctor Petersen asintió.

—Estás sometido a demasiada presión. ¿No confías en que Eva te ayude a tomar decisiones? Debes saber que los conflictos que tiene con su madre a menudo surgen porque no es consultada antes de que las acciones se lleven a cabo.

—Lo sé. —Intenté ordenar mis caóticos pensamientos—. Pero tengo que cuidar de ella. Después de todo por lo que ha pasado...

Cerré los ojos con fuerza. A veces me resultaba insoportable pensar en lo mucho que había sufrido.

—He de ser fuerte para ella. Tomar las decisiones difíciles.

—Gideon, tú eres el hombre más fuerte que conozco —dijo con voz queda.

Abrí los ojos y lo miré.

—Usted no me ha visto como me ha visto ella.

Llorando como un niño. Insensibilizado por los recuerdos. Masturbándome mientras estaba inconsciente. Violento en el sueño. Débil, muy débil. Desvalido.

—¿Crees que duda de ti porque has dejado que te vea vulnerable? Eso no me parece propio de Eva.

Me escocían los ojos.

—Usted no lo sabe todo. Simplemente... no lo sabe.

—Pero Eva, sí. Y aun así se casó contigo. Te quiere, y mucho, de todos modos. —Esbozó una amable sonrisa que de alguna manera me cortó como una cuchilla, abriéndome de arriba abajo—. En una ocasión me preguntaste si las relaciones significaban comprometerse. ¿Te acuerdas?

Afirmé con la cabeza.

—Ese compromiso supone que tú no tienes que ser siempre el más fuerte, Gideon. Unas veces llevarás tú esa carga, y otras puedes dejar que sea Eva quien lo haga. El matrimonio no consiste en que seas fuerte como individuo, sino en lo fuerte que seáis juntos y en el lujo de turnaros a la hora de llevar las cargas.

—Yo... —Dejé caer la cabeza otra vez. Eva decía lo mismo—. Lo estoy intentando. Juro por Dios que lo estoy intentando.

—Lo sé.

—Tiene que volver conmigo. Tiene que volver. La necesito. Me está matando. Me está destrozando. —Me miré las manos, los anillos que ella me había dado y que me habían hecho suyo—. ¿Qué hago? Dígame qué hago.

—Eva querrá saber que estás dispuesto a cambiar. Querrá ver que tomas medidas para demostrárselo. No afrontarás grandes decisiones como éstas muy a menudo, así que la postura de ella será la de esperar a ver qué ocurre. Va a ser difícil para ti, creo. Muy difícil.

Asentí despacio, pero no podía esperar más. Si Eva necesitaba pruebas de que haría cualquier cosa para no perderla, se las daría.

Apreté los puños y clavé la vista en la moqueta que tenía bajo los pies.

—Me... —Carraspeé—. El terapeuta. El que tenía de niño.

—¿Sí?

—Abusó de mí. Durante casi un año. Me... me violó.

20

Te echo muchísimo de menos. ¿No podríamos hablar, por favor? Necesito verte.

—¿Sigues mirando ese mensaje de texto? —preguntó Cary, poniéndose boca arriba en la cama junto a mí y apretando su sien contra la mía.

—No puedo dormir.

Era un suplicio estar lejos de Gideon. No pasaba un minuto, tanto si estaba despierta como dormida, sin que me sintiera como si alguien me hubiera arrancado el corazón y dejado un agujero en el pecho.

Alcé la vista hacia el dosel de la cama para invitados de mi madre. Al igual que la sala de estar, el dormitorio que me había asignado acababa de pintarse. Con aquella gama de crema y verde musgo, la estancia era relajante y estaba amueblada con elegancia y buen gusto. La habitación de invitados que ocupaba Cary se había decorado con un estilo más masculino de grises y azules, con mobiliario de nogal, en el otro extremo del espectro de las relucientes piezas blancas de mi habitación.

—¿Cuándo piensas llamarlo?

—Pronto. Aunque creo... —Me llevé el teléfono al pecho y me lo apreté contra el corazón—. Creo que ambos necesitamos un poco de tiempo.

Me resultaba muy difícil pensar cuando Gideon y yo nos peleábamos. No lo soportaba.

Y esta vez era peor porque había sido él quien había

metido la pata y, como todo lo que hacía, lo había hecho a lo grande. No imaginaba cómo podría perdonarlo y vivir con ello. Por otro lado, no imaginaba cómo podría seguir adelante sin él y vivir, punto. Me sentía muerta por dentro. Lo único que me mantenía era la creencia de que arreglaríamos las cosas de algún modo y volveríamos a estar juntos. ¿Cómo no íbamos a poder? ¿Cómo podía dar tanto de mí misma a alguien y luego dejar ir a esa persona?

Pensé en el consejo que le había dado a Trey y en cómo nos encontrábamos los dos ante la misma disyuntiva: ¿optábamos por amar o por nosotros mismos? Me cabreaba mucho que Gideon forzara las cosas. Era consciente de que ciertas situaciones estaban empujándome hacia ese punto, pero nunca pensé que lo haría mi marido.

Y ¿por qué demonios esas dos opciones tenían que excluirse la una a la otra? No era justo.

—Se lo estás haciendo pasar muy mal —señaló Cary innecesariamente.

—Es culpa suya, no mía.

Gideon me había arrebatado algo precioso, peor aún, nos lo había arrebatado a ambos: mi libre albedrío y la confianza que había depositado en él a ese respecto. Después de aquella última noche..., por más que confiaba en él y me había abierto a él... Y resulta que ya había hablado con Mark. La sensación de traición era desgarradora.

—Gracias por seguir a mi lado —añadí.

Cary se encogió de hombros.

—Me cae bien Stanton. No me cuesta nada estar aquí unos días. Pero al final volveremos a casa, ¿verdad?

—No puedo esconderme eternamente.

—Eso es lo que siempre has dicho —murmuró—. A mí me gusta esconderme. Tomarme un puto respiro y olvidarme de toda la mierda.

—Pero la mierda está siempre ahí fuera, esperándote.

Y, como lo sabía, prefería enfrentarme a ella directamente. Quitármela de en medio y olvidarme de ella.

—Dejemos que espere —repuso, alargando una mano para alborotarme el pelo.

Volví la cabeza y le planté un beso en la mejilla. En los últimos tres días había llorado a mares sobre su hombro y dormido acurrucada a su lado por la noche. A veces me daba la impresión de que sus brazos eran la única cosa que impedía que me desmoronara.

¡Dios, cuánto dolía! Estaba hecha un maldito lío, era como una zombi en la vibrante ciudad de Nueva York.

¿Dónde estaría Gideon? ¿Estaría empezando a mitigarse el dolor por nuestra separación? ¿O estaría tan desolado como yo?

—Mark me ha pedido que me vaya con él a Cross Industries —dije para obligarme a pensar en otra cosa.

—Bueno, ya lo veías venir, ¿no?

—Supongo que sí pero, cuando sacó el tema, me pareció surrealista. —Suspiré—. Está tan emocionado, Cary. El aumento de sueldo es tremendo, y cambiarán muchas cosas para él y para Steven. Podrán permitirse una boda por todo lo alto y una larga luna de miel, y piensan comprar una casa. Me resulta difícil aferrarme a mi rencor cuando esto es algo tan bueno para él.

—¿Vas a trabajar para Gideon?

—No lo sé. No bromeaba cuando le dije que me faltaba poco para decidirme a dar ese paso yo sola. Pero ahora... casi me apetece solicitar un empleo en otro sitio sólo para fastidiarlo.

Cary levantó los puños e hizo como que boxeaba.

—Muéstrale que él no manda sobre ti.

—Exactamente. —Yo también lancé unos puñetazos al aire para darme ánimos—. Pero eso es ridículo. Nunca sabría si me contrataban por mí misma o por su nombre, si éste resultaría ser una buena o una mala cosa. Bueno, aún falta un mes para el traslado de Mark. Tengo tiempo para pensarlo.

—Quizá Waters Field & Leaman quieran que te quedes con ellos. ¿Te has parado a pensarlo?

—Es una posibilidad, pero no estoy segura de lo que respondería. Me ahorraría tener que buscar otro empleo, pero me quedaría sin Mark, y él es la razón por la que me encanta este trabajo. ¿Voy a querer seguir ahí si él no está?

—Aún estarían Megumi y Will.

—Es verdad —coincidí.

Permanecimos tumbados en cordial silencio durante un rato.

Luego Cary dijo:

—Parece que tú y yo estamos flotando en un mar de incertidumbre.

—Trey va a llamar —le aseguré, aunque seguía sin saber lo que diría cuando lo hiciera.

—Sí. Es un buen chico. No me dejará colgado. —Mi amigo parecía cansado—. El problema es *qué* va a decir, no *cuándo*.

—Lo sé. El amor debería ser más fácil —me quejé.

—Si esto fuera una comedia romántica, se titularía *Sólo los tontos se enamoran*.

—Quizá deberíamos quedarnos con *Sexo en Nueva York*.

—Ya lo he probado. Y terminé en *Lío embarazoso*. Debería haber optado por ser *Virgen a los cuarenta*, pero ya es demasiado tarde.

—Podemos escribir un manual sobre «Cómo perder a un chico en diez semanas».

Cary me miró.

—De puta madre.

La mañana del miércoles fue peor que una resaca.

Prepararme en casa de mi madre para ir al trabajo me

ayudaba a no echar tanto de menos a Gideon, pero desde luego tampoco me separaba de ella, que estaba volviéndome loca hablando sin parar de la boda. Incluso Stanton, con su capacidad infinita para tratar con mimo la neurosis de mi madre, me lanzaba miradas comprensivas cuando estaba por allí.

En aquellos momentos no podía pensar en la boda. Sólo podía pensar de hora en hora. Así era como iba tirando: una hora después de otra.

Cuando salí del vestíbulo a la calle, vi que me esperaba Angus con el Bentley en lugar de Raúl con el Mercedes.

Conseguí esbozar una sonrisa, alegrándome sinceramente de verlo, pero recelaba, también.

—Buenos días, Angus. —Levanté la barbilla hacia el coche y susurré—: ¿Está él ahí?

Negó con la cabeza y a continuación se tocó el borde de su antigua gorra de chófer.

—Buenos días, señora Cross.

Le apreté el hombro brevemente antes de pasar delante de la puerta abierta y entrar en el asiento trasero. Enseguida nos sumergimos en el barullo del tráfico de la mañana y nos dirigimos al centro de la ciudad.

Inclinándome hacia adelante, pregunté:

—¿Qué tal está?

—Sospecho que peor que usted, jovencita. —Me miró unos instantes antes de volver la atención al tráfico—. Está sufriendo. La pasada noche ha sido la más dura.

—¡Dios! —Me hundí de nuevo en el asiento, sin saber qué debía hacer.

No quería que Gideon sufriera. Ya había sufrido demasiado.

Saqué mi móvil y le escribí:

Te quiero.

Su respuesta fue casi inmediata:

Te llamo. Por favor, contesta.

Unos instantes después, el teléfono me vibró en la mano y su imagen apareció en la pantalla. Ver su rostro fue como una rápida puñalada en el corazón después de haber pasado los últimos días evitando cualquier imagen de él. También me daba miedo oír su voz. No sabía si sería fuerte. Y no tenía las respuestas que él necesitaba que le diera.

Saltó mi buzón de voz y el teléfono se quedó en silencio. Enseguida empezó a vibrar otra vez.

Contesté, llevándome el teléfono a la oreja sin decir nada.

Hubo silencio en la línea durante un largo y estremecedor momento.

—Eva.

Los ojos se me llenaron de lágrimas al oír la voz de Gideon, el tono áspero, como si tuviera ronquera. Lo peor fue la esperanza que oí cuando pronunció mi nombre, la desesperada añoranza.

—No importa que no hables —dijo con brusquedad—. Yo sólo... —Dejó escapar un suspiro tembloroso—. Lo siento, Eva. Quiero que sepas que lo siento y que haré lo que quieras que haga. Sólo deseo que arreglemos las cosas.

—Gideon... —Lo oí inspirar profundamente cuando dije su nombre—. Creo que sientes que ya no estemos juntos. Pero también creo que volverías a hacer algo parecido. Estoy intentando dilucidar si podría vivir con eso.

Hubo silencio en la línea.

—¿Qué quieres decir? —preguntó finalmente—. ¿Qué alternativa hay?

Suspiré, sintiéndome de repente muy cansada.

—No tengo respuestas. Por eso me he alejado. Deseo dártelo todo, Gideon. Nunca quiero decirte que no, me cuesta mucho. Pero en estos momentos, temo que si me comprometo, si sigo a tu lado sabiendo cómo eres y que no vas a cambiar, estaré resentida contigo y, al final, dejaré de amarte.

—Eva... ¡Por Dios! ¡No digas eso! —El aire se le quedó preso en la garganta—. Se lo he contado al doctor Petersen. Lo de Hugh.

—¿Qué? —Levanté la cabeza de golpe—. ¿Cuándo?

—Anoche. Le hablé de todo. De Hugh, de Anne. Va a ayudarme, Eva. Me dijo algunas cosas... —Hizo una pausa—. Tenían sentido. Sobre mí y sobre cómo me comporto contigo.

—Oh, Gideon. —Imaginaba lo difícil que debía de haber sido para él. Yo también había vivido esa confesión—. Estoy muy orgullosa de ti. Sé que no ha sido fácil.

—No me dejes. Lo prometiste. Te dije que iba a estropearlo todo. Y volveré a hacerlo. No sé qué demonios hago, pero... *te quiero*. Te quiero muchísimo. No puedo hacerlo sin ti. No puedo vivir sin ti. Me estás destrozando, Eva. No puedo... —Dejó escapar un gemido tenue, doloroso—. Te necesito.

—Oh, Dios, Gideon. —Las lágrimas me resbalaban por las mejillas y me salpicaron hasta el pecho, deslizándose por dentro del escote del vestido—. Yo tampoco sé qué hacer.

—¿No podemos resolverlo juntos? ¿No estamos mejor, no somos *más fuertes*, juntos?

Me enjugué las lágrimas de la cara, sabiendo que me había estropeado el maquillaje, pero me importaba.

—Quiero que así sea. Lo quiero más que nada en el mundo, pero no sé si podremos lograrlo. No ha habido ni una sola vez que me hayas dejado resolver las cosas contigo. Ni una.

—Si lo hiciera..., si lo hago (y lo haré), ¿volverás conmigo?

—No te he dejado, Gideon. No sé cómo hacerlo. —Miré por la ventanilla y vi a una pareja de jóvenes besándose delante de una puerta giratoria antes de que el hombre se fuera corriendo—. Pero sí, si de verdad pudiéramos ser un equipo, nada me apartaría de ti.

—He oído que habéis conseguido la campaña de Phaze-One.

Desvié la atención del café que estaba endulzando para mirar con sorpresa a Will.

—Yo no lo he oído.

Sonrió, los ojos le brillaban tras las gafas. Era un tipo feliz, anclado en una relación que funcionaba. Le envidiaba su serenidad. Yo la había sentido pocas veces desde que estaba con Gideon, y esas veces habían sido pura dicha. Qué estupendo sería alcanzar ese estado y mantenerlo.

—Ése es el chisme que corre por ahí —añadió.

Llevaba toda la semana interpretando un papel digno de un Oscar. Entre el entusiasmo de Mark, el inminente ajuste de mi situación laboral, la llegada de mi período y lidiar con el desastre de mi vida privada, estaba dedicando toda la energía que me quedaba en fingir tranquilidad. Como consecuencia, había evitado las camarillas de chismosos de la oficina para restringir así las relaciones con la gente. Mi capacidad para fingir felicidad/alegría/satisfacción tenía un límite.

—Mark me matará por habértelo dicho. —Era evidente que Will no se arrepentía de nada—. Quería ser el primero en felicitarte.

—Vale. Gracias. Supongo.

—Me muero por ponerle las manos encima a ese sistema, ¿sabes? Los blogs de tecnología están alteradísimos por los rumores sobre las características de PhazeOne. —Se apoyó en la encimera junto a mí y me lanzó una mirada ilusionada.

Lo apunté con un dedo.

—No seré yo la que filtre nada.

—Maldita sea. No se puede perder la esperanza. —Se encogió de hombros—. Probablemente te encerrarán en algún lugar solitario hasta que se haga público sólo para mantener el secreto.

—Es para preguntarse por qué LanCorp querría encargárselo a una agencia externa, ¿verdad?

Frunció el ceño.

—Sí, supongo. No se me había ocurrido.

A mí tampoco, pero a Gideon sí.

Volví la vista a mi taza, revolviendo distraída el café.

—Hay un nuevo GenTen a punto de salir.

—Me he enterado. Pero eso es pan comido. Todo el mundo va a comprarlo.

Flexionando los dedos, observé mi anillo de bodas y pensé en las promesas que había hecho cuando lo acepté.

—¿Has quedado para almorzar? —preguntó Will.

Cogí la taza y lo miré de frente.

—Sí, voy a salir con Mark y su pareja.

—De acuerdo. —Cuando me aparté, él se dirigió a la máquina del café—. Quizá podríamos tomar algo después del trabajo algún día de esta semana. Con nuestras medias naranjas, si a Gideon le apetece. Sé que es un hombre ocupado.

Abrí la boca. Y volví a cerrarla. Will me había dado la oportunidad perfecta para disculpar a Gideon. Podría haberla aprovechado, pero quería compartir la parte social de mi vida con mi marido. Quería que estuviera conmigo. Si empezaba excluyéndolo de mi vida, ¿no sería eso el principio del fin?

—Suena bien —mentí, imaginando una tarde llena de tensión—. Lo hablaré con él. Veré qué podemos hacer.

Will asintió.

—Genial. Ya me dirás.

—Tengo un problema.

—¡Oh! —Miré a Mark, al otro lado de la mesa.

El restaurante cubano que Steven había elegido era grande y muy concurrido. El sol entraba a raudales por una enorme claraboya y unos murales llenos de colorido decoraban el espacio con loros y hojas de palma. La música alegre que sonaba me hacía sentir como si estuviera de vacaciones en algún lugar exótico, mientras que el intenso olor a especias me estimuló el estómago por primera vez en varios días.

Me froté las manos.

—Vamos allá.

Steven asintió.

—Eva tiene razón. Suéltalo.

Mark dejó el menú a un lado y apoyó los codos en la mesa.

—El señor Waters me ha dicho esta mañana que empiece a trabajar en el asunto LanCorp.

—¡Sí! —aplaudí.

—No tan deprisa. Teniendo eso en cuenta, tuve que notificarle mi marcha. Quería haber esperado hasta el viernes, pero necesitan a alguien que permanezca con el cliente a lo largo de todo el proceso, no sólo el primer mes.

—Tienes razón —reconocí—. Pero qué lata.

—Un rollo, pero... —se encogió de hombros— es lo que hay. Luego llamó a los demás socios. Me dijeron que los directivos de LanCorp habían insistido en que yo dirigiera la campaña cuando se lo propusieron a la agencia, tanto que a los socios les preocupa perder la campaña publicitaria si yo no me hago cargo de ella.

Steven sonrió y le dio una palmada en el hombro.

—¡Eso es lo que nos gusta oír!

Mark esbozó una tímida sonrisa.

—Sí, fue un espaldarazo, sin duda. Así que me ofrecieron un ascenso y un aumento de sueldo si me quedaba.

—¡Vaya! —Me eché hacia atrás—. Eso sí que es un espaldarazo de verdad.

—No pueden ofrecerme lo que me ha ofrecido Cross. Ni siquiera la mitad, pero, seamos sinceros, él me paga en exceso.

—Eso lo dirás tú —se burló Steven—. Te mereces hasta el último centavo.

Yo asentí, aunque sólo tenía una vaga idea de lo que Gideon le había ofrecido.

—Estoy de acuerdo.

—Sin embargo, siento que debo cierta lealtad a Waters Field & Leaman. —Mark se frotó la barbilla—. Se portan bien conmigo y quieren que me quede, a sabiendas de que pueden cazarme otros.

—Has trabajado muy bien para ellos durante años —replicó Steven—. Les has dado mucho. No les debes ningún favor.

—Ya lo sé. Y no me importa marcharme porque sé que encontrarán a alguien enseguida. Pero no estoy a gusto con el hecho de que, por mi culpa, puedan perder la campaña de LanCorp cuando me vaya.

—Pero eso no depende de ti —señalé—. Si LanCorp no sigue con la agencia, allá ellos.

—Yo también he intentado verlo de esa manera, pero aun así no me gustaría que sucediera.

El camarero vino a tomar nota. Miré a Steven.

—¿Puedes hacer los honores?

—Claro.

Miró a Mark, que, con un gesto, le dijo lo mismo. Steven pidió por todos.

Esperé a quedarnos solos otra vez para hablar, sin saber muy bien cómo decir lo que tenía que decir. Al final, fui derecha al grano.

—No puedo trabajar en la campaña de PhazeOne —declaré.

Mark y Steven se me quedaron mirando.

—Veréis, los Landon y los Cross se conocen desde hace mucho tiempo —expliqué—, y hay cierto rencor entre ellos. Gideon está preocupado, y lo comprendo. Debo andarme con cuidado.

Mark frunció el ceño.

—Landon sabe quién eres y no ve ningún problema.

—Lo sé. Pero PhazeOne es un asunto muy importante. Tener acceso a él tiene sus riesgos, y no quiero contribuir a ello de ninguna manera.

Me costaba reconocer que Gideon tuviera razón, porque sabía que yo también tenía razón. Lo que nos llevaba a un punto muerto que ignoraba cómo sortear.

Steven me miró de hito en hito.

—¿Lo dices en serio?

—Me temo que sí. No es que yo tenga nada que ver en tu decisión, Mark, pero pensé que debía decírtelo.

—Creo que no lo entiendo —repuso él.

—Te está diciendo que, si sigues en ese trabajo, te quedarás sin dinero y sin ayudante —aclaró Steven—. O puedes aceptar la oferta de Cross Industries, como ya has decidido hacer, coger el dinero y conservar a Eva.

—Bueno... —Dios. Aquello era más difícil de lo que imaginaba. Había oído hablar de ello, pero en ese momento estaba viviéndolo en carne propia: la mujer que pierde o deja un trabajo que le gusta por el hombre al que ama lo lamentará... ¿Qué me había hecho pensar que a mí no me ocurriría?—. Pero aún no puedo decir que vaya a irme contigo.

Mark apoyó la espalda contra el banco de vinilo de color burdeos.

—Esto se pone cada vez peor.

—No estoy diciendo que finalmente no vaya a hacerlo. —Traté de restar importancia al asunto—. Simplemente no estoy segura de que Gideon y yo debamos trabajar juntos. Me refiero a que no estoy segura de que él deba ser mi jefe..., o lo que sea. Ya me entiendes.

—Siento tener que decirlo —añadió Steven—, pero Eva tiene parte de razón.

—Eso no me ayuda en nada —murmuró Mark.

—Lo siento.

No podía decirles lo mucho que lo sentía. Ni siquiera me parecía que pudiera aconsejar a nadie. ¿Cómo podía ser imparcial respecto a las opciones de Mark?

—Visto por el lado bueno —dije—, sin duda eres un profesional muy codiciado.

Steven le propinó un codazo a Mark al tiempo que esbozaba una sonrisa.

—Yo ya lo sabía.

—Así que —Cary me rodeó con un brazo cuando me acurruqué a su lado— aquí estamos de nuevo.

Otra noche en casa de mi madre. Finalmente había empezado a desconfiar, teniendo en cuenta que llevábamos cuatro noches seguidas en su casa. Le confesé haberme peleado con Gideon, pero no la razón. No lo habría entendido. Seguro que habría pensado que era de lo más normal que un hombre como Gideon se encargara de todos los pequeños detalles. ¿Y que yo pudiera perder mi empleo? ¿Por qué querría trabajar cuando no había ninguna necesidad económica para hacerlo?

Ella no lo entendía. Algunas hijas querían llegar a ser como sus madres; yo deseaba lo contrario. Y la necesidad que tenía de ser anti-Monica era la razón principal por la que me resistía tanto a lo que Gideon había hecho. Cualquier consejo que me diera sólo conseguiría empeorar las cosas. Estaba tan resentida con ella como lo estaba con él.

—Mañana nos vamos a casa —dije.

Al fin y al cabo, vería a Gideon en el despacho del doctor Petersen una vez como muy poco. Sentía una enorme curiosidad por ver cómo iría la cosa. Confiaba en que Gideon hubiera dado un giro importante con la terapia. De ser así, puede que hubiera otros giros que pudiéramos dar. Juntos.

Crucé los dedos.

Y la verdad era que tenía que reconocerle el mérito de haber hecho todo lo posible por darme el espacio que le había pedido. Podría haberme buscado en el ascensor o en el vestíbulo del Crossfire. Podría haberle dicho a Raúl que me llevara a él en lugar de a donde yo le dijera. Gideon lo estaba *intentando*.

—¿Sabes algo de Trey? —pregunté.

Era asombrosa la frecuencia con que Cary y yo terminábamos en el mismo lugar a la misma hora. O a lo mejor era que compartíamos una misma maldición.

—Me ha enviado un mensaje diciendo que pensaba en mí pero que aún no estaba preparado para hablar conmigo.

—Bueno, algo es algo.

Me acarició la espalda de arriba abajo.

—¿Ah, sí?

—Sí —respondí—. Yo estoy en el mismo punto con Gideon. Pienso en él todo el tiempo, pero ahora mismo no tengo nada que decirle.

—Y ¿qué ocurre después? ¿Cuál es el siguiente paso? ¿Cuándo decides que tienes algo que decir?

Pensé en ello unos instantes, mirando distraídamente cómo Harrison Ford buscaba respuestas en *El fugitivo*, que teníamos en silencio.

—Supongo que cuando algo cambie.

—Cuando *él* cambie, quieres decir. ¿Y si no lo hace?

Aún no sabía cómo responder a eso y, en cuanto intentaba pensar en ello, me volvía un poco loca.

Así que le hice una pregunta a Cary.

—Sé que quieres poner al bebé en primer lugar y eso es lo que debes hacer. Pero Tatiana no es feliz. Y tú tampoco. Trey no lo es en absoluto. Esto no funciona para ninguno de los tres. ¿Has pensado que podrías estar con Trey y entre los dos ayudar a Tatiana con el niño?

Soltó un bufido.

—Ella no lo aceptará. Si a ella le va mal, tiene que irle mal a todo el mundo.

—No creo que eso sea decisión suya. Ella es tan responsable del embarazo como tú. No tienes por qué hacer penitencia, Cary. —Le puse una mano en el brazo que apoyaba en el regazo, rozándolo con cuidado en las cicatrices que tenía en la cara interior de las muñecas—. Sé feliz con Trey. Hazlo feliz. Y si Tatiana no puede ser feliz teniendo a dos tíos buenos cuidando de ella, entonces hay algo... que no está haciendo bien.

Cary se rio suavemente y me plantó un beso en la cabeza.

—A ver si solucionas tus problemas con la misma facilidad —repuso.

—Ojalá pudiera.

Lo deseaba más que nada en el mundo. Pero sabía que no sería fácil.

Y temía que fuera imposible.

La vibración de mi móvil me despertó.

Cuando me di cuenta de lo que era ese zumbido, empecé a buscar a tientas el teléfono, deslizando las manos por la cama hasta que lo encontré. Para entonces, ya habían colgado.

Miré la reluciente pantalla y vi que eran poco más de las tres de la mañana, y Gideon había llamado. El corazón me dio un vuelco y la preocupación me desveló por completo. Una vez más, me había ido a la cama con el teléfono, pues no podía dejar de leer los muchos mensajes que me había enviado.

Lo llamé yo.

—Cielo —respondió al primer tono de llamada, con voz ronca.

—¿Estás bien?

—Sí. No. —Soltó el aire—. He tenido una pesadilla.

—Oh. —Parpadeé mirando hacia el dosel que no podía ver en la oscuridad. Mi madre era partidaria de las cortinas completamente opacas, pues decía que eran necesarias en una ciudad que nunca se quedaba del todo a oscuras—. Lo siento.

Era una respuesta patética, pero ¿qué otra cosa podía decir? Era inútil preguntarle si quería hablar de ello. Nunca lo hacía.

—Últimamente las tengo muy a menudo —dijo cansado—. En cuanto me quedo dormido.

El corazón me dolía un poco más. Parecía imposible que pudiera soportar tanto dolor, pero siempre había más. Era algo que había aprendido hacía tiempo.

—Estás estresado, Gideon. Yo tampoco duermo bien.

—Y entonces, porque tenía que decirlo, añadí—: Te echo de menos.

—Eva...

—Perdona. —Me froté los ojos—. Quizá no debería haberlo dicho.

Quizá era una señal contradictoria que sólo empeoraría las cosas para él. Me sentía culpable por estar lejos de él, aunque sabía que tenía una buena razón para hacerlo.

—No, necesito oírlo. Tengo miedo, Eva. Nunca he estado tan asustado. Temo que no vuelvas..., que no me des otra oportunidad.

—Gideon...

—Al principio he soñado con mi padre. Caminábamos por la playa y él me llevaba de la mano. He soñado mucho con esa playa últimamente.

Tragué saliva, me dolía el pecho.

—Puede que eso signifique algo.

—Es posible. Yo era pequeño en el sueño. Tenía que levantar mucho la cabeza para ver la cara de mi padre. Él sonreía pero, claro, siempre lo recuerdo sonriendo. Aunque lo oía pelearse mucho con mi madre hacia el final, no recuerdo ninguna otra expresión en su cara que no fuera una sonrisa.

—Seguro que lo hiciste feliz. Y sentirse orgulloso. Lo más probable es que siempre sonriera cuando te miraba.

Se quedó callado un momento y pensé que quizá había terminado. Pero continuó hablando:

—Tú ibas un poco más adelante, alejada de nosotros.

Me puse de lado, escuchando atentamente.

—La brisa te agitaba el pelo y el sol te lo iluminaba. Me pareció precioso. Te señalé a mi padre. Quería que te dieras la vuelta para que pudiéramos verte la cara. Yo sabía que eras muy guapa. Quería que él te viera.

Los ojos se me inundaron de lágrimas que resbalaron hasta mojar la almohada.

—Intenté correr hacia ti. Le tiraba de la mano y él me retenía, riéndose de que persiguiera chicas guapas a mi edad.

Me imaginaba la escena claramente. Casi podía sentir la fresca brisa revolviéndome el pelo y oír el chillido de las gaviotas. Me imaginaba a Gideon de niño en la imagen que me había descrito y al apuesto y carismático Geoffrey Cross.

Quería un futuro así. Con Gideon caminando por la playa con un hijo nuestro que se pareciera a él, con mi marido riendo porque hubiéramos dejado atrás todos nuestros problemas y tuviéramos un futuro luminoso y feliz por delante.

Pero había dicho que se trataba de una pesadilla, así que el futuro que yo concebía no era el que él veía.

—Le tiraba con fuerza de la mano —continuó—, hincando mis pies desnudos en la arena para agarrarme. Pero él era mucho más fuerte que yo. Tú te alejabas cada vez más. Él volvió a reírse. Sólo que esta vez no era su risa, sino la de Hugh. Y cuando volví a levantar la vista, mi padre ya no estaba.

—Oh, Gideon. —Sollocé al decir su nombre, sin poder contener la compasión y la pena. Y el alivio de que por fin hablara conmigo.

—Me dijo que no me querías, que te alejabas porque lo sabías todo y te repugnaba. Que no veías la forma de alejarte con más rapidez.

—¡Eso no es cierto! —Me senté en la cama—. Sabes que eso no es cierto. Te quiero. Y es porque te quiero tanto por lo que sigo dándole vueltas a todo esto. A nosotros.

—Estoy intentando dejarte espacio. Pero me parece que podríamos alejarnos con tanta facilidad... Pasa un día, luego otro. Te harás a una nueva rutina en la que no estaré yo... Por Dios, Eva. No quiero que te sobrepongas a mí.

Hablé deprisa, con las ideas atropellándose en mi boca:

—Hay una forma de superar esto, Gideon, sé que la hay. Pero cuando estoy a tu lado me pierdo en ti. Sólo quiero estar contigo y ser feliz, así que dejo pasar las cosas y las pospongo. Hacemos el amor y creo que todo irá bien, porque tenemos eso y es perfecto.

—Es perfecto. Lo es todo.

—Cuando estás dentro de mí, mirándome, siento que podemos con todo. Pero tenemos que trabajar en esto. No podemos tener miedo a enfrentarnos a nuestro bagaje porque no queramos perdernos el uno al otro.

Gimió suavemente.

—Sólo quiero que pasemos tiempo juntos, no lidiar con toda esa otra mierda.

—Lo sé. —Me froté el dolor que tenía en el pecho—. Pero tenemos que ganárnoslo, creo. No podemos fabricarlo huyendo durante un fin de semana o una semana entera.

—Y ¿cómo lo hacemos?

Me sequé las lágrimas de las mejillas.

—Esta noche ha estado bien. El que me hayas llamado

y me hayas hablado de tu sueño. Es un paso adelante, Gideon.

—Continuaremos dando pasos. Tenemos que seguir avanzando juntos o acabaremos separándonos. ¡No dejes que eso suceda! Estoy luchando con todo lo que tengo. Lucha por mí también.

Me escocían los ojos con lágrimas recientes. Me quedé sentada durante un rato, llorando, sabiendo que podía oírme y que le dolía.

Finalmente me tragué el dolor y tomé una decisión rápida.

—Voy a ir a esa cafetería que abre las veinticuatro horas y que está en Broadway con la Ochenta y cinco a tomar un café y un cruasán.

Se quedó callado durante un minuto largo.

—¿Qué? ¿Ahora?

—Ahora mismo. —Retiré la ropa de cama y me levanté.

Entonces comprendió.

—Vale.

Cortando la llamada, dejé el teléfono sobre la cama y busqué a tientas el interruptor de la luz. Cogí mi bolsa de lona y saqué el vestido largo amarillo porque era fácil de guardar y cómodo de vestir.

Ahora que había decidido ver a Gideon estaba deseando reunirme con él, pero también tenía mi vanidad. Me tomé tiempo para cepillarme el pelo y maquillarme un poco. No quería que me viera después de cuatro días y se preguntara por qué estaba tan pirado por mí.

Mi teléfono sonó con la notificación de un mensaje; me apresuré a cogerlo y vi una nota de Raúl:

Estoy en la puerta con el coche.

Me sentía un poco más alegre. Gideon también estaba deseando verme. Y nunca perdía la oportunidad.

Me guardé el teléfono en el bolso, me calcé unas sandalias y me dirigí corriendo al ascensor.

Gideon me esperaba en la calle cuando Raúl se detuvo junto al bordillo. La mayoría de los establecimientos ya estaban cerrados y a oscuras, aunque la calle se encontraba bien iluminada. Mi marido se hallaba bajo la luz de la cafetería, con las manos metidas en los bolsillos de sus vaqueros y una gorra de los Yankees calada sobre la frente.

Podría haber sido cualquier joven que hubiera salido a dar una vuelta por la noche, a todas luces atractivo por la forma en que su cuerpo macizo llenaba la ropa y la seguridad con la que se conducía. Lo habría mirado dos y tres veces. No intimidaba tanto sin el traje de tres piezas que solía vestir, pero seguía siendo tan oscuro y peligroso como para hacerme desistir del alegre flirteo que los hombres más arrolladoramente atractivos provocan. En vaqueros o con un Fioravanti, Gideon Cross no era un hombre para ser tomado a la ligera.

Se acercó al coche casi antes de que Raúl se detuviera del todo. Abrió la puerta y a continuación se quedó inmóvil en el sitio, mirándome con tal avidez y posesividad que me costaba respirar.

Tragué saliva como pude, contemplándolo de arriba abajo con la misma voracidad en la mirada. Estaba increíblemente más hermoso, con los esculturales rasgos de su rostro más afilados por el sufrimiento. ¿Cómo podía haber vivido los últimos días sin ver aquella cara?

Me tendió una mano y yo alargué el brazo para tomársela, temblando ante la perspectiva de su caricia. El roce de su piel contra la mía me produjo una sensación de cosquilleo, mi corazón herido que volvía a la vida al estar de nuevo en contacto con él.

Me ayudó a salir, luego cerró la puerta y dio dos golpecitos en el techo para que Raúl se marchara. Cuando el Mercedes nos dejó, Gideon permaneció a pocos centímetros de distancia, con el aire crepitando por la tensión que había entre nosotros. Un taxi pasó a toda velocidad, tocando el claxon cuando otro coche desembocó en Broadway sin mirar. El discordante sonido nos sobresaltó a los dos.

Dio un paso hacia mí, con los ojos oscuros y ardientes bajo la visera de la gorra.

—Voy a besarte —dijo bruscamente.

Entonces me cogió por la barbilla, ladeó la cabeza y acopló la boca sobre la mía. Sus labios, tan suaves, firmes y secos, abrieron los míos. Me introdujo la lengua profundamente y frotó, la sacó y volvió a introducirla. Gemía como si no pudiera más de dolor. O de placer. Para mí, eran las dos cosas. El roce cálido de su lengua en mi boca era como si me follara despacio y con dulzura. Rítmico, suave, hábil, con el coqueteo justo de pasión desatada.

Gemí al sentirme invadida por una euforia burbujeante como el champán. El suelo vacilaba bajo mis pies, de manera que tuve que agarrarme a él para no perder el equilibrio, aferrándome a sus muñecas.

Protesté cuando se separó de mí, sintiendo los labios doloridos e hinchados, el sexo húmedo de deseo.

—Conseguirás que me corra —murmuró, incapaz de resistir el roce de sus labios con los míos una vez más—. Estoy a punto.

—Me da igual.

Curvó la boca y ahuyentó las sombras.

—La próxima vez que me corra será dentro de ti.

Respiré temblorosa sólo de pensarlo. Lo deseaba y, sin embargo, sabía que era demasiado pronto. Que caeríamos con demasiada facilidad en los hábitos malsanos que habíamos establecido.

—Gideon...

Su sonrisa se tornó compungida.

—Supongo que tendremos que conformarnos con un café y un cruasán por ahora —dijo.

Lo quise tanto en ese momento... Impulsivamente, le quité la gorra y le planté un ruidoso beso en la boca.

—Dios —suspiró, con tal ternura en la mirada que me entraron ganas de llorar otra vez—. ¡Cuánto te he echado de menos!

Volví a ponerle la gorra, lo agarré de la mano y lo conduje por detrás de la pequeña valla metálica que protegía del tráfico pedestre una zona exterior para sentarse. Entramos en la cafetería y nos sentamos a una mesa junto a la ventana, Gideon a un lado y yo al otro. Pero no nos soltamos las manos, ni dejamos de acariciarnos y de frotar cada uno la alianza del otro.

Pedimos cuando el camarero se acercó con el menú, luego volvimos a centrar la atención el uno en el otro.

—Ni siquiera tengo hambre —le dije.

—Al menos, no de comida —replicó él.

Fingí lanzarle una mirada fulminante que lo hizo sonreír. Luego le hablé de la oferta de retención que Waters Field & Leaman le había hecho a Mark.

Resultaba extraño hablar de algo tan práctico, tan mundano, cuando tenía el corazón atolondrado de amor y alivio, pero teníamos que seguir hablando. Volver a conectar no era suficiente; yo quería una reconciliación en toda regla. Quería mudarme al ático recién reformado con él, empezar una nueva vida juntos. Para hacer eso, teníamos que seguir hablando de todas aquellas cosas que habíamos evitado en lo que llevábamos de relación.

Gideon asintió con seriedad cuando terminé.

—No me sorprende. De un cliente como ese debería encargarse uno de los socios. Mark es bueno, pero es un ejecutivo júnior. LanCorp tendrá que presionar para conseguirlo. Y a ti. La petición es lo bastante inusual como para que los socios se preocupen.

Pensé en Vodka Kingsman.

—Tú hiciste lo mismo.

—Es cierto, sí.

—No sé qué es lo que va a hacer. —Miré nuestras manos entrelazadas—. Pero le dije que no podría trabajar en el PhazeOne aunque él se quedara para dirigir el proyecto.

Gideon me apretó la mano.

—Tienes buenas razones para hacer lo que haces —proseguí en voz baja—, aunque no me gusten.

Tomó aire lenta y profundamente.

—¿Vendrás con él a Cross Industries si él lo hace?

—Todavía no lo sé. Sigo muy resentida. A menos que eso cambie, no habría una relación laboral saludable entre nosotros.

Él asintió.

—Como quieras.

El camarero vino con lo que le habíamos pedido. Gideon y yo nos soltamos por necesidad, para que dejara los platos en la mesa. Cuando se marchó, se impuso el silencio entre nosotros. Había mucho de lo que hablar, y mucho que resolver primero.

Se aclaró la garganta.

—Esta noche, después de ver al doctor Petersen, ¿puedo invitarte a cenar?

—Sí. —Acepté con ganas, agradecida por convertir lo embarazoso en acción—. Me gusta la idea.

Advertí que un alivio similar le suavizaba la dura línea de los hombros y quise contribuir a ello poniendo algo de mi parte.

—Will me preguntó si nos apetecería tomar algo con él y con Natalie esta semana.

Gideon esbozó una sonrisa.

—Me parece estupendo.

Pequeños pasos. Empezaríamos con ellos y veríamos adónde nos llevaban.

Me retiré de la mesa y me levanté. Gideon se puso en pie inmediatamente, mirándome con recelo. Rodeé la mesa y me senté en el asiento al lado del suyo, esperando a que volviera a sentarse para poder apoyarme en él.

Me pasó un brazo por los hombros y permitió que me acomodara en el hueco de su cuello. Dejó escapar un leve gemido cuando me acurruqué.

—Sigo enfadada contigo —le dije.

—Ya lo sé.

—Y sigo enamorada de ti.

—Gracias a Dios. —Apoyó la mejilla en lo alto de mi cabeza—. Ya solucionaremos lo demás. Encarrilaremos las cosas.

Permanecimos allí sentados y vimos cómo despertaba la ciudad. El cielo se iluminó. El ritmo de la vida se aceleró.

Era un nuevo día, que traía consigo una nueva oportunidad para intentarlo otra vez.

AGRADECIMIENTOS

Hay una gran cantidad de personas detrás de mí que hacen posible que yo pueda escribir, que cumpla con mis compromisos y siga estando cuerda.

Gracias a Hilary Sares, que me hace seguir por el buen camino al editar cada libro que escribo. Dependo de ti más de lo que crees.

Gracias a Kimberly Whalen, mi extraordinaria agente, por todo lo que haces pero, sobre todo, por tu apoyo. A diario doy las gracias por tenerte.

Gracias a Samara Day, por todo el estrés que me evita. No me imagino lo retrasada que iría sin ti.

Gracias a mis hijos, que aceptan estar sin mí durante mucho tiempo mientras trabajo (y todas las incomodidades que ello conlleva). No podría hacer lo que hago sin vuestro apoyo. Os quiero.

Gracias a todos los impresionantes equipos de Penguin Random House: Cindy Hwang, Leslie Gelbman, Alex Clarke, Tom Weldon, Rick Pascocello, Craig Burke, Erin Galloway, Francesca Russell, Kimberley Atkins..., y eso solamente arañando la superficie en Estados Unidos y el Reino Unido. Hay equipos que trabajan muy duro en Australia, Irlanda, Canadá, Nueva Zelanda, India y Sudáfrica. Os doy las gracias a todos por el tiempo y el esfuerzo que dedicáis a la publicación de mis libros.

Gracias a Liz Pearsons y al equipo de Brilliance Audio por los audiolibros que tanto elogian los lectores.

Y gracias a todos mis editores internacionales que trabajan sin descanso en sus países. Ojalá pueda daros las gracias personalmente. Por favor, sabed que me siento bendecida por trabajar con vosotros.

Vuelve
SYLVIA DAY

con su bilogía más sensual y peligrosa

Más de 20 millones de lectoras

ESPASA